AS IRMÃS
sob o sol
NASCENTE

HEATHER MORRIS

AS IRMÃS
sob o sol
NASCENTE

Tradução
Petê Rissatti

Copyright © Heather Morris, 2023
Originalmente publicado em inglês, no Reino Unido, pela Zaffre,
um selo da Bonnier Books UK Limited.
Os direitos morais da autora foram afirmados.
Copyright © Editora Planeta do Brasil, 2024
Copyright da tradução © Petê Rissatti, 2024
Todos os direitos reservados.
Título original: *Sisters Under the Rising Sun*

Preparação: Ligia Alves
Revisão: Barbara Parente e Marina Castro
Diagramação: Márcia Matos
Capa: Nick Stearn
Projeto gráfico: Fabio Oliveira
Adaptação de capa: Renata Spolidoro
Imagens de capa: © Fred van Deelen (cerca de arame e torre de vigia), Shutterstock (árvores e aviões)
Imagens de miolo: Todas as partituras e fotos de Norah Chambers e família: cortesia de Seán Conway. Imagem YMS 16139: reimpressa com a gentil permissão da Australian Manuscripts Collection, Biblioteca Estadual de Victoria. Foto de Nesta James com o marido Alexander Noy: cortesia de Kathleen Davies e Brenda Pegrum. Imagens 044480 e P01701.003: reimpressas com a gentil permissão do Memorial de Guerra Australiano. Ilustração do mapa: Jake Cook.

Dados Internacionais de Catalogação na Publicação (CIP)
Angélica Ilacqua CRB-8/7057

```
Morris, Heather
As irmãs sob o sol nascente / Heather Morris; tradução de Petê Rissatti. – São Paulo:
Planeta do Brasil, 2024.
320 p.

ISBN 978-85-422-2679-9
Título original: Sisters Under the Rising Sun

1. Ficção inglesa 2. Guerra Mundial, 1939-1945 - Ficção
I. Título II. Rissatti, Petê

24-1437                                              CDD 823
```

Índice para catálogo sistemático:
1. Ficção inglesa

Ao escolher este livro, você está apoiando o
manejo responsável das florestas do mundo

2024
Todos os direitos desta edição reservados à
EDITORA PLANETA DO BRASIL LTDA.
Rua Bela Cintra, 986, 4º andar – Consolação
São Paulo – SP – 01415-002
www.planetadelivros.com.br
faleconosco@editoraplaneta.com.br

*Aos enfermeiros de todos os lugares – do passado, do presente e do futuro
Vocês fazem do mundo um lugar melhor*

*Para Sally e Seán Conway
Obrigada por compartilharem a história de sua mãe/avó,
Norah Chambers*

*Para Kathleen Davies, Brenda Pegrum e Debra Davies
Obrigada por compartilharem a história de sua prima,
Nesta (James) Noy*

Em 1942, o Exército japonês entrou na Segunda Guerra Mundial, conquistando as ilhas do Pacífico e chegando à Malásia e a Singapura, então uma colônia britânica, que caiu nas mãos dos japoneses em 15 de fevereiro de 1942.

O *Vyner Brooke*, navio mercante que transportava aqueles que haviam sido evacuados de Singapura em desespero, foi bombardeado pela Força Aérea japonesa. Em poucas horas, estava no fundo do mar.

Muitos sobreviventes conseguiram chegar a uma ilha remota em Sumatra, na Indonésia. Em pouco tempo, foram capturados pelos japoneses: homens, mulheres e crianças foram separados e enviados para campos de prisioneiros de guerra nas profundezas da selva, junto a centenas de outros detidos pelo Exército invasor. Os campos eram locais de fome e brutalidade, onde as doenças proliferavam.

Eles permaneceriam lá, transferidos de um campo a outro, lutando pela sobrevivência, por mais de três anos e meio.

Esta é a história dessas pessoas...

PRÓLOGO

Singapura
Fevereiro de 1942

Norah Chambers está sentada na cama de Sally, esperando a filha acordar. A conversa que se segue ali é a mais dolorosa de sua vida. Contar à menina sobre a decisão que ela e o marido, John, tomaram de mandar Sally para longe com sua tia Barbara e seus primos é recebida exatamente como ela esperava. Ela segura com força a filha atordoada, desesperada para ficar com a mãe e o pai, gritando que não os deixará, nem naquele momento nem nunca. Quando seus dois primos entram na sala com a notícia de que estão prestes a embarcar em uma aventura e navegar pelos mares, Sally mal percebe a presença deles.

— Sally, nós vamos para a Austrália! — cantarolam eles. — Em um navio grande!

Singapura está arruinada, que escolha Norah tem? John está no hospital, internado com tifo. Assim que melhorar, eles a seguirão, ela promete a Sally.

No trajeto de carro até o cais, Sally não para de chorar, o rosto virado para a janela para não olhar para a mãe. As tentativas de Norah de confortá-la são ignoradas. Enquanto caminham até o barco, Sally passa os bracinhos com firmeza em volta da cintura da mãe. Desfazer esse abraço vai ser difícil para as duas.

Uma explosão perto dali aumenta o medo, o terror do que está por vir, e os gritos de Sally se transformam em berros petrificados. Norah fica paralisada, entorpecida pelo horror do que testemunha, pelo sofrimento que causa à pessoa mais preciosa de sua vida. Enquanto o mundo explode ao redor delas, Barbara rapidamente pega Sally no colo e corre para a prancha de embarque que as espera.

— Em pouco tempo, o papai e eu vamos atrás de você. Seja uma boa menina, meu amor, estaremos com você daqui a alguns dias. Eu prometo — grita Norah para a filha.

Sally continua a soluçar, com os braços estendidos para a mãe. Norah dá um passo involuntário adiante, mas sente sua irmã mais nova, Ena, agarrar seu braço e puxá-la para trás. Elas observam Barbara e Sally desaparecerem no convés, fora do alcance de seus olhos. Não haverá acenos felizes do barco ou do cais, nem da mãe nem da filha.

— Será que algum dia a verei de novo? — pergunta Norah, chorando.

PARTE I
A queda de Singapura

1

**Singapura
Fevereiro de 1942**

— Não quero ir! Por favor. Por favor, não nos obrigue a ir, Norah.

Os gritos de Ena Murray são engolidos pelos urros de mulheres e crianças, pelas explosões que irrompem à sua volta e pelo som estridente das aeronaves de guerra japonesas que os sobrevoam.

— Corram! Corram! — imploram os pais a filhos e filhas, mas é tarde demais. Outro míssil atinge o alvo, e o navio aliado ancorado no cais de Singapura se despedaça.

Enquanto os estilhaços despencam, o marido de Norah, John, e o marido de Ena, Ken Murray, se agacham ao lado das esposas, protegendo-as dos destroços voadores. Mas ficar parado não trará nenhum benefício. Ken ajuda as irmãs a se levantarem, enquanto John, ofegante, tenta se erguer.

— Ena, precisamos continuar, temos que ir agora!

Norah ainda está implorando à irmã que embarque no *HMS Vyner Brooke*. Há caos por todos os lados; ficar o mais longe possível desse caos, encontrar refúgio, é uma urgência terrível. Norah aproveita um breve momento para abraçar o marido. John ainda deveria estar no hospital; está fraco demais e mal consegue respirar, mas usaria sua última gota de força para proteger essas mulheres.

— Ena, por favor, ouça sua irmã! — exclama Ken. — Você precisa ir embora, meu amor. Vou voltar para a casa dos seus pais, prometo que cuidarei deles.

— Eles são *nossos* pais — responde Norah. — Nós é que deveríamos cuidar deles.

— Você tem uma filha em algum lugar por aí, Norah — retruca Ken. — Você e John precisam encontrar Sally. E você também tem que cuidar de Ena para mim.

Ken sabe que é o único que pode ficar em Singapura para cuidar dos sogros. John está terrivelmente doente, assim como o pai das mulheres, James – doente demais para tentar ir embora. Margaret, a mãe delas, se recusou a deixá-lo para trás.

Mais uma bomba explode ali perto, e todos se abaixam. Atrás deles, Singapura está em chamas; à frente, o mar está repleto de destroços de navios pegando fogo, barcos grandes e pequenos.

— Vão! Vão enquanto ainda conseguem. Se o navio não partir agora, não vai sair do porto, e vocês precisam embarcar. — Ken grita para ser ouvido. Ele beija Norah, aperta o braço de John e puxa Ena para um abraço apertado, beijando a esposa uma última vez antes de empurrá-la em direção ao navio.

— Eu te amo — grita Ena, com a voz embargada.

— Saia desse inferno. Encontre Sally, Barbara e os meninos. Logo estarei com vocês — grita Ken para as figuras que batem em retirada.

Norah, John e Ena estão agora no meio da multidão de passageiros, forçados a se mover ao longo do cais em direção ao navio.

— Sally... Precisamos encontrar Sally — murmura John, com as pernas enfraquecidas. Norah e Ena pegam cada uma um braço dele e o apressam. Norah não tem mais palavras. Os gritos da filha enchem sua mente enquanto ela cambaleia em direção ao seu destino. *Não quero ir. Por favor, me deixe ficar com você, mamãe.* Apenas alguns dias antes, ela havia embarcado Sally, de oito anos, em outro navio e a mandara embora.

Eu sei que não quer ir embora, meu amor, ela tentara persuadir. *Se existisse alguma maneira de ficarmos juntas, nós ficaríamos. Preciso que você seja uma garotinha forte e que vá com tia Barbara e seus primos. O papai e eu estaremos com você antes que perceba. Assim que ele estiver melhor.*

Mas você prometeu que não me mandaria embora, você prometeu. Sally estava fora de si, as lágrimas escorrendo livremente, as bochechas vermelhas.

Sei que prometi, mas às vezes as mamães e os papais precisam quebrar suas promessas para manter as filhas seguras. Eu prometo...

Não prometa nada... não diga que promete quando eu sei que você não pode cumprir.

Vamos, Sally, você pode segurar a mão de Jimmy?, dissera Barbara. Ela era a irmã mais velha de Norah e Ena. Tinha falado de um jeito gentil com a sobrinha. Havia algum conforto ali para Norah; Sally estaria segura com sua família.

— Ela não olhou para trás nenhuma vez — sussurra Norah para si mesma enquanto caminha. — Simplesmente embarcou no navio e desapareceu.

Entrando na área isolada do cais, os passageiros com a documentação aprovada se aglomeram. Ali estão adultos aterrorizados e crianças chorosas, cada um deles lutando sob o peso dos seus bens mais essenciais.

Um grupo de enfermeiras do Exército australiano entrega seus documentos aos oficiais e são levadas às pressas através da área cercada. Elas ficam de lado enquanto civis passam enfileirados antes que outro grupo de mulheres com o mesmo uniforme irrompa pelos portões. As enfermeiras reunidas se abraçam, cumprimentando-se como amigas perdidas há muito tempo. Entre as recém-chegadas, uma mulher pequena abre caminho.

— Vivian, Betty, aqui — chama ela.

— Ei, Betty, é Nesta!

As três mulheres se aconchegam em um abraço. As freiras Nesta James, Betty Jeffrey e Vivian Bullwinkel tornaram-se amigas inseparáveis na Malásia, onde foram destacadas para cuidar dos soldados aliados antes que a região fosse invadida pelo Exército japonês. Como todos os outros, tinham sido forçadas a fugir para Singapura.

— Que bom reencontrar vocês — comemora Nesta, feliz por ver as amigas. — Eu não sabia se vocês tinham ido embora com os outros ontem.

— Betty, sim, deveria ter partido ontem, mas conseguiu uma dispensa quando estavam a caminho do navio. Nós duas tínhamos esperança de não sermos mandadas para casa, tem muita coisa a ser feita aqui — comenta Vivian.

— A enfermeira-chefe foi defender nossa causa pela última vez. Ainda não estamos no navio, então talvez o Alto Comando se convença a nos deixar ficar aqui em Singapura com aqueles que estão doentes demais para ir embora — explica Nesta para as duas.

— Estão embarcando as lanchas agora, é melhor ela se apressar — sugere Betty, olhando para a fila de homens, mulheres e crianças subindo nos barcos que balançam com violência na água e que os levarão ao *HMS Vyner Brooke*. As bombas continuam a atingir seus alvos, gerando ondas no mar e jogando-as contra o cais.

Nesta olha para as lanchas onde os passageiros estão embarcando.

— Parece que alguém poderia dar uma mãozinha, não é? Volto já.

* * *

— Vocês precisam de alguma ajuda? — pergunta Nesta a Norah e Ena, que estão tentando descobrir como ajudar John a descer os degraus íngremes e entrar em um dos barcos. Metade da embarcação está tomada por passageiros desorientados, alguns chorando, outros paralisados pelo medo. Norah sente a mão em seu ombro.

Norah se vira e vê o rosto sorridente de uma mulher baixinha usando o uniforme branco de enfermeira. Era tão pequena que Norah imagina como poderia ajudá-los, considerando que ela, seu marido e a irmã são mais altos que a média dos homens e das mulheres.

— Sou a irmã* Nesta James, enfermeira do Exército australiano. Sou mais forte do que pareço e fui treinada para ajudar pacientes muito maiores que eu, então, não se preocupem.

— Acho que ficaremos bem — Norah diz a ela. — Mas obrigada.

— Por que uma de vocês não entra no barco enquanto duas de nós ajudamos o cavalheiro a descer, e vocês assumem o comando a partir daí? — Nesta insiste educadamente. — O senhor esteve no hospital? — pergunta ela a John, tomando o braço dele enquanto Norah o solta.

— Estive — responde ele, permitindo que ela o guie em direção ao barco. — Tifo.

Assim que Norah está em segurança no barco, Ena e Nesta ajudam John a descer para os braços dela, que o aguardam.

— A senhora não vem conosco? — pergunta Ena à jovem enfermeira.

— Estou com minhas amigas. Vamos seguir na próxima lancha.

Ena olha em volta e vê um grande grupo de mulheres vestidas com o mesmo uniforme.

Enquanto a lancha se afasta com Norah, John e Ena a bordo, eles ouvem cantos vindos do cais. As enfermeiras, com os braços em volta dos ombros umas das outras, empertigam-se com orgulho, cantando com toda a força, alto o suficiente para abafar a detonação de um tanque de combustível que se transforma em uma bola de fogo nas proximidades.

---

* No idioma inglês, mesmo nos dias de hoje, as enfermeiras são chamadas de irmãs (*sisters*), pois o trabalho de cuidadoras de doentes foi incumbência de freiras desde tempos imemoriais. (N. do T.)

"Agora é a hora em que devemos dizer adeus
Em breve você vai navegar por todo este mar
Enquanto estiver fora, de mim vai se lembrar
Quando voltar, estarei aqui para te abraçar."

Outra bomba explode no cais.

A enfermeira-chefe Olive Paschke é alvo do olhar de Nesta.
— A enfermeira-chefe Drummond fez um apelo final às autoridades para que nos deixassem ficar aqui e cuidar de nossos homens, mas o tenente disse a ela que nosso pedido foi negado.
— Mesmo assim valeu a pena tentar mais uma vez, não foi? Simplesmente não parece certo abandoná-los quando muito provavelmente vão precisar de nós. Como foi que a enfermeira-chefe reagiu?
— Da única maneira que podia: apenas erguendo as sobrancelhas para ele — responde a enfermeira-chefe Paschke. — Se ela tivesse dito o que estava pensando, estaria em apuros.
— O que significa que ela não aceita, mas vai concordar com essa situação a contragosto. Eu não teria esperado nada menos dela. — Nesta balança a cabeça.
— Vamos, vamos chamar as outras. Acho que somos as últimas a sair.

Uma vez a bordo do *HMS Vyner Brooke*, a irmã Vivian Bullwinkel entretém a todos com seu conhecimento do navio.
— Ele recebeu o nome do terceiro rajá de Sarawak e agora tem *HMS** na frente do nome porque a Marinha Real o requisitou. O navio foi projetado para transportar apenas doze passageiros, mas tem uma tripulação de quarenta e sete pessoas.
— Como você sabe de tudo isso? — indaga Betty.
— Jantei com o rajá, não foi? Sim, eu sei, eu... a pequena irmã Vivian Bullwinkel de Broken Hill... jantei com um rajá. Não estávamos só nós dois, vejam bem, havia outras pessoas lá.

---

* A sigla HMS compõe o nome dos navios pertecentes à Marinha britânica e significa "Navio de Sua Majestade" (*His Majesty's Ship* ou *Her Majesty's Ship*, conforme a coroa do Reino Unido esteja sendo usada no momento por um rei ou por uma rainha). (N. do E.)

— Ah, Bully, só você acrescentaria a última parte. O restante de nós diria simplesmente "jantei com o rajá" — comenta Betty, rindo da amiga.

Quando a última enfermeira embarca, o capitão dá ordem para recolher a âncora e seguir viagem com cautela. Ele conhece os campos minados britânicos que estão à frente e sabe que serão uma ameaça tão grande quanto o inimigo que domina os céus.

À medida que o sol se põe, os passageiros observam Singapura queimar, com bombardeios, granadas e tiros implacáveis de canhões. Acima do barulho da morte de uma cidade, Norah, John e Ena se afastam da cacofonia para ouvir o doce canto das enfermeiras australianas no convés. E, apenas por um momento, é tudo o que conseguem ouvir.

2

HMS Vyner Brooke, **estreito de Bangka**
Fevereiro de 1942

— *Você virá bailar Matilda comigo...*
— Que animado esse grupo de enfermeiras. É uma sorte tê-las a bordo, considerando tudo que está acontecendo. — Norah luta para manter a voz leve e graciosa.

As palavras finais de "Waltzing Matilda" são acompanhadas pelo grito agudo das sirenes de ataque aéreo ecoando pelo porto em direção ao navio que parte lentamente. Um tanque de armazenamento de petróleo explode, arremessando seus pedaços pelos ares. Ao redor deles, embarcações em chamas são sugadas por ondas tempestuosas. Somente as habilidades de um capitão experiente poderão fazê-los atravessar o porto, passar pelas minas deixadas pela Marinha britânica para deter a Marinha japonesa e chegar a alto-mar.

Norah dá as costas para as cenas apocalípticas.

— Você quer ver se há um lugar lá embaixo para descansar? — pergunta John enquanto olha para o mar, mas é óbvio para Norah que ele está tentando esconder seu desconforto por precisar da ajuda dela.

— Estou feliz por ficar aqui no convés. Há mães com crianças e muitos idosos. Acho melhor que eles fiquem nas cabines — sugere Ena.

John olha para Norah. A resposta dela decidirá se vão se aventurar embaixo do convés ou não.

— Muito bem, Ena, vamos encontrar algum espaço aqui onde possamos nos deitar. Todos precisamos descansar um pouco.

Norah percebe o alívio tomar conta do rosto dele. Ela conhece o marido bem até demais; agora não precisarão ajudá-lo a subir e descer cambaleando pelas escadas.

Enquanto caminham arrastando os pés pelo convés em busca de um espaço para se acomodar, eles param por um momento e observam as enfermeiras, reunidas em torno de uma irmã mais velha enquanto ela dá instruções.

— Deve ser a chefe — Norah sugere.

— Vamos até o salão onde o capitão nos deu permissão para nos instalarmos. Temos muito o que planejar e devemos estar preparadas para tudo — diz a mulher com uniforme de enfermeira-chefe às outras. Outra das chefes está entre elas, radiante, seu orgulho pelas subordinadas evidente. Está claramente feliz por sua colega mais jovem estar assumindo o comando.

Enquanto as enfermeiras se dirigem para a escotilha, Norah, Ena e John procuram por algum espaço no convés superior para a primeira noite de fuga. As fogueiras ao longo da costa competem com o brilho do sol poente sobre o que já foi um paraíso tropical. Agora, parece o Armagedom.

John desliza pela antepara do navio, terminando sua trajetória no assoalho de madeira. Ele acena para Norah e Ena se juntarem a ele, e elas se sentam uma de cada lado do enfermo, se aconchegando perto dele para manter seu corpo erguido. John envolve cada mulher com um dos braços, e elas observam seu mundo desaparecer, em silêncio.

As enfermeiras entram em fila no salão, conversando entre si. Estão entusiasmadas, apavoradas e, nesse momento, precisam do conforto das amigas e colegas.

— Calma, meninas! Temos muito o que fazer. — A enfermeira-chefe Olive Paschke as chama à ordem. — Vamos nos dividir em quatro equipes. Algumas de vocês ficarão responsáveis por aqueles que estão abaixo do convés, e outras pelos que estão acima. Vou definir uma líder para cada área, e ela ficará responsável pela zona designada, pela disciplina e pelo ânimo de seu grupo. Mas primeiro quero deixar claro que, se o pior acontecer e nós tivermos de abandonar o navio, vocês deverão ajudar na evacuação, e nós seremos as últimas a partir.

A enfermeira-chefe observa seu grupo absorver essas palavras. As garotas se entreolham e assentem; compreenderam exatamente o que foi dito.

Nesta, a segunda no comando depois da enfermeira-chefe Paschke, é a primeira nomeada para liderar uma equipe. De forma rápida e eficiente, as enfermeiras dividem os medicamentos e curativos entre si.

Enquanto se reúnem, a enfermeira-chefe Drummond se dirige a todo o grupo.

— Primeiro, quero dizer que estou extremamente orgulhosa de todas vocês. Vamos superar tudo isso juntas. Fui avisada pelo capitão de que não há botes salva-vidas suficientes a bordo para todos se tivermos de abandonar o navio. Portanto, por favor, estejam sempre com seus coletes salva-vidas. Durmam com eles; isso pode significar a diferença entre a vida e a morte.

— Além disso — acrescenta a enfermeira-chefe Paschke —, se vocês acabarem no mar, não se esqueçam de tirar os sapatos. Meninas, não vou romantizar a nossa viagem. Vamos ser bombardeadas, não há dúvida quanto a isso. Sinto muito, mas é inevitável. — A enfermeira-chefe endireita os ombros, fica mais alta, uma demonstração de força para suas comandadas. — Agora, vamos para as áreas sob a nossa responsabilidade para praticarmos a evacuação. A enfermeira-chefe Drummond e eu daremos uma olhada em vocês. Ah, mais uma coisa: se tivermos de abandonar o navio, a enfermeira-chefe Drummond dará a ordem. Entenderam?

Nesta lidera seu grupo até o topo e para bombordo. Norah, John e Ena observam-nas praticar o exercício de ajudar as pessoas a chegarem à lateral, identificando onde as cordas podem ser usadas. Nesta diz às suas enfermeiras que elas lidarão com homens, mulheres e crianças aterrorizados e possivelmente feridos. Em tom gentil, elas ensaiam as palavras de conforto que usarão para persuadir os passageiros relutantes a saltar no mar.

— Lembrem-se, haverá pessoas que não sabem nadar, incluindo crianças e até mesmo bebês. Digam a eles que haverá ajuda disponível quando estiverem na água. Existem botes salva-vidas portáteis que a tripulação jogará para nós lá embaixo.

Norah está observando a irmã Nesta James, distraída por um momento do que acontece ao redor para admirar o comando que a jovem demonstra ter sobre as enfermeiras sob sua responsabilidade. Nesta percebe o olhar dela e lhe abre um amplo sorriso. Com certeza se lembra de ter ajudado aquele trio mais cedo. Seu sorriso está dizendo: *Não há nada com que se preocupar aqui. Tudo faz parte do trabalho.* Norah não tem certeza se fica tranquila, mas aprecia o gesto e o humor no sorriso de Nesta enquanto navegam por uma zona de guerra.

No entanto, cedo demais, Norah volta a se dar conta do perigo que correm. Enterra o rosto nos braços de John, abafando os soluços que ameaçam escapar e dizendo a si mesma que não pode chorar, não pode se comportar como uma criança depois de ter visto as corajosas enfermeiras demonstrarem seu compromisso inabalável de salvar aqueles que precisam de ajuda.

— Está pensando em Sally, não está? — sussurra John em seu cabelo.

— Ela passou por isso, John? — Norah choraminga. — Foi jogada ao mar por uma pessoa bem-intencionada? Se ao menos soubéssemos que ela conseguiu, onde ela está agora. Me diga que ela está em segurança.

— Eu saberia se ela não estivesse, eu sentiria — John a tranquiliza, levantando o queixo dela de seu ombro com dedos trêmulos. — Você também sentiria. Bem aqui. — Ele pousa a mão sobre o coração de Norah. — Nossa Sally está segura, minha querida, você precisa acreditar nisso. Confie nessa imagem e logo, logo vamos estar com ela.

Ena se inclina sobre John para abraçar a irmã preocupada.

— Ela está segura, Norah. Está esperando por você — ela a conforta.

— Muito bem, meninas! — diz a enfermeira-chefe Drummond, depois de observar Nesta trabalhando com sua equipe. — Irmã James, termine o que está fazendo e leve suas garotas lá para baixo para descansar. Infelizmente ouvimos dizer que há escassez de alimentos a bordo, então a chefe Paschke e eu já dissemos que doaremos nossa cota às crianças. Vejo vocês lá embaixo.

— Com licença, irmã James. Eu não sei nadar — anuncia uma das enfermeiras.

— Você não está sozinha; a chefe Paschke também não sabe — diz Nesta para ela.

— Mesmo? Tem certeza? — A enfermeira abre um sorriso.

— Tenho. Estávamos juntas em Malaca, na Malásia. Esse lugar tinha as praias mais maravilhosas, e, quando estávamos de folga, íamos lá muitas vezes para nadar. Não conseguimos convencer a enfermeira-chefe nem a molhar os pés; ela tinha pavor da água.

Poucos passageiros que dormiam exaustos percebem quando o motor do navio é desligado ou mesmo quando a âncora é lançada. O capitão decidiu não correr o risco de ser detectado no estreito de Bangka, que é tão exposto. Um momento depois, contudo, ele muda de ideia.

— Não podemos ficar aqui — diz ele à sua tripulação. — Vamos avançar a toda velocidade em direção ao estreito. O mais rápido que pudermos.

* * *

O sol acorda quem dorme no convés. O calor opressivo desperta aqueles que estão abaixo dele. As enfermeiras começaram a servir as escassas porções antes de voltarem ao salão para mais demandas.

— A enfermeira-chefe e eu nos reunimos com o capitão Borton há pouco — conta a enfermeira-chefe Drummond ao grupo reunido. — Infelizmente, não estamos acompanhando o ritmo de que ele precisa. Descansem enquanto podem. As líderes, por favor, fiquem, e todas as outras subam, pois lá em cima pode estar um pouco mais fresco.

— Por favor, lembrem suas enfermeiras de sempre usarem as braçadeiras da Cruz Vermelha — pede a enfermeira-chefe Paschke às líderes do grupo. — Se o pior acontecer, elas poderão ser identificadas. Nunca se sabe, talvez os pilotos japoneses as vejam e poupem o navio e seus passageiros. O capitão Borton nos disse que, se a sirene do navio emitir sons curtos, significa que estamos sob ataque. Nesse caso, dirijam-se aos seus postos de trabalho e aguardem novas instruções. Se a sirene soar continuamente, significa que devemos abandonar o navio, e todas vocês saberão o que fazer. Falem com suas garotas agora. A enfermeira-chefe e eu passaremos em breve para inspecionar seus postos.

O convés superior está movimentado com passageiros tentando escapar do calor e da umidade da parte de baixo. Muitos cochilam onde encontraram um pouco de sombra. Muitos não ouvem o avião se aproximando. Aqueles que ouvem ficam paralisados, olhos fixos no céu, observando enquanto a aeronave mergulha em direção ao mar e avança diretamente para eles.

— Protejam-se! Protejam-se! — explode uma voz no alto-falante.

E, então, tudo vira uma confusão.

Os passageiros se debatem enquanto a metralhadora dispara do ar ao longo do convés. As balas o atingem com força, ricocheteando nos ornamentos de metal em uma segunda tentativa de encontrar seu alvo.

— Corram! Corram! — grita John, agarrando os braços de Norah e Ena. Mas, no fim das contas, são elas que o arrastam.

As enfermeiras correm para os postos designados, prontas para o que os momentos seguintes trarão. O ataque, porém, acabou, e o céu fica limpo novamente. Um suspiro coletivo de alívio é ouvido. Há poucos feridos entre os passageiros, mas os botes salva-vidas do navio foram os mais atingidos pelo ataque, muitos deles se tornando inúteis.

* * *

— Somos alvos fáceis aqui, os bombardeiros estarão a caminho em breve. Temos que entrar no estreito se quisermos ter alguma chance de escapar do que está por vir — alerta o capitão Borton à tripulação.

À medida que o navio entra em ação, o capitão examina o horizonte e espia terra à vista. Se pelo menos conseguirem chegar inteiros ao destino.

— Parece que está tudo bem. Por enquanto — comenta ele com um oficial.

— Vamos ficar aqui embaixo — sugere John. Ele parece exausto, e Norah toca sua testa para descobrir que a febre voltou. Ele não conseguirá lutar para subir aquelas escadas muitas vezes mais.

As enfermeiras ouviram o sinal de que tudo estava em ordem e retornam logo de seus diferentes postos até o salão para novas solicitações. Felizmente, todas conseguem relatar apenas ferimentos leves entre os passageiros, principalmente causados por lascas de madeira arremessadas pelas balas que atingiram a embarcação. Agora, os motores começam a rugir diante da tarefa à frente, enquanto o navio segue na direção do estreito de Bangka. Não haverá mais zigue-zague para evitar minas.

Não demora muito para que as sirenes soem de novo e os gritos de "Aeronave se aproximando!" cheguem aos ouvidos daqueles que estão embaixo do convés.

Esses passageiros não conseguem ver os aviões se aproximando, mesmo assim sentem os efeitos da primeira bomba explodindo na água, sacudindo as ondas e balançando o navio com violência de um lado para o outro.

— Um! — grita alguém.

O capitão Borton inicia manobras evasivas enquanto tenta evitar as bombas que caem sobre eles. Espalhou-se a notícia de que há terra à vista; é hora de implorar por um milagre.

— Dois, três... catorze, quinze... vinte e seis, vinte e sete. — Norah, John e Ena ouvem outro passageiro contar o número de bombas caindo ao redor; por milagre, nenhuma parece ter atingido o navio.

— Vinte e oito, vinte e nove...

E agora uma explosão atinge o navio, lançando os passageiros ao ar, contra as paredes, uns contra os outros. O pânico irrompe, e todos embaixo do convés correm para os corredores a fim de subir as escadas.

— Vocês estão bem? Estão feridas? — pergunta John para Norah e Ena.

— Estamos bem, mas precisamos subir ao convés. Não é seguro aqui embaixo — grita Norah.

— Tem razão. Vocês duas vão na frente, eu sigo vocês.

— Ajude-o a se levantar, Ena, ele vai para onde formos — afirma ela, olhando diretamente para John. — Esse é o nosso pacto.

As mulheres ajudam John a se levantar, imprensando-o entre elas. Norah vai à frente, abrindo espaço entre a multidão e sendo empurrada por ela, todos agora desesperados para escapar do navio que está afundando.

— Podem ir, meninas, nos vemos lá em cima — diz a enfermeira-chefe àquelas que ainda estão no salão.

Nesta e sua equipe se dirigem para a escada mais próxima, em direção à luz do dia, mais do que prontas para realizar o trabalho para o qual se prepararam. Quando ela irrompe no convés, outro avião se aproxima, disparando furiosamente com seus canhões, atingindo os já feridos e destruindo ainda mais os botes salva-vidas. Nesta instrui suas enfermeiras a ficarem onde estão até o avião ir embora.

— Procurem os feridos, aqueles que vocês possam ajudar. Vamos! — grita ela.

Norah também está subindo, ainda agarrada a John. É uma subida lenta, ainda mais lenta por conta da garota da frente, que se esforça para caminhar sem cair. Norah toca o ombro dela de maneira gentil.

— Você está ferida — avisa ela. — Muito ferida! Suas costas...

— Estou? — pergunta a garota, alheia aos ferimentos, seu vestido encharcado de sangue.

Por fim, a garota ferida cambaleia até o convés, onde desmaia.

— Enfermeira! Preciso de uma enfermeira aqui — grita Norah. Ela se senta ao lado da garota, apoiando com suavidade a cabeça dela em seu colo.

Nesta é a primeira enfermeira a chegar ao lado delas. Ela sente a pulsação da garota no pescoço e verifica seus olhos.

— Ela se foi, sinto muito... não há nada que possamos fazer — lamenta ela para Norah.

— Precisamos deixá-la aqui, Norah. Sinto muito, minha querida, mas temos que sair deste navio — sussurra John. — Vamos ter que nadar para chegar à terra.

Mais uma vez, as duas mulheres ajudam John a caminhar enquanto são arrebatadas pela multidão que tenta desesperadamente chegar aos botes salva-vidas.

As enfermeiras-chefes Paschke e Drummond ainda estão embaixo do convés e garantirão que todos estejam lá em cima ou subindo antes de saírem. Uma sensação estranha de calma permeia o salão enquanto os passageiros evacuam o lugar, mas, então, ouve-se o grito de uma mulher.

— Parem! Fiquem todos parados!

O mundo está imerso em caos, o navio está afundando, os feridos estão morrendo, mas todos ficam paralisados ao ouvir a voz estridente.

— Meu marido deixou cair os óculos — anuncia a mulher.

Por mais ridícula que seja a situação, tanto as enfermeiras-chefes quanto muitos dos tripulantes começam a rir antes de continuar subindo as escadas.

Todo treinamento que cada enfermeira fez entra em ação nesse momento. A equipe de Nesta, exceto duas enfermeiras que não conseguiram subir ao convés, começa a ajudar mulheres e crianças a entrarem nos botes salva-vidas. Por cima do barulho, da angústia, dos gritos de socorro dos feridos e aterrorizados, a enfermeira-chefe Paschke dá instruções com sua voz clara e paciente. Os botes salva-vidas estão cheios, as crianças usam as escadas de corda para descer até o mar, com os pais atrás delas.

— Eu vou primeiro — diz Ena a Norah. — Você ajuda John, e depois se junta a nós.

Ena agarra uma corda pendurada na lateral do navio. A corda corre entre seus dedos enquanto ela desliza para dentro da água. Imediatamente, John pousa ao lado dela, tendo ido pelo caminho mais rápido e saltado. Seu colete salva-vidas o traz à superfície, e Ena estende a mão para agarrá-lo. Ela grita quando sua mão se fecha em volta do braço dele. As palmas estão laceradas e ensanguentadas pela fricção da corda. Ela acena freneticamente para Norah, gritando:

— Pule! Norah, pule, não use a corda.

Vendo Ena acenar, Norah agarra a corda e desce pela lateral, deslizando até lá embaixo.

John vê as mãos de Ena e, quando Norah atinge a água, ele tenta freneticamente nadar em direção a ela, sabendo que ela também sentirá a dor das queimaduras de corda e da carne esfolada.

Mas elas não têm tempo para cuidar de suas feridas, precisam escapar do navio que está afundando. John rejeita a ajuda das duas, pois sabe que está por conta própria e que agora deve encontrar toda a força que lhe resta para ajudá-las.

Com o fluxo contínuo de homens, mulheres e crianças entrando nos botes salva-vidas ou na água, Nesta percebe o número cada vez menor de pessoas que permanecem no convés. Perto dali, um passageiro deixa um menininho nos braços de um dos tripulantes.

— Enfermeira-chefe, aqui, temos um barco salva-vidas para dois.

Nesta observa enquanto as pessoas ajudam as enfermeiras-chefes Paschke e Drummond a entrar no barco salva-vidas restante. O navio balança e elas tombam, rindo por um instante em suas posições menos femininas enquanto se ajudam a recuperar a compostura. À medida que o bote salva-vidas desce pela lateral do navio, a enfermeira-chefe Drummond grita.

— Hora de irmos embora, meninas! Abandonemos o navio! — grita ela.

— Vamos nos encontrar na costa para nos prepararmos — acrescenta a enfermeira-chefe Paschke.

Enquanto o barco salva-vidas desaparece na lateral, Nesta se volta para as enfermeiras restantes.

— Vocês ouviram a chefe, é a nossa vez. Todas vocês fizeram um trabalho incrível, obrigada. Agora, tirem os sapatos, segurem o colete salva-vidas embaixo do queixo e pulem.

— De que adianta tirar os sapatos? Não sei nadar, então é melhor me afogar com os sapatos calçados — comenta uma enfermeira.

Nesta olha ao redor e vê parte de uma porta caída inutilmente no convés.

— Ninguém vai se afogar — diz ela à enfermeira pessimista. — Me ajude com esta porta. Vamos jogá-la pela amurada, e, depois que pular, você poderá se segurar nela.

Elas lançam a porta quebrada ao mar. Nesta observa a enfermeira pular, subir à superfície e, em seguida, na prancha, segurando-se com força enquanto os pés batem na água para se afastar.

Olhando ao redor uma última vez, Nesta ergue o vestido, puxando as meias para baixo, antes de chutá-las para longe junto com os sapatos. Agora sem o uniforme adequado, ela pula ao mar.

Ao redor delas, na água, há gritos de socorro, chamados por entes queridos. Esses apelos se juntam à sinfonia de ruídos dos rangidos e do desmantelamento do *HMS Vyner Brooke*.

Por um momento, Norah, Ena e John olham para trás, observando com horror o navio naufragar. A popa sai da água, exibindo com orgulho sua hélice, até que silenciosa e graciosamente afunda nas profundezas.

— Lá vai ele — diz John, baixinho.

— Ah, não! Ali! — exclama Ena de repente.

Outros na água também notaram a aeronave japonesa avançando diretamente para os passageiros em dificuldade. Ao redor das pessoas, o mar começa a se agitar quando as balas atingem a água, algumas encontrando um alvo. Muitos dos que sobreviveram ao salto ao desconhecido flutuam agora sem vida nas ondas, sua luta encerrada.

— Mamãe! Mamãe, onde você está?

Ena e Norah avistam uma garota que mal chegou à idade escolar desaparecer dentro de uma onda. Nadando para longe de John e esquecendo a dor nas mãos machucadas, elas avançam em direção aos gritos lamentosos. Uma onda lança a garota de volta à superfície, e Ena estende a mão e a agarra, puxando-a para perto.

— Peguei você. Peguei você. Vai ficar tudo bem — murmura ela.

— Agarre-se nela, Ena. Vamos voltar para John — grita Norah.

— Onde está minha mamãe? Não consigo encontrá-la — choraminga a garota, engolindo água e cuspindo-a.

— Vamos encontrá-la, prometo — diz Ena. — Olhe, segure-se em mim para flutuarmos. Qual é o seu nome?

— June. Sou June. O nome da minha mãe é Dorothy. Tenho cinco anos.

— Prazer em conhecê-la, June. Meu nome é Ena, e esta é minha irmã mais velha, Norah. Vamos cuidar de você até encontrarmos sua mamãe.

Ena agarra June pela cintura e, lentamente, elas remam até John, que está nadando na direção delas. A correnteza está arrastando todos para longe do navio naufragado, mas não rápido o suficiente para evitar que alguns sejam engolidos pelo óleo que borbulha dos tanques despedaçados do navio.

— Pode ficar pior do que isso? — lamenta John enquanto tentam tirar o óleo do rosto. Sem água potável, suas tentativas serão inúteis. — Vamos tentar chegar à ilha.

— Parece que estamos nos afastando dela — diz Norah.

— É a correnteza, ela vai continuar nos empurrando para o estreito. Vamos descansar um pouco e nos recuperar antes de nadarmos com toda a força em direção à terra.

Com June agarrada a Ena, eles seguem em frente, deixando a correnteza levá-los para onde deseja, que não é onde precisam estar.

Nesta atinge a água com força, afundando bem abaixo das ondas. Ela solta o colete salva-vidas e, usando as duas mãos, luta para chegar à superfície. Libertando-se, ofega em busca de ar e é imediatamente atingida por um corpo flutuante. Seu instinto é o de procurar sinais de vida, mas logo percebe que não há esperança para aquele pobre homem.

Ao ouvir gritos de socorro, Nesta nada em direção aos necessitados. Vê várias enfermeiras agarradas a uma tábua flutuante, mas elas gritam para avisar que estão bem. Ela balança as pernas, indo em direção a um barco salva-vidas que está se afastando dela. Ao subir em uma onda, reconhece as enfermeiras-chefes Drummond e Paschke, junto com várias enfermeiras, algumas feridas. Uma de suas colegas tem duas crianças pequenas penduradas no pescoço. Agarrados às laterais do barco estão homens e mulheres desesperados. Nesta fica aliviada: sua amiga Olive Paschke está segura, e a enfermeira-chefe Drummond está com ela. Todas estão desempenhando as funções para as quais estudaram: cuidar dos vulneráveis.

Betty Jeffrey nada em direção a ela.

— Nesta, Nesta, você está bem? — grita ela.

— Betty! Sim, estou bem, e você?

— Não estou ferida. Estou tentando encontrar as outras, acho que nem todas conseguimos — responde Betty, com a voz embargada.

— Por aqui. Por aqui.

As mulheres ziguezagueiam e veem várias outras enfermeiras nadando juntas. Em silêncio, as duas avançam em direção ao grupo.

— Está todo mundo bem? Tem alguém ferido? — pergunta Nesta imediatamente.

Um coro de "não" chega até ela. Mas Nesta avista sangue escorrendo sem parar da cabeça da irmã Jean Ashton.

— Jean, me deixe ver o corte em sua cabeça; alguma de vocês tem ferimentos que não estou conseguindo ver? — pergunta Nesta à jovem enfermeira.

Jean faz que não com a cabeça, e ninguém admite ter ferimentos graves, a não ser as pancadas e escoriações que a água salgada está curando aos poucos.

— O que você quer que façamos? — pergunta uma enfermeira a Nesta, reconhecendo que ela é a mais experiente mesmo enquanto flutuam no mar, naufragadas.

Agarradas umas às outras num círculo apertado, as enfermeiras fazem uma reunião improvisada para discutir quaisquer formas possíveis de ajudar os feridos e vulneráveis.

— Ajudem onde puderem, mas precisamos fazer a segurança ser nossa prioridade — garante Nesta.

— Vamos chegar à costa e ver o que podemos fazer a partir daí. Alguém viu as chefes?

— Sim, as duas estão no mesmo barco salva-vidas com outras enfermeiras e civis — informa Betty ao grupo.

— Eu as vi por um instante, acho que não me viram, e depois eu fui levada pela correnteza — diz Nesta para ela.

— A enfermeira-chefe Paschke parecia particularmente orgulhosa de si mesma — diz Betty. — Vê-la tão perto da água sem entrar em pânico foi muito estranho. Lembra, Nesta, que ela nem chegava a molhar os pés em Malaca?

— Lembro que nós zombávamos dela. Ela nunca vai nos deixar esquecer que sobreviveu no oceano depois de naufragar.

— Devemos nos separar e procurar as outras? — pergunta Betty.

— Sim, tente se agarrar a uma das tábuas que passarem flutuando. Vejo você na costa! — grita Nesta enquanto permite que a correnteza a leve embora.

— Alguns deles chegaram à terra. Então, se eles conseguiram, nós vamos conseguir também — grita Norah para os outros.

Norah, Ena, John e June se juntam a vários sobreviventes que tentam nadar até uma ilha que surge à vista cada vez que são levados por uma onda, apenas para desaparecer quando caem de volta no oceano calmo. *Graças a Deus a água está quente*, pensa Norah, olhando para o marido. A última coisa que ele precisa é de uma hipotermia.

A corrente abaixo deles é forte e está impedindo sua aproximação. Por horas, eles se movem pelo estreito de Bangka. June adormece de exaustão ou pelo trauma. Ena a abraça, a cabecinha da menina apoiada em seu ombro enquanto nadam. Finalmente o sol está se pondo nesse dia terrível, e a visibilidade na água diminui. Mais perto agora, eles observam as fogueiras ardendo na costa que lutam para alcançar.

Só enxergam a jangada quando ela passa. Vários nadam atrás dela, agarrando-a e puxando-a de volta para que outros possam se agarrar. Com a exaustão ameaçando dominar a todos, Norah e Ena ajudam uma à outra a subir na jangada. À medida que a escuridão completa os envolve, eles se amontoam. A maioria das pessoas na jangada cai em sono profundo.

"Bailando Matilda, bailando Matilda
    Você virá bailar Matilda comigo
    E ele cantava enquanto guardava a ovelha na bolsa
    Você virá bailar Matilda comigo..."

Enquanto a noite cai, Nesta se vê sozinha, mas percebe que cantar traz algum conforto. A madeira que ela segurava havia várias horas se tornou seu lar. Sem forças para remar, ela decide subir e deixar a correnteza levá-la.

Deitada de barriga para cima, ela olha para as estrelas no céu, as mesmas estrelas para as quais sua família e seus amigos na Austrália também podem estar olhando. Pensa no vasto céu de sua cidade natal, na zona rural de Victoria, com que ela se maravilhou durante a maior parte de sua vida, e imagina que sua mãe e seu pai também estão olhando para cima. Ela lhes envia uma mensagem.

Vou sobreviver e estarei com vocês assim que puder. Eu sei que vocês nunca quiseram que eu fosse para a guerra. Não facilitei a vida de vocês, me desculpem por isso. Prometo que, quando chegar em casa, nunca mais deixo vocês.

Ela pensa também no dr. Rick, que ela conheceu quando estavam lotados na Malásia para cuidar dos soldados aliados posicionados para expulsar o Exército japonês invasor, assim eles acreditavam. Ela se lembra da primeira vez que Rick falou com ela, da última vez que falou com ela, e se pergunta se ele conseguiu sair da Malásia em segurança e onde pode estar agora...

Ela havia concordado em cobrir o turno da noite de Betty para que ela pudesse aceitar um convite para jantar. À medida que a meia-noite se aproxima, Nesta atravessa a enfermaria, garantindo que todos os homens estejam dormindo e confortáveis. Quando retorna à sua mesa para fazer anotações, o médico do plantão noturno se aproxima.

— Está tudo bem, irmã James? — questiona ele.

— Dormindo como bebês. Acho que todos os que estão aqui podem receber alta amanhã — garante Nesta, em voz baixa. Não seria bom acordar soldados adormecidos.

— Ei, está querendo meu emprego, irmã?

Nesta percebe o que acabou de dizer. Mortificada, ela fica de pé, seu um metro e quarenta e sete diminuído pelo médico muito mais alto.

— Sinto muito, isso foi inapropriado. Vou fazer minhas anotações em cada prontuário para o turno da manhã verificar — gagueja ela.

— Está tudo bem, com certeza você tem razão. Especialmente com esse volume de roncos. Aposto que o dr. Raymond vai concordar com você. Sente-se, não há necessidade de ficar em posição de sentido.

— Obrigada, dr. Bayley — Nesta murmura enquanto se senta.

— Sou Richard, mas meus amigos me chamam de Rick. Nunca ouvi falar de ninguém chamado Nesta. Posso perguntar de onde vem o seu nome?

Nesta ri.

— É galês. Nasci no País de Gales e meus pais se mudaram para a Austrália quando eu era criança.

— Ah, está explicado. Alguns nomes bem diferentes vêm do País de Gales, não?

— Sim, eles gostam de ser diferentes. Ninguém do País de Gales quer ser considerado inglês.

Rick se senta na beirada da mesa, afastando os prontuários e examinando a enfermaria antes de se voltar para ela.

— Seria indelicado da minha parte perguntar o que você fazia antes de se alistar e agora estar sentada aqui comigo esta noite?

— Bem, resumindo, vim do País de Gales para a Austrália quando tinha oito anos e morava em Shepparton.

— Fica ao norte de Victoria, não é?

— Sim, na região agrícola, principalmente de pomares.

— Continue!

— Eu sempre soube que queria ser enfermeira e me formei no Royal Melbourne.

— Era lá que você estava antes de vir para cá?

Nesta ri de novo.

— Não, longe disso... eu estava na África do Sul.

— Espere, onde? Essa história eu quero ouvir. Me dê um minuto enquanto eu pego outra cadeira. A propósito, você tem uma risada adorável, já estou ouvindo há semanas. Acho que você ri mais que qualquer pessoa que já conheci.

Com uma cadeira colocada em frente à mesa, Rick se inclina para a frente, atento.

— Como estava dizendo, estive na África do Sul.

— Por quê?

— Vai me deixar contar a história? — pergunta Nesta, com um sorriso atrevido.

— Desculpe, desculpe. Continue.

— Não me entenda mal, eu adorava trabalhar no Royal Melbourne, mas queria fazer mais, usar minhas habilidades para curar, e não apenas cuidar de pacientes.

— Ah, então você queria ser médica?

— Vai me deixar terminar?

— Desculpe.

— Vi um pequeno anúncio no jornal para enfermeiras trabalharem nas minas de ouro e diamantes na África do Sul. Não tinha ideia do que isso significava, mas na época eu queria fazer mais, viver uma espécie de aventura. Me inscrevi, fui aceita e viajei para lá. Trabalhei numa mina na região de Joanesburgo.

— É ruim?

— Alguns dias são ruins de verdade. Feridas de acidentes, deslizamentos de terra, desabamentos de minas, espancamentos. Com certeza lidei com lesões que nunca tinha visto antes, e nem sempre havia um médico presente.

— Então, você fazia o que tinha que fazer, tomava suas decisões em relação, digamos, à alta dos pacientes.

Nesta ri de novo.

— Mais ou menos isso. Sim. Enfim, fiquei dois anos lá, então, um dia, em um domingo, nós...

— Quem eram as outras?

— Ah, havia enfermeiras da Inglaterra e da Escócia e algumas ali da região, menos preparadas do que nós. De qualquer forma, estávamos almoçando na sala de descanso quando uma das garotas inglesas pegou um jornal que estava jogado por lá e contou para nós que tanto a Inglaterra quanto a Austrália estavam em guerra. Entenda, nós recebíamos pouquíssimas notícias do mundo exterior, a maioria de nós realmente não queria saber delas. Só queríamos fazer nosso trabalho, fazer a diferença onde conseguíssemos. Eu soube imediatamente que tinha de ir para casa, que meu papel agora era ajudar meu povo. Demorou alguns meses, mas finalmente voltei para Sydney e me alistei. E aqui estou eu. Aqui estamos nós!

— Você é uma aventureira, irmã Nesta James.

— Obrigada por perguntar e por me ouvir. Não contei minha história a ninguém além da enfermeira-chefe.

— Devia contar. Tenho certeza de que seus colegas ficariam fascinados ao saber de suas façanhas. Vou deixá-la com a sua ronda. Me procure se precisar de mim.

— Boa noite, doutor.

— Rick. Meus amigos me chamam de Rick...

Cochilando, Nesta só vê a praia quando sua jangada encalha na costa. Ela não tem ideia de quanto tempo faz com que está na água, mas deve ser o meio da noite; apenas as estrelas iluminam essa madrugada sem lua. Está com uma sede infernal. Esforçando-se para se sentar, ela olha para além da pequena praia, para a escuridão da selva. Rolando para fora da jangada, rasteja até a costa, caindo na areia. Um clarão chama sua atenção e, ao se virar, ela vê um farol, um feixe de luz girando e brilhando no mar.

Trêmula, Nesta levanta seu um metro e quarenta e sete e caminha em direção ao farol. Encontra a porta e bate. Ela se abre devagar, e dois homens malaios locais olham para ela.

— Por favor, posso entrar? — pergunta ela.

Seus olhares perplexos lhe dizem que não a compreenderam. Ela empurra suavemente a porta, e eles se afastam. Nesta examina o pequeno cômodo. Há uma cama, uma mesa e duas cadeiras, além de uma bancada com equipamentos rudimentares de cozinha.

— Falam inglês? — questiona ela.

— Um pouco — responde um dos homens.

— Vocês moram aqui?

Os homens trocam olhares e palavras em malaio.

— Um holandês morava aqui. Ele foi embora.

— Água? Pode me dar um pouco de água, por favor?

Antes que possam responder, a porta se abre, e dois soldados japoneses invadem o lugar. Os malaios estremecem. Surpresos ao ver Nesta, os soldados erguem os rifles, com as baionetas em punho, a centímetros de sua barriga. Ela não recua.

Um dos soldados abaixa o rifle e caminha devagar ao redor de Nesta, olhando-a de cima a baixo. Ela enfia a mão direita no bolso do uniforme e apalpa o dinheiro, as cem libras, ainda no lugar, molhadas, mas intactas. O soldado percebe esse movimento e puxa sua mão rapidamente. Virando-a para deixá-la de frente para a parede, eles recuam, conversando e zombando. Nesta não os vê sair, mas um dos malaios a vira.

— Eles já foram. E você vai também — diz ele.

— Água, por favor.

— Vá embora, agora.

Os homens lhe dão um pouco de água, que ela bebe antes de ser conduzida porta afora.

Nesta sai do farol, afastando-se com vagar. Segue para onde a praia encontra a selva e desce perto de uma grande árvore. Escondida ali, no escuro, ela espera que o sol nasça e lhe dê um novo dia.

— O óleo simplesmente não sai — reclama Norah, esfregando a pele.

À medida que o sol nasce, Norah, Ena, John e June lutam com os outros na jangada por uma posição confortável. O ar frio da manhã logo é aquecido pelo sol escaldante. É muito cedo, e eles já estão derretendo. Revezam-se para entrar na água fria, enquanto se agarram à jangada. Estão com muita sede.

— Talvez haja um chuveiro quente ou uma banheira nos esperando, com um bom sabonete e toalhas felpudas, quando chegarmos a terra. — Ena tenta uma piada, mas ninguém sorri.

— Como estão suas mãos? — pergunta John para elas. As irmãs estendem as palmas dilaceradas com suas feridas úmidas para inspeção.

— Meu Deus, eu não tinha ideia de que você estava ferida — diz uma das mulheres. — Você devia ter dito.

— Vamos ficar bem quando pudermos desembarcar e, com sorte, encontrar algumas das enfermeiras que estavam a bordo conosco — responde Ena.

Eles observam o sol passar pelo meio do céu.

— Estamos à deriva há mais de vinte e quatro horas — diz um homem.

— E nem uma gota d'água para beber.

Um silêncio domina o grupo.

Eles ouvem o motor antes de verem a lancha vindo em sua direção. Sem saber quem está a bordo, vários homens e mulheres deslizam da jangada para a água.

Desligando os motores, a lancha segue ao lado da jangada oscilante. Dois aviadores estão a bordo; um é tão jovem que ainda parece uma criança, o outro tem a idade de John.

— Olá? Olá?!? Que ótimo encontrar vocês. Somos da Força Aérea Real britânica. Que tal colocarmos vocês a bordo?

Várias mulheres começam a chorar; os homens estendem as mãos para apertar as de seus salvadores.

— De que navio vocês são?

— Do *Vyner Brooke*.

— Ah, sinto muito em ouvir isso. Passe a pequenina primeiro — diz o aviador mais velho, apontando para June, que ainda está agarrada a Ena.

Ena tenta desembaraçar os braços de June de seu pescoço, mas a menina segura com mais força e enterra o rosto no pescoço de Ena.

— Está tudo bem, June. Só estou passando você para o oficial gentil. Vou logo atrás, não se preocupe.

— Podemos apressar isso? — diz uma das mulheres, enquanto tenta subir a bordo da lancha.

— Fique na jangada, senhora. Pegaremos a criança primeiro — diz o aviador.

June se permite ser levantada e colocada na lancha, e os outros a seguem rapidamente. Com um leve empurrão para longe da jangada, a lancha dispara e segue em direção à terra. Norah observa a tábua de madeira desaparecer. Salvou-os do mar. Seu trabalho está feito.

— Água? — resmunga John.

— Desculpe — diz o aviador, entregando-lhe um cantil. — Passe adiante.

John toma um gole e o cantil é passado apressadamente pelo grupo, mal saciando sua sede.

— Encontraram algum outro sobrevivente? — questiona John.

— Não do *Vyner Brooke*.

— Para onde estão nos levando?

— Infelizmente, não temos muita escolha. Muntok não fica longe daqui, e nós os levaremos ao cais. Lamento dizer, mas vamos entregá-los aos japoneses.

Há gritos de medo e raiva entre o grupo. Como podem esses homens entregá-los nas mãos do inimigo, o mesmo Exército que destruiu seu navio e metralhou os civis do ar?

— Não podemos ir com vocês? Vocês não podem simplesmente nos abandonar nas mãos dos japoneses — protesta Norah, horrorizada.

— Estamos cercados. Se vocês forem pegos conosco, então estarão em apuros de verdade. É tudo o que podemos fazer, sinto muito, eu...

O aviador não precisa terminar a frase. O grupo fica em silêncio. Pelo menos há algum alívio em finalmente escapar do mar.

— O cais fica lá na frente. Vamos entrar com força e muito rápido. Por favor, desembarquem o mais depressa que puderem para que possamos fugir.

A lancha diminui a velocidade à medida que se aproximam de uma curva do estreito. Olhando ao redor, eles veem um longo cais que sai da terra e entra no mar.

— Vai! Vai! Vai! — diz o aviador mais velho ao jovem colega que controla o barco.

Os sobreviventes são jogados para trás em seus assentos quando o barco avança em alta velocidade. Chegam ao cais com um baque surdo, bem ao lado da escada de madeira para desembarque.

— Rápido, rápido. — O aviador aponta para um jovem. — Vamos lá, suba. Vou mandar June logo atrás de você. Esse é seu nome, não é, querida?

A garotinha assente.

— Ajude-a e depois os outros quando eu os enviar. Temos que agir muito rápido agora.

O homem sobe a escada, e June o segue sozinha com as pernas trêmulas e uma coragem e determinação além de sua idade. Ena a segue, tropeçando nos degraus, as pernas também bambeando depois de horas na água. Suas mãos dilaceradas doem demais enquanto ela segura cada degrau. Enquanto os últimos sobreviventes lutam para subir a escada até o cais, ouvem gritos e pés batendo em sua direção.

— Vão! Vão! Vão! — berra o aviador, empurrando os sobreviventes restantes para a escada.

Quando o último coloca as mãos no degrau inferior, o aviador liga os motores. Uma chuva de balas os afugenta. Quando estão no cais, Ena, Norah e John encaram os soldados japoneses, ainda correndo em direção a eles, com rifles disparando contra os homens da RAF* que partiram. Além dos soldados, eles veem que o cais está repleto de outros sobreviventes, sentados em suas malas, em caixas, observando horrorizados, aterrorizados com a possibilidade de os recém-chegados serem baleados. A lancha desaparece na curva. Os soldados japoneses se viram e voltam por onde vieram, deixando os sobreviventes do *Vyner Brooke* se perguntando o que vai acontecer a seguir.

— Suponho que só podemos nos sentar aqui e esperar como todo mundo — diz John.

---

* RAF é a sigla de *Royal Air Force*, a Força Aérea Real britânica. (N. do E.)

3

**Muntok, Indonésia
Fevereiro de 1942**

— Tem alguém aí?

Conforme o sol clareava o horizonte, Nesta se embrenhava cada vez mais na selva, movendo-se lenta e silenciosamente, com os sentidos em alerta máximo, estremecendo a cada som. A selva, porém, estava viva com o barulho, o farfalhar dos pássaros nos galhos, o assobio do vento nas árvores, o raspar sempre presente dos insetos. Mas agora ela ouve uma voz humana e depois um engasgo, um arfar, várias e várias vezes.

— Tem alguém aí?

Nesta se joga no chão. O barulho está vindo da praia. Rastejando de quatro pela vegetação densa, ela está mais uma vez à margem da selva. Com o coração disparado, a cabeça zumbindo, ela leva um momento para registrar o que está vendo.

Há uma pessoa na praia, balbuciando e engasgando, lutando para ficar de pé. Claramente acabou de sair da água. Uma jovem que, sem conseguir se levantar, acaba tombando.

Nesta observa e espera. A mulher desiste e fica imóvel. Os instintos de enfermagem de Nesta entram em ação, instintos muito mais poderosos que seu medo. Mais poderosos que sua terrível sede e sua exaustão entorpecente. Ela corre pela areia em direção à sobrevivente. A mulher está deitada de lado, com as roupas encharcadas e cobertas daquele óleo preto e espesso que também cobre seu rosto, cabelos e corpo. Quando Nesta gentilmente vira a mulher de barriga para cima, um par de olhos escuros e brilhantes a encara e um pequeno sorriso diz obrigada.

— Precisamos sair desta praia — diz Nesta para ela, igualando seu sorriso por um instante. — Estamos expostas demais.

Muito mais alta que a enfermeirazinha, a mulher permite que Nesta a levante e, juntas, elas mancam de volta para a segurança da selva.

— Você está machucada? — pergunta Nesta.

— Não, mas acho que engoli muita água.

— Deite-se. Você vai ficar bem num instante.

A mulher parece muito feliz por estar de pé novamente.

— A senhora é enfermeira? — indaga ela. — Parece uma das enfermeiras que estavam no barco.

— Sim, sou Nesta. Nesta James.

— Phyllis Turnbridge. Australiana?

— Sim. Você é inglesa?

Phyllis assente.

— A senhora encontrou mais alguém? Mais algum sobrevivente?

— Não, mas tenho certeza de que há outros, provavelmente arrastados para algum lugar mais acima ou abaixo na praia.

— O que deveríamos fazer?

— Descanse um pouco aqui. Tem um farol não muito longe. Já estive lá, mas não fui muito bem recebida.

— Soldados japoneses?

— Parece que uns homens da região moram lá, embora eu tenha conhecido dois soldados.

— Sério? E deixaram a senhora ir embora?

— Não pareciam muito interessados em mim. Os moradores me mandaram sair, então vim para cá observar e esperar.

— Devemos voltar? Preciso muito de um pouco de água.

— Quer caminhar um pouco?

Para responder, Phyllis fica de pé com as pernas bambas, se estica e dá de ombros.

— Vamos lá.

Devagar, elas se dirigem para o farol, permanecendo dentro da selva e olhando ao redor o tempo todo.

— O que você estava fazendo em Singapura? — pergunta Nesta.

— Eu trabalho para a Inteligência britânica — responde Phyllis.

— Você é uma espiã?

— Quase nunca. Sou da área administrativa.

Nesta fica intrigada, mesmo assim decide não sondar mais.

Os dois homens locais ainda estão no farol, e as mulheres gesticulam em tom de súplica na direção da boca. Dão a entender que estão com fome e sede, e, com relutância, eles dão a elas uma pequena quantidade de arroz e um pouco de água.

— Não podem ficar, precisam ir — insiste um dos homens.

— Para onde? Aonde sugere que devemos ir? — pergunta uma Phyllis ousada.

— Muntok. Vão para Muntok.

Os dois homens conduzem as mulheres para fora do farol e por um caminho que leva à selva.

— Muntok.

— Acho que vamos para Muntok — declara Phyllis, com naturalidade.

— Não tenho outras ideias e não vou voltar para o mar — responde Nesta.

Não muito longe naquele caminho, Nesta e Phyllis encontram um pequeno grupo de sobreviventes do *Vyner Brooke*, atordoados, desorientados, discutindo sobre qual direção seguir. Antes que Nesta possa dizer uma palavra, uma das mulheres solta um grito estridente. O grupo se assusta e começa a olhar ao redor da selva, desnorteado, em busca da ameaça. Eles veem o que causou o grito. Soldados japoneses caminham em sua direção com as baionetas erguidas. Os homens se movem rápido, formando um círculo ao redor dos sobreviventes, informando a eles, com um toque de suas baionetas, qual caminho seguir. Não há nada que possam fazer, e então começam a caminhar até que, pouco depois, entram na aldeia de Muntok.

Eles marcham pela aldeia, que nada mais é que um pequeno conjunto de cabanas, com vendedores oferecendo frutas e legumes em esteiras no chão. Há mães com filhos, rostos espiando pelas janelas, homens cuspindo nos sobreviventes numa demonstração de apoio aos japoneses. No extremo da aldeia, um cais se estende até o oceano, e ali Nesta avista centenas de homens, mulheres e crianças sentados embaixo do sol a pino. Há mais soldados ali, vigiando os sobreviventes removidos. Ela olha em desespero para as massas em busca de um rosto familiar, um uniforme familiar, mas há gente demais. Nesta, Phyllis e o restante do pequeno grupo são conduzidos a um prédio próximo dali. Um dos sobreviventes traduz a placa acima da porta: é a Alfândega.

— Por favor, podemos nos sentar, querida? Podemos todos nos sentar? — John pergunta, e Norah percebe que ele está prestes a desmaiar.

Norah, Ena, John e June estão sob o sol escaldante, tentando identificar o que está ao seu redor. Norah está observando os soldados por perto, ansiando por um sinal do que o destino lhes reserva.

Pegando sua mão, Norah o guia até as tábuas de madeira do cais. June se aconchega em John; felizmente, parece que se sente segura com qualquer um de seus três salvadores. Eles se sentam juntos, tentando proteger John e June do sol.

— Sua aparência está péssima — diz Norah a Ena, tentando distrair todos do que está por vir.

— Obrigada, Norah. Você deveria ver o seu rosto também, o sujo falando do mal lavado, sabe como é — responde Ena, e as irmãs compartilham um sorriso forçado, apesar da dor nas mãos e da sede avassaladora. — O que vamos fazer para nos livrar de todo esse óleo? — pergunta ela.

— Vamos tentar ajudar uns aos outros. Minhas mãos não estão obedecendo, mas meus pés sim. John, podemos usar sua camiseta de baixo? Você pode ficar de camisa — diz Norah, com um sorriso atrevido.

John começa a desabotoar a camisa, mas suas mãos tremem. Vendo seu esforço, June afasta seus dedos e tira a camisa dele antes de ajudá-lo a se livrar da regata. Entregando a peça para Norah, ela ajuda John a vestir a camisa novamente.

— Vamos ver, o que pode ser feito? — pondera Norah, examinando o corpo de Ena e passando a camiseta na direção de seus pés.

Segurando a peça de roupa entre os dedos dos pés, Norah tenta limpar o óleo dos braços de Ena. As irmãs se torcem e se contorcem enquanto removem com sucesso algumas das manchas grudentas dos braços e pernas uma da outra. Suas risadas alcançam outras pessoas no cais, que assistem, divertindo-se. Quando Norah tenta limpar o rosto de Ena, as duas quase caem do píer. Enquanto se recompõem, June pega a camiseta preta, agora muito suja, de Ena e enxuga suavemente o rosto das irmãs. Ela é recompensada com abraços das mulheres.

Outros ao redor compartilham desse momento engraçado, rindo e apontando para as tentativas cômicas das irmãs de se limparem.

— Suas mãos precisam de cuidados — diz John, juntando-se à risada.

Norah fica encantada porque John parece animado com essa cena ridícula. Ele deve estar se sentindo melhor se conseguiu tirar um momento para apreciar o absurdo de suas peripécias com a irmã nesse cenário idílico de selva exuberante e flores tropicais deslumbrantes, contrastando com as águas azuis serenas e a praia de areia branca. Ela sente como se estivessem em uma pintura.

— Seja minha vida curta ou longa, vou me lembrar para sempre deste momento. De que, nas piores circunstâncias possíveis, duas mulheres que eu amo mais do que a própria vida encontraram uma maneira de rir e de me fazer rir também. Obrigado, minhas queridas.

Ena e Norah param em seus esforços para dar um beijo em cada bochecha dele.

Quando a camiseta está tão cheia de óleo que não tem mais utilidade, Norah e Ena se sentam com John e June, olhando para a multidão no cais.

— Não reconheço ninguém aqui. Mas eles estão com a bagagem e têm roupas limpas. Suponho que sejam de outro navio — diz Norah.

— Que tal se eu for falar com alguém? — sugere Ena.

— Meninas, por favor, não façam nada perigoso — implora John.

— Claro que não — afirma Ena. — Não há soldados perto de nós... e os que estão lá parecem não prestar muita atenção a ninguém. Vamos ser rápidas.

Um novo grupo de soldados chega, e Ena corre até o grupo de prisioneiros mais próximo. Norah a observa falar com eles por um instante antes de retornar com a notícia de que o navio deles, *Mata Hari*, havia sido atacado, seus passageiros colocados nas lanchas do navio e levados até ali. Homens, mulheres e crianças estão sentados, deitados, de pé para esticar as pernas, rodeados por seus pertences.

— Algum deles sabe o que vai acontecer conosco? — pergunta Norah.

— Sabem tanto quanto nós, ou seja, nada. É esperar para ver, eu acho.

— John precisa de medicação, estou muito preocupada com ele — comenta Norah, olhando para o marido, que agora dorme. A cabeça dele está no colo dela, e ela acaricia seus cabelos com ternura. — Ele está queimando de febre, e ficar embaixo deste sol não ajuda em nada.

— Quer que eu pergunte a um dos soldados se podemos conseguir um chapéu ou algo assim?

Antes que Norah possa responder, June, que também está cochilando, chama a atenção deles.

— Mamãe! Mamãe! — grita ela.

Ena a pega no colo, sussurrando palavras para acalmá-la, embalando-a, segurando-a com força enquanto a menina acorda, desorientada. Em pouco tempo, seus gritos se transformam em soluços e ela adormece de novo.

— O que vamos fazer com ela? — pergunta Ena, acariciando o braço da garota.

— Cuidar dela, amá-la e torcer para encontrarmos sua mãe logo.

John se agita com a angústia de June, mas não por muito tempo.

— Não sei se ele está dormindo ou inconsciente — diz Norah, baixinho.

Ena olha para ele; sua respiração é irregular, mas frequente.

— Ele está dormindo, não se preocupe — comenta.

As irmãs ficam em silêncio; o sol é implacável em sua tentativa de queimá-los vivos. Ali, elas notam que outras pessoas no cais têm chapéus e roupas extras para cobrir e proteger a pele e o rosto. Os olhares silenciosos que as irmãs trocam confirmam que elas sentem o mesmo desespero.

Norah estende a mão, pega a de Ena e se deita para cochilar. Mas em poucos minutos há uma comoção, e elas começam a despertar, as duas verificando instintivamente June e John, que ainda dormem. Soldados japoneses andam de um lado para o outro no cais, gritando e cutucando os sobreviventes com suas baionetas. A mensagem é clara: levantem-se, é hora de seguir em frente. Estando bem no final do píer, Norah e Ena têm tempo de levantar gentilmente John e June. Enquanto outros lutam com seus pertences, eles andam desimpedidos.

— Para onde estão nos levando? — Nesta se pergunta em voz alta.

Nesta e Phyllis são escoltadas da Alfândega para se juntarem às centenas de homens, mulheres e crianças que saem do cais.

— Parece um cinema — comenta Phyllis.

É um cinema, de um único andar, feito de madeira e ferro. Dentro, há apenas um salão grande e uma pequena cápsula de projeção.

— Fique por perto — ordena Nesta, pegando a mão de Phyllis enquanto os sobreviventes disputam espaço. — Ei! — grita ela. Do outro lado da sala, ela avistou várias de suas colegas. Elas correm para os braços uma da outra e começam a compartilhar histórias de sua sobrevivência.

— Água! — berra Phyllis enquanto os soldados se movem entre os sobreviventes distribuindo saquinhos de folhas de bananeira cheios de arroz e copos com água.

Elas ficam animadas porque, ao longo do restante daquele dia e durante a noite, mais sobreviventes são empurrados por aquelas portas. Amigos e familiares separados quando o *Vyner Brooke* afundou se reencontram em cenas de afeto que emocionam todos ao redor.

* * *

Norah, Ena, John e June conseguiram algum espaço junto à parede. Não há lugar para se deitarem, mas pelo menos estão sendo poupados do sol forte.

À medida que a noite cai e o cômodo escurece, Norah não consegue mais distinguir as outras figuras no quarto, mas ainda pode ouvir os bebês e as crianças pequenas chorando de fome. Parece que já passou muito tempo desde que lhes deram um punhado de arroz. Norah não se sente confortável, não consegue bloquear o barulho e o movimento constante ao redor. Quando chega o sono, por fim, é breve e cheio de sonhos com Sally.

Ao amanhecer, Norah olha para os rostos dos sobreviventes e sabe que se sentem como ela: felizardos e gratos por ainda estarem vivos. Enquanto ela, John, Ena e June lutam para se pôr de pé, esticando membros e músculos feridos por dias de punição, as portas se abrem.

— Graças a Deus — diz ela. — Finalmente vamos poder sair daqui.

— Fora, fora! — um soldado japonês grita.

Vários soldados entram no local, empurrando qualquer um à frente com seus rifles e punhos. Norah e todos os outros saem correndo e tropeçando. Uma vez lá fora, ela se vira para ver o último sobrevivente deixando o prédio; há sangue escorrendo por seu rosto devido a uma pancada na cabeça, e sua esposa idosa e perturbada o está escorando. Enquanto todos marcham pela aldeia, Norah imagina o que seu futuro desconhecido reserva.

4

Muntok, Indonésia
Fevereiro e março de 1942

— Ena, o que vamos fazer? Não podemos nos perder de John. Ele não vai sobreviver sem nós — sussurra Norah.

Com o sol a pino, os prisioneiros, depois de caminharem ou cambalearem com seus filhos, chegam a um complexo semelhante a um quartel. Então, recebem ordens para passar pelos portões, onde os homens são imediatamente separados das mulheres.

— Talvez seja só para dormir. Por favor, Norah, fique calma até descobrirmos o que está acontecendo. — Ena sabiamente tenta aplacar os ânimos da irmã, mas também está angustiada.

Elas imaginam que o quartel foi construído para abrigar trabalhadores locais da mina de estanho, agora extinta, nas proximidades. Cabanas de dormir cercam uma área central aberta que tem um poço como única fonte de água. Elas ouvem que um longo canal de concreto nas proximidades é onde todas vão se lavar. Várias mulheres já estão jogando água na cabeça para se refrescar. No terreno atrás das cabanas ficam os banheiros – longas trincheiras escavadas na terra.

As mulheres e crianças, que superam os homens em número, são deixadas em cabanas à esquerda do quartel. John é afastado de Norah e empurrado para uma cabana no lado oposto. Norah cutuca Ena, e, com June, elas se dirigem para uma cabana quase em frente à de John.

— Mas onde nós vamos dormir? — questiona uma voz de mulher.

Presas às paredes estão lajes de concreto postas umas sobre as outras, como prateleiras.

— Nisto aqui, eu acho — responde outra voz.

Escolhendo um local para si e para June, as mulheres começam a se apresentar. Existem várias mães com filhos. June encontra uma menina da sua idade e, encorajada, junta-se a ela para brincar.

Uma mulher mais velha entre elas se apresenta como Margaret Dryburgh, anunciando sua formação como professora missionária com prática em enfermagem.

— Também tenho paixão por música — diz ela às mulheres que se reúnem ao redor.

— Minha irmã, Norah, estudou na Academia Real de Música em Londres — interrompe Ena.

Margaret se aproxima das irmãs.

— É um prazer conhecê-las. Nunca se sabe, talvez um dia possamos nos sentar e cantar sobre esta experiência.

— Parece ótimo, mas não creio que qualquer conhecimento que eu possa ter em música seja muito útil aqui — diz Norah, espiando os cantos escuros da cabana.

— Nunca se sabe. Mas eu adoraria ouvir sobre seus estudos um dia. — Margaret se volta para o grupo maior. — Percebi que muitas de vocês não têm nenhum pertence — comenta ela, observando os trapos oleosos que algumas usam e os vestidos elegantes de outras. — Vocês só estão com a roupa do corpo?

— E com nossa vida — brinca Ena.

— E com sua vida, tem razão, me desculpem se pareci insensível. Senhoras, tenho certeza de que podemos encontrar algumas roupas e outras necessidades para dividir com quem estiver precisando. O que vocês acham?

À medida que as mulheres com malas começam a remexer em seus pertences, elas levantam saias, blusas, vestidos.

— Vocês são irmãs? — questiona Margaret.

— Sim. Meu nome é Norah, e esta é Ena.

— Suas mãos! O que aconteceu com elas?

— Quando tivemos que abandonar o navio, cometemos o erro de nos agarrarmos à corda enquanto deslizávamos para o mar. Não sei por quê, mas não me ocorreu que eu estaria rasgando a pele. Norah fez a mesma coisa — conclui Ena.

— Posso dar uma olhada?

As irmãs estendem as mãos para serem examinadas. Margaret vira-as para ver se algum dano ou infecção se espalhou pelas costas de cada mão.

— Quanto tempo vocês ficaram na água?

— Não tenho certeza. Foi depois do almoço...

— Almoço esse que não tivemos — acrescenta Ena.

— Não tivemos, e acho que foi na manhã seguinte, ou novamente por volta da hora do almoço, que fomos apanhadas por uma lancha e largadas no cais — conclui Norah.

— Estou com muita fome — comenta Ena.

— Tenho certeza de que em breve vamos receber alguma coisa para comer. Mas você deve saber que a água salgada fez bem às suas mãos. Elas não parecem infeccionadas, mas lamento dizer, senhoras, que as queimaduras da corda vão levar algum tempo para cicatrizar, e eu não recomendaria que usassem as mãos até que isso acontecesse.

— Quanto tempo? — pergunta Ena.

— Em condições normais, com assistência médica, levaria semanas. A pele ainda está caindo. Toda a pele da superfície precisa cair antes que a pele de baixo possa cicatrizar. Receio que vocês vão ficar com cicatrizes, mas, considerando a nossa situação, acho que esse é o menor dos problemas. — Margaret faz uma pausa e olha ao redor da sala. — Eu gostaria de encontrar alguma coisa que pudesse usar como curativo, e ele vai precisar ser trocado todos os dias. Neste clima, é preciso manter as feridas limpas e secas. Como vão estar enfaixadas, suponho que isso vai lembrar vocês de não usar as mãos. Tem gente suficiente para cuidar de vocês e da sua filha...

— Ah, ela não é nossa filha. É uma garotinha que encontramos no mar. Ela se separou da mãe, por isso estamos cuidando dela — Ena conta a Margaret.

— Ah, mas ela parece tão apegada a vocês. Achei que uma de vocês fosse a mãe dela.

Ena olha para Norah, que se virou. Ela dá um abraço nela.

— Sally vai ficar bem, Norah.

— Desculpe, eu disse alguma coisa? — pergunta Margaret.

— Norah tem uma filha, Sally, de oito anos. Poucos dias antes de partirmos, ela viajou em outro navio com nossa outra irmã e a família dela — Ena conta a Margaret.

Norah se lembra da angustiante decisão de mandar Sally para longe da Malásia antes deles, quando fugiram para Singapura. Ela e John haviam se reencontrado em Singapura, apenas para mandá-la para longe deles pela segunda vez, naqueles dias desesperadores em que a ilha que haviam pensado ser um refúgio seguro caía tão rapidamente nas mãos dos japoneses.

Kuala Terengganu, Malásia – dezembro de 1941

Norah está guardando roupas, livros e bonecas nas malas. Ela se vira para olhar para John, que está perto da janela, atento ao que quer que esteja acontecendo no quintal. Fechando as malas, ela se junta a ele, colocando um braço reconfortante em volta de sua cintura, e juntos observam Sally, que está enchendo tigelas rasas com água. O jardim deles faz fronteira com a selva e todos os seus perigos.

— *Precisamos trazê-la para dentro logo. Os filhotes de tigre estarão aqui, e a mamãe tigre não vai ficar longe — diz Norah suavemente.*

Mas os dois permanecem imóveis, os olhos fixos na filha enquanto ela realiza sua tarefa.

— *Gostaria que não tivéssemos que ir embora — começa Norah.*

— *Eu sei — diz John, sem tirar os olhos de Sally. — Eu sei.*

— *Ainda é tão cedo. — Os olhos de Norah se enchem de lágrimas. — Não estou pronta — sussurra ela.*

John se vira para ela agora e a toma nos braços.

— *Nunca vamos estar prontos, meu amor. Mas não podemos ficar aqui. Os japoneses estão perto agora. Vamos colocá-la no ônibus amanhã, fazemos uma travessia por terra nós mesmos e nos encontramos com ela em Kuala Lumpur. Então, todos chegaremos a Singapura juntos e em segurança. Vai ficar tudo bem, prometo.*

Eles permaneceram assim, abraçados, dando um ao outro coragem para seguir em frente.

Por fim, John se afasta e se volta para a janela, que ele abre.

— *Sally! Sally, está na hora de entrar, minha querida. O sol já está quase se pondo. Você pode ver os filhotes de tigre beberem água da janela conosco.*

Sally deixa a última tigela no chão, espiando a densa folhagem da selva, alerta ao movimento, qualquer movimento. Sem ver nada, ela olha para os pais.

— *Estou indo.*

Aninhada nos braços do pai, Sally observa cinco filhotinhos de tigre correrem da segurança da selva para o gramado. Eles brincam, brigam, encontram as tigelas de água e bebem com avidez.

Norah percebe que John não consegue desviar os olhos da mãe tigre, que está observando os filhotes no meio da grama densa. Ela não tira os olhos dos filhotes, e John não tira os olhos dela.

Norah sabe o que ele está pensando: que um pai nunca deve se separar dos filhos, que eles devem manter Sally segura a todo custo.

— *Toque alguma coisa — ele sussurra para ela.*

Norah não precisa perguntar o quê ou por quê. Ela pega o violino, que sempre está por perto. Não consegue conter as lágrimas que vêm enquanto as belas notas de "Lullaby", de Brahms, acalmam a sonolenta Sally, que se recosta no ombro do pai.

— Tenho certeza de que ela está bem. Agora vamos ver o que posso encontrar para transformar em bandagem.

Margaret sabe instintivamente que um pouco de agitação é a maneira de tirar Norah de seu sofrimento.

O clima fica mais leve quando Margaret tira anáguas e calções da mala, junto com blusas e saias engomadas. Segurando uma faixa de algodão entre as mãos e os dentes, ela rasga tiras de tecido.

Nesta e as enfermeiras são alojadas em uma cabana só para elas. Pela primeira vez elas ficam sozinhas, sem saber onde estão ou quem está desaparecida. Nesta rapidamente conta cabeças.

— Trinta de nós. Sessenta e cinco embarcaram no *Vyner Brooke*. Temos que esperar e rezar para que as outras se juntem a nós quando forem encontradas. Vamos, meninas, vamos trabalhar juntas para explorar ao máximo nossa nova casa.

— Devemos ver o que tem lá fora? Precisamos encontrar um banheiro e um pouco de água — alguém pergunta.

— Não temos nenhuma mala para desfazer — acrescenta outra. — O que eu daria por um uniforme novo, mesmo sem anágua.

As enfermeiras da divisão de Nesta começam a rir, enquanto as outras parecem confusas.

— O que foi? — alguém pergunta.

— Conte para elas, Jean. Você sabe contar — diz Nesta.

— Bom, foi assim. Quando chegamos à Malásia, trouxemos de casa nossos uniformes pesados e quentes. Realmente não eram apropriados para os trópicos. A enfermeira-chefe conseguiu permissão para que um alfaiate local fizesse uniformes mais adequados, mais leves. Feitos de algodão, com mangas curtas.

— E então?

— Ah, eram ótimos, nós gostávamos deles de verdade, até que...

As enfermeiras começaram a rir novamente.

— Até que...?

— Aconteceu uma ou duas semanas depois que começamos a usá-los. Tínhamos notado que, no turno da noite, os soldados que estavam sob nossos cuidados ficavam o tempo todo nos pedindo para ir até suas cabeceiras e, quando chegávamos lá, eles não precisavam de nada na verdade. Achávamos que eles só queriam companhia e não pensávamos nada a respeito. De qualquer forma, eu estava trabalhando uma noite quando a enfermeira-chefe apareceu. Imediatamente, ela ordenou que eu saísse da enfermaria e me disse que a iluminação do quarto dos soldados deixava nossos uniformes transparentes; eles conseguiam até ver nossa roupa de baixo.

— Adivinha quem sempre se oferecia para cobrir o turno da noite? — comenta outra enfermeira.

— Você! Foi você, Nesta? Ah, meu Deus, como se sentiu quando descobriu?

— Ah, quando você conhecer nossa irmã James vai aprender que ela simplesmente ri de tudo. Ninguém ri tanto quanto ela — é a resposta.

Quando as enfermeiras voltam da inspeção do campo, várias contam a notícia de um dormitório que possivelmente poderá ser usado como hospital. Três médicos já estão instalados, e as mulheres perguntaram se poderiam trabalhar com eles. Aquelas que estão na cabana, ao ouvirem a notícia, correm para a cabana vazia, se apresentam aos médicos e, com uma energia que nenhuma delas realmente possui, começam a prepará-la.

— Vou falar com os soldados japoneses e ver se conseguimos algumas camas e cobertores e, claro, equipamentos e remédios — diz um dos médicos.

— Você acha mesmo que vão nos dar alguma coisa? — pergunta uma enfermeira.

— Se não perguntarmos, não vamos saber. Isso vai nos dizer exatamente como eles esperam que cuidemos de nossas necessidades mais básicas do ponto de vista médico.

Enquanto elas transmitem essa informação às enfermeiras em sua cabana, uma mulher mais velha entra na sala.

— Olá a todas. Meu nome é Margaret Dryburgh e estou duas cabanas abaixo de vocês.

Nesta dá um passo à frente com a mão estendida.

— Prazer em conhecê-la, Margaret. Meu nome é Nesta, nós somos...

— Enfermeiras australianas, sim, eu sei. A notícia se espalhou. É um prazer conhecê-las.

— Gostaria de poder lhe oferecer alguma coisa, mas, como pode ver, estamos com poucos suprimentos.

Margaret sorri com a ironia.

— Obrigada, acredito que tenhamos acomodações iguais. Mas talvez haja algo que possamos dar a vocês.

As enfermeiras trocam olhares.

— Deixem-me explicar. Eu sei que vocês só têm as roupas que estão usando. Eu estava no *Mata Hari* e tive a sorte de não naufragar. Fomos autorizados a levar poucos pertences. Outras aqui têm guarda-roupas inteiros, incluindo sapatos e produtos de higiene pessoal. Olhando para vocês, posso dizer com segurança que não tenho nada que sirva ou seja adequado. Mas muitas das outras mulheres têm suprimentos a mais, e nós gostaríamos de oferecer a todas uma muda de roupa. Alguns dos militares do quartel têm shorts e camisas extras. Não vão parecer uniformes, mas estão limpos e não foram encharcados pela água do mar.

— Em nome de todas nós, obrigada. Se houver alguma coisa que possamos fazer por vocês, basta pedir — diz Nesta a ela, emocionada demais para responder qualquer outra coisa.

— Algo me diz que vocês serão nossas salva-vidas. Algumas mulheres e crianças aqui já precisam de ajuda. Agora, venham comigo e escolham algumas roupas.

Elas seguem Margaret até sua cabana, cujas ocupantes estão postadas no corredor de terra que sobe pelo centro do cômodo, as lajes de "dormir" de concreto de cada lado exibindo uma variedade de roupas.

— É melhor que o departamento feminino da Grace Brothers — exclama uma das enfermeiras mais jovens.

— O que é isso? — questiona Margaret.

Mais risadas.

— É uma loja de roupas em Melbourne — responde Nesta.

— Bem, senhoras, boas compras... só não há um caixa aqui para receber seu dinheiro.

Devagar, as enfermeiras caminham pelo corredor olhando para as roupas dispostas diante de si. Elas não se movem para pegar uma única peça.

— Ah, ande logo, vamos ver como esta fica em você — anuncia uma das mulheres, pegando um vestido e segurando-o diante de uma jovem enfermeira. Outras mulheres fazem o mesmo, e logo a cabana se assemelha a uma festinha familiar.

Uma das inglesas anuncia que recebeu um kit de costura de uma mulher de uma cabana no caminho, onde moram as prisioneiras holandesas. Ajustes poderão ser feitos, se forem necessários.

— São aqueles que nós vimos quando chegamos aqui? — pergunta uma das enfermeiras.

— Sim, descobri que havia muitas famílias holandesas morando aqui. Não sei o que aconteceu com os homens, mas as mulheres e as crianças foram transferidas das suas casas para cá — diz Margaret.

— Elas moram aqui? Em caráter permanente? — pergunta Nesta.

— Os maridos delas provavelmente comandavam as minas, então, sim, elas estavam aqui antes da chegada dos japoneses e, bem, agora são como nós: prisioneiras de guerra.

Margaret observa a diversão. Ela vê que Nesta escolheu um sarongue e um short branco da Marinha.

— Com licença, Nesta... posso chamá-la pelo seu nome ou deveríamos chamá-la de irmã?

— É irmã James, mas pode me chamar de Nesta.

— Obrigada. Talvez você me ouça ser chamada de srta. Dryburgh: há algumas mulheres aqui que me conhecem da minha vida anterior e não sabem qual é o meu primeiro nome.

— Posso perguntar o que você estava fazendo em Singapura?

— Fui missionária e professora. Passei muitos anos fora da Inglaterra: primeiro na China, depois em Singapura. Mas chega de falar de mim; há duas mulheres aqui sobre as quais eu gostaria de saber a sua opinião. Elas estão com queimaduras terríveis nas mãos, causadas pela corda quando abandonaram o navio.

— Estavam no *Vyner Brooke*?

— Sim, e, como você, só estão com a roupa do corpo.

— Você me leva até elas?

As irmãs estão examinando vestidos, inspecionando-os para ver se servem.

— Norah, Ena, esta é a irmã James...

— Nesta, por favor.

— Você é uma das enfermeiras australianas, nos ajudou no cais com meu marido e vimos você a bordo. Cantou aquela canção adorável quando saímos de Singapura — diz Norah.

— Claro, me lembro de vocês. — Nesta faz uma pausa, olhando em volta.

— John, meu marido, está em uma cabana aqui em frente — diz Norah.

— Fico muito feliz em saber disso. Ele está bem? Posso perguntar o que ele tem?

— É tifo. Ele foi mordido por um rato na selva quando estávamos fugindo por terra até Kuala Lumpur para podermos chegar a Singapura. A mordida infeccionou, e ele ficou doente.

— Temos alguns médicos aqui e estamos montando um pequeno hospital. Leve-o lá quando puder.

— Obrigada! — exclama Norah, agradecida. — Ah, e obrigada por ter cantado. Foi a coisa mais estranha ver Singapura queimar ao som das lindas vozes de vocês.

— "Waltzing Matilda" é o seu hino nacional? — pergunta Ena.

— Muita gente gostaria que fosse, mas não, não é. Nosso hino é o mesmo que o seu. Posso dar uma olhada em suas mãos?

Margaret desembrulha delicadamente as bandagens de Norah.

— Tenho formação como enfermeira, mas já faz muito tempo que não trabalho em clínica ou hospital — conta ela a Nesta.

Nesta olha atentamente para as feridas abertas e gotejantes das mãos de Norah. Ela se vira para Ena.

— As suas estão iguais?

— Sim, estão.

— Então, não tire as ataduras. Já que não temos medicamentos nem bandagens esterilizadas, receio que o que podemos fazer é mantê-las enfaixadas e trocar o curativo sempre que possível até começarem a cicatrizar. E então deixamos que o ar fresco termine a cicatrização. Margaret, esta cabana não precisa de nós, enfermeiras; elas têm muita sorte de ter você.

— Eu gostaria de ouvir uma segunda opinião — diz Margaret.

— Minha opinião é que vocês duas deveriam ser encaminhadas imediatamente para tratamento médico no hospital mais próximo, mas isso não vai acontecer. Tenho certeza de que Margaret vai cuidar muito bem de vocês, e, se houver algo que eu possa fazer, por favor, venham me procurar. O problema é que neste momento não sabemos se vamos ter acesso a medicamentos ou a bandagens.

— Quero ir ver John. Você vem comigo? — pergunta Norah à irmã. Depois que Nesta vai embora, só há uma coisa em sua mente.

— Não tenho certeza se podemos entrar na cabana dos homens.

— Vou tentar. Preciso vê-lo.

— Se você for, eu vou com você — Ena tranquiliza a irmã. — June vai ficar bem aqui por alguns minutos, brincando com as outras crianças.

Ao saírem da cabana, elas param para ver quem está por perto, quem está observando. Alguns homens e mulheres andam de um lado para o outro no caminho que divide as cabanas masculinas e femininas. Não há soldados à vista.

— Acho que devemos simplesmente passar com coragem pelos alojamentos, como se tivéssemos todo o direito de estar lá — sugere Ena.

De cabeça erguida, ombros para trás, as duas mulheres atravessam o caminho e entram na cabana para onde viram John ser empurrado. Leva alguns instantes para que os olhos delas se ajustem à escuridão. Todos na sala se voltam para as duas antes que um militar dê um passo à frente.

— Posso ajudá-las, senhoras?

— Estamos procurando meu marido, John. Nós o vimos entrar nesta cabana — diz Norah a ele.

— Ah, John, sim. Venha comigo. Acho que ele está dormindo. Demos a ele uma muda de roupa e tentamos deixá-lo confortável. Dá para perceber que ele não está bem.

No fundo da cabana, Norah e Ena se ajoelham ao lado de John, adormecido, enrolado no concreto frio e úmido. Norah coloca o braço na testa dele e ele se mexe ao seu toque.

— Olá, meu querido. Como está se sentindo? — pergunta Norah.

John se esforça para se sentar, então as mulheres ajudam o melhor que podem antes de se acomodarem ao lado dele.

— Eu estava dormindo — comenta ele.

— Você precisava mesmo dormir. Tem que melhorar, e dormir é a melhor maneira — garante Ena.

— Parece que você se alistou — diz Norah.

John olha para sua camisa e shorts.

— Sim, na Marinha britânica, pelo jeito. Bem, considerando o tempo que passei dentro d'água, acredito que estou qualificado.

— É ótimo ver que ainda está de bom humor — diz Ena, abrindo um sorriso largo. — Vou deixar vocês a sós.

Enquanto Ena se afasta, Norah imagina que ela está pensando em seu maravilhoso marido, Ken, e seu coração dói pela irmã.

— O que foi, querida? — questiona John.

— Deve ser difícil para ela nos ver juntos. Não foi fácil para ela deixar Ken para trás.

— Bem, ela tem você.
— Não é a mesma coisa, John. Ken não está aqui, e ela não sabe onde ele está.
— Tenho certeza de que está com seus pais, cuidando deles como prometeu.
— Mas por quanto tempo? E Sally?
John encontra forças para abraçar Norah. Ela pousa a cabeça em seu ombro.

Quando o sol se põe no primeiro dia no quartel, os guardas japoneses chegam carregando alguns caldeirões grandes de arroz e uma pequena quantidade de canecas de lata.
— Não tem comida suficiente! — é repetido continuamente enquanto as mulheres pegam uma caneca contendo uma única concha de arroz. Quando uma delas reclama diretamente com um guarda, leva um tapa na cara e é derrubada no chão.
Margaret Dryburgh caminha ao longo da fila de mulheres e crianças.
— Simplesmente aceitem o que eles derem e não digam nada — repete ela.
— É só com isso que vamos viver? — uma das mulheres retruca.
— Ainda não sabemos. É nosso primeiro dia; vamos ter que ser pacientes e ver o que nos espera amanhã.

Alguns dias depois, as enfermeiras comemoram quando as irmãs Betty Jeffrey e Blanche Hempsted, que estavam com elas no *Vyner Brooke*, entram no campo. Betty tem terríveis queimaduras de corda nas mãos, e as duas mulheres estão muito machucadas.
— Venham comigo — Nesta diz às duas. — Temos um pequeno hospital montado. Quero que um dos médicos dê uma olhada em vocês.
— Um hospital? — pergunta Blanche.
— Bem, estou sendo generosa. Há um dormitório vago que pretendemos transformar em hospital quando conseguirmos camas e suprimentos. Enquanto isso, estamos chamando de hospital; na realidade, é onde os três médicos estão acampados e nós ficamos para ajudar.
— Temos algum suprimento?
— Nenhum. Fervemos toda a água que conseguimos, que não é muita, e rasgamos roupas extras, principalmente anáguas. Ninguém aqui precisa de anáguas, e elas dão ótimas bandagens.

* * *

Com as mãos de Betty enfaixadas e os demais ferimentos tratados, elas voltam para a cabana das enfermeiras, onde todas se reúnem para ouvir sua história de sobrevivência.

— Nós subimos em uma jangada que estava lotada demais — começa Betty. — Várias de nós nos revezamos na água, segurando com o máximo de força que tínhamos, mas nosso progresso foi muito lento. Nós duas e a enfermeira-chefe Paschke nos revezamos remando a noite toda. Quando Blanche e eu não estávamos remando, entrávamos na água.

Fazendo uma pausa, Betty estende para Blanche sua mão com o curativo.

— Nunca vou esquecer como você cuidou de todos. Ela foi simplesmente maravilhosa — diz Betty às enfermeiras. — Sempre que não estava remando, estava na água, verificando quem estava agarrado à jangada, se revezando com quem estava a bordo para descansar. Se não conseguisse colocá-los na jangada, estava ali mantendo o ânimo deles, mostrando a eles como remar para economizar energia e insistindo que não demoraria muito para sermos resgatados.

Blanche envolve Betty com os braços, enxugando as lágrimas que escorrem livremente por seu rosto. As enfermeiras enxugam as próprias lágrimas.

— Nós vimos incêndios nas praias — continua Betty. — E fumaça do que presumimos serem outros navios, mas nenhum deles chegou perto de nós. Eu disse a mim mesma que sem dúvida a Marinha britânica estava à nossa procura, que nos encontraria logo. Um navio chegou perto o bastante para gritarmos, mas não nos viu. Cada vez que nos aproximávamos da praia e eu pensava desta vez, desta vez vamos conseguir desembarcar, a correnteza nos arrebatava e nos empurrava de volta para o mar.

— Você viu mais alguém na água? — pergunta Nesta.

— Um oficial do navio flutuou ao nosso lado em um destroço e nos disse para onde deveríamos ir para chegar a terra firme. Ele nos desejou sorte quando foi arrastado pela correnteza — diz Blanche.

— Por fim, nós vimos o farol e tentamos desesperadamente remar na direção dele — continua Betty —, mas a correnteza estava muito forte. Em seguida, vimos que estávamos cercadas por vários barcos grandes com soldados japoneses. Eles ficaram em volta de nós, um deles chegou bem perto, mas depois todos deram meia-volta e nos deixaram ali. Vimos e ouvimos tiros e observamos enquanto passávamos por Muntok. Percebemos que não estávamos chegando a lugar nenhum, mas tentamos manter o ânimo.

Nós dois estávamos na água, agarradas à jangada, quando uma onda enorme nos atingiu e arrancou a jangada de nós. Ainda consigo ouvir a enfermeira-chefe nos chamando enquanto a jangada navegava para longe com ela e os outros, e... e eles não estão aqui.

Blanche continua.

— Tivemos dificuldade para ficarmos juntas na água. Continuamos acenando uma para a outra, para não perdermos a linha de visão. A correnteza afinal me empurrou para um manguezal. Eu me agarrei a uma árvore caída e, por fim, Betty me viu e se aproximou. Estávamos exaustas. Passamos os braços em volta daquela árvore morta e adormecemos. Quando acordamos, falamos de brincadeira que agora estávamos qualificadas para a equipe australiana de natação.

— Natação de resistência, não de velocidade — acrescenta Betty.

— Sim, de longa distância, com certeza. Remamos e nadamos pelos manguezais durante horas, e foi por isso que ficamos tão machucadas. Quando a maré baixou, nós nos agarramos a tudo o que podíamos, esperando que ela voltasse para podermos nadar novamente. Vimos alguns crocodilos, o que foi assustador, mas então encontramos um rio e nadamos até chegarmos a terra firme. Fizemos uma cama com folhas de palmeira e tentamos dormir a noite toda.

Agora, Betty continua a história.

— No dia seguinte, encontramos uma aldeia; eles nos deram água e comida. Um chinês que falava bem inglês se ofereceu para nos levar com ele para Java. Isso significava voltar para um barco, e não aceitaríamos nada parecido. Então, ele nos contou que tinha ouvido dizer que havia alguns brancos em Muntok que haviam sido feitos prisioneiros pelos japoneses. Depois chegou um caminhão e nós soubemos que estávamos cercados por soldados japoneses. Tivemos que subir no caminhão com eles e aqui estamos.

Um silêncio paira na sala. Ninguém sabe o que dizer. Finalmente, Nesta quebra o encanto.

— Acho que vocês duas precisam descansar.

— Alguém sabe o que aconteceu com as enfermeiras-chefes? — pergunta Betty.

— Não. Mas você conseguiu sobreviver e está segura. Esperemos que todas apareçam logo — Nesta diz, com firmeza.

* * *

Algum tempo depois, enquanto come o arroz da tarde, Nesta aproveita para conversar com as enfermeiras sobre o banho.

— De agora em diante, não vamos sozinhas, não importa o quanto vocês queiram se lavar. Não quero os olhares indiscretos dos soldados sobre nenhuma de vocês.

— Eu ia trocar o curativo das mãos mais tarde e pensei em fazer isso enquanto me lavava — diz Betty.

— Então, eu vou com você — Nesta lhe diz.

— Por que não vai agora, enquanto estão todos comendo? — sugere Blanche. — Eu vou também. Felizmente todos os soldados ainda estão ocupados distribuindo arroz.

Encontrando apenas mais uma mulher no tanque, Betty tira a roupa, enquanto Nesta desenrola cuidadosamente as bandagens. Betty morde o lábio por causa da dor da pele arrancada de suas mãos.

— Parece melhor, Betty — Nesta diz a ela. — Nenhum sinal de infecção, mas não quero que você deixe cair essa água nos ferimentos. Imagine quantos bichinhos tem aqui.

Entrando no tanque, Betty pega desajeitadamente uma concha, enche com água suja e derrama sobre os ombros e nas costas.

Atrás delas, ouvem um galho sendo esmagado embaixo de pés. Elas se viram e veem dois guardas japoneses a poucos metros de distância, observando Betty tomar banho.

— Saiam daqui! Deem o fora, seus pervertidos desgraçados! — grita Nesta, correndo em direção aos homens.

Os guardas, surpresos com a raiva da mulherzinha, começam a pegar seus rifles. Mas Nesta está na frente deles, e eles são forçados a recuar. Ela avança enquanto eles recuam, e, finalmente, eles se viram e correm.

Betty se veste rapidamente, e as mulheres comemoram essa pequena vitória com um abraço.

— Como consegue ser tão corajosa, Nesta? — pergunta Betty a ela, espantada com o destemor da amiga.

— Não me senti nem um pouco corajosa, devo lhe dizer — comenta Nesta, de um jeito sombrio. — Você teria feito exatamente a mesma coisa e sabe disso. De perto, muitos desses soldados são apenas meninos assustados.

* * *

— Bully está aqui! Bully está aqui! — o grito aumenta.

O cochilo de Nesta é interrompido por gritos de alegria. Elas estão aqui há duas semanas e ela estava começando a perder a esperança de ver outra enfermeira do *Vyner Brooke*.

O pandemônio irrompe enquanto as enfermeiras se reúnem para abraçar a irmã Vivian Bullwinkel, instigando-a para que conte sua história. Onde esteve? Ela está bem?, elas perguntam.

Descalça, com o uniforme sujo e manchas de óleo do *Vyner Brooke*, Vivian cambaleia, e Nesta a segura.

— Vivian, sente-se. Meninas, não se aglomerem tanto em volta dela. Ah, você não tem ideia de como é maravilhoso vê-la. — Nesta se ajoelha no chão ao lado da cadeira, apertando a mão dela. — Conte tudo, está bem? — Mas, então, Nesta avista os pés de Vivian. — Ah, meu Deus, o que aconteceu com seus pés?

— Não sei, Nesta. Minha nossa, pensei que nunca mais veria nenhuma de vocês. Quem mais está aqui? — gagueja Vivian.

Um coro de "eu, eu, eu" traz um sorriso ao seu rosto enquanto ela acena para cada uma das enfermeiras.

— E a enfermeira-chefe Paschke? Ela está aqui? — questiona Vivian.

A cabana fica em silêncio.

— Não, ainda não — responde Nesta. — Nem a enfermeira-chefe Drummond.

— Então, isso faz de você a mais velha por aqui, irmã James — Vivian diz a ela.

— Acho que sim, mas na verdade não estamos trabalhando em uma hierarquia no momento.

Nesta registra que Vivian não largou o cantil de água. Com a alça em volta do pescoço, ela o segura com firmeza ao lado do corpo.

— Você está sozinha ou tem mais alguém com você? — indaga Nesta.

Vivian não consegue responder. Ninguém responde. Todas estão prendendo a respiração, cheias de esperança.

— Estão todas mortas — sussurra Vivian.

— Como assim? Como podem estar todas mortas? — uma das enfermeiras pergunta.

— Há uma coisa que preciso contar a vocês e não sei como — diz Vivian, olhando para cada enfermeira, o medo transparecendo nos olhos delas.

— Vamos nos sentar lá atrás, onde ouvidos curiosos não nos escutarão.

Nesta pega o braço da amiga e a leva até o outro lado da cabana e, em seguida, a uma laje de concreto, onde as enfermeiras se reúnem em um círculo fechado ao redor de Vivian.

Todos os olhos estão voltados para Bully. O único som ali é o choro silencioso pelas amigas mortas. As enfermeiras se reúnem para confortar umas às outras enquanto Vivian começa a falar.

— Ainda estávamos no navio quando ouvi a enfermeira-chefe Paschke nos dizer que era hora de partir. Tirei os sapatos e me lembrei da enfermeira-chefe nos dizendo para segurarmos o colete salva-vidas com força embaixo do queixo quando pulássemos. Quando emergi, o casco do navio estava tão próximo que eu conseguiria tocá-lo. Alguém gritou para que eu me afastasse, então nadei cachorrinho o mais rápido que pude. Encontrei um barco salva-vidas virado e me pendurei na corda à qual estava preso. Em pouco tempo, outros se juntaram a mim, agarrando-se a todas as partes do bote. Rosetta e Clarice ficaram perto de mim e, antes que percebêssemos, já estava escuro. — Vivian fica em silêncio, enxugando uma lágrima.

As enfermeiras se entreolham. Elas sabem que Rosetta e Clarice não estão aqui.

Vivian continua. Ela vê que está divagando e revivendo a história.

A história de Vivian
Praia de Radji
Fevereiro de 1942

— *Acho que estou vendo uma luz. Lá na praia. Fogo! Alguém acendeu uma fogueira.*
— *Onde, Bully? Não estou vendo.*
— *Está atrás de você, Rosetta, vire-se. Vamos todas juntas. Remem. Vamos até lá.*
— *Tem certeza? Ainda não consigo ver.*
Vivian gira Rosetta.
— *Lá. Está vendo agora?*
— *Agora sim* — *diz Rosetta, subitamente animada.* — *Vamos, Clarice.*
Com energia renovada, o grupo começa a nadar forte até a praia. A luz do fogo as atrai cada vez mais para perto.
— *Bully! Acho que toquei o fundo. Estou sentindo areia embaixo dos pés. Vamos embora. Podemos caminhar a partir daqui.*
Vivian pega o braço de Rosetta para ajudá-la a chegar à praia, mas, em

seguida, percebe os ferimentos nas costas e nos ombros. O uniforme da mulher está rasgado e, à luz das estrelas, ela enxerga a carne retalhada por baixo.

— Rosetta, você está ferida! Deixe-me ver.

— Estou bem. Estou bem. Acho que fui atingida por estilhaços. Na verdade não consigo mexer o braço direito.

— Espere um minuto. Clarice! Clarice, onde você está?

— Estou aqui, Bully. Bem aqui.

Mas está escuro demais, e ela só ouve uma voz.

— Não conseguimos ver o fogo, mas continue falando que vamos seguir sua voz.

Rosetta e Vivian seguem aos tropeços em direção a Clarice, que começa a cantar em voz alta e nítida, sem parar.

— Aí está você! — grita Vivian. — Rosetta está ferida. Você está bem?

Clarice parou de cantar. Toca rapidamente o peito.

— Um pouco de dor aqui e acho que estou com um ferimento na cabeça. E você?

— Pernas bambas, mas sem ferimentos — responde Vivian.

— Rosetta? — chama Clarice, notando que a amiga está se esforçando para se manter de pé.

— Senhoras, estão todas bem? — uma voz chama no escuro.

— Quem é? — pergunta Vivian.

— Miller. Já verifiquei as outras... alguns ferimentos leves, todas exaustas. Perdemos o fogo que estávamos vendo, mas por pouco.

— Jimmy! Estamos bem.

— É você, irmã Bullwinkel?

— Na situação em que estamos, acho que você pode me chamar de Vivian, Jimmy. O que precisamos fazer?

— Encontrar o fogo! Pensei que alguns de nós poderíamos procurar quem acendeu a fogueira.

— Vá você, Bully, eu espero com Rosetta — insiste Clarice.

— Tem certeza?

— Sim, vamos ficar bem.

Jimmy e Vivian saem andando pela praia. Felizmente o céu está limpo e a luz das estrelas brilha o suficiente para que não voltem ao mar.

— Espero que estejam logo ali na curva à frente — arqueja Jimmy. É difícil andar na areia, e eles já estão exaustos.

— Olhe! — exclama Vivian. — Você tem razão. Lá está: uma fogueira, um farol. Ei, aqui, aqui!

Uma voz ecoa na escuridão.

— Irmã Bullwinkel, é você?
— Irmã Drummond! Sim, Sim. Ah, meu Deus, encontramos você.
— É Bully, pessoal. Bully está aqui.
— Irmã, este é Jimmy... sr. Miller... ele é um oficial do navio.
— Era um oficial. — Jimmy sorri. — Olá, enfermeira, é bom demais ver a senhora.
— Então, sr. Miller, não tem mais ninguém com o senhor?
— Tem. Eles não estão longe, ficaram logo depois da curva da praia.
— Clarice e Rosetta estão comigo, mas estão feridas.
— Ah, é bom termos um ou dois médicos conosco. Vamos, vamos encontrá-los e resgatar nossas garotas.
— Há vários outros também. Não consegui avaliá-los, está muito escuro.
— Então precisamos trazê-los para a luz. — A enfermeira-chefe Drummond se vira para um homem de meia-idade encolhido perto da fogueira. — Doutor, precisamos que nos acompanhe em uma caminhada rápida até onde alguns sobreviventes feridos desembarcaram.
— Não vou a lugar nenhum — diz o médico, sem rodeios. — Se tiver sobreviventes feridos, traga-os aqui.
— Mas, doutor — implora Vivian —, eles precisam de ajuda agora, e não tenho certeza se todos vão conseguir andar. Por favor, não é longe.
Mas o médico é intransigente e rude.
— Enfermeira-chefe, diga a suas subordinadas que não recebo instruções de enfermeiras. Se estiverem machucados, tragam-nos aqui. Não vou me afastar do grupo principal.
A enfermeira-chefe se levanta, empertigando-se.
— E o senhor ainda se diz médico? Vou buscar minhas garotas.
Vivian, a enfermeira-chefe e Jimmy se afastam e seguem para a praia. Caminham em silêncio, todos horrorizados com o médico hostil.
— São eles — diz Vivian finalmente, quando o pequeno grupo aparece. — Estamos indo — grita ela.
— Superior, é você? Enfermeira-chefe?
— Sim, irmã Halligan. Vamos! Vamos levá-la até o fogo para vermos o que é o quê.
Lentamente, o novo grupo de sobreviventes se dirige à fogueira. Rosetta manca bastante, mas Clarice e Vivian a apoiam até encontrarem um espaço para ela perto do calor.
— Estão bem, irmãs?
— Sim, obrigada, Jimmy — agradece Clarice.

Ao todo, cerca de oitenta sobreviventes estão reunidos na praia: homens, mulheres, crianças e enfermeiras.

A enfermeira-chefe aponta para um grande grupo de militares britânicos.

— Acho que estão planejando o que será feito quando o sol nascer.

Uma por uma, as pessoas começam a cochilar. Todos ali sobreviveram a um naufrágio e à corrente traiçoeira. Por enquanto, encontraram segurança e não demora muito para que a praia seja preenchida com o som de roncos suaves.

— Acordem! Acordem todos. Precisamos conversar.

A enfermeira-chefe é a primeira a se levantar. O sol está nascendo sobre o mar. Será mais um dia de calor intenso – é a única coisa da qual ela pode ter certeza.

— E quem é você? — pergunta ela.

— Bom dia, enfermeira. Meu nome é Bill Sedgeman. Fui o primeiro oficial do *Vyner Brooke* — responde ele, e depois se volta para o grupo maior. — Podem me dar sua atenção, por favor? É óbvio que os japoneses estão nesta ilha, mas a nossa prioridade é procurar comida e água potável. Estou convocando voluntários, apenas um pequeno grupo, para se aventurar no interior e ver o que encontramos.

— Eu vou — anuncia uma voz, e depois outra:

— Eu também.

— Podem contar comigo.

— Vamos lá.

— Somos cinco. Será o suficiente — informa o primeiro oficial. — O restante de vocês tente encontrar alguma sombra e voltaremos o mais rápido que pudermos.

— Está bem. Irmãs, vamos ajudar a mover quem não consegue sozinho.

A luz do dia trouxe consigo um calor intenso, e, durante a hora seguinte, as enfermeiras ajudam aqueles que estão muito fracos ou feridos a ficarem à sombra da folhagem gigante e fresca. Não há mais nada a fazer agora a não ser esperar.

— Enfermeira, eles estão de volta, os homens estão voltando. — Vivian sai correndo da selva na direção da praia, desesperada por notícias. — Ah, não! — ela exclama para o grupo. — Há soldados japoneses com eles. O sr. Sedgeman está conversando com eles.

— Estas são as pessoas de quem lhe falei — explica o primeiro oficial. — Nós nos rendemos e queremos ser prisioneiros de guerra.

— O que ele falou? — Um murmúrio de confusão percorre o grupo.

Os soldados ficam cara a cara com o grupo de sobreviventes exaustos e erguem as baionetas. Todos se levantam devagar. Eles recebem ordens para sair da selva.

— O que acham que estão fazendo? — O primeiro oficial questiona, indignado. — Acabei de dizer que estamos nos rendendo. Não precisam usar as armas.

Os soldados o ignoram e começam a afastar os homens das mulheres.

— Enfermeira, por que estão fazendo isso?

— Todo mundo, por favor, mantenha a calma — diz a enfermeira-chefe, embora sua voz esteja embargada.

— Estão levando-os embora! — grita Vivian enquanto o grupo de homens é levado. — Jimmy!

— Está tudo bem, Vivian — diz Jimmy. — Por favor, cuide-se. Foi um prazer conhecê-la.

Jimmy, os soldados e todos os outros homens desaparecem na curva da praia. O que se segue são sons que Vivian nunca esquecerá.

— NÃO! NÃO! AH, MEU DEUS, NÃO!

— Rápido — grita a enfermeira-chefe. — Irmãs, tapem os ouvidos das crianças. Elas não devem ouvir isso.

O som do suave bater das ondas na costa, os chamados dos pássaros e insetos da floresta densa, tudo é silenciado pelo feroz staccato de tiros que explode no ar.

— Enfermeira! Estão matando os homens, estão matando os homens. — Vivian se desespera.

— Fiquem todos juntos agora — ordena a enfermeira-chefe. — Devemos fazer exatamente o que estão dizendo.

Uma enfermeira surge no meio da multidão atordoada.

— Por que não corremos? Aquelas de nós que são boas nadadoras podem entrar na água, as outras na selva. Assim, pelo menos algumas de nós poderão escapar.

— Não, irmã, não vamos a lugar nenhum. Não percebe que há pessoas aqui que precisam de nós? Sim, provavelmente mataram os homens, mas, por tudo aquilo em que acreditamos e por tudo o que defendemos, não vamos abandonar aqueles que precisam da nossa ajuda. Quero que todas se lembrem de que onde há vida há esperança.

— Desculpe, superior — soluça a enfermeira. — Perdoe-me.

— Todos aqui estamos com medo, irmã, mas estão todos com medo juntos.

Os soldados reaparecem e avançam firmemente em direção ao grupo. Alguns estão usando panos ensanguentados para limpar as baionetas. Eles fazem sinal para que todos ali desçam em direção ao mar, apontando primeiro para as pessoas e depois para a água.

— Certo, Vivian, você e a irmã Kerr ajudam as irmãs Halligan e Wight a se levantarem. Vamos fazer o que estão mandando — diz a enfermeira-chefe. — Todas juntas, meninas, deem-se as mãos.

Uma por uma, as mulheres entram no mar. Estão todas com tanto calor que a água fria é um alívio momentâneo.
— Um dia tão lindo, um lugar tão lindo. Como foi que uma coisa tão terrível pôde acontecer aqui? — Vivian está lutando para conciliar a realidade da paisagem deslumbrante com o ataque brutal aos homens. Ela os imagina agora, mortalmente feridos, a poucos metros de distância.
Um terrível sentimento de pavor toma conta das mulheres. O pesadelo ainda não acabou.
— Ah, mãezinha — sussurra Vivian. — Sinto muito que a senhora nunca saiba o que aconteceu comigo. Eu te amo e acho que será ótimo ver o papai novamente.
— GAROTAS! — grita a enfermeira-chefe Irene Drummond. — VOU LEVAR TODAS VOCÊS NO MEU CORAÇÃO. VOCÊS NÃO TÊM IDEIA DO ORGULHO QUE TENHO DE CADA UMA DE VOCÊS.
Antes de se afastar da praia e concentrar toda a sua atenção no horizonte, Vivian notou a metralhadora sendo posicionada na beira da água. Ela se vira; não precisa ver isso. Pela segunda vez naquela manhã, tiros perfuram o céu tranquilo.

Vivian acorda devagar. Primeiro ela abre os olhos e vê o azul surpreendente acima dela, e um sol branco e brilhante. Ela pisca, deslumbrada com seu brilho. *Estou viva?*, ela se pergunta, incrédula. Está deitada de barriga para cima na parte rasa.
Não se move, com medo de que os soldados ainda estejam por ali. Então, fecha os olhos e tenta estabilizar a respiração. Ela sente dor, sabe que foi atingida, mas no momento não consegue localizar a origem. *Finja-se de morta*, ela pensa.
Quando abre os olhos novamente – ela adormeceu? –, o sol está mais baixo no céu. Ela não ouve mais ninguém e arrisca levantar a cabeça para olhar a praia. Está vazia.
É então que a dor ataca de verdade. Ela foi atingida no flanco e nas costas. Cuidadosamente, passa as mãos pelo corpo. Nenhum órgão importante, graças a Deus, então ela se tranquiliza. É quando levanta a cabeça mais uma vez para olhar a água ao redor que ela vê os corpos de suas amigas flutuando ali. É um

momento terrível, e ela se pergunta se algum dia conseguirá reunir forças suficientes para deixar este cemitério e encontrar segurança.

Lentamente, centímetro a centímetro, ela levanta o corpo até se sentar. Precisa encontrar um lugar para se esconder. Longe da praia.

A selva!

Vivian rasteja para fora do mar, pela areia e para a sombra da floresta. A sede é terrível; ela não consegue pensar em mais nada agora além de água fria escorrendo pela garganta.

Do abrigo das árvores, ela estremece ao ouvir vozes japonesas, que logo depois desaparecem. Ela vai esperar, descansar e depois voltar ao mar para procurar sobreviventes.

Vivian escuta com atenção e, nesse momento, ouve o gorgolejar de um riacho. Esquecendo seus ferimentos, fica em pé e cambaleia na direção da água doce. Quando chega lá, enfia o rosto inteiro no riacho.

— Onde você estava? — uma voz a tira de seu devaneio.

Vivian se vira e vê um jovem, obviamente do Exército britânico, ferido às margens da selva, metade do corpo na areia.

— Quem é você? — pergunta ela, horrorizada.

— Kingsley. Soldado Kingsley.

— Você está ferido.

— Não é óbvio, enfermeira? Quando não conseguiram me matar, atirando em nós, um dos soldados passou a baioneta em mim. Duas vezes. Consegui rastejar até aqui depois que eles foram embora.

Com a sede saciada, Vivian se levanta e se aproxima do jovem soldado.

— Posso dar uma olhada em você? — pergunta ela, baixinho.

— Eu agradeceria. Mas você não está ferida também?

Vivian consegue sorrir. Suas feridas doem bastante, mas agora ela tem um paciente.

— Estou. Mas vamos ver o que está acontecendo com você primeiro.

— Qual o seu nome? — pergunta o soldado enquanto Vivian se ajoelha ao seu lado.

— Vivian, Vivian Bullwinkel. Sou enfermeira do Exército australiano. — Vivian tira a jaqueta e a camisa ensanguentadas do soldado. Ela suspira. — Essas feridas de baioneta, receio que já estejam começando a infeccionar. Você precisa de um médico.

— Bom, o que eu tenho no momento é você. — O soldado Kingsley tenta dar uma risada, que se transforma em um ataque de tosse. Vivian coloca a mão sobre a dele.

— Preciso cuidar desses ferimentos, mas, como você está vendo, não tenho nada que possamos usar como curativo. Vou voltar à praia e ver o que consigo encontrar.

— À praia? — exclama ele. — Acho melhor não voltar lá.

— Bem, não podemos ficar aqui. Volto logo. Prometo.

— A selva ainda está cheia de japoneses. Não podemos esperar aqui?

Mas Vivian já está de pé e caminhando em direção ao mar. A dor na lateral do corpo lateja, mas pelo menos o sangue parou de fluir do ferimento. Se não pensar nisso, ela consegue simplesmente seguir em frente, continuar colocando um pé na frente do outro, cuidando de quem precisa dela. Pelo menos ela sabe como fazer isso.

Não há soldados na praia; na verdade não há ninguém. Vivian não ousa olhar para o mar. Os corpos de suas amigas flutuando na água poderiam abalá-la completamente.

Onde a praia encontra a selva, ela percebe dois coletes salva-vidas e um cantil para água. Então, se aproxima um pouco da folhagem e começa a arrancar algumas fibras dos coqueiros. *Isso deve servir*, diz ela a si mesma, e volta para o paciente.

O soldado Kingsley está dormindo quando ela retorna e não se mexe enquanto a enfermeira cuida de seus ferimentos usando os únicos materiais que conseguiu encontrar. E então, quando fica satisfeita com seu trabalho, ela se deita ao lado do soldado e adormece.

Vivian acorda assustada, desorientada e sentindo dor. Mas seus primeiros pensamentos são para o soldado. Ele está acordado, observando-a.

— Há quanto tempo estou dormindo? — Ela se senta devagar, ficando tensa.

— Não o suficiente, mas era óbvio que você precisava descansar.

— O que precisamos é de comida, Kingsley. Vou ver se consigo encontrar alguma coisa. Talvez haja uma aldeia por perto.

— E se os aldeões entregarem você?

— Estou preparada para correr esse risco — diz Vivian, com firmeza. Ela raciocina que, se não o fizer, os dois morrerão de fome naquela selva.

Mais uma vez ela parte, fraca, mas determinada a trazer algo consigo. É cedo, então o sol ainda não começou a bater de um jeito implacável. Vivian conclui que a aldeia que o primeiro oficial Sedgeman encontrou não pode estar muito longe. Provavelmente não mais do que um quilômetro. Ainda não andou quinhentos metros quando o cheiro de comida renova sua decisão de continuar.

Vivian sente lágrimas nos olhos ao avistar os arredores da aldeia. Ela fica surpresa por ninguém estar prestando muita atenção àquela mulher ferida, desgrenhada e faminta quando ela entra. Mas ela tem que chamar a atenção deles! Usando uma combinação das poucas palavras em malaio que conhece e gesticulando repetidamente para sua boca e estômago, espera ter se feito entender. Para que não reste dúvida, ela diz:

— Comida! Comida! Fome! — uma vez e depois outra.

Ela não consegue entender o que estão dizendo, mas os homens mais velhos da aldeia estão irritados, sinalizando que ela vá embora por onde chegou. No fim, duas mulheres correm atrás dela com pacotes de comida enquanto ela volta para a selva, salvando o dia.

— Kingsley! Acorde. Eu trouxe um pouco de comida.

O soldado adormeceu novamente. Vivian teme que suas feridas estejam infeccionadas. Mas o que ela pode fazer?

Ele abre os olhos devagar e se concentra no rosto de Vivian. Esforça-se para se sentar.

Vivian desembrulha duas folhas de bananeira contendo arroz cozido e fatias de abacaxi. Ela imagina que pode fazer essa comida durar por pelo menos mais alguns dias.

— Você está bem? — pergunta Kingsley.

Vivian enxuga as lágrimas antes que caiam na comida. Ela balança a cabeça.

— Não estou, Kingsley. Olhe para nós. Olhe para você. — Ela larga a folha de bananeira e aponta para a praia. — Minha superior e minhas amigas foram mortas a tiros bem ao meu lado. Essa imagem fica se repetindo na minha cabeça. Todas sabíamos que íamos morrer, e o que fizemos? Não gritamos, não fugimos... teria sido uma tentativa inútil de um jeito ou de outro... simplesmente trocamos olhares. Eu sabia que, se tivéssemos que morrer, pelo menos estaríamos todas juntas. E então... — Vivian engole um soluço. — As armas... — Ela levanta os olhos para o jovem soldado, as lágrimas correndo livremente por seu rosto. — Por que estou viva, Kingsley? Por que fui poupada?

— Não sei, irmã — diz ele, baixinho.

— Estou preocupada de verdade com você. Acho que não podemos mais ficar aqui.

— Do que está falando?

— Precisamos nos render. Precisamos encontrar os japoneses e nos render.

— Você não pode estar falando sério!

Vivian sabe que, se ela está assombrada pela matança de seus amigos, ele também está.

— Somos só nós dois, Kingsley. Temos que esperar que eles nos façam prisioneiros. Não podemos contar que sobrevivemos à matança nas praias, ou provavelmente nos matariam; se dissermos que naufragamos, talvez tenhamos alguma chance. O que eu sei é que, se ficarmos aqui, vamos morrer com certeza.

— Eu mal consigo andar.

— Vou fazer uma muleta para o seu lado bom e apoiar você no outro. Está decidido.

— Vamos encher nosso cantil e partir logo pela manhã — *afirma Vivian*.

Quando Vivian termina de falar, o som de mulheres chorando enche a cabana. As enfermeiras estão reunidas em busca de conforto, apoiando-se umas às outras no luto. Mas Nesta está preocupada que Vivian esgote suas últimas reservas de força antes de contar o que aconteceu quando saiu em busca de ajuda. Elas precisam ouvir o restante da história.

Vivian está segurando uma garrafa de água contra a barriga.

— Os japoneses vieram depois que nos rendemos na aldeia. Eles nos revistaram em busca de armas, mas não encontraram nada, é claro. Fomos interrogados durante horas e então um carro chegou e me trouxe até aqui.

— Vivian — Nesta interrompe, pegando sua mão. — Não consigo imaginar como está se sentindo... tudo o que passou. É horrível demais. E seus ferimentos, precisamos dar uma olhada neles. — Nesta olha ao redor da sala, encontrando os olhos das outras enfermeiras. — Mas primeiro você, eu, todas nós precisamos fazer uma promessa. O que Vivian acaba de nos contar nunca poderá ser contado a ninguém. Nunca. — Nesta faz uma pausa para confirmar que suas palavras estão atingindo o alvo. — Vivian é testemunha de um crime brutal, e, se algum soldado japonês souber que ela sobreviveu, eles a matarão. Se eles imaginarem que sabemos, podemos esperar o mesmo destino. Todas de acordo?

Cabeças acenam vigorosamente em concordância enquanto a realidade das palavras de Nesta é absorvida.

— Vamos, então, irmã Bullwinkel — diz Nesta, com um pouco mais de alegria na voz. — Você precisa se deitar para que possamos examinar essas feridas. — Ela estende a mão para Vivian, que se levanta, trêmula, ainda segurando a garrafa de água na barriga.

— Não seria melhor levá-la até o hospital e pedir a um dos médicos que a examine? — questiona Jean.

— Não podemos arriscar — responde Nesta. — Ninguém deve saber o que aconteceu, e isso inclui os médicos. Nós cuidamos das nossas. Certo, Bully?

— Agradeço, irmã James. Não poderia estar em melhores mãos do que com todas vocês.

Nesta gentilmente tira a garrafa de água das mãos dela.

— Está tudo bem, Bully. Ela já fez o seu trabalho. Você pode tê-la de volta quando terminarmos.

Vivian solta a garrafa com relutância, e elas veem pela primeira vez o ferimento de bala em sua barriga.

As enfermeiras formam um círculo ao seu redor.

Com bandagens feitas com uma camisa da Marinha rasgada, Nesta declara que o ferimento está livre de infecção e cicatrizando bem. Pede desculpas por não ter comida para lhe dar; elas esperam que chegue em algumas horas.

— Está tudo bem. Na aldeia, enquanto nos interrogavam, eles deram a Kingsley e a mim um pouco de água e comida. Se não se importar, eu gostaria de dormir, mesmo que fosse no concreto. Finalmente estou com minhas amigas, e pela primeira vez em muito tempo me sinto segura.

— Tudo bem, meninas. Vamos deixar Bully descansar um pouco — instrui Nesta.

Antes de partirem, cada mulher dá um abraço e um beijo em Vivian e lhe diz algumas palavras de apoio.

Nesta paira do lado de fora da cabana, imersa em pensamentos.

— No que está pensando, Nesta? — Jean também fica ali, igualmente atordoada com a história de Vivian.

— Estou pensando que precisamos contar a outra pessoa o que aconteceu, por precaução…

— Para o caso de não sobrevivermos? É nisso que está pensando?

— Sim. Vivian testemunhou o massacre em massa de pessoas desarmadas. São crimes graves e brutais. Quando chegar a hora, os responsáveis devem responder por suas ações, e, se sua história não puder ser contada, então eles não pagarão por isso.

— Com quem você sugere que conversemos?

— Ainda não sei, mas vou encontrar as pessoas certas.

***

Naquela noite, uma das enfermeiras sacode Vivian suavemente para acordá-la.

— Venha comigo. Tem alguém que quer ver você na cabana do hospital.

Bully é recebida na entrada por uma enfermeira britânica.

— Obrigada por ter vindo, irmã Bullwinkel. Há uma pessoa aqui perguntando por você. Ele está enfraquecendo rápido demais, infelizmente — lamenta a enfermeira.

No meio da cabana, Vivian para ao lado da cama de um paciente que ela imediatamente reconhece como Kingsley. Ela se senta ao seu lado e toma a mão dele.

— Estou aqui, Kingsley, estou aqui. É Vivian.

Kingsley se mexe e lentamente abre os olhos.

— Irmã?

— Sim, Kingsley, irmã Vivian.

— Obrigado... por tudo... obrigado — ele gagueja.

— Já está na hora, Kingsley? — Vivian pergunta suavemente. Sem um hospital de verdade, o jovem soldado nunca poderia sobreviver, disso ela sabe.

— Sim — suspira ele.

— Então, obrigada, Kingsley. Nunca esquecerei você.

— Você... deve... ir agora — diz o jovem soldado, fechando os olhos. Vivian sente uma pressão menor quando ele aperta sua mão.

Ela não se move até algum tempo depois, quando a enfermeira retorna e sente levemente o pulso do rapaz.

— Ele se foi — diz ela.

— Eu sei — suspira Vivian. — Ele morreu há cerca de vinte minutos. Tudo bem se eu ficar mais um pouco com ele?

— Claro que sim. Mas não muito, você precisa dormir.

— Deixe-o em paz! — Norah grita. — Não está vendo que ele está doente? Precisamos ficar juntos.

Na manhã seguinte, quando homens, mulheres e crianças são informados de que devem mudar de campo, são levados ao cais, e, mais uma vez, os soldados japoneses começam a separar os homens das mulheres. Norah não consegue se conter quando eles se aproximam de John.

Ena agarra o braço de Norah, puxando-a quando o soldado levanta a mão para bater nela. Liberado das mãos da esposa, John é arrastado em direção ao grupo de homens.

— Ena! Faça alguma coisa. Temos que detê-los — grita Norah.
— Norah, por favor. Não piore mais as coisas ou eles vão descontar nele.
— John! — grita Norah.
O marido dela se vira. Devagar, ele levanta o braço em um aceno.
— Cuide-se, meu amor. Cuide-se! Vou ficar bem.
E ele e os outros homens se vão.
Norah cai no chão, soluçando. Mulheres e crianças andam em volta dela, mas ninguém diz nem faz nada para ajudá-la. Todos estão sentindo a mesma dor.
Ena ajuda Norah a se levantar. Norah sabe que elas devem continuar andando, e se juntam à multidão de mulheres e crianças que caminham para o cais. Ela não sabe mais a quem se destinam as lágrimas que derrama: à irmã, a ela mesma, ao marido ou à filha querida.

5

Campo II, Irenelaan, Palembang, sul de Sumatra
Março de 1942 a outubro de 1943

— Quanto tempo vamos ter que ficar aqui? — Jean chora.
— Jean, por favor, vamos pensar em outra coisa, certo? — implora Nesta.
Nesta consegue sentir as horas passando naquele píer, pode sentir o sol fustigando todas elas até a submissão desesperada. Não há nada que ela possa fazer por ninguém.
Na manhã seguinte, ainda estão ali. Nesta observa um lindo arco-íris no céu ao amanhecer. Dois cargueiros velhos e deteriorados se aproximam do cais e lançam âncora um pouco afastados. À medida que diversas pequenas embarcações se aproximam do píer, os soldados japoneses ficam agitados, abrindo caminho pela multidão e puxando com rispidez qualquer pessoa que ainda esteja sentada para que se levante.
— Bem, pelo menos vamos sair do sol. — Nesta tenta tranquilizar as enfermeiras, mas todas parecem exaustas demais para reagir.
À medida que cada lancha chega ao cais, os prisioneiros são empurrados para a frente, jogados dentro dos barcos e levados até os cargueiros. A situação continua até que o cais fique vazio e os navios comecem a navegar pelo rio Moesi, avançando devagar pela selva. Enquanto se movem pela água manchada de óleo, Nesta não consegue tirar os olhos dos cascos dos navios parcialmente submersos, imaginando que histórias poderiam contar.
No fim da tarde, chegam a outro conjunto de docas: Palembang, Sumatra. A carga humana doente e lamentável deixa os cargueiros e é conduzida para uma clareira na extremidade do cais.
Mais uma vez, horas se passam, mas Nesta e suas enfermeiras permanecem em silêncio, cientes de que podem levar sem pena um tapa rápido ou uma

cutucada com uma baioneta se erguerem a cabeça acima do anteparo. Justamente quando todas pensam que vão desmaiar, um comboio de caminhões chega e é preenchido com mulheres e crianças. Eles passam por vilarejos, estradas empoeiradas ladeadas por moradores locais aplaudindo, agitando bandeirinhas adornadas com um disco vermelho emanando raios de sol – a bandeira do Sol Nascente.

— Buuu, buuu! — grita uma das enfermeiras.

— Buuu, buuu — ecoa um coro de vozes corajosas.

Os moradores param de zombar, surpresos com o desafio. Várias enfermeiras mostram a língua, fazendo gestos que considerariam vulgares em qualquer outra situação. Soldados japoneses correm até cada caminhoneiro, gritando com as mulheres e ordenando que os motoristas acelerem.

Já está escuro quando os caminhões param diante do que é obviamente uma escola. Pela primeira vez em quase dois dias, elas recebem algo para comer e beber antes de encontrar uma sala de aula para dormir. Mas o sono não vem com facilidade; os guardas insistem que todas as luzes devem permanecer acesas, e os mosquitos são implacáveis.

Mais tarde naquela mesma noite, um militar aparece na entrada da cabana. Uma das enfermeiras o aponta para Nesta, que se apressa.

— Olá, sou a irmã James.

— Prazer em conhecê-la, irmã. Ouvi dizer que você precisa falar com o comodoro.

— Preciso. Consegue providenciar esse encontro?

— Já cuidei disso. Falei com ele há pouco, e ele concordou em encontrá-la amanhã. Pelo que parece, há algo que ele deseja lhe falar também.

Na manhã seguinte, as enfermeiras são convidadas a se reunirem do outro lado da escola. Não precisam esperar muito até que um oficial britânico de aparência imponente se aproxime.

— Sou o comodoro Modin. Charles Modin.

Nesta dá um passo à frente.

— Senhor, sou a irmã Nesta James, do Serviço de Enfermagem do Exército Australiano.

— Lamento que nos encontremos nestas circunstâncias, irmã James.

— Eu também, senhor.

— Fui informado da chegada de vocês ontem à noite. Falei imediatamente com o oficial japonês sênior daqui e solicitei que as enfermeiras fossem tratadas como militares, e não como cidadãs comuns. Faz diferença ser chamado de preso ou prisioneiro de guerra, e vocês deveriam ter direito a certas proteções, bem como acesso à Cruz Vermelha.

— Obrigada, senhor, nós...

— Irmã James, lamento dizer que eles recusaram. Fiz e disse tudo o que pude para persuadi-los, mas não cederam.

Todas ficam desanimadas no mesmo instante. Os breves sorrisos que partilharam desaparecem, e mais uma vez o desespero aumenta entre as mulheres.

— Poderíamos falar com eles? — pergunta Nesta.

— Eles não vão falar com vocês, irmã. Infelizmente a opinião japonesa sobre as mulheres... bem, digamos que não é igual à minha, à nossa.

Nesta olha para suas enfermeiras. Consegue sentir as palavras na ponta da língua; apenas seu treinamento disciplinado as mantém em silêncio.

— Mais uma vez, sinto muito. Tudo o que posso fazer é desejar boa sorte a vocês.

— Não tenho certeza de quanta sorte estará do nosso lado, mas agradecemos que tenha tentado. Antes de ir, comodoro, posso lembrá-lo de que o convidei para uma reunião?

— Ah, sim — diz o comodoro, e Nesta instrui todas, exceto Vivian e Jean, a retornarem à sala de aula.

— Senhor, posso lhe apresentar a irmã Jean Ashton e a irmã Vivian Bullwinkel? Vivian tem algo para lhe contar.

— Não tenho certeza do que posso fazer para ajudar, mas, por favor, vá em frente, irmã Bullwinkel.

— Não queremos que faça nada: simplesmente queremos que ouça.

Vivian começa a contar a história do massacre na praia e, ao fazê-lo, a cor desaparece do rosto do comodoro. Seu firme porte militar esmorece, mas ele permanece em um silêncio respeitoso até que Vivian termine de falar.

— Não sabemos o que será de nós, mas é essencial que alguém saiba o que aconteceu na praia de Radji — declara Nesta, com seriedade.

— Obrigado, irmã Bullwinkel. O que aconteceu com você, suas colegas e as outras pessoas naquela praia configura um crime. Abater prisioneiros de guerra desarmados é contra as regras deste conflito perturbador. Não consigo expressar o quanto lamento saber o que aconteceu com vocês. Não há palavras. Mas a senhora foi muito corajosa, e o Exército lhe agradece por ajudar o soldado

Kingsley. — Os olhos do comodoro estão brilhando. Ele pousa a mão no ombro de Vivian. — Não posso nem pedir que você me dê uma lista de todas as pessoas que foram assassinadas, pois se essa lista fosse encontrada, nenhum de nós sairia daqui vivo.

Nesta observa Vivian enquanto o comodoro fala. Ela está trêmula, dá para ver; o preço de contar sua história mais uma vez é alto. Ela envolve a amiga angustiada em um abraço reconfortante, mantendo-a firme.

O comodoro Modin permanece diante de Vivian e se endireita antes de saudá-la. Ele toma a mão dela.

— Servi na Grande Guerra e luto nesta há dois anos. Achei que já tivesse visto e ouvido o pior da humanidade. Mas hoje, há pouco, a senhora me mostrou que a brutalidade humana não tem limites. O que aconteceu naquela praia não será esquecido. Vou encontrar uma maneira de levar isso ao conhecimento do público, e tudo que lhe peço é que não abra a boca até que estejam de volta em segurança em casa.

Vivian não consegue falar, mas concorda com a cabeça, e o comodoro se vira e sai.

— Muito bem, Bully — sussurra Nesta. — Não deve ter sido fácil, mas estamos todas muito orgulhosas de você.

— Vamos, Norah, você precisa se levantar — implora Ena. Ena e a irmã estão numa das pequenas salas de aula, juntamente com muitas outras mulheres e crianças.

— Para quê? — murmura Norah. Ela está deitada de costas, olhando para o teto. — Sally se foi, John se foi. Minha família...

— A questão é que você precisa recuperá-los, e só poderá fazer isso se se levantar e seguir em frente.

June se deita ao lado de Norah, aconchegando-se nela.

— Por favor, levante-se — pede a menina. — Estou com muita fome, precisamos sair para comer.

— June está certa, Norah, prepararam a comida lá fora. Você sabe tão bem quanto todas nós que, quando podemos, temos que comer.

Norah se senta devagar, pegando a mão estendida de Ena. Ena a ergue e a abraça com força. June passa os braços em volta da cintura delas.

— Desculpe, Ena — suspira Norah. — Eu sei o quanto você está preocupada com Ken. Estou sendo egoísta.

— Minha querida irmã, não precisa se desculpar comigo, nunca. Estarei sempre aqui, sempre que precisar de mim.

— Eu também — responde June, e as duas mulheres acariciam o cabelo da menina.

— Minha querida, obrigada — diz Norah.

Enquanto as mulheres e a menina partilham esse precioso momento de carinho, Margaret Dryburgh surge no cômodo.

— Senhoras, guardei um pouco de arroz para vocês. Vocês vêm? — Margaret espera na entrada e pega a mão de Norah. — Não consigo imaginar como deve estar se sentindo agora, mas quero que saiba que estou aqui para ajudá-la.

— Obrigada — agradece Norah, e acrescenta: — Alguma novidade?

— Sim. Aparentemente, em breve vamos continuar a viagem. Esta é só uma parada temporária.

— Para onde? — questiona Ena.

— Eles disseram apenas que estávamos de passagem. Eu gostaria que pelo menos um deles soubesse algumas palavras em inglês, mas foi tudo o que consegui entender.

Na manhã seguinte, mulheres e crianças fazem fila e marcham para fora do terreno da escola. Olhares curiosos as seguem pela cidade enquanto caminham em direção ao campo. Por fim, são levadas a uma pequena aldeia onde duas fileiras de casas ficam frente a frente em uma rua central. Os soldados começam a dividir as prisioneiras em grupos.

— Estão nos dando casas de verdade? — questiona Nesta.

Um soldado se aproxima das enfermeiras, contando-as por alto antes de apontar a sua espingarda para as mulheres, gesticulando para que se dividissem em dois grupos.

— Parece que sim — Jean responde —, mas é uma pena que não possamos ficar todas juntas.

Um grupo, liderado por Nesta, entra numa casa com o número 24 na porta, e Jean conduz o segundo grupo para uma casa duas portas abaixo. Os colonos holandeses devem ter ocupado estas casas antes de chegarem, e é claro que foram transferidos às pressas. Seus pertences estão por toda parte. Nas cozinhas, as enfermeiras encontram algumas latas de comida europeia; os quartos têm roupas de crianças penduradas nos guarda-roupas. Ouvem-se gritos de alegria entre as casas quando são encontrados sabonetes e escovas de dentes nos banheiros, e ainda mais quando acendem as luzes e descobrem que há eletricidade. Sendo a comida a necessidade mais urgente, Jean instrui suas enfermeiras a fazer uma fogueira na frente da casa onde possam cozinhar.

Nesta sai de casa e se une a Jean, e juntas elas observam a fogueira tomar forma. Elas esperam receber algo mais do que as poucas latas de comida que encontraram na cozinha para preparar.

— Podemos nos reunir todas quando vocês terminarem? Eu gostaria de falar sobre como devemos usar nossas habilidades enquanto estivermos aqui — diz ela a Jean.

— Excelente ideia. Vou reunir meu grupo bem rápido e me juntar a vocês.

Quando volta para sua casa, Nesta encontra as garotas reunidas, esperando por ela.

— O que foi? — pergunta Nesta, incapaz de compreender os sorrisos bobos em seus rostos.

— Temos uma coisa para você. — Betty ri.

— O quê?

— Está em um dos quartos. É uma cama de verdade, e todas nós queremos que seja sua.

— Ah! Isso é lindo, mas estou mais do que feliz com o chão. Uma de vocês pode ficar com ela.

— Não, não podemos. Ela é sua, venha dar uma olhada.

Acompanhando a brincadeira, Nesta as segue até o quarto. As meninas formaram uma parede em frente à "cama" e, com um floreio, afastam-se para revelar um berço.

— Você é a única de nós que cabe aqui dentro — diz Betty enquanto todas as garotas caem na gargalhada.

Nesta examina a cama, empurrando o colchão firme.

— Como faço para entrar? Não vou subir na grade.

— Podemos resolver isso — garante uma das enfermeiras enquanto ela e outras duas começam a remover um lado do berço.

Nesta avalia o bercinho antes de levantar as pernas e se deitar.

— Perfeito — comemora ela. — Eu fico com ele.

As enfermeiras do número 26 se reúnem no número 24. Nesta pede ordem, e elas se aproximam.

— Jean e eu temos conversado sobre como podemos ser úteis. Vamos descobrir quais são as instalações do hospital, oferecer nossa ajuda, mas estamos pensando mais nos moldes da enfermagem distrital. Todas sabem o que isso significa. Vamos visitar as outras casas e identificar quaisquer pequenas preocupações que as mulheres tenham antes que virem grandes problemas.

Ouve-se uma batida forte na porta, e todas as cabeças se viram. Jean a abre e quatro mulheres entram, cada uma carregando uma grande cesta de comida.

— Bem-vindas — diz alguém com forte sotaque holandês. — Estamos no número 25, a casa que fica bem no meio de vocês. Esperamos que esta pequena contribuição as ajude a se adaptar.

Todas as enfermeiras abrem caminho enquanto as mulheres levam as cestas para a cozinha.

— Tem sabonete e produtos de higiene básicos aqui também — diz uma delas.

— Há quanto tempo estão aqui? — indaga Nesta.

— Nós moramos aqui, quer dizer, em Palembang. Nossos maridos administravam as minas, mas, quando os japoneses invadiram, eles os levaram embora. Levaram todos os homens. Agora somos só nós e o grupo de freiras da missão local.

— Deixaram vocês trazerem seus pertences?

— Alguns... roupas, panelas, frigideiras, pratos, coisas assim. Estamos bem servidas.

— Havia pessoas morando nesta casa antes de chegarmos?

As duas mulheres se entreolharam; Nesta acha difícil ler suas expressões.

— Sim, havia! Nossos amigos. Não sabemos por que foram levados e nós não.

Naquela noite, as enfermeiras comem juntas, relutantes em se separar. É apenas o interesse por um pequeno espaço para deitar que finalmente faz algumas delas voltarem a suas próprias casas.

Quando Nesta por fim se acomoda em sua cama, anuncia sua culpa por ter um colchão macio enquanto as amigas estão enrodilhadas no chão ao lado dela.

— Não se sinta mal; nenhuma de nós está interessada em tentar encaixar o corpo nesse espaço minúsculo. É todo seu!

* * *

Depois que as enfermeiras são alojadas, todas as outras são empurradas para casas sem pensar em nacionalidade ou na família. Norah se vê em uma cabana cheia de estranhas, mas agora, sem os soldados, ela e todas as outras começam a encontrar seus entes queridos, reorganizando-se para ficar com as amigas.

Finalmente, reunida com a irmã e a menina que resgataram, elas se sentam encolhidas em um canto do quarto vazio, mas um tanto abafado.

— Quanto tempo vamos ficar aqui? — sussurra June, abraçando Ena.

— Não sei, minha querida. Espero que não demore muito e possamos todas ir para casa.

— Você sabe onde está meu pai?

— Não sei. Com sorte ele ainda está em Singapura esperando pela filhinha dele.

— Espero que sim.

— Durma um pouco, June. Vamos explorar mais pela manhã, encontrar algumas das crianças com quem você brinca.

Norah ouve essa conversa com o coração partido e pensa em Sally; onde ela está, e, o mais importante, será que está em segurança?

6

Campo II, Irenelaan, Palembang
Abril de 1942 a outubro de 1943

— Temos uma coisa para você. — Uma das freiras holandesas, irmã Catherina, parou Nesta na rua quando ela estava dando uma volta pelo campo. Naquele dia, mais cedo, ela organizou as enfermeiras em duplas para criarem uma escala, visitando os vizinhos, quando foram instruídas a fazer amigos e também a cuidar de doenças menores. De alguma forma, ela sabe que o espírito comunitário será essencial para que sobrevivam ao encarceramento.

Irmã Catherina é da ordem Charitas, que administra o hospital local em Palembang: sua líder é madre Laurentia, diz ela a Nesta.

A freira enfia a mão nos bolsos do hábito e tira três pacotes de curativos e alguns analgésicos. Nesta fica muito feliz. É melhor que bananas; agora ela tem algumas ferramentas de sua profissão para ajudar os necessitados.

— Temos que ter cuidado, e não é pouco — diz a freira. — Vamos trazer o que pudermos.

— Bom dia. Sou Ah Fat, tradutor do capitão Miachi, comandante do seu campo.

Ah Fat é um homem baixo, de óculos e à paisana, que tem o hábito de deixar os óculos deslizarem sobre o nariz enquanto fala.

Duas semanas se passaram desde sua chegada, e as mulheres estavam se adaptando à rotina de sobrevivência, até que certa manhã começou a se espalhar a notícia de que todas elas deveriam se reunir no dia seguinte ao meio-dia. Nenhuma informação adicional foi revelada, embora houvesse muitos boatos. Poderiam estar prestes a ser libertadas? Ou mudar de novo? Infelizmente, não.

— A dra. McDowell é a comandante das prisioneiras de guerra — continua Ah Fat, indicando uma mulher que está por perto. — Se alguma de vocês tiver problemas, procurem por ela, ela falará comigo, e eu comunicarei ao capitão. Entenderam?

O uniforme do capitão exibe insígnias coloridas. De estatura baixa, cabelo repartido à perfeição, com arrogância confiante, ele sorri para as mulheres.

Elas permanecem em silêncio, e Ah Fat acena para o capitão continuar.

— Haverá algumas mudanças — Ah Fat traduz para as mulheres. — Quando ouvirem a palavra *tenko*,* vocês sairão. Uma de vocês contará todas as outras em sua casa, e esse número será informado para nós. Entenderam?

Ninguém fala. O capitão se afasta rapidamente enquanto outro soldado dá um passo à frente.

— *Tenko*! — grita ele.

Por um momento, as mulheres se entreolham, sem saber o que fazer.

— *Tenko*! — grita ele de novo.

A dra. McDowell dá um passo à frente.

— Senhoras, sou a dra. McDowell — diz ela, com um suave sotaque escocês. — Aquelas de vocês que tiveram a infelicidade de precisar de tratamento médico já me conheceram. Vou conhecer o restante de vocês, tenho certeza. Mas, neste momento, todas vocês ouviram a ordem, então sugiro que, antes que haja algum problema, voltem para suas casas e comecem a contar.

Ao ouvir a palavra "problema", a ordem finalmente chega ao alvo. O caos irrompe enquanto as mulheres lutam para retornar a suas casas.

Norah encontra Ena e June, e elas rapidamente voltam para casa e esperam do lado de fora a chegada das outras. Margaret é a última a voltar, passeando, sem pressa de obedecer às ordens dos japoneses.

— Agora, quem quer fazer essa contagem terrível? — indaga ela.

Ninguém fala, até que Norah finalmente dá um passo à frente.

— Eu faço.

Uma batida na porta do número 24 acorda as moradoras. É cedo – ainda está escuro. Nesta sai da cama e, com todas ao seu lado, vai verificar. São as vizinhas holandesas, as três mulheres que haviam levado comida para elas no primeiro dia.

---

* *Tenko* é a palavra japonesa para "chamada". Em prisões e campos de prisioneiros de guerra, esse comando exigia a contagem imediata dos detentos seguida de uma reverência aos captores. (N. do E.)

— Viemos nos despedir — diz uma delas.
— Para onde estão indo? — questiona Nesta.
— Não sabemos. Como sempre, nos disseram para levar apenas o que pudermos e estarmos prontas para sair na hora do café da manhã.
— Sinto muito. Nunca vamos esquecer sua gentileza. Não poderíamos ter pedido vizinhas melhores.
— Deixamos em casa algumas roupas e outras coisas que podem ser úteis para vocês. Por favor, peguem o que quiserem antes que os soldados joguem tudo fora.

As enfermeiras abraçam as mulheres, e, aos prantos, as holandesas se viram para ir embora.

Enquanto as enfermeiras do número 24 preparam o café da manhã, a discussão se volta para quem poderão ser as novas vizinhas e se, moralmente, é correto vasculhar a casa antes de elas chegarem. Nesta diz a elas que vai conversar com Jean e elaborar um plano sobre o que pode ser feito.

Antes que as enfermeiras possam continuar o dia, um oficial japonês entra pela porta da casa de Nesta. Está acompanhado por Ah Fat, o intérprete do capitão Miachi. Atrás dele estão as enfermeiras do número 26.

— Disseram-nos para vir até aqui, sem explicação — Jean sussurra para Nesta.

Ah Fat começa a traduzir o que o oficial diz.

— Vocês devem se mudar. O capitão Miachi tem duas novas casas para vocês. Apenas algumas casas abaixo. Arrumem tudo. Rápido, rápido.

Nesta vê várias de suas enfermeiras abrindo a boca para protestar, mas faz que não com a cabeça com veemência, e elas a fecham novamente. Elas podem levar suas coisas, mas as casas devem ser deixadas limpas e arrumadas.

As casas desocupadas serão um clube de oficiais, Ah Fat continua a interpretar para o oficial. Assim que o clube for estabelecido, as enfermeiras se tornarão... anfitriãs.

Ninguém fala enquanto o oficial e o intérprete saem.

No entanto, assim que vão embora, a sala explode em conversas furiosas. A resistência percorre o grupo.

— Não vou fazer isso!
— Não mesmo.
— Prefiro morrer!

Nesta e Jean observam as enfermeiras desabafarem sua raiva.

— Meninas, por favor, meninas. Vamos todas nos acalmar — pede Nesta.

— Nesta, não me importo com o que você diz, não vou deixar nenhum daqueles desgraçados botar a mão em mim — grita uma delas.

— Ninguém vai colocar a mão em nenhuma de nós. Nem por cima do meu cadáver vou deixar que cheguem perto de nós. No entanto, temos coisas mais imediatas com que nos preocupar. A mudança.

— O que vamos levar? — uma enfermeira questiona.

— Tudo — responde Nesta, com raiva. — Absolutamente tudo.

— Isso inclui o fogão? — pergunta Betty, em tom de brincadeira.

— Isso inclui o fogão. E, claro, minha cama.

Enquanto as mulheres arrumam o que podem, desmontam o fogão e preparam a cama de Nesta para a mudança, Margaret aparece com Norah e Ena.

— A notícia se espalhou, então viemos ajudar — informa Norah às enfermeiras.

— Obrigada. Três pares extras de mãos são exatamente o que nós precisamos — diz Nesta.

Margaret abre a porta.

— Somos mais de três!

Dezenas de mulheres estão reunidas em frente às casas das enfermeiras, prontas para ajudar.

— Tenho um plano — anuncia Margaret.

— Estamos ansiosas para ouvir — Nesta sorri.

— Formamos uma corrente humana do número 26 até esta casa, depois outra daqui até seus novos lugares. Isso vai poupar muito tempo andando para lá e para cá.

— Ótima ideia — diz Betty, e o clima entre as enfermeiras começa a mudar à medida que reconhecem a gentileza e o esforço das voluntárias.

Nesta se vira para suas garotas.

— Quando eu disse tudo, senhoras, eu quis dizer tudo. Se não fizer parte da estrutura, vamos levar.

— Não tenho certeza se consigo passar o fogão ou a cama adiante — diz Betty, com um sorriso largo.

— Não se preocupe. Podemos deixá-los para o fim e carregaremos juntas.

* * *

Não demora muito para que a primeira panela seja repassada, e a procissão comece.

Um raio, um trovão, e os céus se abrem para despejar uma chuva tropical sobre as mulheres. Mas nem uma pessoa sequer deixa a cadeia humana. Quando passam pela casa das freiras holandesas, irmã Catherina corre para fora e pergunta o que está acontecendo. Em poucos minutos, ela reuniu vinte e cinco freiras, incluindo a Madre Superiora, para ajudar na mudança. Elas entram na fila, aparentemente alheias ao fato de seus hábitos pesados estarem absorvendo a chuva.

Irmã Catherina rapidamente se tornou a favorita tanto das mulheres como das crianças. Tem vinte e poucos anos e dedica sua energia e curiosidade a ajudar os outros. Ela não se limita a uma posição na fila, mas corre para cima e para baixo, ajudando com objetos mais pesados. As crianças correm ao redor da fila, perseguindo umas às outras entre as voluntárias. Mãos pequenas se estendem para passar as coisas adiante. Cantorias surgem esporadicamente, piadas sobre irem trabalhar em canteiros de obras quando voltarem para casa, ajudando a acelerar o trabalho, e em pouco tempo as novas casas têm tudo o que as enfermeiras vão precisar. Desejando-lhes boa sorte, as mulheres e freiras voltam para suas acomodações, torcendo as roupas encharcadas.

Nos dias seguintes, as enfermeiras passam por suas antigas casas para relatar as atividades dos trabalhadores locais. Camas, sofás e até um piano foram transferidos para o "clube dos oficiais".

Enquanto o trabalho continua, Nesta recebe a visita de dois ingleses, o sr. Tunn e o sr. Stephenson. Também são prisioneiros, detidos na prisão da cidade, juntamente com vários outros ingleses que viviam e trabalhavam ali antes da invasão. Tinham pedido que falassem com as enfermeiras.

— Vá buscar Jean e todas as outras — Nesta ordenou a Vivian. — Todas precisamos ouvir isso.

Quando todas estão reunidas, o sr. Tunn começa.

— Sinto muito, senhoras, mas estamos aqui para entregar ordens de nossos captores. — Ele faz uma pausa para ver a reação, e nada parece estar por vir. Ele continua: — Eles estão exigindo que cinco de vocês frequentem o clube deles. Hoje à noite. — Ele faz outra pausa. De novo, nenhuma reação. — Sinto muito. Estão ameaçando consequências terríveis se não obedecerem. Se ajudar, o sr. Stephenson e eu vamos trabalhar no bar de cada casa e podemos ficar de olho em vocês.

— Não ajuda — dispara uma voz entre as fileiras de enfermeiras.

— Irmãs, se vocês não vierem esta noite, eles ameaçaram começar a executar os prisioneiros. — O sr. Tunn tira um pedaço de papel do bolso da calça. — Aqui estão os nomes das mulheres que eles selecionaram. — Ele lê cinco nomes, incluindo o de Nesta.

O sr. Stephenson não levantou os olhos do chão durante toda a visita. Nesta vê seus punhos cerrados enquanto ele luta para conter a raiva.

— Obrigada, senhores. Nós conhecemos o caminho — diz Nesta a eles.

Enquanto os dois homens batem em retirada apressada, Jean sugere que elas sigam até o quintal da cabana para discutir os próximos passos.

— Posso começar declarando o que considero o denominador comum entre aquelas que eles escolheram? — pergunta Jean.

Todos os olhares se voltam para as cinco enfermeiras cujos nomes estão na lista.

— Que somos as mais bonitas? — brinca uma delas, sem sequer tentar reprimir um sorriso.

— Bom, pode ser, mas pensei mais na altura de vocês e na cor do cabelo. Não há nenhuma de vocês com mais de um metro e meio e todas têm cabelos escuros.

— Ei, tenho um metro e cinquenta e sete... sessenta e dois, se puder encontrar um par de sapatos de salto decente para mim — anuncia outra.

— Entendi o que você está dizendo. Somos *petite* demais para intimidá-los fisicamente. E acho que não gostam de loiras — brinca Nesta.

— Vocês podiam ser irmãs quíntuplas — diz Vivian.

Todas conseguem dar uma risadinha. A tensão está diminuindo, mas o problema ainda persiste.

— Pediram só cinco — interrompe outra enfermeira. — Mas e se fôssemos todas... sabe, a união faz a força e tudo mais. Vamos ver o que eles fazem.

Por vários momentos, silêncio absoluto, mas em seguida elas começam a murmurar entre si. Todas vão comparecer, sorrir e ser simpáticas, vão grudar como cola uma na outra e colocar sobre os japoneses a responsabilidade de mandá-las embora.

— Ou — acrescenta outra enfermeira, pegando um punhado de terra e esfregando-o no rosto e no pescoço — vamos aparecer o mais sujas e pouco atraentes possível.

— Descalças e com as roupas rasgadas — contribui Betty.
— É isso mesmo. Pessoal, invistam no seu pior e vamos nos reunir de volta aqui ao pôr do sol. Vamos mostrar a esses homens com quem estão lidando — ordena Jean.

Quando o sol começa a se pôr, as enfermeiras se reúnem e começam a trabalhar rasgando os próprios vestidos e espalhando ainda mais sujeira em qualquer parte do corpo que esteja à mostra.
— Hum, temos um problema. Pode dar um passo à frente, Pat? — pergunta Jean.
Todas olham ao redor procurando pela enfermeira chamada Pat.
— Que foi que eu fiz?
— Você tem o azar de parecer linda demais, não importa o quanto tente não ser — Jean diz a ela.
— Eu não. Estou tão feia quanto todas vocês.
— Não, não está — garante Nesta.
— Bem, espere um minuto.
Pat pega um punhado de terra e espalha no cabelo na altura dos ombros.
— Pronto.
— Não, na verdade isso fez você parecer ainda mais bonita — diz Vivian.
— Desculpe, Pat. — Nesta ri. — Parece que não há nada que você possa fazer para esconder sua beleza. Quero que fique aqui.
— E perder toda a diversão? — reclama Pat.
— Vamos contar tudo, não se preocupe. E vou pedir que outras fiquem por aqui também para lhe fazer companhia. Certo, quem mais não conseguiu parecer repugnante o suficiente?
Várias outras concordam, relutantes, em ficar para trás com Pat. E, mais uma vez, as enfermeiras começam a examinar as amigas, acrescentando um pouco de lama aqui, alguns pequenos galhos no cabelo ali. Quando estão todas satisfeitas com sua aparência, marcham orgulhosamente pela rua; várias mulheres, incluindo Norah, Ena e Margaret, saem de casa para animá-las. Olhos curiosos espiam pelas janelas; a notícia se espalhou.
Do lado de fora de sua antiga casa, agora um clube de oficiais, as enfermeiras trocam olhares.
— Estão prontas? — questiona Nesta.
— Prontas, prontas, prontas! — gritam elas.

O oficial japonês que abre a porta do clube parece surpreso ao ver as enfermeiras sorridentes e sujas. Antes que possa dizer alguma coisa, Nesta passa por ele e entra na casa, com as outras enfermeiras em seu encalço. Lá dentro, formam um grupo compacto. Os oficiais presentes as observam boquiabertos. Finalmente, num inglês ruim, um oficial japonês gagueja:

— Q-querem algo para beber?

— Não, obrigada — respondem as enfermeiras, em uníssono.

— O que as australianas gostam de beber no sábado à noite? — insiste ele.

— Leite — responde Jean.

Ele traduz essa observação para seus colegas oficiais.

Antes que qualquer coisa possa ser dita, o sr. Stephenson aparece segurando uma bandeja com copos de refrigerante. Ele os distribui.

— Continuem assim, meninas. Vocês estão nojentas.

Após um período de conversa entre os japoneses, o oficial que fala inglês pergunta novamente.

— Por que vocês estão tão sujas? Deveriam usar pó no rosto e batom nos lábios. Se não tiverem, vamos levar vocês a Palembang para comprar.

— Não, obrigada — Nesta diz a ele, com um sorriso. — Enfermeiras não precisam usar maquiagem.

Segue-se um longo silêncio. O sr. Stephenson retorna com uma bandeja de biscoitos e amendoins. A resistência das enfermeiras diminui à medida que pegam a comida e a colocam na boca. Os japoneses continuam a observá-las em silêncio.

A comida relaxa as mulheres, e elas conversam entre si, ignorando abertamente os anfitriões. Depois de um tempo, os homens também começam a conversar entre si.

Não demora muito para que as enfermeiras e os soldados japoneses fiquem exaustos.

O oficial que fala inglês se volta para as mulheres.

— Todas vão embora agora. Só cinco de vocês ficam.

— Todas nós vamos ou todas ficamos — diz Nesta, com firmeza.

O oficial levanta a voz, sem se preocupar mais em esconder seu descontentamento, e repete a frase.

As enfermeiras formam um círculo fechado; seu medo não pode mais ser disfarçado.

— Andem logo! — grita um oficial.

Cinco enfermeiras saem do amontoado e dão um passo à frente.

Nesta conduz as demais para fora da sala. Sendo a última a sair, ela se volta para as cinco voluntárias, que lhe dão sorrisos tranquilizadores. O sr. Stephenson se aproxima de Nesta.

— Vou ficar de olho nelas.

Quando Nesta se junta às mulheres do lado de fora, Betty fica furiosa.

— O que vamos fazer? Não podemos simplesmente deixá-las aí dentro.

— Não vamos fazer isso — diz Nesta, ainda firme. — Venham. Vamos ficar do outro lado da estrada... se ouvirmos qualquer coisa de que não gostarmos, entramos. Combinado?

As enfermeiras se posicionam atrás dos arbustos e moitas que margeiam a rua. Em silêncio, olham fixamente para a porta. Não demora muito para que ela se abra e surjam cinco oficiais japoneses, cada um deles segurando o braço de uma das enfermeiras.

— Estão levando-as de volta para suas cabanas — sussurra Jean.

Antes que Nesta possa responder, uma das enfermeiras começa a tossir ruidosamente, dobrando-se, como se estivesse prestes a vomitar. As outras seguem o exemplo dela, tossindo, engasgando e gorgolejando na cara de seus captores. Imediatamente, os oficiais japoneses empurram as garotas para longe, pegando seus lenços e pressionando-os sobre a boca e o nariz. A tosse se intensifica, e rapidamente todos os cinco oficiais se viram e fogem.

As mulheres escondidas nos arbustos emergem e correm para as amigas, sem conseguir conter o riso. Elas imitam suas ações e logo todas estão balbuciando e engasgando.

— Vamos para casa — diz Jean, finalmente.

Na manhã seguinte, nenhuma das enfermeiras quer fazer sua ronda; estão com medo de que seu comportamento tenha causado repercussão, mas só à tarde o oficial japonês que fala inglês entra na casa de Nesta. Ela se levanta e se aproxima dele.

— Você vai mandar quatro garotas esta noite para o clube. Limpas e arrumadas. Às oito horas.

Ele não espera uma resposta e sai tão rápido quanto chegou.

— Vá até a porta ao lado e chame as outras — Nesta diz a Betty.

* * *

Mais uma vez, as enfermeiras estão no quintal, conversando baixinho entre si.

— Meninas... — Jean chama a atenção delas. — Precisamos discutir essa situação como um grupo.

— O que há para discutir? Nós não vamos. Certo? — pergunta uma delas.

— E estamos todas de acordo? — questiona Nesta.

Todas estão de acordo.

— O que você sugere? — Jean se vira para Nesta. — Dizer a eles que não vamos ou simplesmente não aparecer?

— Acho que seria melhor mandar uma mensagem para eles. Vou falar com a dra. McDowell e pedir que ela faça isso.

Fica difícil dormir naquela noite. A médica ficou firme ao seu lado quando Nesta explicou a decisão, ansiosa demais para transmitir a mensagem. Ninguém bateu na porta delas naquela noite, o que Nesta considera um bom sinal. Entretanto, no dia seguinte, quando não recebem comida, fica claro que a repercussão já começou.

— Não tem comida para vocês. Vocês sabem o que devem fazer. — Um soldado para por um momento e grita com elas antes de entregar comida às outras casas.

As vizinhas saíram para recolher seus suprimentos.

— E quem der comida a vocês será punida. Nada de comida para as enfermeiras!

No fim da tarde, a dra. McDowell bate na porta de Nesta.

— Olá, doutora. Estávamos esperando notícias suas.

Nesta a convida para entrar.

— Ah, irmã, não sei o que dizer.

— Conte para nós o que aconteceu.

— Sinto muito, muito mesmo, mas minhas exigências e ameaças não foram ouvidas. — A dra. McDowell parece sinceramente aborrecida. — Recebi ordens para sair do escritório de Miachi com a ameaça de que ele fecharia o hospital se eu não saísse imediatamente.

— Meu Deus, como assim?

— Não sei o que sugerir nem como ajudá-las. Mas, por favor, entenda que não estou dizendo para irem procurá-los. Vocês não devem fazer isso. Fiquem longe e continuem a desafiá-los.

— Está tudo bem, doutora. — Nesta pousa a mão no braço dela. — Obrigada por tentar.

— Por favor, não me agradeça, não consegui ajudá-la. Eu me sinto uma inútil. Estou com muita raiva. E não sei o que fazer com isso.

— Seria um bom momento para tomar alguma coisa forte, se tivéssemos — debocha Betty. — O problema é que não posso lhe oferecer nem mesmo álcool isopropílico.

A médica sorri com tristeza, os cabelos cacheados escorridos por causa do calor.

— Vocês são todas muito corajosas — sussurra ela, antes de sair.

As enfermeiras se entreolham, determinadas, mas com medo do que o amanhã pode reservar.

Quando o carrinho de comida se aproxima na manhã seguinte, o soldado repete suas ordens.

— Não há comida para as enfermeiras. — Ele então aponta para Nesta. — Você, venha.

Enquanto Nesta tenta segui-lo, Jean agarra seu braço.

— O que está fazendo? Você não pode ir com ele!

— Tenho que ir. Não queremos saber o que eles têm a dizer? — Enquanto se afasta, ela se vira com um grande sorriso. — Se eu não voltar, não briguem pela minha cama.

— Isso não tem graça — Jean grita de volta.

Agora ela está diante do capitão Miachi e de Ah Fat. O capitão dá a volta na mesa para confrontar Nesta, embora ela seja vários centímetros mais baixa que o homem. Ele diz algumas palavras, que Ah Fat se apressa em traduzir.

— Você recebeu ordens para fornecer garotas para o nosso clube de oficiais, mas elas não apareceram ainda.

Nesta não diz nada.

— É seu dever fazer o que lhe ordenam — diz Ah Fat para ela. — Você precisa servir nossos amáveis oficiais.

— Servir seus oficiais? — Nesta mal consegue conter o nojo. — Com todo o respeito, isso não vai acontecer. Somos enfermeiras!

O capitão pode estar em pé bem perto dela, mas ela não o encarará.

— Você insulta nosso imperador e o Exército japonês. Isso não será tolerado! — traduz Ah Fat.

— Quero entrar em contato com a Cruz Vermelha — retruca Nesta, reunindo coragem.

Mas Ah Fat não precisa traduzir essas palavras. O capitão sabe muito bem o que é a Cruz Vermelha. Ele brada mais algumas palavras.

— Sua Cruz Vermelha está longe daqui. De qualquer forma, eles não têm poder, e vocês obedecerão às ordens do capitão — insiste Ah Fat.

— Não, senhor, não obedeceremos.

— Então, vocês morrerão. Está preparada para morrer, irmã?

— Sim, prefiro morrer.

Com a cabeça ainda baixa, Nesta não vê o capitão levantar a mão. O tapa a faz cambalear pela sala.

— Tudo bem. Foi só um tapa.

Todas as enfermeiras das duas casas aguardavam o retorno de Nesta. Ela está tremendo, mas se sente estranhamente calma ao passar pela porta.

— Mas o seu rosto — diz Jean. — Ele bateu em você.

Nesta não deseja continuar falando da violência e segue em frente.

— Estão insistindo que quatro de nós temos de ir ao clube deles esta noite.

— E o que você respondeu? — pergunta Betty.

— Só passando por cima do meu cadáver.

— Você não fez isso — diz Vivian.

— Fiz e deixei bem claro. Estou preparada para morrer antes de me submeter a isso.

No dia seguinte, nenhuma das enfermeiras se preocupa em sair na hora certa para encontrar o carrinho de comida. Por isso elas não ficam sabendo que o carrinho não passa.

À tarde, Norah e Margaret batem à porta. Margaret nota imediatamente o rosto vermelho e inchado de Nesta, a marca da mão ainda visível.

— Meu Deus! Você está bem?

— Estou — diz Nesta. — Por enquanto.

— Não acredito no que eles estão pedindo. Isso não está certo. O que podemos fazer? — pergunta Norah a ela.

— Nada. Não há nada que possamos fazer. Vão tentar nos matar de fome, então, tudo bem, como disse a Miachi, vou morrer antes de nos submetermos a eles.

Nesta percebe o olhar ansioso que Norah e Margaret trocam por um instante.

— O que foi?

— Não posso dizer — responde Norah, mordendo o lábio.

— Diga logo, Norah — insiste Nesta.

— Infelizmente, não é só você que está morrendo de fome — comenta Margaret.

— Como assim?

— Eles proibiram a entrada de qualquer alimento no campo. Parece que todas nós vamos passar fome até...

— Até cedermos e darmos a eles o que querem — intervém Betty.

— Receio que sim, e estamos aqui para lhe dizer que, se essa for a única opção, que assim seja. Só podemos esperar que não neguem comida às crianças... duvido que sejam tão desumanos — pondera Margaret.

— Não sabemos o que dizer. — Nesta está visivelmente perturbada. — Nunca me ocorreu que iriam punir o restante de vocês. — Ela se volta para suas enfermeiras. — Acho que precisamos conversar.

— Não! — exclama Norah. — Não precisamos, não. Existe o certo e o errado e, nestas circunstâncias, não existe ambiguidade. E eu falei com a Madre Superiora e quero transmitir a mensagem de que ela e suas freiras também estão do lado de vocês.

— Suas palavras exatas foram: "Unidas venceremos, separadas cairemos; nós cairemos juntas, unidas" — diz Margaret.

Várias enfermeiras começam a chorar. Norah abraça Nesta com força.

— Obrigada. Por favor, agradeçam a todas — diz Nesta para elas antes de acompanhar as amigas até a porta.

Depois que Nesta e Norah vão embora, Vivian convoca:

— Todas. Lá fora.

Desta vez elas se sentam num círculo fechado no quintal do lado de fora da casa, de mãos dadas.

— Alguma sugestão? — questiona Nesta.

— Não podemos permitir que as crianças sejam punidas. — A primeira opinião é oferecida e aplaudida. — Deus sabe que elas já recebem pouca comida.

— Não acredito que estão fazendo isso. Uma coisa é nos punir, mas as crianças? Como ousam? — Betty se enfurece. — Deve haver alguma coisa que possamos fazer.

Nesta e Jean permitem que todas as enfermeiras expressem seus pensamentos. Elas reclamam e se irritam, muitas choram, mas uma declaração continua a ressoar:

— Eu preferiria morrer.

— Isso é uma opção? — pergunta Jean, e todas ficam em silêncio.

— Como assim? — questiona Vivian.

— Bom, se não estivermos aqui, não poderão punir as outras — garante Nesta.

— Está dizendo se estivermos todas mortas?

Ninguém responde ainda. Nesta olha ao redor do círculo, observando o estado de espírito das mulheres. Ela também sente isso, sente o precipício em que estão. Mas será que todas ali realmente morreriam por essa causa?

— Podem contar comigo — diz Betty por fim.

— Espere... — começa Nesta.

— Eu também.

— Eu também.

— Vamos lá.

As enfermeiras se voluntariam em um coro de concordância.

Como todas estão dispostas a sacrificar a própria vida, Nesta se sente orgulhosa como nunca antes.

Ela não derramou uma lágrima desde que o *Vyner Brooke* foi bombardeado, mas agora, nesse momento, está chorando.

E então todas as cabeças se viram quando uma única enfermeira se levanta e anuncia:

— Vocês não precisam morrer. Eu faço.

Há um momento de silêncio, e então Vivian pergunta, muito baixinho:

— Fazer o quê?

— Vou até o clube deles. Obedecer. Seja lá o que eles querem.

— Não! Não vai, não. Você não vai fazer isso — afirma Betty, também ficando de pé em um pulo.

Outra enfermeira está de pé.

— Vou com você.

Todos os olhos se voltam para a nova voluntária.

— Também vou. E você fique sentada, Betty — diz uma terceira.

— Pode incluir mais uma. — Outra enfermeira se levanta, estendendo as mãos para as demais voluntárias.

Todas estão de pé agora, desafiando ruidosamente as mulheres que se sacrificariam pelo campo. Nesta e Jean permitem que elas continuem por mais alguns instantes antes de chamar todas à ordem.

— Vocês entendem para o que estão se voluntariando? — pergunta Jean.

As quatro mulheres se entreolham.

— Entendemos — responde uma delas.

— Então, por que...

— Eu olho para todas vocês e vejo mulheres tão jovens, que vão deixar este lugar, se apaixonar, casar, ter filhos. Nunca foi uma coisa que considerei para mim.

— Você é só três anos mais velha que eu! — exclama Vivian.

A enfermeira ri.

— Só três anos, hein? Vivian, por favor, me deixe fazer isso, não apenas por você, mas por outras mulheres e crianças. Estou em paz com a minha decisão.

Durante horas, as quatro enfermeiras defendem suas intenções para o restante do grupo e finalmente, com pesar, o grande sacrifício delas é aceito.

— Betty, pode me fazer um favor? — questiona Nesta.

— Qualquer coisa.

— Por favor, corra até a casa de Margaret e peça uma Bíblia a ela.

— Por quê? — indaga Jean, perplexa.

— Quero que cada uma de nós jure que o que foi combinado aqui nunca será revelado a outra alma. Os nomes de... — a voz de Nesta falha enquanto ela recita os nomes das quatro mulheres — ... permanecerão conosco até o dia de nossa morte.

Betty sai correndo de casa para buscar a Bíblia, quase esbarrando na irmã Catherina, que está prestes a bater na porta.

— Desculpe, sinto muito — suspira Betty.

— Irmã Betty, eu estava indo vê-la. Precisamos conversar sobre o que os japoneses estão pedindo a vocês.

— Certo, mas agora não, irmã. Estou com pressa.

— Para onde está indo?

— Preciso de uma Bíblia; vou pegar emprestada a da srta. Dryburgh.

— Então venha comigo — diz a freira, pegando-a pelo braço. — Se tem uma coisa que temos em abundância lá são Bíblias.

Elas correm até a casa da irmã Catherina. Há uma pilha de Bíblias sobre a mesa da cozinha. A freira pega uma e entrega para Betty.

— Pode ficar com essa.

Betty retorna e descobre que todas as enfermeiras estão dentro da casa. Todas as portas e janelas estão fechadas.

Jean pega a Bíblia de Betty e, segurando-a, começa.

— Juro que as decisões tomadas hoje, o sacrifício a ser feito pelas quatro voluntárias, nunca serão comentados com outra vivalma. Os nomes das quatro serão levados para nossos túmulos. Eu juro.

Betty caminha pela sala, estendendo a Bíblia a cada enfermeira, que coloca a mão direita sobre o livro sagrado e repete:

— Eu juro.

Depois de Nesta jurar, ela pega a Bíblia das mãos de Jean e folheia algumas páginas.

— Betty, onde conseguiu esta Bíblia?

— Ah, encontrei a irmã Catherina, e ela me ofereceu.

— Você sabia que estava em holandês? — Nesta diz.

O clima sombrio na sala melhora um pouco, e finalmente alguém faz a pergunta em que todas estão pensando.

— Ainda vale se jurarmos por palavras que não sabemos ler?

— É uma Bíblia — anuncia Betty. — É uma maldita Bíblia! Que diferença faz o idioma em que está escrita?

— Não tem diferença nenhuma, Betty — Nesta responde a ela, com um abraço.

Na manhã seguinte, Nesta relata sua visita à dra. McDowell.

— Bem, ela prometeu entregar uma mensagem ao médico-chefe do campo masculino próximo e a esperança é que ele possa comunicar a alguém de posição superior exatamente o que está acontecendo aqui.

Todas as noites, e com o coração pesado, Nesta observa as quatro voluntárias partirem para o clube dos oficiais. No entanto, mesmo o retorno seguro delas não lhe traz muito alívio.

Quanto poderiam suportar?

7

Campo II, Irenelaan, Palembang
Abril de 1942 a outubro de 1943

— Estamos usando a garagem número 9, que rebatizamos como "O Galpão", para realizar cultos religiosos todos os domingos — comenta Margaret Dryburgh com as enfermeiras enquanto caminha pelo campo, informando a todas que, se tiverem interesse, o conforto espiritual está disponível.

— Obrigada, Margaret — agradece Nesta. — Deus sabe que precisamos de uma bênção.

No domingo seguinte, as enfermeiras assistem a um culto. É a primeira vez que Nesta ouve as belas vozes do pequeno coro de Margaret, Norah e Ena. Ela vê, também pela primeira vez, o brilho musical que deve ser mantido em segredo. Certamente seriam punidas por fazerem algo que lhes dá tanto prazer. Por alguns momentos, Nesta esquece onde está, o que suas enfermeiras sacrificaram, e se entrega à música.

— Como comandante do campo, chegou a hora de nomearmos uma assistente — anuncia a dra. McDowell às mulheres reunidas na clareira central do campo. — Estou ocupada demais com o hospital para fazer tudo sozinha; preciso de ajuda.

— A sra. Hinch! — uma voz chama da multidão.

— Sim, a sra. Hinch — grita outra, e depois outra, e logo todas as mulheres estão cantando o nome da sra. Hinch.

— Acho que escolheram bem — diz a dra. McDowell. — Ela é a diplomacia em pessoa e, ainda por cima, é encantadora.

Uma risada percorre a multidão.

— Eu ficaria honrada em aceitar — diz a sra. Hinch gentilmente.

— O que há nela de tão diferente das outras damas inglesas? — pergunta Nesta em voz alta para Jean no caminho de volta para sua cabana. — Ela é muito engraçada e... — Nesta divaga, admirando a confiança da mulher, sua dignidade diante da miséria.

— Bem, para começar, ela não é inglesa. — Jean ri.

— Como assim? Ela não é australiana!

— Ela é americana, Nesta. Casou-se com um inglês e passou muitos anos em Singapura rodeada de ingleses. E tem até uma Ordem do Império Britânico,* acredite ou não, por seu trabalho na Associação Cristã de Moças. Pode ter adquirido um pouco do sotaque inglês, mas não a rigidez daquele povo.

— Como você sabe de tudo isso?

— Tomei chá com ela algumas vezes quando estava tratando uma das senhoras da casa dela.

Nesta balança a cabeça e sorri.

— Sem dúvida ela não é alguém que eu gostaria de enfrentar! É bom saber que está do nosso lado. Queria saber o primeiro nome dela.

Jean ri novamente.

— Mesmo que soubesse, eu nunca teria coragem de usá-lo, a menos que ela me desse permissão... Você consegue imaginar?

Nesta também ri, e as duas mulheres se sentem animadas, mesmo que por um momento, pela presença de duas pessoas francas e capazes como comandante e vice-comandante do campo.

— Preciso dizer — diz Norah a Ena certa tarde, a caminho da casa da sra. Hinch com a pequena June para uma reunião do comitê — que ela é uma potência, não é?

— Sim, tenho que admitir.

Assim que foi nomeada, a sra. Hinch começou a organizar comitês e a designar capitãs em cada casa, a fim de cuidar do funcionamento diário do campo.

---

* A *Most Excellent Order of the British Empire* (Excelentíssima Ordem do Império Britânico) é uma condecoração oferecida a quem se destaca no trabalho com as artes, a caridade e a assistência social, ou em outros serviços que beneficiem a comunidade. (N. do E.)

Havia conforto em estar ocupada, em manter um pouco de ordem em um ambiente que de outra forma estaria fora de controle.

— Ela colocou todas nós em turnos de trabalho, e agora as freiras vão dar aulas para as crianças. Não sei de onde ela tira tanta energia.

Quando chegam à casa, encontram-na agitada de tanta conversa e com o espírito renovado.

— A energia dela é contagiante, não é? — comenta Ena.

— Já está passando para mim — brinca Norah, dando uma beliscada em Ena. — Para você também, querida irmã, dá para ver em seu rosto.

— Preciso de uma voluntária para o comitê de entretenimento — diz a sra. Hinch, dando início à reunião.

— Posso cuidar disso — oferece Margaret.

— Acho que você deveria ser a organizadora-chefe — diz Norah, e todas concordam.

Muitas das mulheres do campo que não frequentam o culto religioso de Margaret partilham a paixão pelo canto. Norah e Ena são frequentadoras regulares da igreja e têm duas das vozes mais belas de todas as prisioneiras. E nenhuma das mulheres contava com o tédio diário que acompanha o trabalho penoso do campo. O que poderia ser melhor do que usar seus talentos? Assim, a sra. Hinch, com sua postura direta de sempre, decidiu que deveria ser organizado um comitê de entretenimento.

— E, então, o que todas nós gostaríamos de fazer? — Margaret pergunta às mulheres.

Uma rápida avalanche de sugestões chega, de corais a concertos.

— Adorei todas as ideias, e, dependendo de quanto tempo ficarmos aqui, vamos poder usar todas elas. No entanto, posso sugerir que comecemos com algo completamente diferente, algo que não vai exigir tempo de ensaio, mas sim alguma participação de todas vocês.

— O que você sugere? — pergunta Norah.

— Acho que seria interessante começarmos um jornal — anuncia Margaret. — Algo que podemos montar e distribuir a todos. Uma das casas tem máquina de escrever e papel. Além de compartilhar novidades, podemos destacar os aniversários.

— Somos muitas. Além do jornal, não podemos organizar um concerto? — Norah sugere.

— Podemos — diz Margaret. — E Norah e Ena devem ficar no comitê de música. Seu conhecimento e suas lindas vozes precisam ser ouvidos.

— E eu, também posso cantar? — indaga June, olhando de Ena para Margaret.

— Claro que pode, minha pequena... vamos encontrar um papel especial só para você — diz Margaret a ela.

No caminho para casa, June corre na frente para brincar com as amigas.

— Estou preocupada com June — comenta Ena.

— Sério? Ela parece bem para mim. — Norah está observando June com suas amigas enquanto brincam de pega-pega.

— Ela não menciona a mãe há várias semanas — continua Ena. — Antes June me perguntava umas dez vezes por dia se eu achava que a mãe dela viria logo, mas hoje mais cedo ela me chamou de mamãe.

— E o que você fez?

— Nada. — Ena parece abalada. — Não sabia o que dizer. Só dei um abraço nela.

O coração de Norah está com Ena e com a pequena June. O vínculo entre elas se tornou muito forte, mas a mãe da menina pode estar em algum lugar, sentindo falta da filha e desesperada para saber o que aconteceu com ela. Uma imagem de Sally surge na mente de Norah e um nó se forma em sua garganta. Mas ela o reprime – a irmã precisa de um conselho.

— Quer que eu converse com ela?

— E falar o quê?

— Ah, não sei, talvez dizer algo como "A tia Ena e eu estamos muito felizes por você participar do espetáculo. Se nos der o nome de uma canção favorita da sua mãe e do seu pai, todas poderíamos cantá-la".

Ena concorda com a cabeça.

— Então você acha que, se fizer uma menção a mim como tia e citar os pais dela na mesma frase, ela vai entender a mensagem?

— Mal não vai fazer, e sempre que puder vou me referir a você como tia Ena. — Norah aperta o braço de Ena.

Ena passa os braços em volta da irmã.

— Eu tinha certeza de que você saberia me aconselhar.

Uma semana depois, a primeira edição do *Crônicas do Campo* é lançada. Fica combinado que serão produzidos somente dois exemplares; não há papel suficiente para mais, especialmente se elas quiserem continuar. O jornal será passado de casa em casa, com um pedido de conteúdo e ideias na primeira das dezoito páginas. Uma das mulheres colocou em prática suas habilidades de desenho e produziu um cabeçalho. Arame farpado circunda o nome do jornal.

Em sua casa, Margaret segura um dos dois exemplares inaugurais, folheando as páginas, e lê várias manchetes em voz alta.

— *Fazendo sopa com cabeças de peixe – receita.* Hum, parece gostoso. Só precisamos das cabeças de peixe. O sistema holandês de cuidados infantis. Ah, entendi. É a primeira de uma série composta por três partes. Agora, estou me perguntando quem teve a ideia de criar uma coluna de fofocas.

Margaret olha para as mulheres do comitê do jornal. Estão sorrindo e se virando lentamente para olhar para Betty.

— Eu deveria saber — exclama Margaret. — O título delatou você, *Diário da Senhorita Sabe-Tudo*. Vejo esta coluna ficando cada vez mais longa.

— Você não mencionou a manchete da primeira página — comentou Norah.

Margaret lê em voz alta.

— No culto dominical, o coro apresentará um hino especial. — Margaret sorri para as mulheres. — Obrigada pela menção. Será um dia importante quando cantarmos o hino pela primeira vez. Posso ter escrito as palavras, mas elas vão ganhar um novo significado graças à bela melodia escrita por Norah. Obrigada, querida amiga.

— Foi um privilégio musicar suas palavras, palavras que subirão aos céus no domingo, palavras que nos darão força e esperança. E eu sei como deveríamos chamá-lo. — Norah abre um sorriso largo. — "O hino dos cativos"!

E, em uma só voz, as mulheres entoam:

— "O hino dos cativos"!

— Vocês viram quanta gente está aqui? — pergunta Norah ao coro, nervosa, enquanto observa as mulheres e crianças caminhando para o Galpão muito antes do início do culto. Em pouquíssimo tempo, o pequeno espaço fica lotado, e as pessoas se espalham pelo modesto gramado de frente para a rua.

— Vi, sim. Tive que passar por todo mundo para entrar — diz Betty.

— Vai ser como cantar na Catedral de São Paulo — brinca outra, levando todas às gargalhadas.

— Este lugar não poderia estar mais longe da catedral, mesmo que quisesse. Onde estão nossos vitrais? — brinca Norah.

— Não precisamos de tijolos milenares e vitrais bonitos para estar em sintonia com o Senhor — responde Margaret.

— Se eu pudesse escolher entre cantar na Catedral de São Paulo ou aqui com todas vocês, é aqui que eu gostaria de estar — diz Betty.

— Vamos, senhoras, está na hora — diz Margaret. — Vou encurtar meu sermão de abertura. Afinal, a multidão lá fora não veio para me ouvir falar, veio para ver vocês. Obrigada pelo presente que estão prestes a dar a mim e a todas as outras aqui.

A multidão se divide enquanto o coro se dirige para o pequeno espaço vazio na parte de trás da garagem, onde caixotes foram virados para formar um palco instável sobre o qual as mulheres se equilibram. Mais cedo, Norah e a sra. Hinch reuniram cadeiras de todas as casas para formar três fileiras de assentos. A Madre Superiora e a irmã Catherina, junto com as freiras, ocupam a primeira fila, exceto o assento central. A sra. Hinch também atua como recepcionista, sentando as crianças no chão e insistindo para que deixem de se empurrar e correr. Ninguém questiona sua autoridade.

Quando a sra. Hinch caminha em direção a Margaret e ao coro, a conversa é interrompida, e as crianças do lado de fora param de correr. Norah, Ena e as outras componentes do coro formam um semicírculo atrás de Margaret. Estão de mãos dadas. Ninguém vê June subir furtivamente no palco atrás de Norah e Ena, abrindo caminho entre elas. As irmãs sorriem uma para a outra enquanto June evita contato visual com as tias; ela não quer ser tirada dali.

A sra. Hinch toma seu lugar na primeira fila. Seu trabalho por enquanto está concluído.

— Não sou tão tola a ponto de acreditar que vocês vieram me ouvir pregar os caminhos do Senhor — começa Margaret, com um grande sorriso. — Muito obrigada, a cada uma de vocês, por estarem aqui hoje para ouvir essas incríveis coristas cantarem minhas humildes palavras, musicadas pela talentosa Norah Chambers. Apresentamos a vocês "O hino dos cativos".

Voltando-se para o coro, Margaret levanta a mão direita. Enquanto ela a abaixa suavemente, todo o coro respira fundo ao mesmo tempo e canta.

"Pai, em cativeiro
Elevamos nossa prece a Ti,
Em Teu amor, vem nos reconfortar.
Permita que todo dia possamos provar
Àqueles que depositam confiança em Ti,
Mais que conquistadores possam atingir."

A intensidade e a força de suas vozes aumentam à medida que cantam os quatro versos restantes. Soluços silenciosos viajam além do Galpão, para o gramado e para a rua além.

Enquanto as notas finais soam, Margaret deixa cair a mão regente e abaixa a cabeça. Quando finalmente olha para o coro, lágrimas rolam livremente por seu rosto. O coro se aproxima dela, formando um círculo mais apertado, enquanto todas choram; o significado das palavras, da música que acabaram de criar, comoveu profundamente todas as presentes. Margaret toca cada uma delas suavemente na bochecha. Por fim, ela se volta para a congregação.

— Em nome de todas nós, obrigada, obrigada do fundo dos nossos corações. Acho que não há mais nada que eu precise dizer hoje. Obrigada.

A saída do coral do Galpão dura mais de uma hora enquanto as mulheres abraçam as cantoras, buscam nelas algum conforto, tentam encontrar palavras para expressar o que estar aqui hoje significou para elas. Margaret ri de comentários como "Não acredito em Deus, mas hoje você me deu esperança, fé em mim mesma e em todas nós aqui".

Palavras como essas são repetidas continuamente.

Aceitando os abraços e as palavras dos últimos membros da congregação, Margaret avista três soldados japoneses parados no lado oposto da rua. Ela olha para eles, desafiando-os a avançar. Norah e Ena, com June ainda espremida entre as duas, cercam Margaret. Um dos soldados acena para as mulheres, antes que saiam correndo.

— Eles ficaram ali o tempo todo? — pergunta Margaret.

— Sim — diz uma mulher ao lado dela. — Eu até vi um deles enxugando uma lágrima.

Enxugando as próprias lágrimas, Nesta olha para as enfermeiras que estão por perto, todas chorando abertamente. Jean chama sua atenção, balançando a cabeça em direção às quatro enfermeiras que se sacrificaram como "anfitriãs" para salvar as outras. Nesta as observa se abraçando, soluçando baixinho e confortando umas às outras.

Jean abre caminho no meio da multidão até Nesta.

— Não sei quanto tempo mais vou aguentar isso — sussurra ela.

8

Campo II, Irenelaan, Palembang
Abril de 1942 a outubro de 1943

— Ah, meu Deus... como vamos escolher o que colocar no jornal?

Os artigos têm chegado desde que o *Crônicas do Campo* foi anunciado, e as mulheres se reuniram em uma das casas para analisar as ofertas.

— Quer dizer, olhe para tudo isto. — Uma voluntária segura dezenas de pedaços de papel cobertos com artigos rabiscados às pressas, resenhas de livros, charadas, histórias infantis e receitas.

Outra voluntária está lendo "Cem maneiras de cozinhar arroz". Existem cem maneiras, mas ela só escreveu três!

A matéria desperta uma conversa sobre comida, e as editoras revivem lembranças felizes das refeições, dos jantares de Natal e dos almoços de domingo. E, estranhamente, quando começam a falar sobre comida, parecem não conseguir parar, apesar da fome sempre presente em seus estômagos.

Mas é Betty, a editora que compila o *Diário da Senhorita Sabe-Tudo*, quem recebe o maior número de artigos.

— Bem, os japoneses não vão nos deixar colocar isso no jornal. — Betty está lendo o relato da jornada de uma sobrevivente até o campo. — Vamos ter que ser criativas. — Ela tem um pequeno brilho nos olhos. — Precisamos ajudar a leitora a ler nas entrelinhas — diz ela. — Nunca pensei que gostaria de dirigir um jornal, mas é muito divertido.

— É estranho dizer isso — comenta Jean —, mas nas últimas semanas as coisas mudaram bastante por aqui.

— Também sinto isso — concorda Betty. — Quero dizer, nosso único problema vai ser conseguir papel.

— Ah, encontramos um monte de fragmentos de papel no lixo jogado nos fundos do prédio da administração — diz Jean a ela.

— Então, agora temos um jornal, uma companhia de teatro e um coral — comemora Betty. — Você acredita que tivemos que mudar o Galpão para nossa casa porque não é grande o suficiente para o público?

Jean aponta para o piano no canto da sala.

— E tem aquilo ali também.

As enfermeiras ficam entusiasmadas, preparando-se com afinco para suas apresentações. O que começou como um único concerto cresceu uma vez que tanto as artistas quanto o público foram encontrando cada vez mais diversão nos espetáculos musicais. Nesta observa o êxtase crescente das mulheres pelos espetáculos, e uma sombra cruza seu rosto.

— Meninas, podem me dar um minuto?

Todos os olhos se voltam para ela.

— O que Margaret, Norah, Ena e as outras nos deram é, sem dúvida, um grande presente. Conseguimos esquecer onde estamos e nos divertir de verdade, mas estou preocupada que estejamos nos deixando levar. Nunca devemos esquecer que estamos aqui à mercê dos japoneses, que nos mostraram, de muitas maneiras, que controlam todos os aspectos de nossa vida. Até agora eles deixaram os espetáculos continuarem, mas é preciso lembrar que tudo isso pode mudar num instante.

— O que Nesta está dizendo, e concordo inteiramente com ela, é que devemos estar atentas aos nossos captores, não vamos dar a eles nenhum motivo para nos fazer parar — acrescenta Jean.

— Não quero ser desmancha-prazeres, só quero que vocês estejam seguras. Agora vão se divertir — diz Nesta, com um grande sorriso.

— Vocês viram quantas já estão lá fora aguardando? — Norah está sem fôlego.

— É o nosso maior público até agora, então todas teremos que cantar bem alto para sermos ouvidas lá fora.

— Bem, nisso nós somos boas — elogia Ena, com uma piscadela.

O concerto de sábado à noite é um grande sucesso e o maior até agora, apresentando o coral, o clube de canto, dançarinas, números de comédia e recitais. A casa fervilha por dentro e por fora, e quem tem o azar de não ter encontrado espaço lá dentro se junta à cantoria da rua.

— Que noite! — anuncia Margaret ao final. — Fazia muito tempo que eu não ria tanto, e sei que todas se sentem assim também. Quero agradecer a essas maravilhosas artistas que nos divertiram tanto hoje e também agradecer a vocês por terem vindo e feito parte desta noite especial. Todas vamos nos lembrar disso enquanto vivermos. Acho que é apropriado terminarmos a noite cantando "God Save the King", "Land of Hope and Glory" e o hino nacional da Holanda.

Os aplausos são longos e sinceros enquanto cada um dos hinos é entoado no ar ameno da noite.

Quando todas as últimas notas se dissipam, um silêncio permanece na multidão. E, então, as mulheres batem os pés, batem palmas e se viram para abraçar a mulher ao lado delas. Elas se lembrarão dessa noite para sempre.

— Minha vida pode ser curta ou longa — sussurra Nesta para si mesma. — Por favor, não deixe que seja curta.

9

Campo II, Irenelaan, Palembang
Abril de 1942 a outubro de 1943

— Você mudou muita coisa no campo... sabe disso, não é? — conta Nesta a Norah.

— Espero que sim — concorda Norah. — Tenho escutado enquanto elas ensaiam "O hino dos cativos", e está maravilhoso.

Norah passou a última semana procurando pedaços de papel para produzir cópias da partitura musical e da letra, que ela distribuiu alegremente para as mulheres.

— Norah, falei com as enfermeiras há alguns dias sobre os espetáculos.

— E então?

— Acabei de lembrá-las de que os japoneses podem mudar de ideia rapidamente e que não devemos considerar garantida a aprovação deles. Estou preocupada que alguém diga, ou cante, algo que os ofenda.

— Hum, acho que você tem razão. Admito que fiquei complacente ao ver os soldados na plateia e, sim, estou um pouco surpresa por terem deixado que continuássemos. Acho que também deveria falar com todas e lembrá-las de que precisam ter cuidado.

Norah se despede de Nesta; ela vai falar com as demais, mas agora tem outra coisa em mente, algo tão importante que não consegue mais segurar.

— O que foi, Norah? Está tudo bem? — Margaret está saindo de casa quando ela chega.

— Ena está lá dentro? — pergunta ela.

— Sim. Está precisando dela?

— Preciso de vocês duas.

Margaret volta para dentro da casa e reaparece um momento depois com Ena ao seu lado.

— O que está acontecendo? — questiona Ena, pousando a mão preocupada no ombro da irmã.

— Tive uma ideia e preciso falar em voz alta. Quero saber se vocês acham que é loucura — diz Norah, as palavras saindo de sua boca por conta própria.

— Você é sempre muito eloquente, querida irmã. Basta dizer — insiste Ena.

— Falta alguma coisa em nossas apresentações.

— O quê? — indagam Ena e Margaret juntas.

— Uma orquestra. Não temos orquestra.

Há um momento de silêncio atordoado de Ena e Margaret.

— Está sugerindo que peçamos aos nossos captores que nos forneçam instrumentos? — pergunta Margaret por fim. — Você devia saber que eles não vão fazer isso. — Ela ri. A ideia é absurda.

— Seria ótimo, mas não, também não consigo imaginá-los fazendo isso. Então eu descobri a segunda melhor opção.

— Bem, conte para nós, então — pede Ena. Ela está se perguntando se, afinal de contas, sua irmã não está ficando maluca.

— Quero formar uma orquestra. Uma orquestra de vozes. Vozes que eu posso transformar em instrumentos.

Margaret e Ena mais uma vez ficam em silêncio, trocando olhares de total perplexidade.

— Bem, o que vocês acham? — pergunta Norah, um pouco impaciente.

— Minha querida, nunca conheci um musicista mais brilhante e capaz do que você. O jeito como pegou minhas palavras, lhes deu asas e as transformou na canção mais emocionante foi genial. Confesso que não sei como você vai fazer isso, mas, se for algo que queira tentar, você tem meu total apoio — responde Margaret.

— Ela não vai apenas tentar, Margaret, ela vai conseguir. Não há nada que minha brilhante irmã não possa fazer. Se ela disser que vai criar uma orquestra de vozes, então, juro por Deus, ela vai criar.

— Não acham que estou sendo estúpida? — pergunta Norah, ansiosa.

— Talvez um pouco maluca. — Ena sorri. — Mas não vejo a hora de ouvir *sua orquestra*... não parece incrível?

Nesse momento, June sai correndo de casa.

— Tia Ena, você está chorando? Está tudo bem?

Ena se ajoelha para envolver a menina em um abraço.

— Uma lagrimazinha de alegria, June. É o melhor tipo.

— Nesta, o que foi? Aconteceu alguma coisa? — pergunta Margaret à enfermeira enquanto se deixam ficar na rua, a última apresentação prestes a iniciar.

O sol se pôs e as poucas luzes da rua do campo começaram a brilhar. Uma atmosfera de agitação está crescendo em torno da "sala de concertos". As artistas se reuniram do lado de fora da casa, conversando nervosas sobre seus atos seguintes. Para muitas, é a primeira vez que cantam, dançam ou atuam diante do público.

— Você não viu? — exclama Nesta, de olhos arregalados. — Temos visitas.

— Visitas? Visitas boas ou ruins? — indaga Margaret.

— Ruins, acho.

— É melhor me contar o que está acontecendo.

— Há alguns minutos, seis soldados, incluindo Miachi e Ah Fat, entraram na casa e fizeram as mulheres da primeira fila saírem dos seus assentos para eles se sentarem.

As outras mulheres se reuniram ao redor, ouvindo atentamente.

— Eles também querem se divertir, imagino — diz Margaret, por fim. — E, se é isso que querem, então é o que vão ter.

Mas ela não parece confiante.

O lugar fica em silêncio quando as artistas entram. A presença dos japoneses atingiu o público com toda a força. Elas não têm ideia se a noite terminará em festa ou em surra.

Margaret sobe no palco improvisado e faz uma reverência aos militares reunidos na primeira fila.

— Temos alguns convidados especiais esta noite. Sejam bem-vindos! — exclama ela. — Vamos começar com a primeira canção do programa.

As artistas começam a cantar "O hino dos cativos" e, hesitante no início, o público se junta a elas. Quando as últimas palavras são cantadas, todos aplaudem, e os oficiais japoneses acompanham educadamente.

E assim a noite continua. Aquelas que estão na plateia se esquecem de seus captores a apenas alguns assentos de distância e riem, cantam e aplaudem as belas danças e poesias. Cada ato é aplaudido pelos dirigentes; eles até mesmo riem quando as mulheres riem. É claro que estão se divertindo.

Quando tudo termina e os aplausos cessam, Margaret dá um passo à frente mais uma vez.

— Obrigada a todos, e um agradecimento especial aos nossos convidados — diz Margaret, com uma reverência. — E, agora, terminaremos como costumamos fazer, com nossos hinos nacionais.

"God Save the King" recebe uma interpretação tempestuosa e, em seguida, o hino nacional holandês, "Wilhelmus", segue com a mesma energia turbulenta. O nível de paixão aumenta à medida que todos cantam "Land of Hope and Glory". Quando a cantoria finalmente termina, os oficiais japoneses se levantam e aplaudem com entusiasmo.

— De novo, de novo — diz Miachi.

— Como? — Margaret pergunta, aproximando-se do capitão.

— Cantem. Por favor, cantem de novo — pede ele.

— Qual canção?

Miachi murmura algumas palavras para Ah Fat.

— O capitão gostou da última música. Muito bonita. Por favor, cantem de novo.

O local fica em silêncio; todos os olhos estão voltados para Margaret.

— Senhoras, o capitão Miachi pediu para cantarmos nossa última canção mais uma vez. Disse que é linda. Estamos prontas?

Os oficiais japoneses permanecem de pé enquanto as mulheres cantam orgulhosamente o que agora chamam de "Hino do campo", e mais uma vez unem vozes em "Land of Hope and Glory". Os oficiais começam a aplaudir antes mesmo de elas terminarem a canção.

Miachi se aproxima de Margaret.

— Obrigado — traduz Ah Fat. — Muito divertido, estaremos de volta no próximo sábado à noite.

As mulheres abrem caminho para que os soldados partam, curvando-se enquanto se movem no meio da multidão. Os oficiais, para seu espanto, estão sorrindo.

— Uau, isso foi inesperado — anuncia Norah.

Margaret e Norah permaneceram na casa de Nesta depois que todo mundo foi embora.

— Inesperado, com certeza, mas muito bom também. Significa que podemos continuar... eles claramente gostaram. Eu não sabia o que fazer com minha cara quando Miachi pediu bis — diz Margaret.

— Poderíamos ter arranjado encrenca — admite Betty, parecendo envergonhada.

— Encrenca? — pergunta Nesta.

— Bem, é que eu tenho trabalhado com algumas das meninas. — Ela olha ao redor da sala para as outras envolvidas, todas tentando reprimir o riso. — Eu... quero dizer, nós... escrevemos e ensaiamos uma nova versão de uma canção conhecida. Talvez eles não gostem de algumas versões.

— Eu acho que eles não vão gostar de algumas letras, sem dúvida — acrescenta uma das enfermeiras. — Tenho certeza de que Ah Fat vai traduzir tudo o que dissermos.

— Devo saber quais são elas? — intervém Nesta.

— Não é necessário. Mas acho que, diante das circunstâncias, talvez tenhamos que fazer algumas alterações — diz Betty.

— Bem, eu sei qual foi a música que vocês enviaram para a programação. Vou confiar em vocês para não fazerem ou dizerem nada que possa irritar os oficiais — diz Margaret.

— Podemos ver a letra com antecedência? — pergunta Norah. — Talvez todo mundo que vá se apresentar no próximo espetáculo precise passar por nós.

— Infelizmente tenho que concordar com você. A censura não faz muito sentido, mas não podemos correr nenhum risco — acrescenta Margaret.

Quando as enfermeiras ficam sozinhas novamente, Nesta percebe suas quatro colegas "anfitriãs" sentadas, separadas de todas as outras. Já se passaram duas semanas desde que começaram suas visitas noturnas ao clube dos oficiais.

— Ah, não! — Nesta se vira para Jean. — Como elas devem estar se sentindo com os violadores dentro da casa? Tenho que fazer alguma coisa. Preciso falar com elas.

— Vamos fazer isso no jardim — sugere Jean. — Vou levá-las para fora.

As seis mulheres vão para o fundo do jardim. Nesta começa se desculpando por não perceber imediatamente o quanto deve ter sido doloroso encontrar os soldados japoneses no concerto.

— Como vocês poderiam saber que eles iriam aparecer? — uma delas pergunta.

— Não poderíamos, mas é um grande problema, e temos que resolvê-lo.

— Vocês poderiam ficar em nossa casa na próxima semana, para se pouparem de toda essa situação — sugere Jean.

— De jeito nenhum — retruca outra. — Já não tiraram o suficiente de nós? É nosso concerto também. Mas não quero me apresentar para eles.

Naquela noite, o sono não vem fácil para Nesta. Ela continua a se repreender pela dor que causou às quatro enfermeiras que fizeram um sacrifício que nenhuma mulher deveria fazer. A dúvida que ela manteve sob controle sobre sua capacidade de ser uma boa líder para suas colegas, que se tornaram suas amigas, e agora sua família, a perturba. Nada em sua formação a preparou para esse papel.

10

Campo II, Irenelaan, Palembang
Abril de 1942 a outubro de 1943

— Como vão os ensaios para sábado? — pergunta Nesta a Norah. Elas estão andando pelo campo, observando as crianças brincarem.
— Censurei a letra de Betty — responde Norah. — Mas acho que vamos ficar bem. Ena está repassando os outros atos, e digamos que algumas mudanças foram feitas.
— Vai cantar neste sábado, June? — questiona Nesta.
— Não, esta semana, não. Ah, olhe, lá está Bonnie!
— Quem é Bonnie?
— É uma cadelinha de rua. June e algumas outras crianças fizeram amizade com ela — explica Ena.
— Bonnie! Bonnie, aqui, garota — chama June.

Os cães entraram no campo e, assim como as mulheres e as crianças, também estão famintos. As crianças se apegam aos animais, compartilhando suas escassas porções de comida. As mães não comem para dar sua parte aos filhos. Ver o sorriso no rosto dos filhos e filhas supera a preocupação com possíveis doenças que os animais possam trazer. As meninas são vistas cantando para os cachorros; os meninos fazem o mesmo que todos os meninos fazem quando têm um cachorrinho: jogam galhos e gravetos para ele buscar. Na maioria das vezes, os soldados japoneses os ignoram, e as crianças aprendem rapidamente quais soldados evitar, afastando os cães da ameaça da baioneta.

June e duas de suas amigas têm uma vira-lata especial da qual cuidam, para quem roubam comida e em quem fazem carinho.

Hoje, passeando com Norah e Ena, ela está atenta a sua amiga Bonnie.

A cadela reage ao nome dela e se vira para elas, mas se assusta ao ver um soldado saltando em sua direção, com o rifle em punho, gritando. Atrás do cachorro está outro soldado, paralisado no lugar.

— *Nããão*! — grita Ena, jogando-se sobre June, e elas caem no chão quando um tiro é disparado.

Nesta e Norah se viram para ver a cachorra fugir, mas o soldado atrás delas cai no chão, com a mão no peito. June grita enquanto Ena a agarra. Nesta corre até o guarda caído.

— Leve-a de volta para casa — Norah diz a Ena, e para June: — Bonnie está bem. Ela fugiu.

Ena coloca June em pé e, envolvendo-a nos braços, sai correndo.

Norah olha para o soldado que disparou; agora é ele quem fica congelado. Norah corre na direção de Nesta e do homem ferido, enquanto outros soldados saem para a rua, alguns indo em direção ao recruta caído, outros, ao homem que ainda tenta compreender o que fez.

— Como ele está? — pergunta Norah, ajoelhando-se ao lado de Nesta.

— Ele está... morto.

Os soldados agarram Nesta e a afastam. Mas Norah segura o braço dela, e as duas mulheres caminham para longe rapidamente, alertando aquelas que haviam saído de suas casas ao som de um tiro para voltarem para dentro. *É um lembrete*, pensa Norah, mais alerta do que nunca para o perigo que correm. Um lembrete e uma lição: a vida de qualquer um pode ser exterminada por uma bala perdida, com pouca ou nenhuma repercussão.

Nesta fica contente que o concerto do sábado seguinte seja um sucesso. Ela desprezou Miachi e seus soldados na primeira fila, aplaudindo ruidosamente cada apresentação, e sentiu seu coração ficar apertado.

Suas quatro enfermeiras voluntárias mantinham-se afastadas da multidão, à porta da cozinha, onde podiam desfrutar da noite sem serem vistas por seus violadores. Foi com uma lágrima de gratidão que ela as viu cantar um bis de "Land of Hope and Glory" a plenos pulmões.

11

Campo II, Irenelaan, Palembang
Abril de 1942 a outubro de 1943

— Eu gostaria que elas se apressassem. O suspense está me matando — sussurra Betty para as outras enfermeiras.

— Calma, Betty, não quero que você tenha problemas por estar falando — diz Nesta a ela.

— Todo mundo está falando — rebate Vivian.

— Fale baixo, então. Estou um pouco nervosa. Não tenho ideia do que está por vir.

— Não são soldados na frente do bloco administrativo, são? — pergunta Jean.

— Parecem mais moradores da região. Não têm rifles, só revólveres — afirma Betty.

A agitação da noite anterior persistiu entre as mulheres no dia seguinte, até que a sra. Hinch anunciou que as mulheres se reuniriam para um anúncio ao meio-dia. Os boatos correm livremente pela multidão. É difícil não ter esperança de liberdade.

Bem antes da hora marcada, as mulheres fazem fila em frente ao bloco administrativo, no fim da rua.

Um silêncio toma conta do campo quando a porta do prédio da administração se abre. Miachi sai a passos largos, com Ah Fat, cercado por jovens vestindo uniformes simples e sem adornos. Ele para na frente das mulheres. Um caixote é colocado diante dele, e ele se aproxima e começa a falar. Ah Fat grita mais alto que a declaração de Miachi. As mulheres nas primeiras filas entendem o suficiente para passar a tradução adiante.

— Os honrados e corajosos soldados japoneses foram lutar, e agora estamos sendo vigiados pela polícia local. Devemos tratá-los como se fossem japoneses. Não tenham dúvidas de que eles punirão o mau comportamento.

Todas as enfermeiras se reúnem na sala de Nesta e ficam em silêncio quando ela e Jean as chamam para passar informações.

— Puxa, essa não foi a melhor notícia que tivemos nos últimos tempos? — anuncia Nesta.

Um coro de "Ah, sim!" e "A melhor de todas" ecoa de volta.

— Há quatro de nós aqui para quem isso significa muito mais.

Quatro enfermeiras se entreolham, enxugando as lágrimas, enquanto suas colegas se aproximam para abraçá-las e oferecem palavras de conforto.

— Nós, e não me refiro apenas a nós que estamos aqui, mas a cada mulher e criança neste campo, temos com vocês uma dívida que nunca poderemos pagar. Tudo o que qualquer uma de nós puder fazer por vocês, basta pedir — diz Jean.

— Obrigada. Não sabemos como vamos nos sentir nas próximas semanas e meses que virão, mas saber que podemos conversar com qualquer uma de vocês se tivermos necessidade é a melhor coisa que podem nos oferecer.

— E levem nossos nomes para o túmulo — acrescenta outra das quatro.

Cada uma das enfermeiras grita:

— Para o túmulo.

Elas são interrompidas por uma batida na porta. A sra. Hinch entra na sala.

— Bom, essa foi a melhor notícia, não foi? — sorri ela.

— A melhor — Nesta concorda.

— Vim atrás de você, Nesta. A dra. McDowell e eu nos encontramos com o capitão, e ela tem algumas novidades para você.

— Obrigada, sra. Hinch. Vou imediatamente.

— Lamento que suas enfermeiras tenham demorado tanto para serem libertadas, Nesta — diz a dra. McDowell assim que Nesta entra em seu pequeno "consultório" sem janelas no hospital improvisado. — Eu devia ter falado com você mais cedo, mas queria que soubesse que ontem recebi uma resposta do médico do campo dos homens. Ele conversou com um tal comodoro Modin, que ficou absolutamente furioso com o que foi pedido às suas enfermeiras. O comodoro aparentemente saiu irritadíssimo para ver o general japonês e reclamar com ele. Parece que ele disse ao general: *Isso não é bacana*. Consegue imaginá-lo falando desse jeito? Não tenho certeza se o general japonês sabia a que ele se referia, e agora isso não importa, já que foram embora, mas suas enfermeiras estão seguras. Mesmo que eles voltem.

— Você não imagina o quanto estamos aliviadas — diz Nesta.

— Lamento muito que isso tenha acontecido e que tenha demorado tanto para ser resolvido. Todas vocês têm minha maior admiração.

Nesta corre de volta para relatar a conversa. Ninguém consegue reprimir uma risada ao saber do *Isso não é bacana* do comodoro.

— Se fosse comigo, teria usado palavras diferentes — brincou Betty.

— E o que você teria dito? — indagou Vivian.

— Eu teria ameaçado causar algum dano corporal grave nos oficiais e explicado exatamente onde esse dano seria feito.

Caminhando para casa uma noite depois do ensaio, Norah enlaça seu braço no de Ena.

— O que está acontecendo? — pergunta Ena.

— Só quero me sentir mais perto de você.

— Certo, mas você está pensando em alguma coisa.

— Você me conhece tão bem. Tenho certeza de que o que estou pensando é também o que você está pensando.

— Ken e John?

— Sim. Você acha que John está bem? Acho que eu sentiria se ele não estivesse. Pelo menos eu quero pensar que sim.

— Você sentiria. Assim como eu saberia se alguma coisa acontecesse com Ken.

— Mas ele estava muito doente quando o deixamos. Tão doente que precisou ficar internado.

— Você sabe o quanto John é forte e que ele tem tudo para viver. Você e...

— Sally. Estou convencida de que ela está segura com Barbara. Mas sinto muita falta dela. Deveria ser Sally aqui conosco, não June.

Ena para de andar e se vira para Norah.

— Ah, desculpe, Ena. Não foi isso que eu quis dizer, não quis dizer que não deveríamos cuidar de June. Deus sabe que graças a ela temos alguém para amar e cuidar.

— Entendi o que você quis dizer, só me dei conta de como deve ser difícil para você vê-la comigo o tempo todo. Mas, Norah, estou feliz que Sally não esteja aqui conosco, não queremos que ela viva desse jeito. Deus sabe que não queremos que June viva assim também. Nenhuma de nós deveria estar aqui.

— June definitivamente não deveria estar aqui, você está certa. E cabe a nós cuidarmos dela até que ela possa voltar para o pai, se não para a mãe. Nós duas sabemos que é improvável que a mãe de June tenha sobrevivido ao naufrágio do *Vyner Brooke*. — Norah faz uma pausa, os olhos atraídos para o lado oposto da rua. — Olá, Nesta — chama ela. — Dando um passeio?

— Ah, sim. Eu precisava de um tempo para mim. Vocês duas parecem muito sérias, está tudo bem?

— Sim, estamos bem, só conversando sobre os homens de nossas vidas e o quanto sentimos falta deles — lamenta Norah.

— John e Ken, certo?

Ena assente.

— E você? Tem algum homem especial na sua vida?

Nesta sorri.

— Não. Na verdade, não.

— Ora, esse sorriso me diz que existe alguém. Quer nos contar? — pergunta Norah, sorrindo calorosamente.

— Não é alguém especial. Nosso relacionamento nunca decolou para valer. Mas era alguém com quem eu gostava de estar, e, bem, quem sabe as coisas fossem diferentes se não tivéssemos que fugir da Malásia, então talvez… — Nesta divaga. Qual é o sentido de "talvez" aqui?

— Quer nos dizer o nome dele? Simplesmente falar pode lhe dar alguma coisa a que se agarrar.

— Dr. … hum, Rick. O nome dele é Richard, mas todo mundo o chama de Rick.

— E ele é médico?

— Sim, é! Muitas vezes nos encontrávamos dividindo turnos à noite e, bem, passávamos todas aquelas horas sem nada para fazer a não ser conversar.

— Olhe para as estrelas, Nesta — pede Ena.

Todas as três mulheres olham para o céu.

— Estamos todos sob o mesmo céu, quem sabe? Talvez em algum lugar John esteja olhando para o alto e pensando em Norah, Rick em algum lugar esteja pensando em você e Ken esteja em algum lugar pensando em mim — reflete Ena.

Durante vários minutos, as três mulheres contemplam o manto brilhante das estrelas do Sul.

— Sabe de uma coisa? — diz Ena.

— Diga — pede Norah.

— Vou me sentar no jardim e, à luz da lua cheia, vou escrever para Ken. É nosso aniversário de casamento, então...

— Ah, minha querida irmã — diz uma Norah sentimental. — Sinto muito por não ter lembrado.

— Não se preocupe, está tudo bem. Você fica de olho em June?

— Claro... leve o tempo que precisar.

Na manhã seguinte, Norah encontra um pedaço de papel ao lado do colchão de Ena. Ela lê a primeira linha antes de dobrá-lo e colocá-lo debaixo do travesseiro da irmã.

Meu querido Ken, ela escreveu. *Hoje faz oito anos que nos casamos...*

— Olha o que eu tenho — sussurra Betty para algumas enfermeiras enquanto elas se sentam do lado de fora.

— Um pedaço de madeira — diz Vivian, confusa.

— Bem, eu estava pensando se poderíamos trabalhar juntas para fazer um presente para Nesta.

— Você quer dar um pedaço de madeira para nossa enfermeira superior?

— Não, quero pegar esse pedaço de madeira e transformá-lo em alguma coisa.

— Por exemplo? — pergunta Jean.

Norah observa as enfermeiras, sorrindo com o amor delas pela líder. À medida que o primeiro Natal se aproxima – os planos para um concerto já estão em andamento –, todas concordam que cada mulher e criança deveria receber um presentinho. Aquelas que chegaram com malas cheias de pertences inúteis, como vestidos de baile formais, os entregam para fazer vestidos. Lenços de seda estão destinados a virar preciosos presentes. Norah e Ena têm um plano especial para June.

— Quando morávamos na Malásia — continua Betty —, enquanto a maioria de nós ia à praia nos dias de folga, Nesta passava o tempo com alguns pacientes e médicos, jogando mahjong. E se nós fizermos um conjunto de peças de mahjong para ela?

— A ideia é boa, mas como poderíamos fazer isso? Não temos nada com que cortar — observa Vivian.

— Temos facas de cozinha, não temos? E essa madeira é bem macia; era de uma das vigas que deve ter caído do telhado. Há algum tempo, encontrei duas limas antigas de metal. Podemos usá-las para alisar as peças, e tenho certeza de que as freiras holandesas nos emprestariam algumas tintas da sala de aula para pintar os caracteres.

— Você sabe como são os caracteres?

— Claro que sei. O que você acha?

— Vamos lá — Vivian responde, com entusiasmo e para alívio de Betty. — Vamos montar uma escala de trabalho, mas vai ser segredo. Acho que temos que fazer uma surpresa.

Os ensaios para o concerto de Natal acontecem todos os dias, mas, uma manhã, uma sessão é interrompida quando várias das presas holandesas entram apressadamente pela porta.

— Ingleses... Homens ingleses nos fundos da nossa casa — anuncia uma das mulheres.

— Do que você está falando? — pergunta Norah enquanto as cantoras se reúnem.

— Estavam falando inglês! Nós os vimos andando por entre as árvores atrás da nossa casa.

— Por favor, nos leve até lá agora — pede Norah, enquanto todas saem pela porta e, juntas, dirigem-se para as casas onde as mulheres holandesas vivem, entrando na primeira delas. Entram pela porta da frente, passam pela sala, cozinha e chegam ao quintal, onde elas seguem em fila.

— Estamos aqui! Estamos aqui e somos inglesas! Tem alguém aí? — grita Norah.

Elas espiam através da densa selva que cerca os jardins dos fundos. Não conseguem ver uma alma sequer.

De repente, uma voz forte com sotaque da periferia de Londres responde:

— Mesma hora amanhã, garotas.

Seguem-se vozes japonesas urgentes e raivosas, e as mulheres voltam correndo para dentro.

A notícia do encontro se espalha rapidamente e todas vão até a casa holandesa. As mulheres estão alvoroçadas com as especulações, até que a sra. Hinch, com seu jeito quieto, mas firme, se posiciona na frente da multidão e levanta as mãos.

— Senhoras, senhoras, por favor. Não podemos falar todas ao mesmo tempo. Por que não deixamos que aquelas que estavam lá nos contem o que aconteceu?

A primeira holandesa, pouco habituada a ser o centro das atenções, desconfortável com o seu domínio do inglês, avança.

— Eu estava lá fora e ouvi alguma coisa no meio das árvores. Achei que poderia ser um animal e já ia entrar correndo quando ouvi uma voz, um homem falando em inglês, e depois outro homem respondeu para ele. Então me aproximei e por entre as árvores vi muitos homens com pás. Homens japoneses gritando com eles. Eles caminharam logo para trás da nossa casa e depois voltaram para a selva. E então eu corri e contei a Norah.

— O que aconteceu depois? — questionou a sra. Hinch.

— Eu posso responder — diz Margaret, dando um passo à frente. — Não fui a primeira a chegar, tenho certeza de que todas vocês percebem que não consigo correr tão rápido quanto as mais jovens. Não vi ninguém, mas chamamos por eles, e um deles respondeu.

— O que ele disse? — grita uma voz.

— Ele disse: *Amanhã no mesmo horário, garotas* — conta Norah. — Acho que temos que voltar amanhã, ver se podemos falar com eles.

— Bem — começa Margaret, com um tom de cautela na voz —, eu sei que todas vocês vão querer estar aqui, mas devo avisar que esses homens são vigiados por soldados japoneses, e não queremos colocar as vidas deles em risco.

— Bem, talvez não mais do que cinco ou seis mulheres? Espero que possamos trocar algumas palavras com os homens quando eles passarem — sugere a sra. Hinch.

— E quem vai decidir quem vai? — outra voz fala.

— Eu — afirma a sra. Hinch, com uma autoridade que as outras sabem que não devem desafiar. — Prometo que, se conseguirmos fazer contato com eles, todas vocês saberão imediatamente. Vocês podem voltar e esperar lá na frente.

Apertada pela multidão de mulheres, Norah se agarra a Ena.

— Você acha que John está com eles? Ah, meu Deus, Ena, ele poderia estar aqui, do outro lado da cerca?

— Não sei, só podemos esperar que sim, e logo vamos descobrir.

No dia seguinte, as mulheres se reúnem. A sra. Hinch escolheu um grupo, incluindo Norah, para abordar os prisioneiros, com Margaret seguindo à frente. O restante do campo espera do lado de fora da casa o retorno delas.

Norah está feliz porque os homens estão à sombra fresca das árvores para se proteger do clima escaldante.

Em meia hora, elas voltam para dentro do campo. Margaret dá um passo à frente para anunciar a novidade.

— Nós os vimos! — começa ela. — Havia dezenas deles marchando por entre as árvores. Um soldado japonês estava na frente, então esperamos um pouco antes de gritar. Foi um inglês que nos disse que há holandeses no grupo deles.

— Estão detidos em uma prisão e todos os dias são levados para trabalhar em um campo a alguns quilômetros de distância, para onde eles vão se mudar em breve — acrescenta Norah. Todos aqueles rostos cheios de expectativa sorriem para ela como se ela os estivesse libertando. — Já estão nisso há algum tempo, e o campo está quase pronto — continua ela. — Não nos deram nomes... de todo jeito, era muito arriscado demorar nessa conversa. Mas não vejo por que não podemos voltar todos os dias.

— Obrigada, Norah — diz a sra. Hinch. — Ainda não sabemos a que horas eles voltam à tarde e algumas de nós poderíamos nos revezar no quintal para esperar e ficar de olho — sugere ela.

Na manhã seguinte, Norah e as mulheres se reúnem de novo em frente à casa holandesa. De maneira ordenada, entram e saem no quintal e esperam em silêncio. As enfermeiras permanecem no fundo da multidão: não haverá ninguém que elas conheçam entre os prisioneiros do sexo masculino, mas naquele dia querem participar. Agradecem porque seus pais, irmãos e namorados estão seguros em casa, na Austrália. Mais uma vez, Nesta pensa em Rick, imaginando como seria estar tão perto de vê-lo novamente.

Por fim, o silêncio é quebrado pelo som de passos na floresta. Quando o soldado japonês encarregado dos homens aparece, Margaret levanta o braço antes de deixá-lo cair lentamente. Ela está liderando as mulheres na música.

Além do arame, os homens ouvem vozes doces elevadas aos céus, apenas para *eles*.

— *Ah, venham, todos vocês fiéis*
Alegres e triunfantes...

O coração de Norah se preenche quando ela entoa uma canção de Natal para seus companheiros de prisão, comunicando-se da única maneira que consegue.

Os homens na frente param por um momento antes de serem empurrados para seguirem caminho. Ela consegue vê-los espiando por entre as árvores, na esperança de vislumbrar as mulheres que estão fazendo a serenata para eles.

Outros guardas japoneses param e se voltam para a cantoria. Por entre folhas e galhos, as mulheres observam os homens tirarem chapéus e camisas para acenar para elas.

— Obrigado — elas ouvem os homens gritarem, tanto em holandês como em inglês, antes de serem levados adiante.

— Não vi John — uma Norah perturbada comenta com Ena depois.

— Não consegui distinguir ninguém, é impossível saber — diz Ena para acalmá-la. Norah sabe que Ena nutria sua própria esperança insana de ver Ken.

No dia seguinte, à mesma hora, as mulheres se reúnem mais uma vez, aguardando silenciosamente o momento em que ouvirão o som dos passos se aproximando e suas vozes enviarão a mensagem de esperança aos homens desconhecidos.

Enquanto se esforçam para distinguir qualquer ruído vindo da selva, as vozes dos homens se filtram por entre as árvores. Com os corações cheios de esperança e medo, elas começam a cantar.

"Oh, venha
Oh, venha
Para Belém..."

Mais uma vez, os homens param, mas são silhuetas na luz salpicada pela selva. Norah não consegue distinguir um único rosto, mas canta emocionada. Quando soam as notas finais, a canção é cantada de novo, desta vez em holandês.

As mulheres choram, agarradas umas às outras, desesperadas para gritar, mas atendendo às palavras da sra. Hinch:

— Vocês não devem fazer nada que possa colocar os homens em perigo.

O Natal de 1942 já é diferente de tudo que Norah conhece; o momento é maravilhoso, poderoso e edificante, mas, quando termina, ela e todas as outras se veem mais uma vez atoladas na dura realidade de suas circunstâncias.

Assim que os homens passam no dia seguinte, eles gritam seu adeus: essa é a última vez que caminharão pelo trajeto da prisão até o novo campo na selva. Desta vez, as mulheres não hesitam e se despedem.

— John! — grita Norah em desespero. — John, sou eu, Norah. Você está aí? Por favor, esteja aí!

Arrebatada pela emoção, Ena também grita:

— Ken, meu querido Ken! É Ena, estou aqui, estou aqui.

Mas ninguém responde.

12

Campo II, Irenelaan, Palembang
Abril de 1942 a outubro de 1943

— É Natal! É Natal! — grita June, acordando não apenas Ena e Norah, mas todas as mulheres da casa.

— Sim, é, querida — diz Ena, dando um grande abraço nela —, e veja o que temos para você.

Ena e Norah entregam a ela um presentinho. June fica encantada com a boneca que Norah fez com um saco de arroz, um grande sorriso de batom pintado no rosto. Está usando o lindo vestido de renda que ela costurou com capricho. O Natal exige presentes para uma criança de cinco anos.

Ena observa Norah enxugar uma lágrima e sussurra:

— Minha querida irmã, Sally está segura. Está esperando por você e por John. Eu sei disso.

Norah se vira, fungando e lembrando.

— *Mamãe, papai, ele esteve aqui, Papai Noel esteve aqui, e olha o que ele me deixou* — *grita Sally para Norah e John, que estão descendo as escadas na manhã de Natal.*

— *Feliz Natal, Sally. O que você tem aí?* — *pergunta Norah, pegando a filha no colo enquanto John as envolve em um abraço.*

— *É uma boneca, uma casa de bonecas e um carrinho de bebê para ela. É tão bonito.*

— *Não tem nem metade da sua beleza, minha querida. Feliz Natal* — *responde John.*

Voltando-se para Ena, Norah se enterra nos braços da irmã.

— Feliz Natal, Ena — sussurra ela. — Sou tão abençoada por ter você aqui comigo, mesmo que eu desejasse que você não estivesse, que estivesse agora com Ken, que estivéssemos todos juntos.

— Estaremos, espero que no ano que vem, nesta mesma época.

Várias outras se aproximam de June, trazendo presentinhos. Enquanto eles estão sendo entregues, Margaret intervém.

— Mais tarde vamos ter bastante tempo para isso, June. Agora é hora de nos prepararmos e irmos para o culto matinal. Venha.

Enquanto as mulheres se afastam, devidamente advertidas, Margaret se aproxima de June.

— Feliz Natal, doce menina. Você traz tanta alegria às nossas vidas, obrigada — diz ela, entregando-lhe um lenço de renda lindamente feito à mão.

June passa os braços em volta dela.

— Obrigada, tia Margaret. Feliz Natal!

Nesta e suas enfermeiras faltaram ao culto matinal de Natal para começar a cozinhar, trabalhando de maneira criativa com as rações extras fornecidas pelos guardas locais. Mas os preparativos são interrompidos quando são chamadas à rua pelos guardas.

— Venham aqui fora. Por favor, senhoras, venham aqui fora.

As enfermeiras se juntam às outras mulheres que saem de suas casas com cautela.

Cerca de uma dúzia de guardas estão no meio da rua segurando grandes cestos cheios de comida. Elas observam que alguns deles contêm frangos já depenados e alguns pedaços de carne bovina.

Um dos guardas tenta uma explicação.

— Isto veio dos ingleses.

— O que vocês querem dizer com ingleses? — questiona Norah.

— Homens ingleses do outro campo enviaram para vocês. Pediram aos guardas que mandassem comida para as mulheres das redondezas.

Com isso, todos os guardas colocam os cestos no chão e recuam.

As mulheres se aproximam lentamente da oferenda.

— Veja quanta coisa tem aqui.

— Como eles conseguiram? Não estão morrendo de fome como nós?

— Deve vir dos homens para quem cantamos, eles devem estar por perto.

— Meu Deus, é o melhor presente de Natal que já ganhei.

— Eles compram de comerciantes locais — comenta um guarda.

Quando o restante das mulheres e as crianças saem do culto da igreja, ficam surpresas ao ver as cestas fartas de alimentos.

A sra. Hinch faz questão de que todas reconheçam a generosidade insondável dos homens.

— Senhoras, fomos abençoadas com um presente maravilhoso. Enquanto cantávamos e dávamos graças a Deus, fomos agraciadas com esta abundância.

Margaret se junta à sra. Hinch.

— Senhoras, inclinem a cabeça e orem pelos homens que praticaram esse ato altruísta ao compartilhar sua comida neste dia de dar e receber.

— Bem-vindas a nossa casa — anuncia Nesta. — Esperamos que todas tenham gostado do culto; aproveitamos para preparar este banquete espetacular para vocês, possibilitado pela comida que nos foi doada.

As enfermeiras haviam convidado moradoras de várias outras casas para partilharem as suas porções e se juntarem a elas em uma refeição que tinham presumido até recentemente que seria bem humilde. As mesas foram transportadas para o amplo quintal, e as convidadas ocupam seus lugares, ansiosas pela próxima refeição.

Nesta segura a porta dos fundos aberta, e as três enfermeiras que a ajudaram a cozinhar marcham para fora, equilibrando panelas, tigelas e pratos arfantes e fumegantes. Colocando-os sobre a mesa, retornam à cozinha para buscar ainda mais.

— Não acredito nisso. Estou comendo batatas *e* carne! — grita Betty.

— E eu tenho uma cebola no meu prato, acredita? Bife acebolado. Este é o melhor jantar de Natal que já tive — berra Vivian.

Jean pede atenção.

— Antes de começarmos a comer de verdade, podemos, por favor, agradecer a Nesta e às outras que trabalharam incansavelmente durante horas preparando o que Nesta corretamente chamou de banquete? Muito obrigada a todas, é maravilhoso.

E todas brindam às cozinheiras com copos de água em temperatura ambiente.

Depois de comerem, elas arrumam tudo e se reúnem para entoar algumas canções de Natal. Em pouco tempo, as mulheres ficam cansadas e todas voltam para suas casas. As enfermeiras se retiram para seus quartos, um canto tranquilo da sala, o quintal, agora molhado e enlameado por causa de uma breve chuva tropical. É hora de as mulheres ficarem sozinhas, pensando em suas famílias, amigos e entes queridos, em casa ou em outros campos semelhantes aos delas.

Antes de irem para a cama, os presentes de Natal são finalmente trocados. O mahjong de Nesta é motivo de muitos aplausos. Ela vira repetidamente as pecinhas esculpidas e pintadas à mão, incapaz de fazer um único agradecimento porque não consegue parar de chorar.

— Não foi assim que nenhuma de nós pensou que entraria no ano de 1943. Eu gostaria de poder dizer que este ano será melhor que o anterior. Aconteça o que acontecer, não podemos perder a esperança de que esta guerra irá terminar, e de que no próximo Natal estaremos em casa com nossas famílias. Quero que saibam que Jean e eu estamos incrivelmente orgulhosas de todas vocês. Foi muito gratificante para mim ver vocês transformando este lugar em um lar, fazendo parte do campo, trabalhando no hospital, e tudo isso sem reclamar — anuncia Nesta às enfermeiras.

— Já ouvi Betty reclamar muitas vezes — interrompe Vivian.

A véspera de Ano-Novo não é comemorada. As mulheres aguentaram o pior ano das suas vidas, e quaisquer esperanças para 1943 são expressas em voz baixa entre pequenos grupos, nas casas que tentaram transformar em lares. As enfermeiras mais jovens aceitam um convite para uma festa no Galpão, a sala de concertos original. Peças espontâneas são improvisadas, canções são entoadas, e um prêmio é dado à mulher que conseguir imitar melhor o som de um animal. A noite delas é um pouco mais curta do que gostariam quando um guarda que faz a ronda as manda ir dormir.

Nesta fecha a porta quando a última enfermeira volta. Todo mundo ainda está acordado.

— Sim, claro, todas reclamamos de vez em quando, obrigada, Vivian. Incluindo eu. Mas isso não impediu nenhuma de nós de cumprir o nosso dever, de cuidar de nós mesmas e das outras.

— Você está tão ocupada cuidando de todas nós que fico me perguntando como você está, irmã James — pondera Vivian.

— Bem, Bully, quase igual a todas vocês. Cansada, com fome... mais fome do que cansaço, sendo bem sincera, apesar da nossa festa de Natal.

— Nem parece — comenta Betty.

— Mas não significa que eu não esteja sentindo. Acima de tudo, porém, eu sinto muita raiva. Estou furiosa porque esta guerra começou, furiosa por termos sido expulsas da Malásia, furiosa por perdermos tantos dos nossos homens em Singapura. Furiosa com o que aconteceu quando tentamos sair.

Mas isso nem sequer pode descrever o que sinto por aquelas amigas com quem fugimos de Singapura e que não estão aqui conosco agora.

— Ah, Nesta! Nesta, sinto muito. Cada uma de nós compartilha nossa raiva e frustração com você o tempo todo. Você é tão forte por nós, e nunca perguntamos como está se sentindo, desculpe — diz Betty, abraçando sua superior, sua colega, sua amiga.

Todas no quarto se reúnem em torno de Nesta, enxugando as próprias lágrimas, enxugando as de Nesta, jurando cuidar dela assim como ela cuida de todas.

Nesta tenta se desculpar por ser tão pouco profissional, mas é interrompida por gritos e lembretes de que ela é tão humana quanto as outras.

— Foi adorável ouvir "Auld Lang Syne" — sussurra Ena para Norah enquanto elas se preparam para dormir.

Quando as portas do Galpão se fecharam atrás delas após o espetáculo, as mulheres cantaram "Auld Lang Syne" enquanto caminhavam de volta para casa. Em pouco tempo, começaram a ouvir a mesma música sendo cantada dentro de cada casa, atrás das portas fechadas.

— Eu adoraria ter participado, mas não queria acordar June — lamenta Norah.

— Vamos cantar sempre.

— Você se lembra da festa de Ano-Novo em Singapura, no primeiro ano depois que John e eu nos casamos?

— Como poderia esquecer? Os amigos, a comida, o champanhe. Foi uma noite maravilhosa. Estávamos todos tão felizes, não é? E papai continuou fazendo a mamãe dançar com ele mesmo depois que já estava exausto.

— Porque mamãe adorava dançar.

— Ken e eu ainda estávamos nos conhecendo. Ele me pediu em casamento apenas algumas semanas depois.

— O que me lembro é que você não o deixou sair do seu lado a noite toda.

— E eu me lembro de você entrando em pânico quando a meia-noite chegou, e John tinha ido buscar uma bebida ou algo assim, e você estava preocupada que ele não voltasse a tempo de beijá-la quando o relógio batesse meia-noite.

— Eu lembro. Só consegui ver os braços de Ken em volta de você, os braços de papai em volta de mamãe, e, quando o relógio bateu meia-noite, eu estava sozinha.

— Mas não ficou sozinha por muito tempo. Depois que Ken me beijou, eu me virei, e vocês dois estavam nos braços um do outro.

— Foi uma noite perfeita.

— E teremos mais delas, mas não este ano. Parece bobagem dizer Feliz Ano-Novo considerando as nossas circunstâncias, mas mesmo assim Feliz Ano-Novo, minha querida irmã.

— Feliz Ano-Novo, Ena — responde Norah, mas suas lembranças calorosas desaparecem com o sono, e seus sonhos são preenchidos com soldados empunhando baionetas correndo atrás dela.

13

Campo II, Irenelaan, Palembang
Abril de 1942 a outubro de 1943

— O que foi agora? — Nesta está indignada porque Miachi mais uma vez ordenou uma reunião para fazer um anúncio.

— Talvez ele esteja indo embora e queira se despedir — responde Vivian, esperançosa, enquanto ela e as outras enfermeiras caminham para a rua.

— Não desejem afastar Miachi, meninas... É melhor lidar com o diabo que vocês já conhecem e tudo mais — garante Nesta a elas.

A rua está ficando cheia enquanto as mulheres se reúnem em pequenos grupos na frente de suas casas. Nesta vê Norah e Ena e se aproxima.

— Alguma ideia do assunto do anúncio de hoje? — pergunta Nesta a elas.

— Não. Os boatos são de que Miachi está insatisfeito com a atitude descuidada dos guardas locais, alguma coisa sobre passarem muito tempo olhando para as mulheres mais jovens com roupas provocantes — comenta Ena.

— Bom, se é isso, então se aplica a mim. Não temos outras roupas além das que costuramos e, de qualquer maneira, está muito quente.

— Acho que ele está se referindo àquelas que usam sutiã e short curto — acrescenta Norah.

Margaret se aproxima das mulheres.

— Todas estão assustadas de verdade com a possível volta dos soldados japoneses. Eu não sabia o que dizer a elas — comenta ela.

— É terrível pensar nisso. Todo aquele medo e intimidação, as armas apontadas para nós sem motivo.

— Ah, aí vem ele — diz Nesta, espionando Miachi com Ah Fat a reboque, saindo do bloco administrativo. Ela atravessa a rua correndo para se juntar às outras enfermeiras.

As mulheres ouvem Miachi reclamando antes de vê-lo. Ele caminha pela rua, gritando ordens, com Ah Fat correndo ao seu lado.

As instruções de Miachi são traduzidas e repetidas por Ah Fat enquanto os dois homens passam pela rua.

— Vocês vão limpar o campo. Vão cortar a grama, recolher o lixo, brinquedos. Não deve sobrar nada lá fora. Ninguém vai receber comida até que todo o campo esteja limpo. O capitão Miachi vai inspecionar amanhã de manhã. Vamos ter uma visita especial chegando amanhã à tarde, todas as mulheres devem estar bem-vestidas sem mostrar a pele — insiste Ah Fat.

Tendo caminhado até o fim da rua, Miachi se vira e volta repetindo suas ordens. As crianças riem do pequeno tradutor tropeçando na estrada. Sua mensagem agora se reduz a:

— Cortar grama. Sem pele. Esgotos limpos. Sem pele. — As mães tapam a boca dos filhos risonhos com as mãos, soltando-os apenas quando Miachi passa.

Norah olha para um grupo de guardas, cutucando Ena, que solta uma risada; os guardas javaneses seguram a barriga enquanto riem abertamente do espetáculo que também testemunham.

A sra. Hinch chama Nesta para se juntar a ela e Margaret.

— Acho melhor fazermos uma reunião e acertarmos os detalhes do trabalho. Ele estava falando sério sobre querer um campo impecável.

— Acho que esse foi um dos espetáculos mais engraçados que já vimos — comenta Margaret. — Eu estava com medo de as crianças não conseguirem se controlar.

— Acho que deveríamos estar muito gratas pela partida dos soldados. Talvez não fossem tão tolerantes quanto os guardas — garante a sra. Hinch.

— Não sei como vamos cortar a grama sem cortador — ressalta Nesta.

— *Inchi, Inchi*, onde você está? — grita Ah Fat, correndo na direção delas.

— Ah, ele voltou — suspira a sra. Hinch.

— *Inchi! Inchi!*

Voltando-se para o exausto Ah Fat, que cambaleia em direção a elas, ela diz:

— O que você quer agora? Recebemos a mensagem.

— *Inchi*, por favor, garanta que as mulheres limpem tudo a contento. O capitão Miachi vai ficar muito zangado se você não o fizer.

— Vamos tentar, mas não temos ferramentas. Como vamos cortar a grama?

Enfiando a mão no bolso, ele abre a palma da mão.

— Aqui, tome isso.

— Tesouras? Está me dando duas tesouras para cortar toda a grama?

— Vocês dividem, vocês cortam toda a grama da frente.
— Ah, então não precisamos cortar a grama nos fundos de nossas casas?
— Só na frente, e limpe os esgotos. Nada deve ser visto na rua, está bem?
— Pode ir, Ah Fat.
— Obrigado, *Inchi*.
— Bom, quem quer começar? — pergunta a sra. Hinch, brandindo as tesouras. Nesta pega uma delas.
— Ele está brincando, não está?
— Acho que não. Vamos, vamos bolar um plano.

— Certo, então — diz Norah aos grupos designados para limpar as áreas comuns. — Vamos começar.

Norah e as voluntárias limpam os esgotos e a rua em frente a sua casa, oferecendo-se para continuar a descer pelo campo e ajudar as vizinhas. Outras participantes dos grupos recebem facas e são enviadas para cortar a grama de joelhos.

— Vejo que você tem uma tesoura de verdade — grita Norah para Betty, que está trabalhando arduamente na grama da frente da casa delas.

Nesta se junta a Norah, que está arrastando lixo dos bueiros onde há esgoto fluindo livremente.

— Bom trabalho — diz Nesta.
— Hum. — Norah está usando folhas de bananeira para transportar o lixo até a extremidade do campo para descartá-lo.

O sol é intenso, e as trabalhadoras começam a suar muito.

Nesta distribui água preciosa para as mulheres compartilharem, enquanto os guardas caminham de um lado para o outro na rua apontando para montes de lixo e cortes irregulares da grama. Nesta observa-os pairando do lado de fora de sua casa. Ela segue o olhar deles. Uma jovem enfermeira, Wilma, é o objeto de sua atenção. Nesta vê de repente que Wilma tirou a blusa e está trabalhando de sutiã.

— Wilma! Wilma, posso falar com você um instante? — Nesta chama por ela.
— Estou indo. Sinto muito que não esteja rendendo, mas é impossível cortar grama com uma faca. Não serve.
— Você está fazendo um bom trabalho, não se preocupe, mas precisa vestir sua blusa.
— Por quê? Está quente demais e não sou a única que está de sutiã.

— A sra. Hinch e as outras capitãs da casa vão falar com elas. Eu sei que até agora não tivemos problemas ao usar pouca roupa... Deus sabe que quase não temos nada... mas, para hoje e amanhã, posso pedir que você se cubra?

— Desculpa, não tive a intenção de incomodar ninguém.

— Não, você não está incomodando ninguém, muito pelo contrário. — Nesta acena com a cabeça para os guardas que ainda estão de olho em Wilma.

À noite, uma representante de cada casa se reúne na casa de Nesta. Quem chegou ao campo com malas de roupas traz consigo uma variedade de vestidos, saias e blusas.

— Verifique as roupas de todas logo pela manhã. Qualquer pessoa que achem que não está vestida a contento, mandem para cá. Vamos vesti-las com algo mais recatado.

A sra. Hinch dá uma rápida piscadela.

— *Tenko!* — os guardas exclamam na manhã seguinte.

Em poucos minutos, Miachi, com Ah Fat correndo para acompanhá-lo, está caminhando pela rua, parando em cada casa para inspecionar as mulheres e crianças. Toda mulher que ele considera vestida inadequadamente leva um tapa na cara.

As mulheres que precisam se trocar correm até a casa das enfermeiras para escolher vestidos mais compostos.

— Estou aqui para experimentar um traje — diz alguém ao entrar na casa.

— Aqui, senhora. Temos uma ótima seleção para você escolher. Qual é a ocasião? — brinca Nesta.

— Bem, tenho um programa esta tarde. Não tenho certeza do que se trata, mas quero estar impecável. Nunca se sabe quem você vai encontrar nesses eventos.

— Bully, poderia ajudar a senhora a encontrar um conjunto perfeito?

— Venha por aqui, senhora — diz Vivian, com uma pequena reverência. — Pensei em um estilo parisiense chique com apenas um toque de conservadorismo londrino.

— Ah, você me conhece tão bem.

A atmosfera na casa é de triunfo enquanto as enfermeiras exageram nas roupas das mulheres que sofreram a ira de Miachi. Uma delas está usando camadas de branco com uma anágua de renda fixada no cabelo.

— Acho que vocês não estão levando isso a sério — diz Jean a Nesta. — Parece que ela vai se casar.

— Obviamente. Mas quem se importa, desde que saiam daqui bem cobertas?

Chega a hora do almoço e nenhuma comida aparece. Pouco tempo depois, *Tenko! Tenko!* é berrado em toda parte na rua.

Mulheres e crianças ficam em posição de sentido.

Miachi deixa o bloco administrativo com vários oficiais japoneses altamente condecorados. Uma escolta de soldados em alerta e bem-vestidos com rifles erguidos acompanha Miachi e os oficiais enquanto caminham lentamente para cima e para baixo no campo. Ninguém fala nada, nenhuma ordem é dada. Quando o grupo por fim chega ao prédio administrativo, as mulheres continuam em silêncio, sem saber o que fazer, até que a sra. Hinch sai da fila.

— Voltem para casa, senhoras, e continuem trabalhando como sempre.

— Acho que não aguento mais essa chuva! — anuncia Jean, olhando pela janela para a última chuva de monções.

— Eu sei — suspira Nesta. — Foi bom por um tempo poder tomar banho quente, mas não está mais divertido.

— Todo mundo está sentindo isso — diz Jean, também suspirando. — Estamos todas entediadas. Qual é o sentido de ficar limpando quando o chão vai ficar enlameado de novo?

À medida que janeiro se transforma em fevereiro, um contingente de soldados japoneses retorna. Miachi convoca uma de suas reuniões para falar às mulheres. Desta vez, elas se aglomeram em frente ao prédio da administração, com os pés afundando na terra molhada. Miachi aparece com Ah Fat. Atrás deles está uma fila de soldados desconhecidos. De pé em seu caixote, Miachi grita sua mensagem. A expressão de exasperação e cansaço no rosto de Ah Fat enquanto ele tenta superar o capitão aos berros dificulta que as mulheres nas primeiras filas, as únicas que podem vê-lo, mantenham o rosto sério.

— Esses soldados vão treinar os moradores locais que permitiram que vocês ficassem preguiçosas, desleixadas e malvestidas. Vocês terão *tenko* todos os dias, e quem se atrasar na fila será punida. As ordens do Alto Comando japonês serão obedecidas. Voltem para suas casas. *Tenko! Tenko!*

Todas as mulheres correm de volta para suas casas e se alinham. Os novos soldados japoneses iniciam a inspeção no alto do campo. Betty conta rapidamente as enfermeiras em sua casa. Do outro lado da rua, Nesta observa Margaret contando as mulheres da sua.

Devagar, os soldados caminham em direção a elas. À sua frente, ela vê um soldado mais ou menos da sua altura, mas largo como um barril. Está gritando em japonês com as mulheres, empurrando-as enquanto tenta fazer sua contagem.

— Vamos chamar aquele ali de Rabugento — sussurra Betty para ela.

Nesta reprime um sorriso enquanto observa o soldado na casa ao lado. Ela se assusta quando ele levanta a mão e dá um tapa no rosto de uma das mulheres, gritando em um inglês ruim:

— Sem batom! Sem batom!

Ela tenta olhar para as enfermeiras, algumas das quais parecem usar batom claro. E, em seguida, está parado na frente dela.

— Quantas? — brada ele.

— Dezesseis! — responde Nesta, com um grito.

O soldado vai até a casa de Jean e para na frente de uma das enfermeiras mais jovens. Nesta olha para ela, vê que não está usando batom e dá um suspiro de alívio. Ela não vê a mão dele se erguer e dar um tapa no rosto da enfermeira.

— Mais roupas, mais roupas — solta ele.

Nesta sai da fila enquanto o soldado se afasta. Ela esfrega as costas da mulher, confortando-a da única maneira que consegue naquele momento. E então ela sai atrás do soldado abusivo. Um dos guardas locais se coloca na frente dela na tentativa de detê-la. Ela o afasta e para atrás do soldado. Ele está olhando atentamente para outra mulher agora, ela vê a mão dele se erguer e entra com agilidade na frente dele, recebendo toda a força do tapa. Nesta cai, mas se levanta rapidamente e fita os olhos do soldado. Ele se afasta, ignorando-a por completo.

— Nesta, o que está fazendo? — Jean chama por ela.

— Vamos ter que ficar de olho neste — é tudo o que ela diz.

Elas o observam castigar outra mulher por usar batom. Todas prendem a respiração.

— Sem batom! — grita ele na cara dela. Mas desta vez não há tapa, e ele segue em frente.

Terminado o *tenko*, as mulheres voltam para dentro. As enfermeiras se reúnem em torno de Nesta e da outra enfermeira que foi agredida. Panos úmidos aparecem e são colocados nas bochechas vermelhas e inchadas.

— Acho que estamos voltando aos bons e velhos tempos de abuso e punição — lamenta Vivian.

— Maldito Guardinha do Batom! — exclama Betty, e as enfermeiras riem, mas todas concordam que um codinome é uma boa ideia para quando ele estiver por ali. — O que mais vocês acham que eles vão fazer?

Os sorrisos desaparecem de seus rostos quando todas as cabeças se voltam para as quatro enfermeiras que já haviam sacrificado tanto.

— Não! Não vai acontecer de novo! — insiste Nesta, com veemência.

— Ela está certa. Não vamos deixar. De qualquer forma, a dra. McDowell vai intervir — comenta Jean. — Continuamos fortes e juntas nisso, certo, meninas?

Vivian abre a boca e começa a cantar "Waltzing Matilda". Em pouco tempo, a casa fervilha com suas vozes.

As mulheres lá fora ouvem o canto glorioso. Paradas no gramado da frente, Margaret, Norah, Ena, irmã Catherina e dezenas de outras rapidamente se reúnem, e logo o tributo vocal à unidade e à solidariedade enche a rua.

— Tenho novidades — anuncia Nesta ao entrar em casa. Ela acaba de ser chamada ao escritório de Miachi enquanto as enfermeiras aguardam seu retorno. — Alguém sabe como se diz enfermeira em japonês? — pergunta Nesta a elas, com um grande sorriso.

Ouviu-se um coro de não.

— Bom, o soldado continuou nos chamando de *kangofu*. Eu não tinha certeza se isso significava enfermeira ou se ele estava se referindo a nós como cangurus — debocha Nesta. — Ele quer uma lista completa de nossos nomes para enviar a nossos familiares, acreditam? Como já estão sem notícias nossas faz um ano, ele está se oferecendo para transmitir uma mensagem a eles. É claro que dei a ele o que precisava, inclusive os nomes daquelas que não estavam mais conosco. Bully, não contei a ele como sabia que algumas delas estavam mortas, então não se preocupe quanto a isso. Felizmente ele não perguntou. Só podemos esperar que as outras tenham sido resgatadas ou capturadas e estejam em algum lugar seguro. Ele também disse que podemos escrever uma carta para enviarmos e que ele nos dará papel e canetas em breve.

— Você acreditou nele? — pergunta Jean.

— Ele foi bastante agradável, mas não sei. Só posso contar o que ele disse. Acho que vamos ter que esperar para ver se as canetas e os papéis aparecem.

— Mesmo que aconteça, como vamos saber que as cartas serão enviadas? — questionou uma enfermeira.

— Não vamos saber — é a resposta de Nesta.

Ela sabe que é uma oferta generosa, mas não tem ideia se as autoridades australianas algum dia serão informadas da sua existência.

Para as mulheres com filhos, especialmente aquelas com meninos, ela observa com ironia que não há tanta generosidade quando, na manhã seguinte, durante o *tenko*, todos os meninos recebem ordens para formar uma fila na frente dos outros ocupantes de sua casa. Todas assistem horrorizadas enquanto cada menino é instruído a abaixar as calças e seus órgãos genitais são examinados. Independentemente da idade ou altura, qualquer menino que apresente sinais de pelos pubianos é imediatamente arrancado da mãe.

— Muito velho! Deve ir para o campo dos homens — diz um guarda japonês enquanto os meninos são levados embora. Quando as mães correm atrás deles, são derrubadas no chão. Todos testemunham a barbárie de crianças sendo arrancadas de suas mães, mas ninguém desvia o olhar.

June enterra a cabeça na saia de Ena. A menina está segura, por enquanto, devido ao seu gênero, mas não está a salvo de suportar a dor de seus amigos e vizinhos.

14

Campo II, Irenelaan, Palembang
Abril de 1942 a outubro de 1943

— Tem alguma ideia do que está acontecendo? — pergunta Nesta a Margaret e à sra. Hinch.

O som dos caminhões entrando no campo fez muitas mulheres saírem para a rua.

— Não. Mas acho que estamos prestes a descobrir. Meu Deus, são quantos caminhões? — pergunta-se a sra. Hinch.

— Estou vendo sete, mas pode haver mais do outro lado do portão — comenta Margaret.

Os caminhões estão estacionados, e agora soldados e guardas começam a gritar ordens enquanto mulheres e crianças são forçadas a sair da traseira dos veículos. Em seguida, centenas de recém-chegadas assustadas estão de pé, segurando a mão de uma criança ou uma sacola cheia de pertences ou apoiando uma detenta mais velha. Sem qualquer explicação, os soldados e guardas marcham com as recém-chegadas rua abaixo, empurrando algumas delas de cada vez em direção a cada cabana por onde passam.

— O que está havendo? — pergunta Jean.

— Gostaria de saber, mas parece que temos companhia.

— Precisamos fazer alguma coisa.

— Concordo. Antes que alguém fique confortável demais, vá e diga às suas enfermeiras para empacotarem tudo o que têm e virem ficar na nossa cabana. Vamos instalar nossas novas moradoras na cabana ao lado. Se elas forem como nós, acho que ficariam mais felizes se não se separassem na chegada.

* * *

Norah tornou-se amiga de Audrey Owen, uma neozelandesa com quem divide a casa. Nas noites sem nuvens, as mulheres se sentam do lado de fora e Audrey conversa com ela sobre as constelações, proporcionando breves momentos de descanso em que as mulheres esquecem onde estão e vivem entre as estrelas.

Nessa noite, Norah e Audrey saem para ter uma ideia de quantas detentas estão sendo despejadas em seu campo e quais podem ser suas nacionalidades. Elas observam os soldados estenderem as mãos para ajudar as mulheres que agora descem da traseira do último caminhão.

— É estranho — observa Audrey. — Estou me perguntando quem são elas.
— Estão bem-vestidas, não estão? — observa Norah.
— E estão usando maquiagem. Digo, olhe para elas, são muito bonitas.
— Será que... — começa Norah, mas não termina.
— O quê?
— Acha que estão aqui para... bem... *entreter* os oficiais?
— Será? Veja, estão levando-as embora. Vamos segui-los.
— Mas vamos manter distância. Não queremos ser confundidas com uma delas, se é para isso que estão aqui.
— Norah!

De forma casual, Norah e Audrey caminham, mantendo-se bem afastadas enquanto as mulheres são escoltadas para fora do campo e descem devagar pela colina. Elas as perdem de vista por um momento antes de vê-las atravessar um riacho estreito e começar a subir a colina do outro lado. No topo do morro há diversas cabaninhas. Uma a uma, as mulheres entram, e os guardas as seguem com suas malas.

— Imagino que seja um novo clube de oficiais — diz Audrey.
— Um clube na colina. Bem, certamente vai ser um alívio para as enfermeiras. Nesta estava dizendo que todas estão com medo de que Miachi volte para buscá-las.

Pouco depois, Norah e Audrey visitam a casa de Nesta e ficam surpresas ao descobrir que as irmãs da cabana ao lado se mudaram. Estão ocupadas organizando os preparativos para dormir.

— Podemos contar uma coisa? — pergunta Norah a Nesta.
— Só para mim ou para todas nós? — diz Nesta.
— Acho que todas deveriam ouvir o que temos a dizer.

As enfermeiras param o que estão fazendo. Uma sensação de pavor permeia a sala. O que foi agora?

— Bem — começa Norah. — Estávamos curiosas sobre as recém-chegadas e fomos dar uma volta para descobrir quem estava sendo deixada aqui. E então chegou um caminhão, o último, imagino, e lá estavam algumas mulheres, e eles as ajudaram a descer.

— Quer dizer, eles as arrastaram, certo? — interrompe Betty.

— Não. Aí é que está. Como eu disse, eles as estavam ajudando. E carregando as malas delas. As mulheres são de Singapura, acredito. Estavam bem-vestidas e maquiadas — continua Norah.

— Claro — acrescenta Audrey — que estávamos curiosas, então nós os seguimos. Elas foram levadas para as cabanas do outro lado do riacho, que acredito que será onde vão morar.

— Quem são elas? — pergunta Vivian.

— Achamos que podem estar aqui para *entreter* os oficiais — diz Norah, tentando avaliar as reações das enfermeiras.

— Será? — diz Nesta.

— Claro que não temos certeza, mas achamos que sim. Por que outro motivo os japoneses estariam carregando as malas delas? — pergunta Norah.

— E eram todas mulheres jovens e muito bonitas, acho que eram chinesas de Singapura. Não quero questionar a ocupação anterior de ninguém, mas vimos muitas senhoras em Singapura que serviam de acompanhantes para os colonos visitantes — afirma Audrey.

— Por que não vamos falar com a sra. Hinch? Vamos ver se ela consegue descobrir o que está acontecendo — sugere Norah.

— Senhoras, obrigada. Essa pode ser uma boa notícia para nós — conclui Nesta.

— Mas talvez não seja tão boa para essas mulheres — acrescenta Vivian, olhando para as quatro voluntárias. Elas sabem melhor do que ninguém o que aguarda essas mulheres, e, querendo ou não, a notícia não é nada boa para elas.

— *Inchi! Inchi!* — grita Ah Fat, enfiando a cabeça pela porta da casa da sra. Hinch.

— O que você quer, Ah Fat? — A sra. Hinch não está com muito ânimo para um dos discursos de Miachi. Acabou de se mudar de casa e não há espaço suficiente para todas dormirem.

As recém-chegadas aumentaram a tensão da vida no campo. As cabanas estão superlotadas, e o idioma também é um problema. As novatas são, em sua maioria, chinesas de Singapura, com um inglês limitado. Nos últimos dias, as prisioneiras se organizaram para conviver mais ou menos com aquelas que falavam sua língua. A comida, sempre um problema, se tornou motivo de controvérsia, com brigas por causa da distribuição. O maldito Guardinha do Batom e o Rabugento não precisam ir muito longe em busca de motivos para repreender e bater em mulheres que arranjam confusão.

— O capitão quer ver você.
— Por quê?
— Venha agora, o capitão vai lhe dizer.
— Já vou. Pode ir.
— *Inchi*, venha agora.
— Estou indo, já disse — retruca a sra. Hinch. Ela não quer que ele pense que está sempre à sua disposição, então às vezes ser teimosa tem suas vantagens.

Desanimado, Ah Fat sai da casa.

A visita da sra. Hinch a Miachi traz boas e más notícias. Corre o boato de que um comerciante local vai receber permissão para entrar no campo dois dias por semana e vender alimentos, produtos de higiene pessoal e vários outros pequenos itens que possam ser úteis. Ele está preparado para negociar por qualquer coisa de valor. Naturalmente, isso provoca um arrepio de empolgação no campo. A chance de comprar comida parece um sonho.

Na tarde seguinte, Gho Leng entra no campo com sua carroça puxada por bois. As mulheres se reúnem enquanto ele exibe algumas frutas: bananas, mangas, limões, além de ervilhas e feijões. Ele também mostra chá, manteiga, farinha e arroz, que vêm com carunchos, cheios de proteínas grátis. As mulheres que tiveram a sorte de trazer sua bagagem têm dinheiro ou joias para trocar por mercadorias. Todas as outras olham com tristeza para a carroça lotada. Nesta quase consegue sentir o gosto das mangas, fica com água na boca, mas, de alguma forma, simplesmente não consegue desviar o olhar.

— Bem — diz ela, os olhos fixos em uma laranja madura —, se não temos dinheiro, precisamos ganhá-lo.

* * *

Norah encontra June enrolada em sua cama dentro de casa em vez de brincar lá fora com as amigas.

— O que está acontecendo, meu amor? Está se sentindo bem? — Norah coloca a mão na testa da menina. Está sem febre.

— Estou bem.

— Tem certeza? Não parece.

— É que, bem, Charlie não me deixou dar uma mordida em sua banana. Parecia tão gostosa e eu pensei que, por ser meu amigo, ele me daria um pedaço.

Norah envolve June nos braços.

— Ah, minha querida, sinto muito. Alguns de seus amigos têm comidas especiais?

— Sim. Hoje Charlie comeu uma banana, e ontem Susan comeu uma manga. Disseram que suas mamães os proibiram de dividir.

Ena entra na sala e vê a preocupação no rosto de Norah.

— Tudo certo?

— Charlie comeu uma banana e não deixou June dar uma mordida — Norah conta para ela.

— Podem conseguir uma banana para mim, tias? Eu dividiria a minha.

— Eu sei que você faria isso, querida. Por que não sai para brincar, e tia Ena e eu tentamos descobrir um jeito de conseguir uma banana para você?

Tranquilizada porque em breve poderia ter uma banana só sua, June fica feliz em sair novamente.

— Não acredito nisso! — lamenta Norah. — Não temos como dar à nossa menininha algo tão simples como uma banana. Pense nas milhares que vimos apodrecendo no chão antes de virmos para cá. Agora eu daria tudo para conseguir apenas uma, mesmo que estivesse podre.

— Vamos resolver isso, Norah — Ena tranquiliza a irmã. — June vai ter sua fruta. Mas isso está ficando estranho. Nos tornamos um campo de pessoas que podem ter e outras que não têm nada.

Ena está certa, há desigualdade dentro do campo, e ela quer que algo seja feito a respeito. O comitê do campo é convocado para uma reunião urgente, e Margaret e Nesta vão até a casa da dra. McDowell, acompanhadas por outras capitãs ao longo do caminho.

— Temos que fazer alguma coisa para controlar o clima no campo. Não faz muito tempo nós nos apoiamos e cuidamos umas das outras, e agora todas estamos tensas e chateadas — diz a dra. McDowell.

— É por causa de Gho Leng — comenta uma capitã da casa.

— É porque algumas de nós podem comprar coisas, e outras não — acrescenta Margaret.

— Não é nossa culpa que algumas de nós tenham objetos de valor. Vocês preferem que os entreguemos aos japoneses? — questiona outra.

— Não, claro que não. Mas seria bom se pudessem dividir suas posses com aquelas que não têm nada. É só o que estou dizendo. — Margaret consegue falar suavemente, mas nunca há dúvida quando ela está zangada.

— Você está defendendo as enfermeiras, é isso que está fazendo — dizem a Margaret. — Mas também não é verdade que as enfermeiras chegaram com apenas uma muda de roupa?

— Somos perfeitamente capazes de nos defender — retruca Nesta. — Mas não somos as únicas que chegaram aqui sem nada. O pouco que temos foi possível graças à generosidade de outras pessoas.

— Quantas de vocês tiveram uma das enfermeiras visitando sua casa, cuidando de você ou de sua família? — pergunta Margaret.

Ninguém responde.

— E como se sentiriam se agora elas quisessem cobrar para cuidar de vocês ou de seus filhos?

— Elas não fariam isso! Enfermeiras não fazem isso — grita uma mulher.

— Exato. Então, esperamos que elas deem para que só vocês recebam. Isso é justo? É isso que algumas de vocês estão pensando?

— Se me permitem, tenho uma sugestão — diz a sra. Hinch. Ela não quer que esta reunião se transforme em uma briga. — Por que não formamos um comitê de compras? Acho que precisamos firmar um acordo agora, antes que as coisas piorem. Sempre que Gho Leng entrar no campo, tudo o que comprarmos vai ser distribuído em partes iguais.

As mulheres, algumas a contragosto, concordam, e a reunião termina. Um comitê de compras de seis membros é nomeado.

As visitas de Gho Leng ao campo tornam-se regulares, e se espalha pelas aldeias vizinhas a notícia de que as prisioneiras de guerra têm "dinheiro" para gastar. Em pouco tempo, outros comerciantes locais abordam o capitão Miachi. Também querem uma fatia do negócio.

Miachi por fim concorda em permitir que um segundo comerciante local visite o campo duas vezes por semana, desde que as mulheres continuem a dividir as compras, confirma ele.

Na hora de negociar, as seis compradoras designadas são auxiliadas com entusiasmo pelas mulheres, que se reúnem para ver os produtos oferecidos.

— Ah, meu Deus, Betty! Olha só, ele tem batom. Já imaginou se todas nós passássemos, inclusive as crianças? O que o Guardinha do Batom faria? — questiona Vivian.

— Ele teria um ataque cardíaco — responde Nesta, gargalhando. — Não saberia em quem bater primeiro.

— Acho que vamos comprar só comida — interrompe uma mulher, com ironia.

Norah aparece ao lado de Betty.

— Tem bananas?

— Sim, e vamos levar todas as que ele tem.

— Se eu pudesse conseguir apenas uma, para June. Não precisamos de mais nada. Só uma banana.

Betty arranca uma única banana de um cacho e entrega para Norah.

— Você é uma boa cozinheira? — pergunta Betty.

— Na verdade sou muito boa. Sempre fui a cozinheira dos nossos jantares. Por que está perguntando?

— Esta noite vamos ter uma aula de culinária em nossa casa para algumas senhoras de Singapura. Elas querem aprender a cozinhar no estilo inglês. E vão pagar por isso. Gostaria de ser uma das nossas chefs? Vamos dividir o dinheiro com você.

Norah abraça Betty, tomando cuidado para não esmagar sua fruta preciosa.

— A que horas? — pergunta ela, com uma piscadela.

— Eu sei que houve muita conversa sobre realizarmos uma cerimônia para comemorar o aniversário de nossa saída de Singapura. Mas, para Vivian, o que importa é ter sobrevivido ao que aconteceu na praia de Radji. Devíamos falar com ela — diz Nesta a Jean.

Nesta percebeu que Vivian não está socializando nem participando dos carteados. Sempre foi a primeira a se voluntariar para os trabalhos mais pesados ou para cuidar de uma criança doente no meio da noite. Agora, passa a maior parte do dia sentada em silêncio, sozinha.

Elas encontram Vivian sentada debaixo de uma árvore nos fundos do jardim. Ela parece alheia ao aguaceiro que encharcou seu vestido fino até grudar na pele.

— Podemos nos juntar a você? — pergunta Nesta.

— Se quiserem. Vocês sabem que está chovendo, não é? — informa Vivian.

— Bem, estou feliz que *você* saiba que está chovendo. Não tinha muita certeza disso quando saímos. Ultimamente você parece estar tão distante — diz Jean.

— De onde eu venho, podemos passar meses sem ver a chuva, então não me importo.

— Estávamos conversando — começa Nesta. — Achamos que não devemos fazer nada grandioso para marcar o primeiro ano desde que saímos de Singapura, mas e se compartilharmos histórias daqueles que não estão mais conosco, especialmente daqueles que estavam com você na praia?

Jean segue as palavras de Nesta.

— Gostaríamos que você liderasse um culto. Isso se você estiver com vontade.

Vivian olha para as duas mulheres, fungando enquanto enxuga uma lágrima.

— Não acredito que já faz um ano. Ainda posso ver o rosto delas. Entramos na água, olhamos umas para as outras e lembro que estávamos todas sorrindo. Sabíamos o que ia acontecer, que era o fim, mas não importava, estávamos juntas.

— É exatamente isso que estou dizendo — diz Nesta, com suavidade. — Queremos que você compartilhe as histórias delas, ouça novamente as últimas palavras da enfermeira-chefe Drummond.

— Tenho certeza de que as meninas também adorariam compartilhar suas histórias sobre as mulheres. Há tantas lembranças engraçadas e adoráveis sobre as quais conversamos desde que saímos de casa. O que você acha? — pergunta Jean.

— Eu agradeço. Adoraria — responde Vivian, com um pequeno sorriso.

Agora de pé, Vivian estende as mãos para ajudar Nesta e Jean a se levantarem.

— Vamos sair dessa chuva — diz ela.

A notícia do dia de recordações planejado pelas enfermeiras se espalha pelo campo. Nesta e Jean são abordadas por muitas que desejam se juntar a elas, principalmente Norah, Ena e outras sobreviventes do *Vyner Brooke*.

Na noite anterior ao evento, Nesta e Jean reúnem todas as enfermeiras.

— Temos um dilema. Eu sei que todas vocês já ouviram que muitas das mulheres, e as mulheres inglesas em especial, querem vir ao nosso dia de recordações amanhã — começa Nesta. — Eu sei que isso é algo que planejamos fazer em particular, mas Jean e eu temos conversado e achamos que seria injusto não incluir as mulheres e crianças que estavam conosco no *Vyner Brooke*. O que acham?

— Acho que é uma boa ideia — responde Vivian.

— Vamos permitir a entrada de qualquer pessoa que queira participar. E depois que todos forem embora, vamos ter nosso momento particular. Todas de acordo?

Sem exceção, as enfermeiras concordam que é a melhor e mais segura forma de recordar.

No dia do evento, a casa das enfermeiras fica lotada. As janelas são abertas enquanto muitas outras mulheres ficam do lado de fora. Várias freiras holandesas trazem consigo as velas vistas pela última vez no dia de Natal. Margaret e madre Laurentia conduzem todas em oração antes de perguntar quem quer falar. Ena fala brevemente em nome dela mesma, de Norah, de John e da pequena June. Outras mulheres do *Vyner Brooke* se lembram de familiares e amigos que não estão mais com elas. À medida que a noite avança, Margaret fala em nome de todas as mulheres e crianças que, embora não estivessem a bordo do *Vyner Brooke* naquele dia fatídico, chegaram ao campo de barco ou por terra. Não importa como chegaram, o que importa é que estão todas aqui agora, juntas.

Por fim, depois que todas contaram o que queriam contar, o evento chega ao fim. Despedidas e abraços são trocados.

— Muito bem, meninas, estou muito orgulhosa de vocês — diz Nesta às enfermeiras. Ela percebe que todas parecem cansadas, mas ainda há muito que precisam expressar.

Com as janelas agora bem fechadas, elas se sentam em círculo, todas de mãos dadas com quem está ao lado.

— Bully, obrigada por sua coragem em falar conosco agora — acrescenta Nesta, de forma calorosa.

Enquanto Vivian relembra o tempo que passou na água, de se arrastar até a praia e se reunir com amigos e colegas, todas as enfermeiras estão chorando baixinho. Quando ela repete as palavras da enfermeira-chefe Drummond enquanto caminhavam até a arrebentação, soluços mais altos irrompem, mas Vivian não vacila.

— Desembarquei quando escureceu e agora estou aqui com vocês. — Não é nenhuma surpresa que haja um tremor na voz de Vivian. Nesta está surpresa por ela ter superado todo o terrível episódio de uma só vez.

Ela se aproxima rapidamente de Vivian e a abraça com força, permitindo que ela se junte às outras e deixe suas lágrimas fluírem.

Nesta espera até que as enfermeiras terminem de chorar e pergunta se alguém gostaria de compartilhar uma história de uma pessoa que não está mais presente.

Já é tarde quando a última história é contada. As lágrimas agora se transformam em risos diante das travessuras das amigas falecidas na Malásia e em Singapura.

Por fim, as mulheres se arrastam para as camas improvisadas, exaustas, mas cada uma dando um abraço em Vivian antes de se acomodarem.

— Estou com fome, tia Norah, pode me trazer mais uma banana? — implora June.

— Eu sei, minha querida. Prometo que vamos tentar conseguir mais comida para você esta noite. Agora você precisa dormir.

— Ela devia estar brincando lá fora, mas está muito fraca — diz Ena, a preocupação em sua voz evidente enquanto ela acaricia com suavidade os cabelos de June.

— Ela não entende por que tínhamos o suficiente há algumas semanas, na verdade, apenas o necessário, e agora não temos mais.

— Ela pode ficar com a minha ração esta noite. Não preciso dela — diz Ena.

— Que tal cada uma de nós dar a ela metade da nossa ração? Precisamos de um pouco de energia para continuar, pelo bem dela.

Do outro lado da rua, Nesta está discutindo o mesmo assunto com Jean.

— Não consigo acreditar que estamos de volta ao ponto de partida do primeiro campo. Simplesmente não há comida suficiente para sobrevivermos.

— Entendo o que você está dizendo. Pensei que Gho Leng iria durar para sempre, mas ele desapareceu.

— Devíamos ter percebido que ele só consegue alimentos sazonalmente. Só vamos ter que esperar até que a fruta amadureça. Mas estou ficando preocupada com algumas das enfermeiras mais jovens. Olhe para elas, estão definhando ainda no auge da vida.

— Vivian me contou que viu algumas delas levando suas rações ao hospital para dar aos pacientes.

— Não me surpreende. Eu me sinto mortificada por elas todos os dias, arrastando-se nas visitas domiciliares e no hospital, mas não sei como podemos ajudá-las, quando estamos todas no mesmo barco — comenta Nesta.

Nesse momento, a porta se abre e entra uma jovem enfermeira.

— Nesta, posso falar com você um instante?

— Claro, quer se sentar?

— Não, acho que, se eu me sentar, não me levanto de novo.

Nesta se ergue.

— Vamos, vamos lá fora.

Fechando a porta, Nesta pergunta:

— E então, como você está?

— Tão bem quanto qualquer uma aqui, mas estou preocupada.

— Com o quê?

— Acabei de visitar uma das famílias chinesas. Uma das mães acenou para mim durante minhas rondas e me pediu para ver os filhos dela.

— Estão doentes?

— Gostaria que você desse uma olhada, mas acho que podem estar com tifo.

Nesta engole em seco. É a última coisa de que seus corpos esgotados precisavam.

— Tudo bem, isso é sério. Leve-me até a casa deles e depois vá buscar a dra. McDowell. Mas seja discreta, não queremos assustar ninguém.

Pouco tempo depois, a dra. McDowell aparece na casa da família chinesa, acompanhada da jovem enfermeira. Nesta já esvaziou o quarto, exceto a mãe das duas crianças, que estão deitadas no chão, suando, tremendo e gemendo de delírio.

— Há quanto tempo estão assim? — pergunta a dra. McDowell, ajoelhando-se rapidamente para examinar as crianças.

Nesta tem que obrigar a mãe a se concentrar nas perguntas da médica.

— Dois ou três dias — responde ela.

A dra. McDowell se levanta e se vira para a jovem enfermeira.

— Qual é o seu nome?

— Eileen, doutora.

— E você disse a Nesta que acha que essas crianças podem estar com tifo.

— Sim. Me desculpe, avaliei errado?

— Não, você está certa. Quero agradecer por agir tão rapidamente. — A médica se vira para Nesta. — Precisamos levar essas crianças para o hospital agora mesmo, mas também precisamos alertar Miachi. Vou providenciar ajuda. Você poderia avisar à sra. Hinch que ela precisa encontrar seu amigo favorito, Ah Fat, e informá-lo da gravidade da situação para que ele possa passar a mensagem adiante? Vou tentar colocar as crianças em quarentena, junto com a mãe, da melhor maneira possível. Eileen, se importa de ficar aqui até eu voltar?

— Não, doutora.
— Vamos, Nesta.

Antes de partir, Nesta se volta para a jovem enfermeira.

— Bom trabalho, Eileen, *muito* bom trabalho... você pode ter salvado a vida dessas crianças.

Em poucos dias, mais pessoas da mesma casa são diagnosticadas com tifo. Para proteger o restante do campo, a casa é colocada em quarentena, com as enfermeiras prestando cuidados ininterruptos. A dra. McDowell visita o local várias vezes ao dia.

Mas há pânico entre os guardas japoneses, que temem as doenças tanto quanto temem o inimigo humano. Miachi pede para ver a sra. Hinch e Nesta em seu escritório.

— O capitão Miachi quer saber se essa doença é tão ruim assim — diz Ah Fat às mulheres.

— Nós a contemos em uma casa, mas há catorze pacientes confirmados com tifo — Nesta responde.

— O capitão quer saber o que podemos fazer para impedir que se espalhe.

— Precisamos de água limpa, não da água contaminada retirada do poço. Precisamos de mais lenha para ferver a água e para limpar as superfícies.

Miachi demora para responder.

— E precisamos disso agora — interrompe a sra. Hinch.

Miachi fala rapidamente com Ah Fat, que traduz:

— O capitão vai permitir que as mulheres saiam do campo e busquem água no riacho. Também podem conseguir madeira da selva para fazer fogueiras.

A autorização de saída do campo para buscar água e lenha eleva o ânimo das mulheres. Elas aproveitam a situação a seu favor e encontram novas áreas de banho mais abaixo no riacho. Fogueiras queimam o dia todo, fervendo a água que bebem e usam para enxaguar os alimentos. O surto de tifo permanece restrito a uma casa, e todos, exceto uma avó idosa, sobrevivem.

Miachi e seus oficiais mantêm distância no campo, e, por um período maravilhoso, mas muito curto, não há *tenko*, nem abuso, e o Guardinha do Batom não está por perto.

— Quero ficar na classe da irmã Catherina em todas as minhas aulas — anuncia June a Ena e Norah certa manhã.

— Querida, ela é a professora de artes — diz Ena.

— Ela é a minha favorita.

— É a favorita de todos, inclusive dos adultos. Acho que posso fazer a aula de artes dela também, o que acha? — diz Norah.

— Ah, tia Norah, você está velha demais para ir à escola.

— É, tem razão. Agora vamos levá-la para sua aula e talvez você possa ter uma aula de arte mais tarde hoje ou amanhã.

Vivian e Betty também estão saindo de casa enquanto Norah sai com June.

— Olá, irmã Betty e irmã Vivian, estou indo para a escola, mas a irmã Catherina só me dá aula de artes — grita June para elas.

— Olá, June, Norah, tenham um dia maravilhoso — responde Betty.

— Você vai nos dar aula hoje também? — pergunta June, enquanto todas sobem a rua em direção às casas holandesas onde as aulas estão sendo ministradas.

— Bem, decidimos que já há várias pessoas muito inteligentes aqui, então vamos ser as professoras divertidas e brincar com as crianças — diz Vivian.

— Verdade? Podemos brincar em vez de ir para a aula?

— Depois da escola. Mas há alguns meninos que não querem ir para a escola agora, então vamos brincar com eles.

— Um jogo? — pergunta June, olhando para Vivian.

— Vamos traçar algumas linhas no chão e brincar de um jogo chamado amarelinha, e depois podemos tentar o pega-pega.

— Conheço esses jogos!

Norah faz uma pausa para observar a conversa de Vivian com os meninos relutantes.

— Ei... estamos aqui! — Vivian chama um grupo de meninos pré-adolescentes que ficam no fundo do campo, chutando a terra, com as mãos enfiadas nos bolsos. Nenhum deles faz contato visual com Betty e Vivian.

— Então, algum de vocês já fez um estilingue? — pergunta Betty.

— O que é um estilingue? — pergunta um deles.

— É um pouco como um arco e flecha, mas se usa uma pedra em vez de uma flecha e uma funda em vez de um arco. — Betty percebe que não está fazendo um bom trabalho ao descrever o brinquedo. — Para começar, vamos procurar alguns galhos em forma de Y.

— Vamos procurar os materiais de que precisamos, e depois Betty e eu ajudamos vocês a fazer os estilingues. O que acham? — acrescenta Vivian.

Os meninos dão de ombros.

— É uma arma, sabia? — acrescenta Vivian, com um sorriso.

Agora eles prestam atenção nela, encarando-a fixamente.

— Vocês vão adorar. Agora, separados em duas equipes, vamos começar a procurar o que precisamos. O primeiro a fazer uma arma ganha.

— Posso fazer um estilingue também, tia Norah? — pergunta June enquanto eles partem mais uma vez.

— Talvez — diz Norah. — Quando você for mais velha. — Um nó se forma em sua garganta. Ela não quer que a menina envelheça neste campo.

— Vamos, June. É hora de acordar. Esta manhã você terá sua lição favorita: artes com a irmã Catherina — Ena chama sua jovem pupila.

Com o passar das semanas, a frequência às aulas cai, principalmente porque as crianças não têm muita força para sair de casa. Aquelas que conseguem ir à escola têm dificuldade em assimilar as lições, de tão concentradas em seus estômagos famintos que vivem roncando. Em junho de 1943, a escassez de alimentos, além da falta de lenha para ferver a água contaminada, começou a afetar todos no campo.

— Estou muito cansada, e minha barriga dói.

— Sinto muito, meu amor. Vou ver se tia Norah encontrou arroz.

Norah está do lado de fora com Audrey, limpando os ralos que passam pela casa deles. Ena observa, com o coração partido, a irmã de joelhos, raspando lama e esgoto para a rua, sabendo muito bem que, quando a chuva vier, a tarefa terá que ser repetida.

— Olá — diz ela, com uma falsa alegria na voz.

— Olá, Ena, estamos terminando aqui — responde Audrey.

— Vou pegar um balde d'água para lavar as mãos de vocês — diz Ena, indo até o poço.

— Alguma coisa está incomodando sua irmã — comenta Audrey.

— Concordo, mas ela vai me contar quando voltar.

— Por que eu não assumo aqui e você vai falar com ela?

Norah encontra Ena voltando com um baldinho de água. Elas caminham até a beirada da rua, onde o ralo flui livremente. Ena derrama água nas mãos de Norah, enquanto a irmã as esfrega.

Balançando os dedos molhados, Norah diz:

— Você está preocupada com June, não é?

— Você me conhece tão bem. Ela não se levanta, está bem fraca. Não sei o que fazer, mal consigo olhar para ela. Que tipo de cuidadora sou eu se não consigo nem alimentá-la com o mínimo necessário para sobreviver?

— Ena, você tem sido a melhor coisa na vida dela desde que todas nós caímos no mar. Não é culpa sua que ela não tenha comida, mas precisamos encontrar alguma coisa para ela comer. Vou ver se Nesta tem alguma ideia.

As irmãs se abraçam.

— Ah, mais uma coisa — diz Norah antes de se separarem. — Audrey ouviu um boato de que Miachi vai embora.

— Sério? Quando foi que ela ouviu?

— Não sei, e, como eu disse, é só um boato.

Betty abre a porta para Norah.

— Oi, Betty — diz ela e depois olha para a sala de estar. As enfermeiras parecem um pouco envergonhadas. — Nesta está aí? Queria dar uma palavrinha com ela.

— Não, no momento não, mas ela deve voltar logo.

— Volto mais tarde, então. Pode dizer a ela que passei aqui?

— Claro, a menos que uma de nós possa ajudar...

— Não podem, obrigada. Preciso falar com Nesta.

Quando Norah se vira para sair, Nesta irrompe na sala pela porta dos fundos.

— Vivian estava certa — exclama ela para a sala cheia de enfermeiras. — Há um enterro acontecendo agora mesmo! — E então ela vê Norah na porta.

— Ah, Norah, olá. Não sabia que estava aqui.

— Tudo bem, eu já estava de saída. Falo com você mais tarde?

— Não, espere, espere. O que acham, meninas? — pergunta Nesta aos rostos cheios de esperança.

— Certo, vamos contar a ela o que descobrimos. Ainda não sabemos se será viável, então por que não? — responde Jean.

— O que está havendo? — Norah volta para dentro da casa e fecha a porta atrás de si.

— Há algumas semanas, Vivian estava vasculhando atrás do hospital...

— Não sabia que dava para ir para trás do hospital. Pensei que a cerca ficasse bem ali — diz Norah.

— É, mas estou tão magra agora que consegui dar a volta por trás. Queria ver o que poderia alcançar através da cerca e vi uma coisa — diz Vivian.

— Ela conseguiu distinguir algumas pessoas andando por entre as árvores — comenta Nesta. — Então, elas pararam por um instante e, quando se afastaram, ela percebeu que era um cemitério. Tinham acabado de enterrar alguém.

— E daí?

— Vi que tinham deixado comida e frutas numa sepultura — acrescenta Vivian.

— Achamos que foi uma oferenda aos mortos — explica Nesta —, e simplesmente apodrece ou os animais comem. Então, todos os dias, no mesmo horário, uma de nós se esconde atrás do hospital e espera para ver se há outro enterro. Hoje foi a minha vez e há um enterro acontecendo agora.

— O que você vai fazer? — pergunta Norah.

— Fizemos uma pequena abertura na cerca e acho que consigo passar. Vamos esperar mais ou menos uma hora até que todos saiam, e depois vou pegar comida — diz Nesta, triunfante.

— Nesta, vim aqui perguntar se você tem alguma coisa sobrando para June. Ela está quase definhando.

— Então por que você não vem comigo? Não sei quanta coisa vai ter lá, mas vou pegar tudo.

— Você não está preocupada em desrespeitar os mortos?

— Não, estou preocupada com as crianças deste campo e com o que podemos fazer para ajudá-las a continuar vivas — responde Nesta.

— Então, sim, eu adoraria ir com você.

— Depois vamos distribuir tudo o que conseguirmos para quem tem filhos. Vamos, vamos dar uma olhada. A espera não é tão ruim, já que lá atrás tem muita sombra.

Nesta e Norah caminham casualmente pelo meio da rua em direção ao hospital, balançando um balde de água cada. Aproximando-se da porta, verificam se há alguém por perto. Não há, então elas passam pela lateral do hospital em direção aos fundos do prédio. Nesta para em uma pequena abertura, e as mulheres se agacham.

— Estão indo embora — sussurra Nesta.

Norah espia através da vegetação rasteira e percebe um movimento a uma curta distância. Observam por um tempo, tentando vislumbrar o túmulo.

— Estou vendo alguma coisa. Não sei se são flores ou comida — sussurra Norah.

— Vou dar uma olhada, fique aqui.

Norah observa Nesta passar pelo buraco na cerca antes de rastejar pela vegetação rasteira em direção ao cemitério. Ela desaparece por alguns minutos antes que Norah a veja novamente. A enfermeira está caminhando em direção a ela, com os braços cheios de... alguma coisa.

— Aqui, Norah. Leve isso rápido, vou voltar para buscar mais.

Nesta entrega as mangas, batatas e cebolas para Norah antes de sair correndo. Ela retorna alguns minutos depois com duas bananas, uma cesta de arroz cozido e duas frutas irreconhecíveis, mas tão grandes que tranquilizam as mulheres. Norah pega a comida e a empilha nos baldes de água.

De volta à casa, Norah e Nesta são saudadas como heroínas que retornam. Norah pega uma das bananas, cabendo às enfermeiras distribuir o restante da comida entre as famílias com crianças.

— June, acorde, querida. Tia Norah tem uma coisa para você.

— Não quero nada.

— Nem uma banana? — brinca Norah, revelando isso ao se virar de costas.

Os olhos de June brilham de prazer. É um pequeno momento de alívio, mesmo assim saboreado com gosto.

— Este é o subtenente Kato, seu novo comandante. Por favor, sejam boas e nada acontecerá com vocês — anuncia Ah Fat às mulheres reunidas.

O boato sobre Miachi se prova verdadeiro quando as mulheres são chamadas para o *tenko*.

Quando o anúncio termina, Kato e Ah Fat voltam rapidamente ao bloco administrativo. As mulheres retornam para casa ou ao poço, esperando que haja água para coletar.

— Fico imaginando como será esse aí — diz a sra. Hinch a Norah.

— Ele podia nos dar mais comida, mas aposto que nada vai mudar.

— Vou marcar uma conversa com ele e enfatizar que precisamos de mais comida deles ou que ele encontre alguns comerciantes locais para nos reabastecer — decide a sra. Hinch.

— Hum, boa sorte — diz Norah, com pouca esperança de que algo aconteça.

— Se alguém tivesse me dito há dois anos que eu estaria vasculhando o lixo em busca de larvas que pudessem ser comidas, eu não teria acreditado. Mas sabe de uma coisa? Eu até gosto. — A sra. Hinch abre um amplo sorriso.

— Dra. McDowell, tem um minuto? — pergunta Nesta à médica agitada que corre entre os quartos para atender as pacientes febris.

As condições pioraram no campo, com surtos de tifo e dengue. Muito em breve, o hospital estará cheio de doentes graves. As enfermeiras alternam entre visitas domiciliares e o trabalho em um hospital com poucos recursos e mal higienizado. No entanto, os turnos de Nesta são todos no hospital.

— Como posso ajudá-la, irmã?

— Há uma paciente que chegou com algumas outras, mas não consigo dizer se ela está com tifo ou dengue.

— Quais os sintomas dela? — responde a médica, cansada.

— Está com uma dor de cabeça intensa. Ela não tem erupções cutâneas graves, mas não para de reclamar que está com dor de estômago.

— Será que a dor no estômago pode ser por causa da fome?

— Estamos todas morrendo de fome e ninguém mais está reclamando especificamente de dor no estômago como ela.

— Hum, eu gostaria de poder dizer conclusivamente que é dengue; mas parece bem sério. Apenas a mantenha confortável por enquanto e vou alertar todas para ficarem atentas a dores de estômago. Poderia ser o sintoma distintivo.

O ânimo no campo atinge o nível mais baixo de todos os tempos. Muitas mulheres são vistas andando de um lado para o outro na rua, atordoadas, fazendo pouco esforço para evitar as chuvas torrenciais que chegam todas as tardes. Os ralos estão entupidos com lama, esgoto e lixo do campo, transbordando. Sem que ninguém tenha pedido, Norah e Audrey assumem a responsabilidade de limpar os ralos do seu lado da rua. Duas das freiras fazem o mesmo do outro lado. Com frequência, são as únicas mulheres que fazem isso.

Margaret caminha pelo campo durante as chuvas, conversando com muitas mulheres cuja aparência estupefata é tão preocupante quanto qualquer doença física. Um dia, ela e Norah abordam uma jovem que cambaleia pela rua. Norah percebe que ela não está olhando diretamente para a frente, como muitas outras fazem, e sim para baixo, para os poços de lama pelos quais está caminhando. Margaret toma o braço da mulher.

— Me diga seu nome, minha querida — diz Margaret.

A mulher de olhos mortos se vira para Margaret com uma expressão confusa no rosto enquanto tenta entender o que está ouvindo.

— Sonia.

— Tenho uma ideia para você, Sonia. Olhe para cima — diz ela, com suavidade. — Erga os olhos, minha querida.

Sonia levanta devagar a cabeça, enquanto a chuva encharca seu rosto, tirando-a do estupor.

— O que está dizendo? O que você quer de mim?

— Só quero que você erga os olhos.

A mulher se vira para Margaret, agarra-a pelos ombros e começa a sacudi-la. Norah tenta afastá-la.

— Norah, por favor, deixe-a em paz — diz Margaret, tropeçando, erguendo as próprias mãos para segurar os braços de Sonia.

— Não preciso da sua pregação — grita Sonia para Margaret. — Onde está o seu deus? De que ele não está aqui, eu tenho certeza. Por que não vai procurar alguém que quer ser salvo? — Ela solta Margaret e, mais uma vez, seus olhos se abaixam para a lama ao redor de seus pés encharcados.

— Sinto muito, minha querida. Não é isso que estou tentando fazer, não quero que você procure algum poder superior, algum Deus. Quero que apenas veja o céu, as copas das árvores, os pássaros. Em breve, as nuvens irão embora, e o sol vai aparecer. Há mais do que lama e miséria sob seus pés.

A mulher olha para cima enquanto a chuva diminui. Nesse momento, as nuvens se abrem, e o sol se derrama em volta. Das árvores próximas, um bando de pássaros se lança sobre o campo, grasnando alto. Sonia sorri, e em seguida suas lágrimas começam a rolar. Margaret pega as mulheres pelos braços com cuidado.

— É lindo — comenta ela, chorando. — Sempre adorei ficar ao ar livre. A selva ao redor da nossa casa em Malaca era magnífica. Meu marido... meu marido... nós...

— Eu sei. Eu sei, mas essa beleza ainda está ao nosso redor, só temos que erguer os olhos.

Sonia avista irmã Catherina na rua, se livra dos braços de Margaret e corre até a freira.

— Irmã! Irmã, olhe para cima, olhe para o céu. Não é lindo?

Margaret observa enquanto a irmã Catherina levanta os olhos, vê o sorriso surgir em seus lábios e as duas mulheres se abraçam.

Norah segura o braço de Margaret, e elas continuam pela estrada.

— Posso pegar isso emprestado? — pergunta Norah.

— O quê?

— O "erga os olhos". Acho que essas três palavrinhas podem ser o que fará a diferença por aqui. Obrigada.

— Por que está me agradecendo?

— Por nos mostrar outra maneira de viver, de aguentar, de superar esses dias malditos. Você deu muito a todas nós e continua dando. Como podemos retribuir?

— Norah, minha querida, ninguém aqui me deve nada. Você e sua irmã, junto com tantas outras pessoas, trazem música, e pelo menos por um tempo podemos escapar deste campo. Isso é tão valioso quanto qualquer mensagem espiritual que eu possa trazer.

Norah assente. Ela sabe que Margaret é sincera, mas se pergunta se a música e a nutrição espiritual serão suficientes.

PARTE II
Nas profundezas da selva

15

Campo III
Outubro de 1943 a outubro de 1944

Lentamente, a sra. Hinch deixa o escritório do subtenente Kato. Cabisbaixa, ela volta para sua casa. Norah observa quando ela entra.

— Sra. Hinch, o que está havendo? Aconteceu alguma coisa?

— Acabei de sair de uma reunião com Kato. Ele me disse para preparar as mulheres. Vamos mudar de campo.

— Ah, não! De novo, não. Sabe quando?

— Ele quer que as enfermeiras e as três primeiras casas dos dois lados da rua estejam prontas hoje, daqui a uma hora. As demais vão partir amanhã cedo. Sei que estamos todas cansadas e com fome, mas precisamos começar a juntar nossas coisas. Norah, você pode contar a Nesta? Vou avisar as outras casas e depois todo o restante.

— Preciso encontrar Ena e June também e contar às enfermeiras — diz Norah. — Ah, Deus, de novo isso!

— Não se esqueça de arrumar as malas.

— Arrumar o quê? Só temos a roupa do corpo.

Jean atende à batida de Norah na porta e a faz entrar.

— Onde está todo mundo? — pergunta Norah.

— No hospital ou fazendo visitas domiciliares. O que está havendo?

— Receio que teremos que nos mudar de novo. Bem, todas nós, mas a sra. Hinch recebeu instruções para avisar você e outras das casas que vocês vão embora daqui a uma hora, e que se apressem e arrumem suas coisas.

Jean empalidece.

— Isso é alguma brincadeira?

— Quem dera que fosse. Precisa de ajuda para fazer as malas? Só vamos embora de manhã.

— Preciso encontrar as outras e trazê-las para cá. — Jean balança a cabeça, visivelmente chateada. — Não estou acreditando nisso.

— Onde está Nesta?

— No hospital, onde ela fica todos os dias e quase todas as noites. Voltei para descansar. — Jean suspira. Norah não pode deixar de notar o quanto a amiga parece exausta.

— Pode avisá-la enquanto encontro as outras?

— Claro.

As duas mulheres acenam uma para a outra em solidariedade sombria antes de partirem para suas respectivas tarefas. Não há mais nada que possam fazer.

Norah entra no hospital e para abruptamente. Ao seu redor estão pacientes doentes. Acocoradas em cadeiras, deitadas no chão. Enfermeiras circulam entre elas, pondo panos úmidos em suas testas, oferecendo água. A dra. McDowell e Nesta estão conversando do outro lado da sala. Elas se viram quando Norah se aproxima.

— Norah, está se sentindo bem? Está pálida.

— Estou bem, mas tenho más notícias. — Ela suspira ao perceber as expressões questionadoras da dra. McDowell e de Nesta. — É que... bem, a sra. Hinch foi chamada ao escritório de Kato há pouco e informada de que vamos mudar de campo.

— Quando? — pergunta Nesta.

— Você e algumas outras casas devem partir em uma hora; o restante de nós, amanhã cedo.

— Impossível! — exclama a médica. — Isso é um absurdo. Não podemos simplesmente nos levantar e nos mudar. Preciso falar com Kato.

— Acho difícil ele mudar de ideia. Vou conversar com a madre Laurentia para conseguir ajuda nas próximas vinte e quatro horas. Só posso presumir que ele quer que as enfermeiras sejam transferidas hoje para que possam preparar o hospital do novo campo para a sua chegada.

— Obrigada, Norah. Nesta, leve suas enfermeiras e vá embora. Vejo você amanhã.

Serenamente, Nesta pede a cada uma das enfermeiras de plantão que venha com ela, e, acompanhadas de Norah, elas voltam à casa das enfermeiras.

As mulheres chegam a tempo de se juntar às demais que estão recolhendo os utensílios de cozinha, junto com as poucas roupas que compartilham. Seus uniformes são cuidadosamente dobrados e amarrados em um cobertor.

— Como podemos ajudar? — pergunta Audrey enquanto passa pela porta.

— Você podia começar pela cozinha. O único problema é que não temos caixas nem sacolas para guardar as coisas.

— Vamos fazer trouxas com lençóis — diz Betty.

— Trouxas? — questiona Norah.

— Ah, já sei o que é — diz Audrey, com um sorriso orgulhoso. — É um pacote com seus pertences que você carrega nas costas.

— Você também já usou isso na Nova Zelândia? — pergunta Vivian.

— Não, mas eu sei que vocês, australianas, usam. Vamos, vamos fazer algumas trouxas.

O som da buzina de um caminhão leva as enfermeiras para a rua, junto com panelas, talheres acumulados ao longo do tempo e alguns livros pegos emprestados e não devolvidos. Na frente do campo, mulheres e crianças sobem em dois caminhões. Todas as outras saem de suas casas para se despedir acenando.

— Nos vemos amanhã — grita Norah, enquanto os caminhões começam a se afastar.

Dez minutos depois, as mulheres chegam ao novo campo na selva. Descem do caminhão com dificuldade e observam os arredores. Estão a apenas um quilômetro e meio de distância de Irenelaan, e o campo – mais parecido com uma prisão do que as casas onde viviam – é um conjunto de barracões, cercado por arame farpado, com quatro guaritas, uma em cada canto, e uma guarita ao lado de um portão por onde as mulheres são conduzidas.

— Que inferno é esse para onde nos trouxeram? — questiona Betty.

— Parece um depósito de lixo. E, ai, meu Deus, que cheiro é esse? — Jean tosse.

Os corredores entre os barracões estão repletos de móveis quebrados, lixo e montes de restos de comida apodrecidos. Ratos correm por toda parte.

Os soldados se aproximam, cutucando as mulheres com as baionetas, indicando que sigam em frente para um dos muitos barracões que se alinham nos dois lados da ruazinha.

— Quem será que morou aqui? — pergunta Jean a ninguém em particular.

Um dos soldados japoneses próximos começa a rir, e elas percebem que ele entendeu o que Jean disse.

— Você fala inglês? — pergunta Nesta a ele.

— Mais ou menos, um pouco.

— Por que está rindo?

— Quem morou aqui antes? Foram ingleses, holandeses, outros homens brancos. E deixaram essa bagunça quando foram embora.

— Não acredito nisso. Olhe para este lugar — retruca Betty.

— Certamente não viviam assim — responde Jean.

— Eu, por exemplo, não acredito que tenham feito isso. Não teriam destruído tudo se soubessem que havia alguma chance de sermos trazidas para cá — comenta Nesta. — Venham, vamos aproveitar o que pudermos, ver com que temos que trabalhar.

— Vamos escolher um barracão e explorar — concorda Jean.

— Parece haver um edifício maior nos fundos, talvez possamos transformá-lo em um hospital, então vamos conseguir um barracão por perto — sugere Nesta.

Enquanto caminham em direção aos fundos do campo, o mesmo soldado as segue, apontando para dois edifícios de frente aberta.

— Vocês vão se lavar aqui.

As enfermeiras espiam dentro dos barracões. Cada um tem uma longa calha de concreto para o banho e uma fileira de buracos escavados na terra ao longo da parede traseira para servir de latrina. Nas proximidades existem três poços. Olhando para dentro, elas descobrem que estão cheios de lixo, e que a pequena quantidade de água no fundo tem um cheiro desagradável. Jogando suas trouxas no barracão que Nesta escolheu para as enfermeiras, elas verificam o edifício maior nas proximidades. É um espaço comprido contendo algumas camas quebradas. Colchões rasgados estão espalhados pelo chão.

— Temos muito trabalho pela frente antes que as outras cheguem — conclui Nesta.

No dia seguinte, chegam as outras mulheres do campo. Norah, Ena e June estão amontoadas numa cabana com outras sessenta mulheres e crianças. Quase não há espaço suficiente para deitar.

— Vamos ficar como sardinhas em lata — diz June, sem largar a mão de Ena nem por um segundo.

— Mas vamos ser sardinhas unidas — Ena a tranquiliza.

— Está chovendo aqui dentro, tia Ena.

Norah e Ena olham para o teto de palha e veem gotas de chuva caindo em um fluxo constante.

— Podemos encontrar algumas folhas de palmeira — diz Norah a ela, tentando permanecer otimista, mas sem conseguir. — Isso deve evitar o pior.

— Acho que não vou gostar daqui — diz June. — Parece uma prisão.

Ela está certa, pensa Norah, observando uma fileira de formiguinhas escalando a parede. Em poucos dias, estarão todas atentas a esses insetos que picam, cujos ataques são tão dolorosos que suas vítimas só conseguem arranhar freneticamente as picadas ardidas. Dentro de pouco tempo, as infecções começam a aumentar.

Quando percebe que por enquanto essa é a casa delas e que precisa fazer tudo o que puder para tornar a vida mais fácil, Norah conversa com Audrey.

— Temos que fazer alguma coisa para melhorar o saneamento daqui. Você me ajuda?

— Tem alguma ideia?

— Precisamos nos livrar dos despejos dos esgotos todos os dias, caso contrário vamos ficar todas doentes. Vamos dar uma olhada em volta e ver o que podemos encontrar para resolver isso. Você vem comigo?

— Claro que sim. Vamos.

Norah e Audrey vasculham toda a extensão do campo e arredores. Então, descobrem várias latas amassadas que antes continham querosene. Colocando-as de lado, elas quebram os galhos, medindo-os ao longo dos ombros. Das palmeiras próximas, arrancam grandes tiras das folhas para fazer cordas. Sentadas embaixo de uma árvore, repousando do cansaço de seus esforços no calor tropical, elas admiram os resultados.

— Então, o plano é encher as latas de querosene com a lama e depois amarrá-las em cada ponta do galho para que possamos carregá-las nos ombros? — pergunta Audrey.

— Acho que isso deve funcionar, certo?

— Bem, deveria. Só há um problema: como vamos encher as latas?

— Hum, não podemos usar as panelas que temos; elas são necessárias para cozinhar e carregar água. Vamos ter que pensar em outra coisa.

Elas passam um tempo sentadas, pensando e aproveitando o descanso do calor e do trabalho.

— Já sei. Estamos sentadas embaixo do quê? — Audrey abre um enorme sorriso.

Norah olha para os cocos pendurados acima de suas cabeças.

— Você é um gênio. Claro. Agora só precisamos tirá-los da árvore, cortá-los ao meio e pronto.

— Podemos descansar mais um pouco? Estou derretendo com esse calor.

— Tenho uma ideia. Fique aqui que eu já volto.

Não demora muito para Norah retornar com Jack, um menino que está chegando à adolescência. Ele está animado e corre ao lado dela.

— Olá, Jack, no que ela te envolveu? — diz Audrey.

— Está tudo bem. Ela perguntou à minha mãe, que disse que eu podia ajudar — explica Jack.

— Presumo que ela vá mandar você subir na árvore para pegar alguns cocos para nós.

— Sim, foi o que ela disse. É isso, não é? — Ele se vira para Norah.

— É. Vamos, eu ajudo você.

— Eu também ajudo — diz Audrey, juntando as mãos para que Jack suba nelas. Jack olha para Audrey antes de se voltar para Norah.

— Sou mais alto que ela.

Norah ri.

— Sim, sim, você é. Desculpe, Aud, não é culpa sua não ter crescido tanto. Eu faço isso.

— Ei, meus pais eram baixinhos também. Que chance eu podia ter?

Norah e Jack vão até a árvore.

— Pela primeira vez, minha altura vai ser uma coisa boa — comemora ela, dobrando os joelhos e colocando as mãos em concha para Jack.

Com uma das mãos no ombro dela, Jack salta, pisa sobre uma das mãos de Norah e se ergue, esforçando-se para agarrar o galho mais baixo. Afastando-se, ele sorri para as mulheres.

— Está tudo bem.

— Agora, não faça nenhuma bobagem, jovenzinho. Segure firme e tente chegar ao coco mais próximo — instrui Audrey.

Mas Jack nem precisa ouvir duas vezes. Desliza ao longo do galho, alcançando um coco acima dele. É preciso algum esforço para arrancá-lo, mas o fruto finalmente cai no chão.

— De quantos vocês precisam? — pergunta ele em um grito.

— O máximo que você puder alcançar, por favor. Assim você não vai precisar subir aí de novo — grita Norah.

Em pouco tempo, uma pilha de cocos está no chão. Jack ignora a oferta de ajuda de Norah e salta.

— Foi incrível, adorei estar lá em cima. Você consegue ver vários quilômetros à frente.

Norah e Audrey dão um abraço nele.

— Você nos ajuda a carregá-los para nosso barracão? — pergunta Audrey.

— Posso até conseguir alguns amigos para ajudar a abrir todos, se você quiser — diz ele.

Enquanto Jack e seus amigos quebram os cocos, Norah e Audrey trançam fios de palma em uma corda. Quando têm o suficiente, amarram as latas de querosene em cada ponta do galho. Ena reuniu um grupo de mulheres, que estão sentadas raspando o coco cru das cascas. Um pouco do leite precioso é economizado, mas a maior parte vai para o lixo, pois os meninos superanimados estão ansiosos demais para partir as duras nozes no meio.

— Por que estão fazendo isso? — uma mulher pergunta a Norah e Audrey.

— Alguém precisa fazer... e por que não deveríamos ser nós? — responde Norah.

— Precisam de uma ajudinha?

Norah e Audrey levantam os olhos do trabalho e veem Nesta, Betty, Vivian e várias outras enfermeiras sorrindo para elas.

— Não é justo vocês se divertirem sozinhas — brinca Betty.

— Encontre um galho afiado e comece a raspar a polpa — orienta Norah.

Na manhã seguinte, as mulheres saem cambaleantes das cabanas e observam Norah e Audrey deixarem suas latas no chão e, com meia casca de coco, despejarem nelas o conteúdo vil dos ralos. Quando acreditam já estarem com o peso que conseguem carregar, colocam o galho nos ombros e levam o fedor para uma área nos fundos do campo, onde o conteúdo escorrerá colina abaixo.

Com esse exemplo claro dado por Norah e Audrey, as mulheres percebem que, se quiserem sobreviver e tornar o campo habitável, devem se juntar a esse esforço.

— Lá fora, por favor, pessoal — grita Norah para todo o campo. Assim que todas estão presentes, ela faz seu anúncio. — É hora de decidirmos quem vai fazer o quê.

— Certo! — prontifica-se a sra. Hinch. — Diga-nos o que precisa ser feito.

— Há lenha para cortar, poços para limpar para que possamos ter água potável. E, se alguém quiser, também pode nos ajudar a limpar esse ralo.

Apenas algumas mãos se levantam para o serviço de drenagem.

— Que bom que estamos limpando o campo — comenta Nesta com Jean certa manhã, enquanto sobem a rua. — Mas é tarde demais para algumas.

— São aquelas malditas formigas — prageuja Jean. — E a comida. Está podre.

— Estou mais preocupada com as infecções do que com a diarreia — diz Nesta, observando uma mulher coçar as pernas com força enquanto faz uma pausa em suas tarefas. — A dra. McDowell não conseguiu nenhum remédio com os japoneses. E esses malditos mosquitos! — grita ela, golpeando o ar.

— Vou para o hospital — avisa Jean. — Te vejo lá mais tarde.

Nesta está prestes a entrar nas cabanas das holandesas quando Norah a intercepta.

— Ah, Nesta, por favor! Você tem que ajudá-la! — exclama ela.

— Quem? Ande logo, me diga o que aconteceu.

— É Margaret, ela está doente. Uma das mulheres da cabana dela veio me dizer que não conseguiu acordá-la, ela está queimando de febre.

— Vamos. — Nesta segue à frente da outra enquanto correm para acudir a amiga.

Lá dentro, várias mulheres estão ao redor de Margaret, e ela geme. Uma delas, Marilyn, está pressionando um pano úmido na testa da mulher. Quando veem Nesta, elas recuam.

Sem equipamento ou suprimentos, apenas as habilidades que aprendeu em Melbourne, aprimoradas em uma mina na África do Sul e aperfeiçoadas nos campos de batalha da Malásia e de Singapura, Nesta examina Margaret com gentileza, tirando a roupa dela para expor o torso febril e virando-a suavemente para ver a erupção cutânea que cobre suas costas.

— Há quanto tempo ela está assim?

— Nos últimos dois ou três dias, ela tem estado um pouco mais quieta e mais lenta que o normal — explica Marilyn.

— Perguntei a ela ontem se estava bem, e ela disse que não era nada, só um pouco de dor de cabeça. Parecia estar esfregando os olhos como se fosse ali que estivesse doendo — comenta uma colega que mora na mesma casa.

— Você pode, por favor, me trazer alguns trapos e o máximo de água que puder? Precisamos tentar resfriá-la e fazê-la ingerir um pouco de líquido.

Nesta levanta a saia de Margaret para confirmar que a erupção na frente e nas costas se espalhou pelas pernas. Quando um balde com água preciosa e algumas roupas rasgadas são trazidos, Nesta primeiro mergulha uma ponta do tecido no balde e em seguida força suavemente a boca de Margaret a abrir. Colocando a ponta do pano entre os lábios, ela aperta e, lentamente, pinga a água na boca da amiga.

— Essa é a melhor forma de hidratá-la sem desperdiçar água — explica.

Quando se convence de que Margaret engoliu um pouco, ela joga os trapos no balde. Apertando-os, ela os coloca sobre o corpo quase nu de Margaret.

— Quanto mais rápido pudermos baixar a temperatura dela, melhor. Vocês precisam cobri-la toda com esses trapos, não apenas a testa.

— O que ela tem? — pergunta Marilyn.

— Pode ser malária, mas acho que o mais provável é dengue. Vi casos assim na Malásia.

— É contagioso? — questiona outra mulher, recuando.

— Não, você não vai pegar a doença, pelo menos não de Margaret. Ela foi picada por um mosquito infectado.

De repente, Margaret começa a tremer.

— Me ajude a tirar esses trapos de cima dela e encontre tudo o que puder para embrulhá-la. Cobertores, casacos, qualquer coisa.

Uma das mulheres mostra um casaco de pele pesado.

— Tome. Não precisei usá-lo nos últimos tempos, pode fazer bom uso dele — diz ela, arrancando algumas risadas.

Nesta pega o casaco e enrola Margaret. E, então, para surpresa de todas, ela se aconchega em Margaret, cruzando os braços em volta do corpo da mulher delirante, que treme violentamente. Elas ficam abraçadas até que a convulsão passa.

Margaret por fim cai em um sono profundo, e Nesta se levanta, esticando os membros.

— Ela vai ficar assim por alguns dias, infelizmente. Vocês conseguem cuidar dela ou querem ajuda para transferi-la para nossa cabana?

Há um coro de "vamos cuidar dela" e "ela ficará bem conosco agora que sabemos o que fazer".

— Não se esqueçam, se ela estiver quente, usem panos molhados. Seria melhor se pudéssemos usar água fria, mas estando aqui... Façam-na beber algum líquido com a maior frequência possível e a envolvam quando começar a tremer. É melhor alguém ficar com ela o tempo todo.

— Vamos revezar — garante Marilyn. — Não se preocupe.

— Eu volto mais tarde para ver como ela está — diz Nesta.

— Estou tão preocupada com ela — revela Norah enquanto ela e Nesta se afastam.

Nesta sorri.

— Ela vai ter alguns dias difíceis pela frente, mas nunca conheci ninguém tão forte quanto Margaret Dryburgh.

— Vou cuidar dela — diz Norah. — Não a deixarei sozinha.

Dois dias depois, Ena e Audrey entram na cabana de Margaret e encontram Norah cochilando e acordando no chão ao lado da mulher doente.

— Norah. — Ena pousa a mão no braço da irmã e a levanta. — Você precisa descansar um pouco, um descanso completo.

— Eu... Não posso! Preciso de...

— Você não precisa fazer nada. Já fez demais — insiste Audrey. — Você mal tem voltado para casa, está aqui o tempo todo.

— Como você acha que Margaret vai se sentir quando acordar e descobrir que você está doente porque não tem se cuidado? — acrescenta Ena. — June precisa de você em casa, comigo.

— Mas eu tenho que ajudá-la — lamenta Norah.

— O que você pode fazer que as outras não podem? — questiona Audrey.

— Não sei, mas deve haver alguma coisa.

— Tempo... ela precisa de tempo — assegura Ena.

Norah fica quieta por alguns instantes e, em seguida, seus olhos brilham.

— Já entendi. Música! Vamos cuidar dela com música.

— Você quer que o coral cante para ela? — pergunta Ena, também entusiasmada.

— Não, precisa ser alguma coisa diferente, especial. Vocês duas são um começo. Tenho uma ideia e só preciso de mais duas. Elas estão em uma das cabanas holandesas. Vamos, ainda está sentada aí? Vamos.

— Está ficando tarde, Norah. Isso não pode esperar até amanhã? — questiona Audrey.

— Não, não pode.

Ena sempre soube que não deveria discutir com a irmã. Audrey também descobriu que Norah é uma força impossível de deter, e, assim, elas atravessam a estrada até uma cabana, lar de algumas holandesas.

Felizmente, duas das mulheres na cabana faziam parte do coro original, Margarethe e Rita. Elas ficam animadas enquanto Norah explica sua ideia.

— Vou cantar "Andante cantabile para cordas", de Tchaikovsky — informa Norah.

— Como assim? Você vai cantar? Foi escrito para violinos e violoncelo. Não temos instrumentos — comenta Rita.

— Eu sei. Todas vocês serão meus instrumentos. Ouçam. — Com doçura e gentileza, Norah faz a melodia simples com oohs e aahs. As outras mulheres na cabana se aglomeram ao redor. Abrindo os olhos, Norah olha para as coristas escolhidas.

— O que acham?

— Bem, foi incrível, mas não sabemos fazer isso. — Margarethe está confusa.

— Se eu consegui, vocês também conseguem. Todas têm vozes muito melhores que a minha. Por favor, poderiam ao menos tentar?

— É isso que você quer que cantemos para Margaret? — pergunta Audrey.

— Sim, precisamos dar algo especial a ela, um presente único. Acredito que, se ela ouvir vocês cantando esta peça, vai acordar.

— Bem, conte comigo. O que acham? — Audrey se volta para suas três companheiras de coral.

— Quanto tempo temos para ensaiar? — pergunta Rita.

— Hoje à noite e amanhã. No dia seguinte, quero que façamos uma visita a Margaret.

— Vamos! — diz Ena.

— Acho que devíamos começar a cantarolar apenas o primeiro verso. Quero ouvir os matizes e os ritmos das vozes de vocês.

Elas cantam o segundo verso, depois o terceiro e assim por diante, até que as quatro criam um som diferente de tudo que o público já ouviu.

— Agora, vamos juntá-las — diz Norah, levantando o braço.

No dia seguinte, quando Norah, Ena e Audrey chegam à cabana holandesa, as mulheres estão esperando por elas. Nas horas seguintes, elas aperfeiçoam suas partes, preparando-se para a apresentação de Tchaikovsky.

Despedindo-se de Margarethe e Rita, Norah despacha Ena e Audrey para casa. Ela precisa passar na cabana de Margaret. Embora seja tarde, tem que vê-la.

Batendo suavemente na porta, ela entra e, na ponta dos pés, acompanha Marilyn até a cabeceira de Margaret.

— Sem novidades — diz Marilyn.

— Mas piorou?

— Não que Nesta tenha visto. Na verdade, ela está descansando por períodos mais longos entre calafrios e convulsões.

— Tudo bem se eu voltar amanhã de manhã com mais quatro pessoas? Gostaríamos de cantar para ela.

— Claro, com certeza não vai fazer mal.

Na manhã seguinte, Norah, Ena, Audrey, Rita e Margarethe esperam do lado de fora da cabana de Margaret para que Nesta as atualize sobre o estado de saúde da amiga. Andam de um lado para o outro, preocupadas, raspando a terra com os pés descalços. Por fim, Nesta aparece. Não está sorrindo, mas também não está franzindo a testa, o que Norah considera um bom sinal.

— Ela não piorou, não teve muita febre durante a noite, mas eu já esperava por isso. A recuperação dessa febre é um processo longo. Podem ir, entrem para vê-la. Posso ouvir?

Norah passa o braço pelo de Nesta, e as seis mulheres entram na cabana. Há muitas mulheres lá dentro; a notícia de que Norah e as outras vão cantar para Margaret se espalhou, e todas querem estar lá para testemunhar um milagre esperado e rezado.

Assim que elas se reúnem em torno do colchão, Norah posiciona seu coro. Nesta está sentada ao lado de Margaret, segurando um pano úmido em sua testa e tirando o cabelo molhado de suor do rosto da amiga. Levantando e abaixando lentamente a mão, as primeiras notas deslizam dos lábios de Margarethe, enquanto as outras se juntam a ela. De forma suave e doce, os sons dourados das vozes das mulheres alcançam a alma de todas as presentes. Nesta aperta involuntariamente a mão de Margaret. As notas diminuem e fluem, sobem e descem. O ar vibra com as vozes, e, quando a peça breve é concluída, cada uma das cinco mulheres se abaixa e beija Margaret na bochecha. Nesta sai com elas. Não disse uma palavra dentro da cabana escura e infestada de ratos, mas lá fora, embaixo do sol brilhante da manhã, ela se vira para as mulheres.

— Não é possível que haja algum remédio, algum tônico que se compare ao que acabei de ouvir. Obrigada, nunca vou me esquecer disso.

Enquanto se afastam, as cinco dão os braços e voltam para suas tarefas.

— Há algumas fossas para limpar — Audrey lembra a Norah.

À noite, uma animada Audrey irrompe na cabana de Norah.

— Vocês precisam vir rápido. Ela está acordando. Foram vocês que fizeram isso... Ah, meu Deus, vocês, mulheres maravilhosas, conseguiram. Nossa líder está de volta.

— Vá buscar Nesta — pede Norah enquanto ela e as outras correm para a cabana de Margaret.

A porta está aberta. Elas invadem o espaço em um falatório animado. As mulheres se separam, permitindo a passagem das cinco cantoras, enquanto estendem a mão para dar tapinhas em seus ombros e acarinhar seus braços quando passam.

Margaret fica imóvel, com os olhos trêmulos. Norah se ajoelha ao seu lado. Ela está vagamente ciente de que Nesta entrou na cabana, mas por enquanto está focada na mulher mais velha.

— Olá! É bom ver você, minha amiga. Como está? — pergunta Margaret.

— Estou tão feliz que você acordou! Como está se sentindo? — diz Norah.

— Ah, um pouco cansada. Acho que peguei alguma coisa, mas vou ficar bem.

— Você vai — diz Nesta. Ela leva a mão à testa de Margaret. — Sua temperatura parece normal. Bem-vinda de volta, Margaret.

— Onde eu estive? — questiona uma Margaret perplexa.

— Você não estava passando bem, mas já está se recuperando. Vai precisar descansar por um bom tempo, mas ficará bem. Alguém me traz um copo d'água, por favor?

Levantando delicadamente a cabeça de Margaret, Nesta a ajuda a beber.

— O que eu tive?

— Dengue, eu acho. Não tenho certeza, mas é o meu melhor palpite.

— Eu aceitaria seu pior palpite de olhos fechados. Obrigada por cuidar de mim.

— Ah, não me agradeça, foram as outras na cabana que cuidaram de você e te ajudaram a melhorar. Eu só vinha de vez em quando.

— Umas dez vezes por dia — entrega Marilyn.

Margaret olha em volta, com uma expressão preocupada no rosto.

— Ouvi música. Alguém trouxe um toca-discos? Tenho uma vaga lembrança de vozes tão lindas.

— Você ouviu... — uma das mulheres começa a dizer.

— Vamos conversar sobre isso quando você estiver melhor — intervém Norah rapidamente.

— Eu já sei o que vocês fizeram. Marilyn me contou. Tchaikovsky, não é? — Margaret aperta o braço de Norah.

Margaret continua a melhorar. As colegas a ajudam todas as manhãs a se sentar à sombra de um coqueiro. Norah a visita diariamente. Às vezes, elas conversam, em outros momentos, ficam juntas, sentadas em um silêncio pacífico e sociável. Hoje elas estão conversando.

Norah ri.

— Imaginei que alguém faria isso, mais cedo ou mais tarde. Sim, foi o seu "Andante cantabile para cordas". Gostou?

— Ora, minha querida, como posso lhe agradecer? Sem dúvida foi o presente mais precioso que já recebi. Não acredito que você e as outras fizeram isso por mim. — Margaret estende a mão e aperta a de Norah. — Então, o que você vai fazer com... essa *orquestra de vozes* que criou?

— Ah, que bom que você perguntou. Eu estava pensando que talvez eu... quero dizer, nós... pudéssemos expandir, tentar algo um pouco mais desafiador. O que acha? — Norah olha nervosamente para a amiga.

Margaret sorri.

— Acho que se alguém na linda terra de Deus pode fazer isso, esse alguém é você.

— Vou começar enquanto espero você melhorar.

— Não há necessidade de esperar por mim — diz Margaret. — Pegue o conhecimento que você adquiriu na Academia Real de Música e adicione a ele o dom que Deus lhe deu. Não vejo a hora de ouvir o resultado.

Norah encontra Ena e Audrey separando o arroz do jantar. A sujeira e os carunchos são arrancados e descartados.

— Preciso de recrutas — diz Norah.

— *Eu* preciso de recrutas — responde Ena. — Você pode ajudar com o arroz.

— Esqueça o arroz, Ena. Preciso de recrutas para a orquestra de vozes.

Ena ergue a cabeça, intrigada.

— Orquestra de vozes?

— Sim, é assim que estou chamando. Margaret concorda comigo que devemos expandir. O que vocês acham?

— Acho que é uma ideia maravilhosa. Quando começamos? — responde Audrey.

Naquela noite, Ena pede a uma de suas colegas de casa que cuide de June enquanto ela, Norah e Audrey saem por algumas horas. São calorosamente recebidas ao chegarem à cabana holandesa. Não demora muito para que a pequena cabana fique lotada de voluntárias.

— Muito obrigada a todas por estarem aqui — começa Norah. — Estou impressionada, de coração. Se pudesse, juntaria todas vocês e formaria uma orquestra sinfônica. Mas receio que neste momento só consiga criar um coro de câmara. Espero que compreendam.

Elas passam a hora seguinte fazendo testes com as mulheres. Norah não quer mais do que trinta membros. Quando alguém sugere que deveriam perguntar às mulheres das cabanas das inglesas e às enfermeiras se querem fazer parte do grupo, Norah garante que, depois que estiverem estabelecidas, vão procurar outras, talvez mais umas dez.

Quando consegue seu contingente, ela pede às outras que saiam da cozinha. Elas poderão ouvir o coral na porta ao lado.

— Agora, preciso dividir o nosso grupo em seções. Estou pensando em três conjuntos de seis mulheres, talvez mais nas cordas.

— Já pensou no que vamos apresentar? — pergunta Rita.

— Se ela já pensou nisso? O que você acha? — brinca Ena.

Quando a risada cessa, Norah diz, timidamente:

— Estava pensando em algo da "Sinfonia do novo mundo", de Dvořák.

— Qual peça? — pergunta Rita.

Norah tira uma coisa do bolso. É apenas um pedaço de papel arrancado de um caderno antigo, mas, na caligrafia mais requintada, está coberto com os compassos, os acordes e a chave.

— *Largo*, concordam? Vamos começar pelo *largo*?

Norah cantarola a melodia, e os olhos das mulheres começam a brilhar.

— Você acha mesmo que podemos fazer isso? Digo, por onde começamos? — pergunta Margarethe.

— Começamos confiando em Norah para nos ensinar, treinando nossas vozes para trazer à tona suas melhores harmonias — garante Ena.

— Precisamos de um lugar para ensaiar — lembra Rita.

Alguém grita da sala:

— Aqui, podem ensaiar aqui!

— Obrigada. Vamos transformar esta cozinha na sala de ensaio da orquestra de vozes inaugural — diz Norah.

Todas caem na gargalhada, e o público grita de alegria ao conseguir lugares na primeira fila para assistir à criação de um espetáculo único.

— Vamos começar amanhã à noite — informa Norah, e a gritaria começa mais uma vez.

16

Campo III
Outubro de 1943 a outubro de 1944

— Vamos nos reunir duas vezes por semana para ensaiar — explica Norah à sua orquestra de vozes. — Vou dividir vocês em três seções, tomando como base o tom e a qualidade de suas vozes individuais.

— Pode explicar melhor? — pede Margarethe.

— Claro! Desculpe, esqueci que nem todas aqui estão familiarizadas com os termos musicais. Aquelas de vocês que têm vozes de soprano e contralto serão os instrumentos de corda, as vozes um pouco mais baixas serão os de sopro e aquelas com vozes mais profundas serão a seção de metais. Entenderam?

As mulheres concordam com a cabeça, e os ensaios começam.

Algumas semanas depois, enquanto conduz as vozes melódicas, Norah acena com a mão para interromper o ensaio.

— Audrey, o que foi?

— Nada, nada mesmo.

— Você está chorando?

— Não, ela não está triste, querida irmã — diz Ena. — Está emocionada. E todas nós nos sentimos assim também. Não consigo acreditar que estamos produzindo sons tão lindos.

Norah olha para Audrey, que está fungando.

— É isso mesmo?

— Sim. Ah, meu Deus, todas parecem tão maravilhosas, tão poderosas. Eu sei que estou cantando também, mas vocês estão me levando para outro lugar.

Norah olha para sua orquestra, todas concordando com a cabeça, todas fungando.

— Querem fazer uma pausa?

Elas fazem que não com a cabeça.

— Ah, meu Deus! — exclama Ena, apontando para a janela. Não são apenas as mulheres presentes que choram de soluçar diante dessa comovente interpretação da sinfonia de Dvořák, mas qualquer pessoa que passe pela cabana e pare para ouvir sente os olhos se encherem de lágrimas.

— Vamos recomeçar, então? Do início? — Norah está sorrindo, orgulhosa, pois a orquestra já está fazendo seu trabalho de entreter as prisioneiras.

A seção de metais começa com um zumbido profundo, os instrumentos de sopro aguardam a deixa e, imperceptivelmente, incorporam suas vozes à melodia. Norah sinaliza para que as cordas se fundam e toda a orquestra vibra. O nó na garganta de Norah aumenta até ela também chorar.

— Norah? Norah, está tudo bem? — Ena puxa a irmã para um abraço.

— Eu ouvi o que você ouviu — murmura ela no ombro de Ena.

Por um momento, as mulheres choram livremente, voltando-se umas para as outras em busca de alento.

— Temos que começar do princípio de novo? — diz Audrey por fim.

— Preciso me recompor antes de poder conduzir o restante de vocês — responde Norah, com um sorriso.

Ao encerrar o ensaio, ela pergunta se as mulheres estariam preparadas para aprender outra peça.

— Não seria bom apresentar um concerto de verdade, em vez de uma única peça?

Temerosas, todas concordam.

No dia seguinte, Norah visita Margaret, que se recupera bem.

— Preciso de alguns conselhos — diz ela, sentando-se no canto do colchão de Margaret. — Decidimos ampliar nosso repertório. Eu estava pensando em "Canção sem palavras", de Mendelssohn, em uma das valsas de Brahms e em "Londonderry Air".

— Perfeito — exclama Margaret. — Perfeito, sem dúvida.

— Mas vou ter que adaptá-las para a voz feminina.

— Bem, se existe alguém que pode fazer isso, minha querida, é você.

Norah copia meticulosamente as pontuações em pedaços de papel encontrados. Ela pergunta à irmã se ela cantaria a canção final com o apoio da orquestra. Sua bela voz de soprano vai complementar a performance da orquestra de "Faery Song", de *The Immortal Hour*. Ena concorda humildemente.

Essa peça também é escrita e copiada à mão, repetidas vezes. Sem acesso à composição original, a memória fotográfica de Norah para partituras musicais surpreende as mulheres.

— Nenhuma de nós esperava estar aqui para um segundo Natal, mas aqui estamos — anuncia Nesta para uma sala cheia de enfermeiras. — Não vamos ter um banquete e ninguém vai ganhar presentes, mas ainda é Natal, e acho que devemos celebrar.

As meninas trocam olhares.

— O que você sugere? — pergunta Jean.

— Bem, para mim seria bom ficar sentada aqui com vocês por um tempo — diz Betty.

— Talvez algumas de nós gostassem de compartilhar como era um típico dia de Natal em casa — acrescenta Vivian.

— É uma ótima ideia, Vivian. Por que você não começa?

— Bem, a primeira coisa de que me lembro sobre os Natais da minha infância é que sempre fazia um calor desgraçado em Broken Hill.

— Isso aí, Bully! Conte para nós como era — grita Betty.

— Vocês não vão acreditar, mas minha mãe ainda insistia em manter a tradição inglesa de servir um assado quente no meio do dia, seguido de um pudim cozido no vapor ainda mais quente. Éramos só nós quatro, mamãe, papai, meu irmão John e eu. Papai era um soldado de verdade e comia tudo que mamãe colocava na frente dele. John e eu reclamávamos do calor e mexíamos a comida no prato, mas sabíamos que, se quiséssemos ganhar nossos presentes de Natal, teríamos que comer. E nós fazíamos isso com uma ajudinha de Joey, nosso cachorro, que se escondia debaixo da mesa. Papai sempre nos pegava dando a comida a Joey, mas nunca dizia nada, só piscava para nós de vez em quando. O que eu não daria para estar sentada ao redor daquela mesa, não importa a temperatura, não importa o quanto estivesse quente ou tivesse passado do ponto a comida da minha mãe, e, acreditem, sempre passava do ponto.

No dia seguinte, o campo fica repleto de sons de crianças brincando com jogos simples e brinquedos feitos com carinho para elas. Norah está sentada debaixo de uma árvore com Ena e Margaret, observando June correr com as outras crianças.

— Todas prontas para amanhã? — pergunta Margaret.
— Está na hora — diz Norah.
— É hora de a nossa orquestra de vozes mostrar o que somos capazes de fazer — brinca Ena.
— Então, é amanhã — diz Margaret.

— Esta noite temos algo especial para vocês — anuncia Margaret para as mulheres reunidas, ansiosas para ouvir a apresentação tão esperada. — Nem eu mesma tive permissão para ouvir tudo o que estamos prestes a testemunhar. Depois de semanas de ensaio, quero apresentar a vocês a inigualável Norah Chambers. Norah sentiu que faltava alguma coisa no nosso programa de entretenimento. Com algumas mulheres incrivelmente talentosas, ela criou para vocês… uma orquestra de vozes. Por favor, recebam-nas pela primeira vez, mas não pela última.

O espetáculo é realizado na clareira central do campo. A multidão se afasta enquanto a orquestra de Norah abre caminho entre as mulheres ansiosas.

Norah organiza suas cantoras em semicírculo, e o público aplaude e vibra com entusiasmo.

De costas para a plateia, Norah murmura palavras suaves de encorajamento para suas cantoras, antes de levantar lentamente o braço direito.

Norah Chambers, prisioneira do Exército japonês, mal sobrevivendo na selva de Sumatra, fecha os olhos. Norah Chambers, compositora e regente, os abre. Devagar, ela abaixa o braço, e as notas de abertura claras e comoventes do largo da "Sinfonia do novo mundo", de Dvořák, percorrem as primeiras fileiras de mulheres, chegando a uma explosão no fundo. À medida que a peça ganha impulso, subindo e descendo, subindo e descendo na escala, o público fica em êxtase, incrédulo. As cantoras, com os olhos fixos em Norah, acompanhando cada gesto dela, não vacilam. Sustentadas pela beleza e força da música, escrita num tempo e lugar inimagináveis para a plateia… neste momento, elas estão livres.

Quando abaixa o braço, a cabeça de Norah se inclina e os olhos se fecham. O silêncio na clareira parece durar uma eternidade. Ela se vira ao som de uma pessoa batendo palmas, e então, de repente, as mulheres explodem em aplausos e vivas, enxugando as lágrimas que começaram a cair com a primeira nota. Os membros da orquestra também choram, abraçando-se.

Margaret aproxima-se da frente do grupo, segurando as lágrimas, mas tremendo com a emoção que um musicista sente quando ouve algo extraordinário.

Ela abraça Norah, que cai em seus braços, tomada pela emoção.

— Mais um, mais um!

Os apelos por bis não param. Norah encara sua orquestra com olhos questionadores. Todas as mulheres concordam com a cabeça, dizendo "sim!".

— Chopin? — pergunta ela.

Mais uma vez, as mulheres acenam que sim com a cabeça.

Margaret levanta de novo as mãos. É o necessário para silenciar o público.

— Acredito que será Chopin, certo? — diz ela, olhando para Norah, que sorri. — Senhoras, apresento a vocês o prelúdio de "Raindrop", de Chopin — anuncia Margaret, afastando-se.

Assim que as últimas notas pairam no ar, ainda envolvendo as mulheres, Norah sussurra para elas:

— Mendelssohn.

Oscilante, decrescente, a delicada introdução de "Canção sem palavras" transporta as mulheres, e elas pairam acima da sujeira e da miséria do campo. Agora sentem que estão vestidas com seus melhores trajes, sentadas nas mais famosas casas de ópera da Itália, Paris, Londres. Para os céus, os corações das mulheres voam, levando embora sua dor. *Como notas simples de música podem ser tão tristes, tão bonitas, inspiradoras e transformadoras?*, pergunta Norah a si mesma.

A última nota é tão baixa, tão delicada, que só é ouvida por quem tem a sorte de estar nas primeiras filas. Norah abaixa a cabeça. Exaustas, dominadas pela emoção, ela e sua orquestra vivenciam sua própria fuga daquele lugar e daquele tempo. Devagar, elas retornam, e o barulho é ensurdecedor, o choro mais alto que as palmas e os aplausos. Quer suas vidas sejam longas ou curtas, todas as mulheres presentes se lembrarão da noite em que os anjos vieram a esse lugar desolado para lhes dar esperança e beleza além das palavras.

— Senhoras — Margaret se dirige ao público —, o que vivenciamos aqui esta noite é simplesmente a canção mais bela e extraordinária que já ouvi, ou que ouvirei algum dia.

Ela se vira para sorrir amplamente para a orquestra.

Norah sussurra algo para Margaret.

— Senhoras, ainda não terminamos de ouvir nossas mulheres notáveis. Antes de cantarmos nossos hinos nacionais, elas têm mais uma apresentação para vocês.

A euforia irrompe de novo.

Ena sai da fila, e ela e Norah trocam um sorriso. Norah acena com a cabeça, como se dissesse "pronta?" para sua irmã. Os olhos de Ena respondem: "sim!".

Representando os tons maravilhosos da harpa, Betty inicia a música, as outras vozes se juntam à dela, e então a gloriosa voz de soprano de Ena entoa as palavras de abertura de "Faery Song", de *The Immortal Hour*.

"*Como são lindas,
altivas...*"

As mulheres aglomeradas na plateia caem de joelhos, os olhos se voltando às estrelas, e os soluços param de uma vez. Elas precisam ouvir essas palavras, a grandiosidade delas, o presente que Ena está lhes dando.

"*Nas colinas ocas...*"

Ena mantém a nota final muito depois de as outras vozes silenciarem, muito depois de Norah abaixar a mão.

A orquestra de vozes encara os rostos exultantes das mulheres na plateia. Elas mesmas testemunharam os efeitos que provocaram em todas as presentes. Deram tudo de si e agora permitem que os aplausos e os soluços de gratidão as envolvam e proporcionem refúgio por alguns breves momentos.

June abre caminho entre Norah e Ena.

— Por que estão chorando, tias?

Ela rompe o encantamento, e as mulheres agora riem e a abraçam.

Sem nenhum sinal de que os aplausos cessarão, Margaret mais uma vez levanta a mão e o silêncio se instaura.

— Daqui a quatro dias será 1944. Espero que seja um ano melhor para todas nós. Não tenho palavras, assim como vocês também não, para agradecer às mulheres atrás de mim pelo que nos proporcionaram esta noite. Talvez todas possamos tentar cantar para elas os nossos hinos nacionais. *Deus salve nosso gracioso rei...* — ressoa sua voz poderosa.

Todo o público se levanta e participa.

— *... Vida longa ao nosso nobre rei.*

Antes de regressarem às cabanas, as mulheres rodeiam a orquestra, abraçando-se, vertendo lágrimas que pensavam já choradas, para agradecer pessoalmente. Por fim, com June pulando atrás delas, Norah e Ena acompanham Margaret até sua cabana.

— Posso perguntar no que vocês vão trabalhar depois? — pergunta Margaret.

— É uma peça difícil, mas tantas holandesas têm vindo aos nossos ensaios que tenho tentado "Bolero" com elas — diz Norah.

— Ah, minha querida, não consigo imaginar que Ravel alguma vez tenha considerado que sua peça fosse executada apenas vocalmente. Mas, se alguém pode fazer isso, é você, e estou ansiosa para ouvir.

— Vou ao poço... Alguém quer vir comigo? — pergunta Nesta uma manhã.

É Ano-Novo, e o clima entre as companheiras de campo é totalmente diferente do que sentiam quando chegaram três meses antes. Esforços são redobrados para limpar os poços. A estação das chuvas voltou, e os poços estão guardando água preciosa.

— Vou com você. Espere um minuto enquanto pego uma panela — diz Vivian.

Nesta e Vivian entram na fila de mulheres que esperam para pegar água. Nesta amarra a corda em seu balde e o abaixa lentamente no poço. Inclinando-se para ver quanto mais ainda tem que descer antes de atingir a água, basta um leve toque do balde contra a parede do poço para que a corda ceda. O balde cai na água lá embaixo, batendo em todos os outros recipientes depositados em suas profundezas.

— Ah, não! Não acredito! Mais um — Nesta se lamenta, puxando a corda vazia.

— Acha que consigo alcançá-lo? — pergunta Vivian.

— Não, é muito fundo.

— Irmã James, só há uma coisa que você pode fazer — intervém irmã Catherina, também esperando na fila para pegar água.

— Por favor, o que é? — indaga Nesta.

— Você é baixinha, não é? — pergunta a freira, avaliando o corpo minúsculo de Nesta.

— Percebeu isso agora? — exclama Vivian.

— Não, mas é a primeira vez que penso que pode ser muito útil.

— Útil? Para quê? — questiona Nesta, apreensiva.

— Eu ficaria muito feliz em ajudar a irmã Bullwinkel a baixá-la até o poço. O que me diz, irmã?

— Ah, sim, pode contar comigo, não há nada que eu gostaria mais de fazer do que descer minha chefe dentro de um poço — diz Vivian, sorrindo.

— Vocês duas estão brincando, não estão? — Nesta fica horrorizada.

— De jeito nenhum. Ah, e, enquanto estiver lá embaixo, pode trazer alguns dos outros baldes e potes? Todas ficariam muito agradecidas.

Enquanto Vivian amarra uma corda puída na cintura de Nesta, várias outras mulheres chegam e se envolvem na aventura, oferecendo sugestões e palavras de incentivo.

Enquanto Nesta desce pela parede do poço, pede, ansiosa:

— Por favor, segurem firme! Precisa de ajuda extra, Bully?

— Eu ajudo — diz Margaret, que acaba de chegar. — Já se espalhou pelo campo a notícia de que a irmã James vai descer no poço. Achei que precisava ver isso com meus próprios olhos. Estamos com você, Nesta!

— Então, vamos — diz Vivian. — Segure na ponta da corda comigo.

— Devagar, vá devagar — grita Nesta enquanto Vivian, irmã Catherina e Margaret colocam a enfermeirazinha dentro do poço escuro. Nesta ergue o rosto e vê dezenas de rostos olhando para ela. — Não estou enxergando nada. Vocês estão bloqueando a luz. Precisam se afastar, todas vocês — grita Nesta.

Há uma confusão enquanto todas dão um passo para trás.

— Estou aqui. Estou quase na água — grita ela.

— Pegue quantos baldes puder, e nós puxaremos você para cima.

— Certo, me dê um minuto.

— Grite quando estiver pronta, certo?

— Devagar. Devagar. Aahh, tombei. Estou de cabeça para baixo — grita Nesta.

— Estamos segurando você, aguente firme.

— Rápido.

— Pegou os baldes? — pergunta irmã Catherina com um grito.

— Sim, meus braços estão cheios. Foi isso que me derrubou.

— Estou vendo as pernas dela. Ah, meu Deus, ela parece um bebê nascendo com os pés saindo primeiro — observa uma narradora atrevida.

As mulheres reunidas ao redor caem na gargalhada quando Nesta é arrancada do poço, o vestido cobrindo seu rosto. Baldes estão pendurados nos braços e nas mãos dela. Duas das mulheres a agarram pela cintura e a arrastam para longe, deixando-a cair no chão sem cerimônia.

Vivian abre caminho entre as mulheres e ajuda a libertar Nesta da corda, restaurando sua dignidade.

— As outras nunca vão se perdoar por terem perdido isso — diz Vivian.

— Fico feliz por ter entretido vocês — responde Nesta, olhando para as mulheres sorridentes que a rodeiam.

Nesta e Vivian voltam para casa. Nesta agora carrega um balde cheio de água; Vivian, a panela.

— Acho que não há como manter esse pequeno evento em segredo, só entre nós duas, certo? — pergunta Nesta, cheia de esperança.

— Sem chance, irmã James, sem chance.

— Disseram que podemos ter uma horta — anuncia Nesta às enfermeiras. — Então, vamos juntar esforços e prosseguir.

— Graças a Deus — diz Jean. — Estamos praticamente morrendo de fome.

— Betty, Vivian, é a nossa vez de trabalhar na horta. Faremos o turno da manhã. Jean, você pode encontrar outras duas pessoas que não foram incluídas nas visitas domiciliares para nos substituir esta tarde, por favor?

— Claro, Nesta. Estarei livre esta tarde e posso me juntar a elas.

Chegando ao local designado, cada uma delas recebe meia casca de coco raspada.

— Alguém tem as ferramentas? — pergunta Betty.

— Se com ferramentas está querendo dizer o cabo do machado ou a lâmina da pá, então sim. O restante de nós fica com os cocos — diz Betty.

— De joelhos, meninas — instrui Nesta, ajoelhando-se e começando a soltar a terra com sua casca. Elas tiveram que sacrificar uma pequena porção de suas rações para conseguir as sementes, que plantarão nesta tarde.

— Você acha mesmo que vão nos deixar comer o que plantarmos? — pergunta Vivian.

— Só podemos ter esperança — suspira Betty. — Mas nos esforçamos muito para fazer esta plantação, e é claro que vamos poder comer as benesses de nossos esforços.

— Na verdade não há como prever. Só podemos fazer o nosso melhor — conclui Nesta. — Dito isto, não quero ninguém desmaiando de calor. Se precisarem de um descanso, é só dizer.

— Só vamos parar quando você parar. — Betty cutuca a amiga.

Pela primeira vez, as mulheres conhecem os benefícios de viver nos trópicos. Depois de plantado, o alimento brota e logo é compartilhado entre o grupo.

Elas também vasculham a área próxima em busca de outras plantas comestíveis, cascas de árvores que possam ser fervidas até ficarem macias para acompanhar o espinafre e os feijões que germinaram. Como sempre, as primeiras colheradas são destinadas às crianças.

Um dia, enquanto Norah está trabalhando lá fora, June corre até ela, apertando algo na mão.

— Olha, tia Norah, olha o que eu tenho aqui.

Ela abre a mão devagar, mostrando alguns preciosos grãos de arroz cozido.

— Onde conseguiu isso?

— Fui com os meninos e nós encontramos debaixo da cabana.

— Que cabana? Aliás, que meninos?

— Meus amigos. Normalmente só os meninos vão, mas eu disse a eles que ia gritar se não me deixassem ir também. Rastejamos por baixo da cabana dos guardas, tem umas frestas pequenas no chão, e, quando eles estão comendo, um pouco de arroz sempre cai no chão e rola pelas frestas. Ficamos ali deitados com as mãos abertas, e foi isto que consegui apanhar — diz June, com o orgulho de uma caçadora que regressa à sua caverna.

Norah fica sem palavras. Ela olha em volta para ver se alguém está ouvindo June falar sobre os riscos que ela e os meninos estão correndo. Querendo dizer que não pode fazer isso de novo, que é errado estar perto das cabanas dos guardas, ela fita os olhos sorridentes da menina e enxerga mais uma vez o orgulho. Seu coração dói. Tudo o que consegue fazer é abraçá-la com força e tentar esconder sua dor, a dor por não ser capaz de alimentar e cuidar de uma criança, não a sua, mas aquela pela qual ela aceitou voluntariamente a responsabilidade e que conquistou seu amor.

Afastando-se de Norah, June diz, com entusiasmo:

— Vou dividir com Sammy, que não estava lá. Está bem?

Quando June sai, Norah desaba, o rosto enterrado nas mãos enquanto soluça baixinho. Vivian é a primeira a encontrá-la.

— Norah, o que está acontecendo?

Norah examina os olhos carinhosos de uma mulher que, em circunstâncias normais, nunca teria conhecido, uma mulher de outro país, uma mulher que agora ela chama de amiga. Uma amiga que não apenas entende sua dor, mas também a compartilha.

— Não estou machucada, não se preocupe, só estou...

— Ah, Norah. Vamos, vamos voltar para sua cabana, lá podemos conversar.

Quando Norah entra em casa, com o braço de Vivian em volta dos ombros, Ena levanta os olhos da costura.

— O que foi? Aconteceu alguma coisa?

— Ela está bem — diz Vivian baixinho. — Não está machucada.

Há outras mulheres na cabana, todas olhando preocupadas, mas Norah faz que não com a cabeça.

— Estou bem, de verdade. Só estou sendo um tanto tola — diz ela, com um sorriso apático.

— Vamos lá fora — sugere Ena.

No quintalzinho, as mulheres encontram sombra para se sentar, e Norah deita a cabeça no colo de Ena.

— Você sabe o que aconteceu? — pergunta Ena a Vivian.

— Na verdade, não. Eu a vi conversando com June, e, quando a menina correu para longe, Norah começou a chorar.

— É June? — pergunta Ena, ansiosa. — Ela está bem?

— Ela parecia bem. Como eu disse, ela correu para longe.

— Norah, por favor, me conte o que aconteceu — Ena pede à irmã, gentilmente.

— O que aconteceu? Vou contar a vocês. June e um grupo de meninos estão se escondendo embaixo da cabana dos guardas na esperança de pegar os poucos grãos de arroz que caem dos pratos no chão e vazam pelas frestas. Foi isso que aconteceu. Não conseguimos alimentá-la, então ela se arrisca a levar uma surra, arrisca a vida, por um punhado de arroz sujo.

— Ela te contou isso? — questiona Ena.

— Me contou e me mostrou os sete… sim, eu contei… sete grãos de arroz na mão dela.

— Ah, Norah, não sei o que dizer — diz Vivian.

— Além do mais — continua Norah —, ela queria dividir a porção com a amiga. O que há para dizer, Vivian? Falhamos com essa menina.

Norah leva a mão ao rosto e chora, com a cabeça ainda no colo da irmã. Ena e Vivian trocam olhares; não estão acostumadas a ver Norah desmoronar desse jeito.

— Por favor, não pense assim, Norah — diz Ena, acariciando o cabelo da irmã. — É quase certo que a mãe dela está morta e, se não fosse por nós, quem sabe onde ela poderia estar, talvez não tivesse conseguido sair do mar. Odeio ver você desse jeito. Estamos fazendo tudo o que podemos. E não pense que eu não sei que às vezes você dá toda a sua comida a ela.

— Assim como você. Ah, Ena, você devia ter visto o rostinho dela. Ela estava feliz, animada. Era como se tivesse saído para caçar e voltado com um alce. Só estou preocupada com a menina.

As três mulheres ficam sentadas, sozinhas, cada uma absorta em seus pensamentos. Não há nada que não fizessem por June; no entanto, diante do grande desespero diário, tudo parece muito pouco. Será que algum dia elas conseguirão sair desse campo?

— Senhoras, tenho uma coisa para vocês. — Ah Fat está com dois guardas nos portões. Semanas se passaram desde que as mulheres plantaram feijões e espinafre. Tudo foi devorado, e o terreno agora está vazio. Elas foram proibidas, por capricho de Kato, de plantar mais sementes.

Norah e Ena, que estão dando um passeio no fim da tarde, olham para Ah Fat, atordoadas demais para falar.

— Arroz! Aqui está o arroz para compartilhar. — Ele sorri.

Os guardas largam dois pequenos sacos no chão e recuam. As irmãs correm e recolhem as escassas ofertas.

— Tenho mais uma coisa para vocês — continua Ah Fat. Ele joga uma lata de querosene para elas. — Óleo — diz ele. — Óleo para vocês.

— Obrigada — diz Norah por fim, pegando a lata. Ela olha para Ena e dá um suspiro de alívio. — Precisávamos disso — comenta ela. — Estou farta de ferver cascas de banana para fazer sopa.

Norah tenta ler o rótulo na lata.

— Alguma de vocês sabe o que é isso? — questiona ela quando retorna para sua cabana.

Todas olham para o rótulo, mas balançam a cabeça.

— Vou levar para madre Laurentia, acho que está em holandês. Com certeza precisamos saber se é comestível ou se só serve para ser usado em caminhão.

Norah corre até a cabana das freiras.

— Sim! — exclama madre Laurentia. — É holandês e diz: "Óleo de palma vermelho". Perfeito para cozinhar... se ao menos tivéssemos algo para cozinhar.

— Também temos arroz — comenta Norah com ela. — Acredito que poderíamos fazer arroz frito.

— Sim, e poderíamos acrescentar algumas raízes ou qualquer folhagem que encontrarmos, mas... — suspira a freira.

— Mas o quê?

— Talvez você queira guardar um pouco do óleo para o hospital. Os moradores da Malásia o aplicavam em cortes e ferimentos infectados. Tem qualidades medicinais comprovadas.

— Como mel.

A freira sorri.

— Sim, como mel.

— Obrigada, madre Laurentia, vou avisar as outras, pois tenho certeza de que vão querer compartilhar com o hospital. Vamos entregar a vocês um pouco do arroz e do óleo assim que tivermos distribuído.

Inspiradas pelo óleo, as mulheres começam a preparar refeições muito básicas com o arroz, ao mesmo tempo que descrevem o que fariam com ele "em casa".

— Sabe de uma coisa, Norah? — Ena está lendo uma edição antiga do *Crônicas do Campo*.

— Não, nem consigo imaginar — responde a irmã.

— Acho que deveríamos relançar as seções de receitas do *Crônicas*, onde as mulheres anotam suas lembranças favoritas de como preparar as refeições.

— Isso não vai nos deixar com mais fome? — Norah está olhando para a panela vazia no fogão, com a porção de arroz a ser consumida durante o dia.

— Talvez, mas foi tão bom. Presunto e ovos, jantares em restaurantes chiques, *pudins*. Isso vai tirar da nossa cabeça o fato de não termos nada, não acha?

— Bem, isso certamente tiraria o campo da nossa cabeça — brinca Norah.

— Meu único problema é que não temos onde escrever essas receitas para podermos compartilhá-las — lamenta Ena.

— Hum, aqui vai uma ideia. Eu estava visitando Margaret na semana passada e uma das mulheres na cabana mostrou um talão de cheques que encontrou em sua mala, brincando que poderia assiná-los para comprar comida para todas nós. Ela até riu e falou que ela e o marido tinham dinheiro suficiente no banco em Singapura para comprar o campo e imaginou quanto o sargento pediria por ele.

— Eu adoraria ter ouvido essa conversa. Mas o que isso tem a ver com escrever as receitas?

— Acho que todas concordamos que os cheques são inúteis, mas o verso deles está em branco. Eles podem ter o tamanho certo para anotar uma receita. O que você acha?

— Adorei, parece perfeito!

* * *

Com o talão de cheques gentilmente cedido em troca de um prato da primeira receita, Ena, Audrey e Norah decidem que um livro de receitas seria a melhor maneira de compartilhar as deliciosas lembranças gastronômicas. Elas falam com as mulheres no campo, pedindo que se lembrem de pratos nacionais inspiradores.

A cabana das enfermeiras é a última da lista, e, certa noite, as três mulheres batem à porta. Jean as deixa entrar, e as enfermeiras que não estão no momento no hospital nem estão visitando um paciente doente em casa ouvem com atenção.

— Então, vocês querem que escolhamos uma receita que nos represente? Um prato australiano único? — diz Betty.

— Sim, o que vocês quiserem — responde Ena.

— Bem, só existe um prato, não é, senhoras? Por mais australianas que sejamos — comenta Vivian.

— Não se atreva a dizer pavlova — protesta Audrey, chamando a atenção de tantas enfermeiras quanto pode.

— Claro, é pavlova! Nós inventamos essa sobremesa — diz Betty.

— Não, não inventaram. É um prato da Nova Zelândia; todo mundo sabe que foi inventado lá. Foi criado para a bailarina russa que estava em turnê na época, Anna Pavlova — rebate Audrey, mantendo-se firme.

— Vocês podem ter dado um nome para ele, mas foi inventado em Melbourne. Não é verdade, Bully? — pergunta Betty, petulante.

— Não sei quanto a Melbourne, mas todo mundo sabe que é australiano — afirma Vivian.

— Inventado na Nova Zelândia, nomeado na Nova Zelândia, é um prato kiwi. Norah e Ena assistem à discussão como a uma partida de tênis.

— O que você acha, Norah? É um prato da Nova Zelândia, não é? — questiona Audrey.

— Não faço ideia — responde ela. — Não se pode dizer que é dos dois países ou apenas escolher outro prato pelo qual vocês não precisem brigar?

— Um dia a discussão vai ter um fim — retruca Audrey, como frase de despedida enquanto elas saem.

Muitas das inglesas não conseguem fornecer as receitas dos seus pratos preferidos. Afinal, eram preparados por suas cozinheiras. Para Norah, ler as receitas não basta. E um dia ela vai até a cabana dos guardas. Não rasteja por baixo, mas segue para a parte de trás do prédio, onde os japoneses jogam o lixo, e é ali que encontra pedaços de papel. Alisa os pedaços amassados e monta um caderno, preso com um pedaço de arame com o qual ela perfura as folhas.

Sentada em silêncio em um canto da cabana, se estiver chovendo, ou do lado de fora, apoiada na cerca de trás, se não estiver, ela tenta imaginar sua vida de volta à Malásia com John e elabora um orçamento, sem ter ideia do valor de nada. Atribui ao marido uma quantia em dinheiro para comprar ingressos para a temporada de teatro ou para um clube esportivo que ele gostaria de frequentar. Sonha também com o custo dos jornais, quanto gastar no açougue, na padaria, nas passagens de trem, nas refeições em restaurantes. Desenha sua casa perfeita, coloca preço em móveis e acessórios, indicando as cores que deseja para as cortinas, para os carpetes. Destina uma mesada mensal para comprar para June, que está crescendo, sapatos novos e vestidos e, é claro, para pagar mensalidades na melhor escola. Norah elabora um cardápio semanal, descrevendo detalhadamente os ingredientes necessários para fazer pato assado e recheio de maçã, patê de *foie gras*, batata assada, café e chocolate. Ela foge da prisão para um mundo desconhecido, que surge facilmente quando cerra os olhos, imaginando cada detalhe de cada cômodo, cada prato na mesa na hora das refeições. Ao longe, quase consegue ouvir June praticando piano na sala de estar.

Com sua paixão pelas questões domésticas, Norah pergunta se pode ficar encarregada da cozinha. A escassez de combustível para fogueiras resultou na cozinha comunitária partilhada entre várias cabanas. Com a culinária mista surge a necessidade de preparar refeições conjuntas. Formam-se equipes para que as separadoras de arroz entreguem os grãos livres de carunchos às lavadoras. As picadoras de vegetais entregam o resultado de seu trabalho às cozinheiras de vegetais. Outras transportam água e recolhem lenha; algumas servem, outras lavam. Mesmo com tão pouco para preparar e cozinhar, as mulheres ainda comparecem para as tarefas que lhes são atribuídas.

— Pode me passar a carne, por favor? — diz Norah para Betty, que está ocupada tirando os bichos do arroz. — É hora de adicionar aos legumes e ao molho.

— Claro, chefe. Costela chegando. — Betty lhe entrega uma pequena quantidade de arroz em uma folha de bananeira.

— Excelente. Poderia pôr a mesa, por favor? Use os talheres de prata, certo? Combinam tão bem com minha porcelana fina. E depois eu mesma sirvo.

— Sim, chef. June, você pode, por favor, correr e avisar as outras que o jantar está sendo servido? — diz Betty.

June dá uma risadinha e sai correndo, voltando com uma fila de mulheres e crianças, cada uma segurando sua tigelinha ou folha de bananeira. De Norah, elas aceitam a porção de arroz antes de se sentarem juntas e comerem com os dedos.

— *Inchi*, *Inchi*? Onde está você, *Inchi*? — chama Ah Fat, correndo até a cabana da sra. Hinch.

Uma das mulheres, deitada no chão e sofrendo com o calor, aponta casualmente para o quintal antes de rolar de lado e fechar os olhos.

— *Inchi*, preciso de você — diz Ah Fat, vendo a sra. Hinch sentada embaixo de uma árvore na outra ponta do quintal.

— Mesmo? O que foi agora?

— Venha comigo. Temos que conversar com as enfermeiras.

— A respeito do quê?

— Venha comigo. Eu falo com elas.

Estendendo a mão para Ah Fat ajudá-la a se levantar, a sra. Hinch o leva até a cabana das enfermeiras. Encontrando Nesta em casa, ela diz que Ah Fat tem algo para comunicar.

— Então vá em frente, homem. Diga o que quer — instrui a sra. Hinch.

— Tudo bem, *Inchi*. Vocês têm que abrir espaço para os homens. O capitão disse que eles devem ficar com vocês.

— Do que você está falando? — pergunta Nesta. — Do que ele está falando, sra. Hinch?

— Do *que* você está falando? — A sra. Hinch encara Ah Fat.

— Moradores da região virão para cá para serem treinados, e o capitão diz que eles têm que morar aqui com vocês.

— Bem, isso não vai acontecer — diz a sra. Hinch.

— *Inchi*, vamos. Os homens precisam morar aqui, com as enfermeiras, enquanto os treinamos.

A sra. Hinch se endireita.

— Vão ser treinados para...?

— Para serem guardas, para vigiar prisioneiros como vocês.

— E se não os deixarmos entrar? — indaga Nesta.

— Então, vocês serão colocadas para fora. Você compartilha ou vai embora.

— Ah Fat parece genuinamente aborrecido com a notícia que está dando. Ele suspira. — Desculpe, também não gosto deles.

— Como assim? Você não gosta deles? — pergunta a sra. Hinch, horrorizada.

— Homens locais. Prefiro vocês, senhoras.

— Mas e se eles nos atacarem? O que os impedirá se morarmos na mesma casa? — contesta Nesta.

— Não vão fazer isso, senão daremos um tapa neles.

— Como você vai saber?

— Vamos bater neles de qualquer jeito, eles não vão machucar vocês.

— Sinto muito, Nesta. O que podemos fazer para ajudar? Querem se espalhar pelas outras cabanas? — pergunta a sra. Hinch.

— Faremos uma reunião, talvez haja uma maneira de compartilharmos, dar espaço para eles ou algo assim — responde Nesta, tentando encontrar uma solução para o problema. — Sabe quantos estão vindo?

— Vinte e cinco homens — retruca Ah Fat, desviando os olhos. Ele não consegue mais olhar nem para Nesta nem para a sra. Hinch.

— Estou preocupada com o tal treinamento que esses homens vão receber — Jean comenta com Nesta e várias outras enfermeiras. Elas estão sentadas do lado de fora em uma noite, tentando aproveitar a brisa suave e uma breve pausa em sua cabana quente, pegajosa e superlotada.

— O treinamento deles? — comenta Nesta. — E quanto ao fato de termos que conviver com essa gente?

Os guardas locais receberam madeira, que usaram para erguer uma parede que passou a dividir em dois o pequeno espaço da cabana das enfermeiras.

— Também não quero morar com eles, Nesta. Mas não gosto da maneira como os soldados os tratam. Esbofeteando-os, cutucando-os com as baionetas. Não está certo.

— Entendo o que você está dizendo... É para aprenderem que essa é a maneira de tratar os prisioneiros quando assumirem o comando? — questiona Nesta.

— Acho que vamos descobrir logo se eles começarem a nos bater — responde Betty. — Alguém sabe quanto tempo vão ficar conosco?

— A sra. Hinch falou com o capitão e foi informada de que vão passar três ou quatro semanas aqui — comenta Nesta, encolhendo os ombros.

* * *

Na manhã seguinte, o som dos soldados gritando na rua assusta as mulheres. As enfermeiras saem correndo de sua cabana e veem várias prisioneiras e crianças sendo perseguidas e agredidas pelos guardas indonésios.

— Parem com isso. Parem com isso, seus brutamontes! Deixem-nas em paz! — grita Nesta com o guarda que chuta uma mulher no chão. Ela o acerta nas costas e o faz cair estatelado. Nesta ajuda a mulher a se levantar antes de se colocar na sua frente. O guarda dá um soco em Nesta, que se esquiva facilmente do braço dele. O caos está em toda parte. Mulheres e crianças gritam, os soldados riem, os homens indonésios gritam.

— Vamos, senhoras! — berra Vivian. — Há muitas mais de nós, vamos pegá-los.

Quando o homem que ameaça Nesta se vira para ver o que está acontecendo, ela levanta os dois braços e, rosnando como um urso, o ataca. Os guardas estão sendo cercados por centenas de mulheres furiosas. Decidindo que precisam dispersar essa situação, os soldados avançam e levam os homens embora. Não retornam mais ao campo.

A notícia da morte de Mary Anderson se espalha pelo campo.

— É a primeira de nós a morrer — a sra. Hinch comenta com Norah, enquanto as mulheres se reúnem do lado de fora da casa de Mary em vigília. — Pobrezinha, nem teve chance contra toda a infecção, a fome.

— Bem, devíamos enterrá-la imediatamente. Neste calor... — conclui Norah.

— Eu gostaria de vê-la primeiro — diz a sra. Hinch. — Depois podemos conversar.

Norah e a sra. Hinch entram na casa de Mary e se dirigem para a sala lotada onde as residentes estão sentadas ao redor de seu corpo, coberto com um lençol esfarrapado. Ajoelhada, a sra. Hinch fecha os olhos em oração.

— Acho que vamos precisar mantê-la na casa enquanto nossos captores decidem onde e como enterrá-la — sugere Norah quando estão do lado de fora mais uma vez.

— E quanto tempo vai levar?

— Não sei, mas duvido que tenhamos uma resposta hoje.

— Me avise assim que souber de alguma coisa. As mulheres aqui cuidarão dela. Ah, olhe, aí está Nesta.

— Sra. Hinch, Norah, sinto muito — diz Nesta, suspirando profundamente. — Só vim prestar minhas condolências e perguntar se há algo que eu possa fazer.

— É muita gentileza sua. Vamos cuidar de Mary até que o subtenente nos diga o que podemos fazer para proporcionar a ela um enterro decente.

— Não acho que devam mantê-la em casa. Com esse clima, rapidamente vai ficar desagradável para todo mundo — aconselha Nesta.

— Tem razão. Que tal transferi-la para o prédio da escola? Lá o ar pode circular melhor — sugere a sra. Hinch.

— Fico preocupada com os ratos e com aqueles cães selvagens que vagam pelo campo à noite — alerta Nesta.

— Estaremos de olho em tudo — diz Norah.

A escola está fechada, e Mary é transferida para o prédio de frente aberta. Durante o restante do dia e a noite, as amigas se revezam para afugentar ratos e camundongos atraídos pelo mau cheiro. No dia seguinte, é concedida permissão para que Mary seja levada para fora do campo, um pouco além da guarita. Ah Fat as instruiu a deixá-la lá até que ele consiga um caixão.

— Olhe, isso não vai acontecer — afirma Margaret. — Nós vamos levá-la, mas ela não vai ficar sozinha, nem por um minuto, até ser enterrada.

Levadas para fora do campo, as voluntárias mais uma vez se revezam para ficarem sentadas ao lado de Mary. O dia passa, outra noite vai e vem, e nenhum caixão aparece.

Na manhã seguinte, Ah Fat encontra a sra. Hinch conversando com Norah e Audrey.

— Venham comigo, por favor — diz ele ao grupo.

As três mulheres o seguem para fora do campo, passando por Mary e avançando algumas centenas de metros na selva até uma pequena clareira.

— Vamos dar a vocês algo para cavarem um buraco. É aqui que vamos enterrar as pessoas — diz a elas.

Voltando ao campo para buscar mais voluntárias, elas notam que um caixão ordinário de madeira foi colocado ao lado de Mary. Todas ajudam a carregar o corpo de Mary para seu local de descanso final.

— Agora ela está protegida — diz a sra. Hinch. — Ah Fat está conseguindo, com sorte, algumas pás para que possamos limpar uma área e cavar uma cova. Busquem algo para comer e beber, e avisaremos quando formos fazer o enterro.

Poucas horas depois, com a cova rasa cavada, Margaret lidera uma longa fila de mulheres até o caixão, e seis amigas de Mary o pegam com delicadeza e o levam para o túmulo. Norah e Audrey vão em direção a Nesta e Jean, que representam as enfermeiras, observando o caixão ser colocado na cova.

— Onde está Ena? — questiona Nesta.

— Ficou em casa com June. Por mais que tenhamos tentado protegê-la e às outras crianças, elas sabem que alguém morreu, e achamos melhor Ena ficar com elas e tentar explicar o que está acontecendo — diz Norah.

Margaret lê sua Bíblia. Várias amigas de Mary falam de sua amizade, contando histórias da vida que sabiam que ela havia desfrutado *no passado*.

Margaret conclui a breve cerimônia.

— Agradecemos a você, Mary, por tudo o que foi e por tudo o que deu, e que você, agora e para sempre, descanse em paz com a certeza de que foi, é e sempre será muito amada e fará muita falta. Até um dia.

— Amém.

Usando as mãos, as mulheres se revezam colocando a terra de volta na cova.

17

Campo III
Outubro de 1943 a outubro de 1944

No Dia da Mentira, Kato parece ter desaparecido, e um novo comandante do campo chega com pompa e cerimônia. Seu nome é capitão Seki. Ele exige que todas as mulheres e crianças sejam apresentadas a ele para se curvar e prestar homenagens. Está acompanhado por Ah Fat.

Norah observa enquanto ele se senta atrás de uma mesinha no galpão da escola e espera sua vez de ser chamada.

— Norah Chambers — recita Ah Fat finalmente.

Norah se aproxima da mesa, faz uma reverência e sente vontade de rir de imediato. É como se estivesse sendo apresentada ao rei da Inglaterra.

— Norah Cham... Chambers — diz Seki, balançando a cabeça. Ela pode ouvir suas companheiras de campo rindo enquanto ele se esforça para pronunciar seu nome.

Depois disso, Seki se levanta e faz um discurso prolixo e incoerente, que Ah Fat traduz com dificuldade.

— Ai, não — sussurra Norah para Ena. — De novo, não.

— Cortar nossas rações? — exclama Ena enquanto Ah Fat ainda divaga. — E ainda temos que trabalhar pelo pouco que vão nos dar?

— Bem, pelo menos estão nos devolvendo um pouco de terra para cultivar alguns alimentos — admite Norah.

— Vamos plantar banana, tia Norah? — pergunta June, pegando sua mão.

— Receio que não, meu amor, mas você adora espinafre, não é?

— Um pouco — responde June.

* * *

Tendo ameaçado um corte na distribuição de alimentos, fica claro que Seki não sabia quanta comida as mulheres recebiam até então. Ou sua qualidade. Imediatamente, as mulheres notam que o arroz contém muito menos insetos. Agora elas recebem açúcar, sal, chá, curry em pó e milho. Betty encontra Norah no ponto de distribuição.

— Não acredito que estão nos dando açúcar! — sussurra Betty.

— Eu sei. E olhe para o seu arroz — insiste Norah.

Betty espia sua folha de bananeira.

— Não está se mexendo!

— É, isso vai deixar Margaret sem emprego: não há carunchos para retirar. Um verdadeiro deleite!

— Outra maneira de ver a questão é que acabamos de perder a nossa fonte de proteína. Mas eu consigo viver sem ela.

— Acho que temos que dizer a todas para manterem silêncio sobre a comida extra. Não queremos que Seki saiba que está nos dando algo que não recebíamos antes.

No entanto, embora possa haver mais arroz e açúcar, é a queda nas rações vegetais que mais preocupa as enfermeiras. Eles são o que é necessário para o crescimento dos ossos.

Norah e Ena se postam na entrada do campo para observar os caminhões passarem pelos portões.

— É lindo ver as amigas reunidas, não é? — diz Norah. As mulheres saem dos veículos e ficam atordoadas, olhando ao redor. Algumas das prisioneiras do campo avançam correndo, reconhecendo as sobreviventes do *Vyner Brooke*.

— Coitadas das enfermeiras — lamenta Ena, observando as irmãs voltarem desanimadas para sua cabana. — Esperavam ver algumas amigas.

Norah fica olhando para as enfermeiras.

— Também não há reencontro para nós — comenta ela. — A única pessoa que conhecemos que pode estar na ilha é John, e ele estava tão doente.

— Ah, Norah, ele é forte. Eu sei que está aqui em algum lugar, apenas esperando, e Sally também.

— E não sabemos onde ela está, ou se eles conseguiram.

— Claro que conseguiram, Norah. Como já conversamos, você saberia se algo tivesse acontecido com qualquer um deles. Você saberia disso bem aqui — diz Ena, tocando o próprio coração.

— O que seu coração lhe diz sobre Ken?

— Que está seguro com nossa mãe e nosso pai, esperando nossa vez de nos reencontrarmos, e enquanto isso...

— Enquanto isso, continuamos fazendo o que estamos fazendo aqui: cuidando de June e sobrevivendo.

— E você está mantendo vivo o espírito de cada mulher e criança deste campo. E parece que agora você tem um público totalmente novo para entreter.

— Eu não poderia fazer isso sem você.

— É para isso que servem as irmãs. Não temos sorte de estarmos juntas?

— Agora — diz Norah, levantando-se —, tenho que ensaiar... Essa é a outra coisa que nos mantém ativas.

Norah se reúne com a orquestra para ensaiar duas vezes por semana. A melhoria na alimentação do campo devolveu a elas a energia necessária para se prepararem para a próxima apresentação. Incluirá o que muitos consideraram impossível, o complicado aprendizado do "Bolero".

— Betty, tem um minuto?

Betty está prestes a sair para o próximo ensaio quando duas outras enfermeiras se aproximam dela.

— Estou indo para o ensaio, mas, claro, como posso ajudar? — pergunta Betty a Win e Iole.

— É disso que queremos falar. Podemos ir com você?

— Alguma de vocês sabe ler partituras? — pergunta Betty.

As duas enfermeiras trocam um olhar.

— Não — diz Iole.

— Tudo bem, metade da orquestra também não sabe. Vamos, tenho certeza de que Norah vai adorar receber vocês.

Como Betty previu, Norah dá as boas-vindas às mulheres e fica muito feliz ao ouvir suas lindas vozes; seu entusiasmo é inspirador. As cantoras holandesas são mais numerosas que as demais, e suas amigas ainda comparecem a todos os ensaios. Norah e Margaret acrescentaram uma sonata de Mozart ao repertório; a brilhante compreensão de Norah do tom das vozes de suas cantoras a levou a mudar o acorde de abertura da muito simples Sonata em Dó para Lá bemol maior. A melodia clara em forma de sino agora é adequada para uma gama de vozes femininas. Na próxima apresentação, elas começarão com Mozart, o que dará às mulheres a confiança necessária para enfrentar Ravel. Primeiro, contudo, Norah deve fazer mais cópias da partitura do "Bolero", para quem sabe ler partitura, enquanto rege para aquelas que não sabem.

Norah pergunta à irmã Catherina se ela tem alguma ideia de onde conseguir papel e caneta. Em uma das cabanas, uma mulher tira de seus pertences o papel timbrado do marido. Satisfeita, ela doa folhas de papel e várias canetas para Norah.

Norah e sua orquestra abrem caminho em meio ao público para sua apresentação especial.

— Deus sabe que precisamos disso — diz Norah a Ena na frente da sala. Ena também está observando o público.

— Todo mundo parece tão adoentado. Tão magro — sussurra ela.

— É por isso que precisamos do espetáculo. Temos que acreditar que ainda existe alguma beleza neste mundo.

Quando o público se acomoda, Ah Fat aparece.

— Afastem-se, afastem-se, afastem-se — exige ele, abrindo caminho entre as mulheres. É seguido por Seki e vários outros soldados. — O capitão Seki gostaria de ouvir sua apresentação — Ah Fat anuncia a Norah.

— Por favor, diga a ele que é muito bem-vindo. Deixe-me providenciar algumas cadeiras para vocês dois — oferece Margaret, indicando deliberadamente que só pedirá a duas mulheres que cedam seus lugares na primeira fila.

Com o capitão e Ah Fat sentados, Seki diz algo para Ah Fat que é traduzido.

— Podem começar.

Margaret se curva.

— Damos as boas-vindas ao capitão Seki no concerto desta noite.

Ela se curva novamente.

— Esta noite vocês ouvirão Mozart e Beethoven. E como podemos fazer um concerto sem o nosso lindo *largo*... e nos lembrar da primeira vez que o ouvimos? Nenhuma de nós jamais esquecerá aquela noite. As musicistas maravilhosas atrás de mim farão outra apresentação especial. Quando Norah começou a cantarolar a música para mim, sua linda voz me emocionou além das palavras. Mas era uma melodia difícil, e eu disse a ela que não seria possível.

Ela ri e continua.

— Todas concordaram. Vocês acham que ela ouviu? Claro que não. Não existem frases como "não pode ser feito" no vocabulário de Norah Chambers. Todas nós sabemos que ela é a primeira a se voluntariar para os trabalhos mais pesados, quero dizer, os mais fedorentos.

Margaret espera que as risadas diminuam antes de continuar. O capitão Seki franze a testa.

— De qualquer forma, ela não me ouviu, assim como nenhuma das quarenta e quatro mulheres que vocês estão prestes a escutar, porque todas sabem que não há limite para o que podemos fazer quando nos dedicamos. A última peça desta noite será do maravilhoso compositor Ravel. Seu assustador e complexo "Bolero".

Quando Margaret se senta, os aplausos se tornam extasiantes. Norah deixa que eles tomem conta dela e de suas meninas. Ela levanta as mãos pedindo silêncio e murmura:

— Obrigada, vamos oferecer ao capitão algo de que ele possa se lembrar para sempre.

Os sorrisos reprimidos do público desaparecem quando Norah se vira para sua orquestra e levanta o braço direito. Com um movimento de mão, as notas alegres escapam e flutuam sobre o público, aumentando e diminuindo conforme as vozes dão vida à música.

Uma ovação de pé saúda as notas finais. Esperando pelo silêncio, querendo que todos ouçam cada nota cantada, Norah conduz as cantoras por um dos minuetos de Beethoven. Ela não precisa se virar para saber que as mulheres estão flutuando. Em sua cabeça, estão em um salão de baile, usando vestidos longos, de braço dado com seus amados. Norah fecha os olhos e se deixa levar de volta aos braços de John, dançando na grama verdejante do lado de fora de sua casa na Malásia. Ao seu redor, a selva, de onde ela ouve um tigre chamando sua companheira. Ela vê Sally olhando para eles da janela do quarto quando deveria estar dormindo.

A canção termina cedo demais, e os aplausos desta vez não são instantâneos. Norah se vira e vê tantas outras mulheres como ela, de olhos fechados, em outro lugar e época. É Seki quem começa os aplausos, e logo todas se juntam a ele.

Ena se aproxima de Norah.

— Foi inacreditável. Você tinha que ver. Elas estavam balançando, se movendo... foi tão lindo.

— Achei que foi mesmo. Foi uma boa escolha. Me lembre de agradecer a Audrey por sugerir isso. Agora, vamos cantar o *largo*.

As emocionantes notas de abertura remetem as mulheres à primeira vez que ouviram a orquestra. Elas não ficam menos tocadas desta vez. Para muitas, essa música é mais bem entoada do que tocada por instrumentos. É possível ouvir a paixão nas vozes das cantoras, a energia vibrante de suas emoções.

Os aplausos no final são fortes, mas breves; o público está ansioso para ouvir o que vem a seguir.

Com a deixa, Rita faz o som suave de uma batida de tambor; suspiros do público abafam as flautas, mas não por muito tempo. Todos querem ouvir. Seguem-se os clarinetes, as harpas, depois os oboés. No primeiro passo de intensidade aumentada, Norah coloca as duas mãos no peito; as meninas não precisam que ela as conduza, pois suas vozes se fundem e se misturam. Aumentando cada vez mais, o ritmo bate dentro do peito de Norah, e tudo o que ela pode fazer é olhar maravilhada para as mulheres à sua frente. Ela vê a alegria que o canto traz para cada uma delas enquanto olha de rosto em rosto, cada uma sorrindo com os olhos um *obrigada por me trazer até aqui*.

Enquanto a orquestra alcança as notas finais, Norah levanta o braço novamente, e a música para.

É a primeira vez que a orquestra de vozes grita, comemora e bate os pés junto com a plateia.

Mais uma vez, o público ouviu algo tão mágico que lhe tirou o fôlego.

Quando Norah se vira, ela vê o capitão Seki e Ah Fat também de pé, batendo palmas ruidosamente.

Parece levar uma eternidade até que Margaret dê início ao hino nacional, e, enquanto as mulheres permanecem de pé, Seki e Ah Fat se sentam.

Quando "Land of Hope and Glory" é cantada, as mulheres sabem que devem permanecer onde estão até que Seki vá embora. Por fim, ele se levanta e olha em volta, antes de dizer algo para Ah Fat, e acena para Margaret.

— Acabou? — pergunta Ah Fat.

— Sim, esta noite o espetáculo terminou.

Ah Fat tem mais uma conversa com Seki.

— O capitão Seki disse que gostaria que você cantasse uma música japonesa... qualquer música, mas deve ser japonesa.

Margaret chama Norah e conta o que foi solicitado. Elas trocam algumas palavras antes de Margaret voltar para Seki. Ela diz, sorrindo docemente, que elas não conhecem nenhuma música japonesa.

A mensagem é transmitida a Seki, e outra conversa ocorre entre ele e Ah Fat. Mais uma vez, Ah Fat traduz.

— O capitão Seki gostaria que você aprendesse música japonesa e se apresentasse amanhã à noite.

— Não! — suspira Norah. — Como?

Ao ouvir a veemência na voz de Norah, Seki começa a gritar. Ah Fat traduz enquanto ele discursa.

— Você vai aprender música japonesa ou ele vai puni-la — diz ele, apontando para Norah.

— Por favor, diga ao capitão que, mesmo que eu conheça alguma música japonesa, não vou permitir que minha orquestra ou o coro a execute. Disso eu tenho certeza.

Ah Fat traduz para Seki, que grita mais alguma coisa antes de se virar e se afastar. Os soldados japoneses o seguem rapidamente.

— Que foi que ele falou? — pergunta Margaret.

Apontando para Norah, Ah Fat diz:

— Ela deve voltar aqui amanhã de manhã. Somente ela.

Enquanto Ah Fat se afasta, Norah é imediatamente cercada por suas amigas. Elas se oferecem para tentar encontrar alguma música japonesa.

— Não. Agradeço, mas não. Nunca vamos nos apresentar para eles. Não podemos impedi-los de vir aos nossos concertos, mas não vamos nos apresentar para eles. Por favor, me apoiem nisso.

— Mas você será castigada, não sabe o que vão fazer com você — argumenta Margarethe.

Ena abraça a irmã.

— Acho que Norah sabe, e isso não importa. Devemos respeitar os desejos dela.

Na manhã seguinte, Norah, com metade das mulheres atrás de si, caminha até o meio da clareira do campo, onde Seki e Ah Fat estão esperando por ela.

— Vai cantar música japonesa? — pergunta Ah Fat.

— Não.

Seki estica os braços, estendendo-os em direção ao chão. Norah não precisa que lhe digam o que fazer e fica ereta, com as mãos ao lado do corpo e a cabeça voltada para a frente.

— Não conseguiu fazê-la mudar de ideia? — pergunta Nesta a Margaret. As duas mulheres se juntaram à multidão para apoiar a amiga.

— Nem cheguei a tentar.

Enquanto Seki se afasta, Ah Fat chama as mulheres.

— Vocês ficam longe, qualquer uma que se aproximar vai se juntar a ela. Entendem?

Norah sorri, olhando para as mulheres ao seu redor.

— Voltem para suas cabanas e saiam do sol. Vou ficar bem.

Devagar, a maioria das mulheres vai embora. Ena, Margaret e toda a orquestra de quarenta e quatro ficam ali.

— Terei uma enfermeira aqui durante todo o dia com instruções para ajudá-la se achar necessário — sussurra Nesta para Margaret.

O sol é impiedoso, como se seu único objetivo fosse deixar Norah de joelhos. Ela cambaleia, tropeça, mas permanece de pé.

— Não, Ena! — Nesta está com os braços em volta da cintura de Ena, impedindo-a de correr até Norah.

O sol da tarde é implacável.

Ena parece desmanchar.

— Eu sei. Eu sei — lamenta ela.

— Todas nós vamos levar uma surra se você for até ela. Pense nisso. No fim, uma de vocês precisa estar lá para cuidar de June — diz Nesta, soltando Ena. — Onde ela está agora?

— Está com as holandesas — respondeu Ena. — Não queria que ela visse Norah assim.

— Ou visse você desse jeito — acrescenta Nesta, com um sorriso fraco.

Os soldados giram de seus lugares na sombra. Duas enfermeiras de cada vez ficam de plantão, prontas para reagir se acharem que a condição de Norah se tornou fatal. Quando Norah se dobra, ofegante, por fim Ena se aproxima de um dos soldados.

— Deixe-a sair! — implora ela. — Eu imploro, ela é minha irmã, e vocês a estão matando.

Ena recebe um tapa retumbante no rosto por seus esforços, sendo jogada no chão. Audrey está bem ao seu lado, e a ajuda a se levantar.

Norah levanta a cabeça e se endireita lenta e dolorosamente, tentando sorrir com os lábios rachados e queimados de sol. Ela murmura:

— Estou bem, estou bem.

À medida que o sol desliza sobre a colina, Ah Fat caminha em direção a Norah.

— Você pode ir agora.

Ele nem sequer termina de se virar quando Norah desmaia. Nesta corre em direção a ela, seguida por Ena e Audrey e pelas enfermeiras Betty e Jean.

— Deixe-a por um minuto — diz Nesta a Ena, que está tentando colocar Norah de pé. — Precisamos dar uma olhada nela e fazê-la beber um pouco de água.

Audrey traz um balde de água, um copinho de lata e um pano limpo.

— Sente-a com cuidado — pede Nesta a Ena.

Sentada atrás dela, Ena gentilmente levanta a irmã nos braços, com o corpo aninhado no dela. Nesta pega o pano e derrama um pouco de água sobre ele. Ao colocá-lo nas têmporas de Norah, Jean inclina a cabeça dela e, devagar, pinga água em sua boca. Norah tenta engolir a água, mas Jean afasta o pano.

— Devagar, Norah, devagar. Estamos com você.

Margaret aparece e se ajoelha ao lado de Norah, pegando sua mão com delicadeza.

Norah abre um sorrisinho:

— Eu não podia deixá-los vencer.

Margaret começa a chorar.

— Ah, minha menina querida, minha menina tão querida.

— Acordei hoje de manhã, Margaret, dormirei hoje à noite e acordarei amanhã — murmura Norah.

Reunindo forças, ela tenta se levantar. Ena e Nesta colocam um dos braços em volta do pescoço de cada uma, e meio caminham, meio a carregam de volta para sua cabana. Ao entrar, são cercadas por todas as mulheres que ali moram. Todas reservaram uma porção do jantar para ela. Nesta busca uma pequena quantidade do precioso óleo de palma vermelho para as queimaduras no rosto de Norah e dá instruções claras para que ela descanse o dia seguinte inteiro.

Seki nunca mais menciona a música japonesa.

18

Campo III
Outubro de 1943 a outubro de 1944

Norah, Ena, Audrey e algumas outras estão terminando de limpar o terreno próximo ao campo, pronto para o plantio. Mais uma vez, elas foram autorizadas a começar a plantar vegetais. As mulheres ficam surpresas quando um jovem oficial japonês se aproxima delas carregando um saco, que ele esvazia no chão.

— Isto aqui é do capitão Seki para vocês plantarem — diz ele, com um sorrisinho.

Nenhuma das mulheres tenta examinar o que foi espalhado no chão. Exceto Audrey, que decide olhar mais de perto.

— Obrigada — diz ela, com uma pequena reverência.

— São para plantar, fazer comida — explica o soldado, orgulhoso.

Audrey pega e inspeciona várias mudinhas.

O soldado se afasta alguns passos como incentivo para as outras mulheres se aproximarem.

— Feijão — diz uma. — Estes crescem rápido.

— E batata-doce — aponta outra. — Precisamos plantar logo.

Observando as mulheres finalmente aceitarem sua oferta, o oficial vai embora.

— Bom, já sabemos como vamos chamá-lo, não é, senhoras? — diz Audrey.

— Como?

— Plantinha!

Trabalhando das cinco da manhã às seis da tarde, sete dias por semana, as mulheres finalmente prepararam o terreno fértil. Elas criaram ferramentas rudimentares usando galhos. Trabalhar a terra ressecada pelo sol é exaustivo. As sementes de batata-doce, cenoura e mandioca só florescerão com irrigação diária, mas o poço parece estar a quilômetros de distância e, ainda muito fracas, as mulheres têm que fazer várias viagens de ida e volta. De vez em quando Plantinha caminha com elas, oferecendo palavras tranquilas de encorajamento.

E então, sem aviso prévio, tempestades atingem o campo.

— Mas não estamos na estação das monções, certo? — pergunta Norah a Ena.

— Não, é muito cedo ainda.

As chuvas torrenciais e os ventos fortes levam embora boa parte das mudas, mas a preocupação imediata são os danos nos telhados de palha em cima de cada barracão. Irmã Catherina torna-se especialista em telhados. Descalça, com o hábito preso nas coxas e o grande véu flutuando para a parte de trás da cabeça, ela é vista indo de cabana em cabana, remendando e amarrando as grandes frestas dos telhados com velhas esteiras de junco. Certa noite, depois de resgatar as enfermeiras do afogamento na água da chuva, ela aceita o convite para compartilhar a xícara de chá da noite, uma mistura feita de sementes, arroz queimado e qualquer outra coisa que as meninas possam encontrar.

— Como é que você nunca caiu de um telhado? — pergunta Blanche.

Irmã Catherina ri.

— Cheguei perto, mas não sei, talvez alguém... — ela levanta os olhos para o céu — esteja cuidando de mim.

— Se algum dia eu vir um braço longo descendo do céu para segurar você, pode me chamar de fiel — garante Jean.

— Nunca vi você fazer jardinagem — comenta Betty. — Prefere um trabalho mais masculino?

— Só gosto de comer os frutos da jardinagem — responde irmã Catherina. — Prefiro ser útil em outro lugar, consertando coisas, ensinando as crianças. Isso é uma coisa interessante neste campo. Todas nós trabalhamos com nossos pontos fortes. Entrei no convento quando era muito jovem. Passei os últimos anos ensinando com algumas colegas maravilhosas e, claro, com madre Laurentia, mas nunca vi uma irmandade como a que temos aqui.

— Ah, não sei, temos nossos dias, não é, senhoras? — diz Betty.

— Sim, mas há alguma pessoa aqui que você não ajudaria, defenderia ou por quem não lutaria?

— É, provavelmente você está certa. Sabe, irmã, você devia virar política quando sairmos daqui. É tão diplomática — diz Blanche.

— Não é nem um pouco provável. Sabe que já pensei em entrar para a Marinha? Não conseguia entender por que não poderia ser marinheira só por ser mulher — comenta a irmã Catherina, indignada.

— Sério, você queria ser marinheira? Nunca ouvi falar de mulheres na Marinha, a não ser como enfermeiras, claro — diz Betty.

— Bom, acho que um dia vai acontecer, mas provavelmente não vou estar aqui para ver isso.

Depois que irmã Catherina vai embora, as mulheres ficam conversando sobre as carreiras que gostariam de ter seguido se não tivessem virado enfermeiras.

— Eu consertava qualquer peça de maquinaria agrícola quando era adolescente. Poderia ter sido mecânica — comenta Vivian.

— Mas de certa forma você é. Você conserta as pessoas — aponta Betty, rindo.

— Muito engraçado... E você, sempre quis ser enfermeira?

— Não. Na verdade, não. Meu pai era contador. Além de costurar e ser brincalhona, a principal coisa que aprendi com minha família foi sempre fazer a minha parte, ajudar todo mundo. Não sabia o que fazer da vida, por isso era uma idosa de vinte e nove anos quando comecei meu curso.

— Mas você ainda é idosa — brinca Jean.

— E você... a enfermagem está no sangue?

— Acho que a grande questão é: alguma de nós sonhava em ser médica? — questiona Jean.

A pergunta deixa as enfermeiras pensativas. Elas fazem que não com a cabeça.

— Bem, espero que, quando voltarmos para casa e contarmos ao Exército tudo o que fizemos, eles vejam que as mulheres são capazes de estudar para serem médicas ou enfermeiras que podem tratar de enfermidades, e não apenas cuidar de pacientes — diz Vivian, com firmeza.

É quando as chuvas de monções chegam que a plantação começa a florescer de verdade, e não demora muito para as cenouras brotarem da terra, suas belas folhas verdes acenando para as mulheres enquanto trabalham. Espreitando por baixo da terra, as mulheres avistam a cor laranja brilhante de uma cenoura pronta para ser colhida. Chamando Plantinha, elas perguntam se podem começar a colher. Sorrindo, ele diz com entusiasmo que pedirá permissão e sai correndo.

Não demora muito para retornar acompanhado de Ah Fat. As mulheres entendem a mensagem dele muito claramente: nenhum dos alimentos que plantaram e dos quais cuidaram é para elas – são para a mesa dos nobres oficiais japoneses.

Quando as mulheres do campo ouvem essa notícia, elas se reúnem na clareira central. A sra. Hinch abre caminho no meio da multidão até chegar à frente. Ali está a pequena caixa onde Seki ocasionalmente se empoleira para proferir suas mensagens.

— Me ajude, Norah — chama ela.

Com um grito e um grunhido da sra. Hinch, ela reúne seu orgulho e olha para o público.

— Silêncio! Por favor! — pede ela com sua voz calma e clara, e, quando a sra. Hinch fala, as outras ouvem. — Então, todas ouviram a notícia, certo? Aparentemente, nenhum dos legumes que nos esforçamos tanto para cultivar será para o nosso consumo. Se todas esperarem aqui, acho que é hora de conversar com nosso capitão. Por favor, Norah, me ajude a descer?

Com um suspiro e um grunhido, Norah ajuda a sra. Hinch a sair da caixa.

— Venha comigo, Norah. Vamos ver o que ele tem a dizer em sua defesa.

A sra. Hinch e Norah são recebidas do lado de fora do escritório do capitão por Ah Fat.

— *Inchi*, o que fazem aqui?

— Exijo ver o capitão Seki.

— Não, não. Não pode ver o capitão.

— Ah, Ah Fat, saia da frente. Vou falar com o capitão, e você não vai me impedir.

Ah Fat recua, permitindo que as mulheres entrem no escritório. Seki está sentado à sua mesa, mas fica de pé quando as vê avançando, Ah Fat atrás delas, relutante, sabendo que será obrigado a traduzir o que dirão.

— Capitão Seki, estamos aqui para protestar. Fomos informadas de que nenhum dos legumes que as mulheres plantaram e cultivaram nas mais horrendas circunstâncias será destinado ao consumo delas. Se não são para uso delas, por que quase se mataram por isso?

Ah Fat se esforça para traduzir, obviamente tentando encontrar a forma mais diplomática de comunicar a mensagem dela. Quando a sra. Hinch pensa que Ah Fat terminou de falar, ela continua antes que Seki tenha chance de responder.

— É imperdoável iludir essas mulheres, por assim dizer, e fazê-las acreditar que seus esforços seriam recompensados com alguma comida decente, pelo menos uma vez. Estamos morrendo de fome. O que você tem a dizer, homem?

Seki fica inicialmente surpreso ao ser tratado dessa maneira pela sra. Hinch. Embora não consiga entendê-la, fica claro que ela está exigindo algo dele, e ele se sente ultrajado.

Quando Ah Fat termina de traduzir, é hora de Seki falar.

— O capitão quer saber de onde você é — pergunta Ah Fat à sra. Hinch.

— Sou uma orgulhosa cidadã dos Estados Unidos da América.

Fica claro que Ah Fat não gostou do fato de a sra. Hinch não ser inglesa ou australiana.

— Americana? — sussurra ele ao mesmo tempo que Seki ruge: "Americana"!

— Sim, americana. Qual o problema? Agora, você vai deixar as mulheres comerem os legumes que plantaram?

— *Não! Não! Não!* — é a resposta dele.

Ah Fat apressa as mulheres para fora da sala, enquanto Seki continua a reclamar.

— Os americanos são muito maus — diz ele à sra. Hinch. — Estão causando muitos danos ao Japão.

— Bem, isso é uma notícia muito boa! — diz ela. — Talvez finalmente consigamos sair deste lugar abençoado.

— Não tente roubar comida, *Inchi* — grita Ah Fat enquanto as mulheres estão saindo do complexo. — Serão agredidas se fizerem isso.

Enquanto Norah e a sra. Hinch voltam para a clareira, a sra. Hinch perde um pouco da arrogância.

— Ah, querida, embora eu esteja feliz de saber que os Estados Unidos estão vencendo esta guerra para nós, estou preocupada que o fato de eu ser americana tenha piorado a situação.

— Talvez — concorda Norah. — Mas acho que ele não nos deixaria ficar com a comida de qualquer jeito.

Sem precisar que ninguém solicite, Norah oferece a mão para ajudar a sra. Hinch a subir na caixa.

— Sinto muito! Falhei em minha tentativa de fazer o capitão nos deixar comer o que plantamos. Pelo visto, nunca foi para nós.

As mulheres reagem com raiva, gritando diante da injustiça. A sra. Hinch levanta a mão pedindo silêncio.

— Senhoras, infelizmente também tenho um aviso para vocês. Por favor, não tentem comer nenhum dos legumes. O capitão deixou claro que quem for pega *roubando* a comida dele será severamente punida. Não tenho dúvidas de que ele vai cumprir essa ameaça. Sinto muito, senhoras.

A mão de Norah já está levantada para ajudá-la a descer da caixa.

Norah tem lutado para recuperar a energia que tinha antes da punição que sofreu embaixo do sol. Sua orquestra tinha sido o tônico perfeito. Já haviam se passado várias semanas desde a última apresentação delas, aquela que acabou de maneira terrível para ela. Ena e Audrey a sequestram uma noite e a levam de volta para a cabana holandesa, onde suas cantoras a aguardam. Depois de um ensaio que é mais diversão do que uma prática séria, Norah retorna revigorada para sua cabana. Ao encontrar Margaret, avisa que está na hora de fazerem outra apresentação. Ela fica surpresa com a reação moderada de Margaret.

— O que foi?

— Sinto muito, minha querida, Ah Fat deixou isto claro: a partir de agora, as apresentações serão aprovadas pelo capitão Seki. Vou pedir à sra. Hinch que fale com ele amanhã, mas não sei o que ele dirá.

— Não é justo. A única coisa que estamos fazendo é cantar. Como isso pode prejudicar alguém? Na verdade, é exatamente o oposto.

— Ele não conseguiu o que queria, e acho que essa é a maneira dele de nos punir. Mas vou tentar convencê-lo. Deixe comigo.

Dois dias depois, a sra. Hinch está em sua cozinha com Norah quando ouve o chamado familiar e irritante de Ah Fat:

— *Inchi, Inchi*, onde você está?

— Ah, Senhor, o que é agora? — pergunta-se Norah em voz alta.

A única resposta da sra. Hinch é um suspiro alto que todas as outras mulheres na cabana conseguem ouvir.

— *Inchi, Inchi* — grita ele novamente da sala de estar.

— É melhor você ir até lá — incentiva-a Norah.

— Parece que sim. — A sra. Hinch respira fundo várias vezes antes de entrar devagar na sala. — O que é tão urgente, Ah Fat?

— *Inchi*, venho avisar que o capitão disse sim ao espetáculo, está bem?

— Era o mínimo que ele poderia fazer.

— Mas ele também está muito zangado. Não consegue entender por que vocês, mulheres, querem cantar quando há guerra e estão morrendo de fome, doentes.

— É por isso mesmo que estamos cantando. Por favor, transmita isso ao capitão, sim?

Abatido e sentindo-se vencido, Ah Fat vai embora, desanimado, porque claramente pensou que suas boas notícias fariam dele um herói aos olhos de *Inchi*.

— Finalmente uma coisa boa — diz Norah. — Uma pequena vitória, não diria, sra. Hinch?

— Parece que sim.

No concerto seguinte, os aplausos das mulheres enquanto Norah e sua orquestra caminham até a frente da multidão reunida não param. Elas estão de pé, desesperadas para mostrar a Norah o quanto amam, apreciam e valorizam a sua coragem em desafiar os seus captores.

Norah se vira para encarar as mulheres, com lágrimas escorrendo pelo rosto. Ela está sobrecarregada. Voltando-se para a orquestra, teme que elas não consigam se apresentar, pois também estão chorando.

Margaret sussurra para Norah:

— Que tal eu começar e depois entregar a você?

Tudo o que Norah consegue fazer é concordar com a cabeça e sussurrar de volta:

— Por favor.

— Com qual delas você vai começar?

— Beethoven.

Margaret encara a orquestra, que a entende imediatamente.

— Beethoven — murmura ela.

Norah fica de lado para deixar Margaret reger, e, pela primeira vez, ela é uma espectadora, assistindo à apresentação de suas cantoras. Do seu lugar, também consegue observar o público. A emoção das mulheres tem um efeito poderoso sobre ela, que luta para recuperar o fôlego. Quando o minueto termina, Norah se junta ao público para aplaudir a orquestra.

Margaret faz uma reverência profunda antes de estender a mão para Norah assumir. Quando Norah se põe à frente de suas meninas, os aplausos são estrondosos. Composta, ela se vira, levando o dedo aos lábios.

Conforme a apresentação recomeça, Norah, de costas para o público, não percebe os soldados que cercam o galpão. A orquestra, a única ciente da presença deles, como verdadeiras profissionais, os ignora. Uma rápida palavra entre elas quando a apresentação termina confirma que ninguém mencionará a presença dos homens para Norah. Ela deveria ter permissão para aproveitar a noite, compartilhando amor e gratidão. Quando não há repercussão do capitão nos dias que se seguem, Norah começa a relaxar.

No entanto, todas sabem quando será a última apresentação. Não foi anunciado, mas como poderão continuar se mal conseguem ficar de pé depois de um dia de tarefas pesadas? Tanto o coro quanto a orquestra lutam para ensaiar. Norah sabe que trabalhar em dias longos e difíceis as deixa com pouca energia para cantar, mas também sabe o quanto suas performances são importantes para as mulheres.

É uma noite diferente para Norah. Ela percebe que as mulheres estão tentando cantar com todo o coração, mas nada consegue esconder o fato de que estão exaustas e desesperançadas.

19

Campo III
Outubro de 1943 a outubro de 1944

— Precisamos falar com o capitão sobre a violência — diz Nesta à dra. McDowell enquanto a ajuda a estancar o fluxo de sangue do ferimento de outra vítima.

Os guardas japoneses estão mostrando menos tolerância com a queda no número de trabalhadoras a cada dia. Qualquer mulher flagrada andando no campo durante o dia, a menos que esteja ocupada realizando alguma tarefa, leva um tapa no rosto com tanta força que a deixa esparramada no chão, e muitas vezes precisa de cuidado médico.

— Vamos precisar falar com a sra. Hinch.

As duas mulheres param o que estão fazendo quando ouvem botas pesadas se aproximando. Três soldados entraram no hospital e se espalharam entre as pacientes.

— O que vocês querem? O que estão fazendo aqui? — questiona a dra. McDowell, marchando na direção deles.

— Há muitas mulheres aqui que precisam trabalhar — grita um soldado para ela.

— Elas estão doentes. Como podem trabalhar? Basta olhar para elas — intervém Nesta.

Ele olha para uma mulher que luta para se sentar, alarmada com o súbito aparecimento dos soldados.

— Esta aqui, ela deveria trabalhar.

Antes que a dra. McDowell ou Nesta possam responder, o guarda dá um tapa forte no rosto da paciente. Os demais guardas percebem o ato e imediatamente começam a atacar as outras pacientes.

— Parem com isso. Parem imediatamente com isso! — grita a dra. McDowell, avançando sobre os homens. — Não vão entrar neste hospital para agredir as pacientes... Agora saiam!

— Vão embora — berra Nesta, enxotando-os.

— Nós vamos, mas voltaremos amanhã para a inspeção. As mulheres que deveriam estar trabalhando serão punidas por nós — garante ele, gesticulando para os colegas, antes de se virar para sair.

— Isso precisa parar — diz Nesta enquanto ela e a dra. McDowell se apressam para encontrar a sra. Hinch.

Do lado de fora do hospital, Nesta vê que a sra. Hinch está literalmente correndo na direção delas.

— Já fiquei sabendo. Estava vindo falar com vocês. Me contem o que aconteceu — ofega a sra. Hinch.

Quando Nesta termina seu relato, a mulher mais velha se vira.

— Vou resolver isso! — diz ela.

Ao retornar pouco tempo depois, a habitual indignação da sra. Hinch desaparece de seu rosto.

— Acredite ou não, o capitão concordou que as punições, como ele as chama, foram longe demais. A partir de agora, apenas as mulheres que forem vistas se comportando mal serão disciplinadas. Argumentei que ninguém está se comportando mal, estamos todas apenas tentando sobreviver. Tudo o que podemos fazer é torcer para que ele diga aos guardas para recuarem, e, se não o fizerem, pode esperar outra visita minha. Lamento não poder fazer mais.

— Sra. Hinch, obrigada. Todas nós sabemos o quanto nos defende, e agradecemos por isso — diz a dra. McDowell.

— Vou contar às enfermeiras sobre sua visita e avisá-las para ficarem alertas — acrescenta Nesta.

— Senhoras. — A sra. Hinch dirige-se às mulheres reunidas na clareira do campo para fazer seu anúncio. — Considerando que os poços secaram por completo, temos permissão para sair do campo e usar a bomba lá fora.

— Graças a Deus — diz Norah. — Estou indo até lá agora, mas só consigo carregar um balde.

— Vamos juntas — oferece Ena.

— Não, Ena. Fique com June, ela precisa de você. Estou preocupada que ela fique doente... não pode continuar desse jeito sem adoecer. Conte uma história para ela, cante, se tiver energia. Ela precisa saber que estamos sempre aqui.

— Eu acompanho você — fala Audrey.

Caminhando até o poço, elas alcançam Betty e Vivian indo na mesma direção. As mulheres seguem seu caminho, parando de vez em quando para arrancar arbustos e raízes.

— Não é muita coisa, concorda? — observa Audrey.

— Bem — diz Betty —, nós cozinhamos as raízes desta mesma videira alguns dias atrás... não tinha um gosto tão ruim e não tivemos nenhum efeito, então achamos que é seguro.

— Há mais alguma que você possa mostrar para nós? Estamos desesperadas para conseguir algo para June — comenta Norah.

Do balde que leva, Vivian tira várias raízes compridas, grossas e sujas e as entrega.

— Pegue essas e as leve para June. Vamos encontrar mais, não se preocupe.

De volta à cabana com os baldes de água, Norah e Audrey torcem e quebram as raízes em pedaços, jogando-as em água fervente junto com um pouco de sal. Demora um pouco, mas, por fim, elas desaparecem. As duas mulheres levam uma colher de chá da mistura aos lábios e dizem "nada mau".

Norah dá a sopa a June devagar.

— Esta é a melhor sopa de raízes que já provei — comemora June, lambendo os lábios. — Obrigada, tia Norah e tia Audrey. Guardei um pouco para vocês.

— Queremos que você coma tudo, querida — diz Audrey.

— Ah, não, não consigo. Estou cheia. Por favor — pede ela, entregando sua tigela.

— Para dentro! Para dentro! — gritam os soldados, invadindo o campo, atacando qualquer mulher ou criança em seu caminho enquanto tentam conduzir todas para um abrigo.

— São aviões? — grita Norah, olhando para o céu. — Aviões aliados?

— Estou vendo! — responde Ena. — Olhe, acima das árvores.

Norah identifica os contornos dos aviões acima das imponentes árvores da selva. Mas é a explosão que se segue que causa pânico no campo.

— Onde está June? — berra Norah. Ela e Ena estavam lá dentro quando o céu começou a rugir e saíram correndo de casa para se juntar a todas as outras.

— Não sei! — exclama Ena, desnorteada. — Ela foi brincar em uma das cabanas holandesas, mas não sei qual.

Lá fora, as aeronaves continuam a trovejar pelos céus. É uma cena caótica: as mulheres acenam em frenesi, gritando e aplaudindo para atrair a atenção dos pilotos, enquanto seus captores correm em todas as direções, gritando para que entrem.

Norah e Ena correm para as cabanas holandesas do outro lado da rua.

Ao saírem da primeira cabana, dois soldados correm até elas, brandindo seus rifles e ordenando que voltem para dentro.

— Vamos encontrá-la quando tudo isso acabar — grita Norah, esquivando-se de uma baioneta.

É então que o som mais incomum irrompe no campo. Uma sirene de ataque aéreo.

As mulheres e crianças esperam dentro de casa até a sirene parar. Devagar, as pessoas começam a se aventurar para fora das cabanas, em busca de seus filhos desaparecidos, suas amigas.

Norah e Ena encontram June animada, contando para elas, toda orgulhosa, que viu o avião e descrevendo várias vezes o som da explosão que todos ouviram.

Em casa, Margaret e a sra. Hinch fazem uma contagem e são lembradas de que as três desaparecidas estão no hospital.

Quando a sirene para, todas as enfermeiras voltam correndo ao hospital para ver como estão suas pacientes. Elas se reúnem para uma rápida conversa.

— É isso? Você acha que vamos ser resgatadas? — pergunta Betty, animada.

— Não sei o que significa, só nos resta esperar — responde Nesta.

— Talvez devêssemos escrever uma placa para o piloto ler? — sugere Vivian.

A dra. McDowell interrompe.

— Acho que não é uma boa ideia. A copa das árvores é densa demais, e posso garantir que, se um guarda vir essa placa, vamos ter problemas.

Enquanto conversam, a sra. Hinch chega ao hospital.

— Acabei de falar com o capitão — conta ela.

— E então? — questiona Nesta.

— Quando a sirene soar, todas devem entrar na cabana mais próxima e ficar lá. Ele quer que todas as janelas sejam fechadas imediatamente, e qualquer uma que for flagrada do lado de fora ou vista pela janela será punida.

— É melhor espalharmos a notícia — comenta a dra. McDowell.

* * *

No dia seguinte, as enfermeiras Ray e Valerie cometem o erro de abrir a porta para espiar lá fora. A hora não poderia ter sido pior. Um dos soldados as vê e irrompe na cabana, onde é confrontado por todas as moradoras, todas amontoadas.

— Precisa de alguma coisa? — pergunta Nesta a ele.

— Eu vi as duas lá de fora. — Acenando com a mão, ele diz: — Venham vocês duas.

As enfermeiras não se mexem.

— Não sei do que está falando, oficial. Consegue identificar quem acha que viu?

— Eu vi duas... venham, ou todas serão punidas.

O soldado coloca a mão na arma, respirando pesadamente, uma expressão brutal no rosto.

As duas enfermeiras dão um passo à frente: Ray e Valerie não permitirão que as amigas sejam punidas por causa de seu erro.

Nesta se aproxima delas, curvando-se profundamente.

— Lamentamos por desobedecer às regras. Não vai acontecer de novo.

Nesta não vê a mão se movendo em sua direção até atingir seu rosto, fazendo-a voar de volta para os braços das enfermeiras atrás dela.

Empurrando as duas culpadas para fora da porta, o oficial as leva embora.

Várias horas depois, Ray e Valerie voltam para a cabana.

— Fomos levadas até Seki — diz Ray.

— Ele as machucou? — pergunta Nesta.

— Ainda não, mas amanhã teremos que ficar ao sol. Como Norah. Sem chapéu — conta Valerie.

Na manhã seguinte, as enfermeiras dão a Ray e Valerie suas rações de água, que elas tentam recusar.

— Vocês precisam de tanto líquido quanto puderem. As duas sabem o que a desidratação faz ao corpo — lembra Jean a elas.

— Mas se bebermos tudo isso vamos fazer xixi na roupa — comenta Ray, com uma risada.

— É melhor fazer xixi na roupa do que deixar seus rins falharem — garante Jean.

Todas as enfermeiras marcham até o espaço central, onde nenhuma sombra toca a terra seca. Seki, acompanhado por Ah Fat, caminha até as duas enfermeiras, que estão de cabeça baixa.

— Vou falar com ele — sussurra Jean para Nesta.

— Acha que é uma boa ideia?

— Ray está comigo desde que viemos para a Malásia, e eu sei algo sobre ela que ninguém mais sabe. Ela tem um problema no coração. Descobrimos quando contraiu malária, pouco depois de chegarmos.

— Certo, veja o que pode fazer, mas não arrisque se juntar a elas. Ray não ia querer isso.

Jean, de cabeça baixa, caminha lentamente em direção a Seki e Ah Fat. Eles a observam se aproximar com curiosidade.

— O que você quer? — pergunta Ah Fat.

— Com o mais profundo respeito, peço ao capitão que não castigue a enfermeira Ray desta forma. Ela tem um problema cardíaco, e ficar sob o sol forte seria muito perigoso para ela.

Ah Fat traduz. A resposta de Seki, como sempre, é prolixa e pomposa. A tradução de Ah Fat é mais sucinta.

— Não.

Ray ouviu essa conversa e grita:

— Está tudo bem, irmã. Vou ficar bem.

As enfermeiras ficam de plantão em qualquer sombra que conseguem encontrar. Ao longo da manhã, Norah, Margaret e várias outras mulheres trazem água para elas quando os soldados estão de costas. À medida que o sol atinge seu ápice, fica claro que Ray está passando mal.

A sra. Hinch e a dra. McDowell imploram aos guardas que a deixem sair. Seus apelos são ignorados.

Observar enquanto Ray cambaleia, recuperando o equilíbrio apenas para bambear novamente, faz todas as mulheres gritarem:

— Deixem-na sair.

Não demora muito até Ray desmaiar, e fica claro que ela não vai se levantar.

— Vá pegá-la! — a sra. Hinch grita enquanto avança em direção à enfermeira inconsciente.

Todas as enfermeiras estão correndo agora, junto com a dra. McDowell. Os guardas japoneses que estão por perto, com as baionetas apontadas para elas, percebem que estão em menor número e permitem que as mulheres passem. A dra. McDowell examina brevemente Ray antes de dizer às enfermeiras para pegá-la e levá-la de volta para sua cabana.

— Vou com elas — diz Jean a Nesta. — Você cuida da Val.

Valerie fica de pé, rodeada de amigas durante toda a tarde, até o sol se pôr.

— Ora essa, chega, vamos buscá-la — fala Nesta, correndo para agarrar Val, que cai em seus braços.

Quando Val volta para dentro da cabana, está inconsciente. Nesta e Vivian cuidam dela. Jean levou Ray para o hospital, pois o problema é sério o bastante para que a dra. McDowell cuide dela.

Margaret bate na porta aberta, espiando lá dentro.

— Eu sei que é uma pergunta estúpida, mas há algo que eu possa fazer?

Nesta se levanta e acena para Margaret se aproximar da enfermeira em coma. Panos molhados cobrem todo o seu corpo e cabeça, deixando apenas o rosto exposto.

— Obrigada, Margaret. Além de fazer todas nós sairmos daqui — diz ela, com sarcasmo —, não há muito o que fazer. Vamos cuidar da Val. O pulso dela está voltando ao normal e ficando estável, embora, além da queimadura solar, ela precise de alguns dias para se recuperar da insolação.

Os olhos de Margaret se enchem de compaixão.

— E quanto a Ray?

— Jean a levou para o hospital. Ela vai passar a noite lá.

— Norah e seu grupo estão preparando o jantar para todas, então não precisam se preocupar em acender o fogo e cozinhar. Daqui a pouco elas estarão aqui.

— Ah, Margaret, eu nem pensei na comida para as enfermeiras. — O rosto de Nesta se contorce de dor e exaustão. — O que há de errado comigo? Eu devia ser a líder delas.

Margaret pega o braço de Nesta.

— Irmã James, você é uma excelente líder. Tenho certeza de que nenhuma de suas amigas também pensou em si mesma hoje. O jantar estará aqui em breve.

— Bem — diz Norah para Audrey —, acho que alguma coisa mudou. — As mulheres estão caminhando até a bomba-d'água algumas semanas depois que as aeronaves apareceram pela primeira vez no céu.

— Também acho — concorda Audrey. — Os soldados estão assustados, o que é bom e ruim ao mesmo tempo.

— É ruim porque é mais provável que nos ataquem.

— E é bom — acrescenta Audrey — porque pode ser que sejamos resgatadas em breve.

— Pelo menos os ataques aéreos agora só acontecem à noite. — As mulheres chegaram à bomba, e Norah enche o balde. — O que significa que podemos caminhar até a bomba durante o dia.

A sra. Hinch é informada de que há correspondência para algumas das mulheres. Ao ouvir a notícia, as enfermeiras concordam que é muito improvável que haja algo de casa para elas. Em vez de todas ficarem em fila com as outras para ver se há um envelope com seus nomes, Nesta se oferece para ir em nome delas.

O processo de esperar que os soldados vasculhem a correspondência com a ajuda da sra. Hinch leva muito tempo, ou simplesmente parece muito tempo no calor do meio-dia.

— Estou aqui para ver se há correspondência para as enfermeiras. — Finalmente, Nesta chegou à frente da longa fila.

A sra. Hinch sorri calorosamente.

— Há correspondência para Betty, Wilma e Jean. Receio que nada para você, minha querida.

— Obrigada, vou levá-las — diz Nesta, com os olhos marejados. Como adoraria ter notícias da mãe agora.

Betty soluça ao ler seu nome no envelope surrado. É a letra da mãe dela, e a carta tem dois anos. Levando-a de volta para sua cabana, ela segura a mensagem de casa ainda não aberta. Olhar para o rosto de suas colegas enfermeiras e amigas, cada uma delas desesperada por notícias da família, é demais para Betty. Ela se afasta, vai até o canto mais distante do quintal e se esconde atrás de uma árvore para ler a tão esperada carta. Já está escuro quando ela retorna para dentro. Diz a todas que não tem notícias da guerra. Claramente sua mãe havia sido instruída sobre o que podia ou não escrever.

Na cabana de Norah e Ena, as irmãs observam algumas de suas colegas lendo e relendo as cartas que receberam de casa.

— Parecem tão felizes, não é? — sussurra Ena para Norah.

— Sim — concorda Norah, tentando esconder sua decepção pelo bem da irmã.

— Eu não esperava notícias de ninguém. Ken, mamãe e papai provavelmente estão presos como nós — lamenta Ena, incapaz de tirar os olhos das mulheres que se debruçam sobre suas cartas.

— Verdade. Mas tem a Barbara. — A voz de Norah falha. Faria qualquer coisa para ouvir notícias de Sally. — Será que ela tentou nos escrever?

— Ah, Norah, Sally está segura com ela, só não sabemos onde estão e não sabemos o que ela soube de nosso paradeiro.

— Você está certa, é claro. Não quero parecer ingrata e estou muito feliz que notícias estejam chegando.

As rações atrasam, e as mulheres ficam ansiosas, reunindo-se em pequenos grupos perto da cerca. Vários comerciantes locais foram autorizados a visitar novamente o campo, oferecendo alimentos frescos a quem puder pagar.

Norah vai até Betty, que está andando por perto.

— Você acha que está chegando? — pergunta ela.

— Bem, ainda não ouvimos dizer que não — suspira Betty. — Mas, se você pensar bem, recebemos rações ontem, mas não no dia anterior, então talvez só nos alimentem dia sim, dia não.

— É como se estivessem nos matando de fome, depois nos dessem o suficiente para recuperar um pouco de nossas forças e em seguida retirassem de novo. Será que é parte de algum plano maligno?

— Não quero pensar desse jeito, mas pode ser que você tenha razão. Como está June? Comendo o suficiente?

— Defina *suficiente* — diz Norah, séria. — Não está pior do que qualquer outra criança, mas está melhor do que a maioria dos adultos. Algumas das mães holandesas dão a ela um pouco da comida que compram dos moradores da região.

— Ah, seria tão bom ter dinheiro, joias ou qualquer coisa para negociar. Tivemos o azar de acabar num navio bombardeado.

— Podemos ter perdido tudo, mas nos agarramos às nossas vidas, não é mesmo? Muitas foram perdidas. — Norah reflete por um momento sobre aquele dia terrível e os horrores de flutuar no mar sem qualquer sensação de que poderiam receber ajuda. — Me desculpe, Betty — acrescenta ela às pressas. — Não tive a intenção de parecer insensível ou de lembrá-la das enfermeiras que perdemos. Sei que muitas navegaram com você e não estão aqui hoje.

— Pensamos nelas todos os dias — diz Betty, com suavidade, sua mente divagando até pessoas queridas que ela talvez nunca mais veja.

— Nunca se sabe. — Norah acaricia o ombro da jovem enfermeira. — Elas podem ter sido encontradas e presas em algum lugar, assim como nós.

— Acho que sim — responde Betty, com relutância.

Enquanto Betty se afasta, desanimada, Norah lamenta toda a conversa. Sua vida já está bastante difícil no dia a dia sem que elas sejam lembradas de quem perderam.

Jean e Vivian vão até o canto mais distante da cerca, onde moradores locais negociam com as prisioneiras. Elas não têm nada a oferecer em troca, mas ficam fascinadas pelos negócios que estão sendo feitos. São recompensadas pela proximidade quando uma holandesa dá a elas duas batatas-doces.

— Madre Laurentia, queria falar comigo? — Nesta a cumprimenta com um aperto de mão. Ela foi convidada a passar pela cabana das freiras e agora observa cuidadosamente a aparência da Madre Superiora em busca de quaisquer sinais de doença.

— Estou muito bem, irmã James. Não precisa me olhar desse jeito — diz a freira, com um sorriso, antes de tirar um envelope de um bolso invisível de seu hábito. — Gostaria de lhe dar isto, para você e suas enfermeiras.

Nesta olha para o envelope oferecido.

— O que é isso?

— Dinheiro, minha querida. Por que vocês, que fazem tanto por esta comunidade desesperada, não podem comprar um pouco de comida, mesmo que de vez em quando?

— Não posso aceitar seu dinheiro, madre. A senhora certamente precisará dele — contesta Nesta, olhando para o envelope com ansiedade.

— Não é meu, se isso facilitar aceitá-lo. O capitão Seki me deu ontem. É da Cruz Vermelha holandesa, e, embora, sim, seja destinado às minhas compatriotas, não as vejo desamparadas como vocês.

Nesta ainda está relutante em pegar o envelope.

— Realmente não acho que minhas companheiras seriam capazes de aceitá-lo, sabendo que pertence a outras pessoas necessitadas. Foi dado pelo seu governo.

— O que posso dizer para persuadi-la? — A freira ainda está estendendo o envelope, tão teimosa quanto Nesta.

Nesta pensa muito. Não quer ofender a madre Laurentia. Pensa em suas amigas, na fome delas, em sua força cada vez menor, na esperança de liberdade que diminui cada vez mais. Também viu os suprimentos sendo comercializados: ovos, frutas, peixes e biscoitos.

— Posso aceitar com uma condição — diz ela, por fim.

— Qualquer uma.

— Só vamos concordar se for um empréstimo, que pagaremos integralmente quando sairmos deste lugar.

— De acordo.

E Nesta, agradecida, embolsa o envelope.

— Olá, senhoras — Nesta diz alegremente ao entrar na cabana.

— Por que está feliz assim? — pergunta Ena, com seriedade. — Há mais caruncho que arroz neste lote.

— Estou feliz porque tenho uma coisa para vocês. Madre Laurentia nos emprestou algum dinheiro que recebeu da Cruz Vermelha holandesa. Queremos compartilhar nossa comida com vocês e com as outras do *Vyner Brooke* que também chegaram sem nada.

— Mas, se esse dinheiro foi dado a você, acredito que seja para as enfermeiras. — Norah se levanta apressadamente. Com a possibilidade imediata de obter comida, ela não sabe por quanto tempo poderá recusar com educação.

— Vocês estão sem nada, Norah. Claro que vamos compartilhar o que temos com vocês — insiste Jean.

Ena se junta à irmã em pé.

— Obrigada. Gostaria de poder dizer mais, mas neste momento estou tão preocupada com June e com o restante de nós da casa que qualquer comida fará uma enorme diferença — ela agradece, em tom desesperado.

Outro lote de correspondência chega ao campo, e Betty abre ansiosamente sua segunda carta. Em segundos, está chorando, correndo da cabana para o jardim. Nesta e Jean vão atrás dela.

— Betty, o que houve? São notícias ruins? — pergunta Nesta.

Soluçando, Betty entrega a carta para Nesta.

— Tem certeza de que quer que eu leia?

Betty assente.

— De quem é? — Jean pergunta a Nesta enquanto ela começa a ler.

— Meu Deus. É de Phyllis. — As mãos de Nesta estão tremendo.

— Phyllis P.? — pergunta Jean, tentando dar uma olhada na carta.

— Elas conseguiram! Chegaram em casa — diz Betty, chorando.

Várias enfermeiras saíram para ver como estava a amiga. Todo mundo sabe que más notícias são piores que a ausência de notícias.

— Meninas! Betty recebeu uma carta de Phyllis P. Chegaram todas em casa, o navio conseguiu ir até lá — explica Nesta a todas elas.

Em segundos, todas as enfermeiras da cabana estão no jardim, abraçadas e chorando. O alívio de saber que suas amigas e colegas que deixaram Singapura no dia anterior à sua malfadada viagem estão seguras em casa surge em todas as mulheres.

— Vou ao hospital contar às outras — diz Nesta, devolvendo a carta a Betty. — Compartilhe a notícia, é exatamente do que precisamos.

A notícia é espalhada com ansiedade entre as enfermeiras, cada uma delas desesperada para ler as palavras e receber a mensagem por completo. Betty observa Blanche segurando a carta, chorando baixinho. Ela procura Nesta.

— Prometi a Blanche que, se ela não recebesse nenhuma correspondência antes de eu receber outra carta, compraria um bolo para ela. É errado da minhas pedir um pouco de dinheiro para comprar um bolo da lua para ela?

— Um bolo da lua? Onde vai conseguir isso?

— Uma das holandesas me disse que só compra bolos da lua dos comerciantes. Enquanto todo mundo compra legumes, frutas ou arroz, ela compra bolos.

Nesta vai até a gaveta da cozinha onde guarda o dinheiro de madre Laurentia. Entrega duas notas a Betty.

— É um dia de comemoração... veja o que consegue.

Betty retorna e mostra com entusiasmo os resultados de sua troca: quatro pequenos bolos da lua, cada um do tamanho de uma bola de golfe, e dois biscoitos. Ela e Nesta pegam os doces, uma faca e se juntam às outras do lado de fora.

Quando as enfermeiras colocam as últimas migalhas deliciosas na boca, a sra. Hinch aparece no jardim.

— Ah, queridas, sinto muito... — começa ela.

— O que foi? — pergunta Nesta, engolindo seu último pedaço.

— Receio que trago más notícias: os comerciantes foram banidos de novo.

Nesta suspira em silêncio.

— Bem, senhoras — diz ela às enfermeiras —, pelo menos recebemos nossos bolos da lua.

— E não tinham carunchos — acrescenta Jean.

20

Campo III
Outubro de 1944

— Metade de vocês deixará o campo amanhã! — anuncia Ah Fat. Poucos minutos antes, Seki havia convocado uma reunião no campo. — E, enfermeiras, metade de vocês partirá amanhã. Estejam preparadas.

Ao ouvir a notícia, Nesta se aproxima de Seki e Ah Fat quando estes se viram para sair. Os guardas imediatamente brandem suas baionetas. Destemida, Nesta caminha até o capitão, olhando para ele.

— Não vamos nos separar — afirma a ele. — Ou vamos todas ou ficamos todas.

Seki vai embora, mas, enquanto Ah Fat tenta segui-lo, Nesta pega seu braço.

— Por favor, diga a ele para não nos separar — implora ela.

— Capitão Seki decidiu. Metade das enfermeiras vai amanhã. — E, então, Ah Fat inclina a cabeça. — Sinto muito.

Naquela noite, as enfermeiras conversam até de madrugada. Elas sentiram que estavam próximas do resgate e agora temem nunca serem encontradas.

Mas fazem um plano de contingência para o caso de se separarem, decidindo quem deve ir em cada grupo. É óbvio que Nesta e Jean levarão um grupo cada.

Na tarde seguinte, sessenta mulheres, incluindo metade das enfermeiras, Norah, Ena, Audrey e June, são colocadas num pequeno caminhão e levadas embora, seus parcos pertences pendurados nos braços.

O sol já se pôs quando chegam à foz do rio. Então, recebem ordens para entrar no barco fluvial que as espera. À medida que começam a se acalmar, os soldados apontam seis mulheres que vão desembarcar, entre elas Betty.

Outro caminhão maior chegou ao cais, e elas recebem ordem de remover sua carga e levá-la de volta para o barco no rio. Há sacos de comida, caixas de porcelana fina, livros, talheres, cadeiras; obviamente, os luxuosos bens de um rico proprietário de uma casa. Entre as mercadorias há dezenas de caixões.

— Temos que encontrar uma maneira de ajudar — sussurra Norah para Audrey. — Não é certo que as seis tenham que fazer todo o trabalho.

— O que você sugere?

— Aí vem Betty com uma caixa. Vou ficar ao lado dela e, quando ela estiver prestes a carregá-la, vou empurrá-la para o lado e assumir o controle.

— Mas e se virem você? — pergunta Audrey, insegura sobre o plano brilhante de Norah.

— Quero pelo menos tentar. Se funcionar, você pode fazer isso por outra pessoa. Não a irmã Catherina, obviamente, mas com certeza todas nós parecemos iguais para eles, exceto ela.

Norah se apressa quando Betty se aproxima do depósito com uma caixa pesada. À medida que se inclina para abaixá-la, Norah chama sua atenção e sinaliza para ela se aproximar. Enquanto Betty dobra os joelhos para largar a caixa, Norah sussurra:

— Fique abaixada.

No momento em que Norah se levanta e se dirige para a prancha de embarque, fica cara a cara com um soldado apoplético, gritando para ela ficar onde está. Ele se vira para Betty, ainda agachada entre as caixas, e aponta seu rifle para ela se levantar e voltar ao trabalho. Ela se abaixa sob a mira do rifle sacolejante do soldado.

A confusão é ouvida no cais e, enquanto o soldado se vira para contar aos outros o que acabou de acontecer, Norah aproveita esse momento de distração para pular e correr de volta para a segurança da multidão de mulheres a bordo, onde se junta a Ena e June.

— O que foi aquilo? — questiona Ena.

— Nada. Você sabe como eles são — murmura Norah.

As mulheres e crianças passam a noite ancoradas no cais. Quando o sol nasce de fato, o barco inicia sua lenta jornada rio abaixo. O ar está parado, úmido e desgastante. Horas se passam antes que saiam da foz do rio e entrem no estreito de Bangka. O cheiro de água salgada e uma brisa suave confortam as mulheres exaustas.

Olhando pela lateral do barco, Jean fala baixinho.

— Foi aqui que o *Vyner Brooke* afundou — afirma ela, olhando para o mar.

Uma por uma, as enfermeiras pegam as mãos das amigas.

— E há a ilha de Bangka — diz Jean.

— O massacre... — começa Betty, mas as palavras ficam presas em sua garganta. Basta imaginar; elas não precisam falar.

As enfermeiras se abraçam, lembrando-se de suas amigas falecidas. Olhando para as praias da ilha, elas se perguntam qual enseada viu as amigas serem assassinadas.

Já está escuro quando o barco ancora no cais de Muntok. Uma embarcação de lixo fedorento para ao lado do barco, e elas são obrigadas a embarcar nela. São forçadas a entrar no porão de carga abaixo, em cinco centímetros de querosene. Seus pertences são jogados logo atrás delas. Quando uma sirene de ataque aéreo soa no alto, a escotilha do porão é fechada. No escuro, sob a fumaça do querosene asfixiante, as mulheres vomitam e lutam para respirar. Elas despencam na poça de líquido oleoso.

— Todas, por favor, tentem manter a calma — grita Jean.

— Estamos sufocando — geme uma voz no escuro.

— Vamos morrer — grita outra.

— Vocês precisam ficar calmas. Tentem respirar mais devagar. É a única maneira de limitar a quantidade de vapores que inalamos. Por favor, tentem — insiste Jean.

— Mas as crianças... — uma voz desesperada implora.

— Mães, por favor ajudem seus filhos, façam-nos respirar com vocês. Devagar, devagar, devagar.

Em pouco tempo, os gritos param.

— Você está bem, June? Não consigo ver você — sussurra Ena.

Entre suspiros, June consegue dizer algumas palavras.

— Estou bem, tia Ena, mas não gosto desse cheiro.

— Eu sei — diz Ena, encontrando a mão da menina. — Vamos respirar juntas, certo? Devagar agora... um, dois, três. Não vai demorar muito.

— Vou sugerir que não conversemos, certo? — anuncia Jean. — Economizem sua energia e respirem superficialmente pelo nariz.

Horas depois, o barco bate no cais, e a escotilha se abre. Enjoadas e quase fracas demais para colocar um pé na frente do outro, os soldados ajudam as mulheres a saírem do porão. Jogadas no cais como sacos de areia, as prisioneiras lutam para ficar de pé. Elas apoiam umas às outras na longa caminhada até o cais. Pela primeira vez desde que foram detidas, ficam gratas por ver os caminhões que as aguardam.

PARTE III
Os últimos dias da guerra

21

Campo IV
Novembro de 1944 a março de 1945

— Nesta, Vivian, por aqui!

Nesta e Vivian veem Norah, Ena, Audrey e June correndo em sua direção.

— Até que enfim vocês chegaram — diz Norah, sentindo algo próximo da alegria. O campo está prestes a ser reunido.

— Sabem onde estão Jean e as outras enfermeiras? — pergunta Nesta.

— Estão no hospital, esperando por você. Vamos, nós ajudamos vocês. June, querida, vá até o hospital e diga que Jean, Nesta e as outras chegaram — pede Ena.

— Estou indo, tia Ena. — June corre na frente para entregar sua mensagem importante.

— Finalmente! — grita Jean, abraçando Nesta. — Espere até ver nossas cabanas!

— Telhados com goteiras, sem roupa de cama, já estou imaginando — diz Nesta, sorrindo.

— Não! As construções são novas. Enormes. Podem acomodar cerca de cem pessoas.

— E o melhor — intervém Betty, juntando-se a elas e passando o braço em volta do ombro de Nesta — é que há esteiras no chão com espaço suficiente ao redor de cada uma para se esticar sem tocar na pessoa ao lado. Dá para acreditar nisso?

Nesta é conduzida até o centro do campo, onde se destaca a grande cozinha, juntamente com mais duas cozinhas com pequenas lareiras para cozinhar.

As cabanas onde elas vão dormir são de madeira, claras e arejadas por dentro, uma mudança marcante em relação ao último campo.

— Bem melhor — diz Nesta, por fim relaxando. — Banheiros?

— Banheiros! — exclama Betty. — Banheiros de verdade. E... você nem imagina... nove poços de concreto.

— Água limpa? — pergunta Nesta. — De fato, isso vai salvar nossas vidas.

Poucos dias depois, o número de prisioneiras aumenta quando duzentas mulheres inglesas entram no campo, marchando. Entre elas estão várias jovens indo-holandesas vestidas com roupas lindas; elas são levadas por soldados para várias pequenas cabanas na encosta além do campo. Fica óbvio para todo mundo que elas são o novo "entretenimento" dos oficiais japoneses. Todos os dias as mulheres observam as travessas de carne, legumes e arroz entregues em suas cabanas.

Em poucos dias, todos os nove poços estão vazios. Nesta reclama com a sra. Hinch que as mulheres doentes não vão melhorar se, além de tudo, estiverem desidratadas. A sra. Hinch exige uma reunião com o capitão Seki, e Ah Fat a escolta junto com Nesta até o novo escritório do comandante.

A sra. Hinch entra na sala já falando; eles já estão além das sutilezas das apresentações educadas.

— As instalações melhoraram bastante e nós estamos gratas. Mas seus poços são inúteis; não sobrou uma gota d'água em nenhum deles.

— As mulheres estão doentes e com sede — acrescenta Nesta. — Precisamos muito de água.

Seki ouve a tradução de Ah Fat. Após sua longa resposta, Ah Fat faz uma reverência para Seki antes de se voltar para a sra. Hinch.

— O capitão diz que mais água virá quando chover.

— Q-Quando... chover? — gagueja Nesta.

— E quando vai chover? Vocês têm uma previsão confiável do tempo para nós? — a sra. Hinch engasga. — Isso é um absurdo.

Ah Fat nem tenta traduzir. Seki sorri para a sra. Hinch e depois para Nesta.

— Por que ele está sorrindo? Isso não é engraçado, Ah Fat!

Ah Fat não tenta esconder seu sorriso bobo.

— *Inchi, Inchi.* Fiz apenas uma piada. O capitão Seki não é um monstro. Ele disse que vocês podem pegar água no riacho próximo.

A sra. Hinch não acha graça. Nem Nesta. Lutando para manter a calma, ela morde o lábio inferior, acena para os dois homens e sai furiosa.

Norah e Nesta se juntam a uma fila de mulheres que carregam tudo o que encontram para ir buscar água, abrindo caminho através de uma selva repleta de cores, a vegetação tropical com exuberantes tons de vermelho, roxo e laranja que caracterizam grande parte dessa paisagem. Flores silvestres igualmente luminosas cobrem o chão por onde elas passam.

— Quanta beleza — comenta Norah com Nesta.

— E tudo o que queremos é água — diz Nesta. — Eu trocaria todas essas flores silvestres por uma torneira.

Em uma pequena ravina, elas encontram um riacho murmurante. Norah e Nesta trocam olhares e seguem as outras mulheres, que estão tirando a roupa e mergulhando na água fria. Depois de se sentirem revigoradas, elas se sentam nas pedras próximas, usando a areia recolhida no leito do rio para lavar os cabelos.

— É tão bom ainda estar viva — celebra Nesta.

— E sem sede!

No caminho de volta ao campo, tendo se lavado e carregando recipientes cheios de água, Nesta faz uma pausa para colher um ramo de flores.

— Senhoras. — A sra. Hinch convocou uma reunião para transmitir o último decreto de Seki. — Fui informada de que precisamos formar turmas para realizar os trabalhos no campo.

— Temos trabalho! — exclama uma voz. — Limpar os banheiros, a rua, as cabanas.

— Bem, agora vamos ter mais trabalho. Querem que construamos uma cerca de arame farpado em volta do hospital. Também há lenha para ser recolhida e empilhada perto das cozinhas, e arroz para ser levado para os armazéns de suprimentos. Alguma voluntária?

Ninguém responde, até que, finalmente, Norah levanta a mão.

— Eu ajudo — oferece-se ela.

— Eu também — gritam Audrey e Ena ao mesmo tempo.

* * *

Norah imagina se seria sensato ajudar a fazer a cerca de arame farpado. Sem luvas para proteger as mãos, o trabalho é lento enquanto elas aprendem a amarrar o arame sem cortar os dedos.

— Acho que tem um lado positivo — comenta Ena, chupando o sangue de um corte no dedo. — Estamos recebendo mais ração.

— É verdade — concorda Audrey. — Ouvi dizer que havia cação no cardápio.

— E Seki até nos deu mais óleo — acrescenta Norah.

Cação frito, uma mistura de vegetais e arroz acompanhados de grandes xícaras de chá aproximam as mulheres. Pela primeira vez na vida, Nesta abre a boca para começar a canção das enfermeiras. Em poucos versos, todas as mulheres do campo estão cantando "Waltzing Matilda", enquanto as vozes correm a rua de ponta a ponta.

Nesta está trabalhando no hospital quando a porta se abre. Ela levanta a cabeça e vê Vivian e Jean entrando, trazendo um corpo desmaiado.

— É Betty! Ela está inconsciente — exclama Vivian.

— Traga-a aqui — pede Nesta, apontando para um canto tranquilo da sala. — Deitem-na no chão. Vamos colocar Betty na cama quando pudermos.

A dra. McDowell se junta às enfermeiras para examinar Betty.

— Precisamos de água e panos. Temos que resfriá-la rápido.

Vivian e Jean correm para buscar o que é necessário enquanto Nesta e a dra. McDowell tiram a roupa de Betty, desfalecida.

— Essa maldita água está quente. Ela precisa de água fria — geme Vivian quando elas voltam com água do poço.

— Sim, mas não temos — diz a dra. McDowell. — O que temos é essa, e vamos aproveitar ao máximo. Agora, molhe os trapos e entregue-os para mim.

— Consegue fazer isso, Nesta? — pergunta Vivian antes de se virar para Jean. — Pegue um balde e venha comigo.

Antes que Nesta possa contestar, Vivian colocou um balde nas mãos de Jean, pegou um para si e juntas saíram correndo da sala e se dirigiram para o riacho.

— Por favor, diga ao capitão Seki que há uma febre se espalhando pelo campo. Para se fortalecer, as mulheres precisam comer melhor. Por que diminuíram nossa ração de novo? — A sra. Hinch mal consegue pronunciar as palavras. Assim que o cação chegou, acabou desaparecendo, junto com os vegetais. E elas voltaram ao arroz com caruncho. Nesta se juntou a ela nessa audiência com o capitão Seki; parada ao seu lado, não consegue mais segurar a língua.

— Precisamos encarar os fatos — comenta ela. — As mulheres vão começar a morrer, e precisamos nos preparar. Queremos saber como.

— Tudo o que vocês ganham é presente dos japoneses. Seja grata pela comida, *Inchi* — diz Ah Fat, antes de se voltar para Seki para entregar suas mensagens.

Após uma resposta concisa, Ah Fat pigarreia.

— O capitão Seki está ciente de que várias mulheres estão muito doentes e vão morrer. Disse que quer que vocês as enterrem fora do campo. Há um lugar pequeno lá, temos caixões para colocá-las, mas vocês devem fazer isso.

— Claro que devemos. Podemos, por favor, ter as ferramentas para cavar as sepulturas e madeira para fazer cruzes? — pressiona a sra. Hinch.

— O capitão Seki vai lhe dar um facão para cavar, e você vai encontrar madeira para fazer cruzes.

— Um facão? Não adianta muito. Se estivéssemos abrindo uma picada na selva seria útil, mas como podemos cavar esse solo duro como pedra usando um facão?

— Você vai ter dois facões. É tudo. Agora vá embora, *Inchi*.

Sem fazer a menor reverência ao capitão, a sra. Hinch e Nesta saem apressadas do escritório de Seki.

— Sra. Hinch, o que está acontecendo? — Audrey intercepta as duas mulheres na rua.

— Acabamos de ter a conversa mais difícil que já tive com alguém. A coitada da Nesta teve que dizer em voz alta que algumas de nós vão morrer, e que isso vai acontecer em breve, e que precisamos nos preparar.

— Deve ter sido horrível — Norah se solidariza. — Mas você está certa. Acabamos de chegar do hospital, e Jean nos contou que há várias mulheres lá que elas temem não poder mais salvar.

— *Inchi, Inchi*, espere! — chama Ah Fat, correndo na direção delas.

— Ah, não. De verdade, não preciso disso agora — diz a sra. Hinch antes de se virar para Ah Fat e gritar: — A menos que tenha boas notícias para mim, por favor, vá embora.

— *Inchi*, tenho isso para você — ele deixa escapar, entregando dois facões.

A sra. Hinch os arranca das mãos dele, virando de costas para se afastar. Norah e Audrey correm atrás dela.

— Não posso dizer o que estou tentada a fazer com estas duas armas nas mãos, mas estou pensando — diz a sra. Hinch, um pequeno sorriso se abrindo em seu rosto.

— Nós faríamos isso por você, sra. Hinch, basta dizer uma palavra — garante Audrey.

— Bem, obrigada. Mas esses facões chegaram para outro uso.

— Para que eles servem? — pergunta Norah.

— Eles nos deram para cavarmos sepulturas — responde Nesta. — Não preciso dizer que é totalmente inútil, mas os facões são tudo o que Seki nos dará. Também pedimos madeira para fazer cruzes.

Audrey e Norah trocam um olhar.

— Por que não dá os facões para nós para que cuidemos da preparação do cemitério? Vamos pedir a ajuda das outras, mas será nossa responsabilidade. Tudo bem para a senhora? — questiona Norah.

A sra. Hinch para, olhando de uma mulher para outra.

— Tem certeza? Não sei quanto tempo isso vai durar. Seria pedir muito.

— Vamos tirar pelo menos uma preocupação da senhora — diz Audrey.

Por um momento, a lendária compostura da sra. Hinch vacila, sua voz fica trêmula enquanto ela entrega um facão a cada uma das mulheres.

— Obrigada. Vocês duas deram tanto para as mulheres neste campo com suas vozes, e, agora, vejam o que estão fazendo.

Em poucos dias, três mulheres morreram, e Audrey e Norah cavaram covas rasas numa área fora do campo, onde nascem flores. Seki cumpriu sua palavra e forneceu madeira para as mulheres esculpirem pequenas cruzes.

Norah e Audrey estão sentadas em banquinhos de madeira em frente a uma fogueira acesa. Elas sofrem com o calor das chamas enquanto cada uma segura uma chave de fenda enferrujada no fogo antes de gravar os nomes das mulheres mortas nas cruzes. Embora demorado e exaustivo, ainda assim elas valorizam esse último ato que podem realizar pelas infelizes que sucumbiram a doenças. Madre Laurentia e irmã Catherina conduzem os serviços religiosos, e flores são colocadas amorosamente nos túmulos.

* * *

A sra. Hinch convoca uma reunião com Margaret, madre Laurentia e Nesta.

— Amanhã é Natal. Fui informada de que haverá carne de porco para acompanhar o arroz. Por carne de porco, devo entender que vamos receber dois leitões para preparar e cozinhar.

— Por favor... por favor, não me diga que vamos ter que matá-los primeiro — gagueja madre Laurentia.

— Acho que não, mas não tenho certeza. Se bem que, se nos entregarem vivos, eu posso lidar com eles. Muitas de nós estamos muito doentes e com fome demais para ficarmos enjoadas agora. Estou certa, irmã James?

— Está, e, se for preciso, eu ajudo — responde Nesta.

— O que *precisamos* é que as mais fortes entre nós passem a manhã preparando as fogueiras, com bastante lenha, pois imagino que vai levar algum tempo para assar um animal inteiro.

Assim que as três cozinhas são abastecidas com lenha, as fogueiras são acesas e logo estão crepitantes. Já é madrugada quando chegam três soldados – dois com os leitões (felizmente já mortos) e o outro com um saco de arroz. Colocando as carcaças sobre a mesa, eles sacam as baionetas e retiram as pernas dos animais antes de levá-las embora.

— Ah, bem, vamos ter que nos contentar com porcos sem pernas — comenta a sra. Hinch enquanto arregaça as mangas para ajudar a preparar a carne.

O sol já se pôs quando as mulheres e as crianças saem das suas cabanas para comer. O clima é sombrio, pois mais prisioneiras estão falecendo, e o Natal deste ano não é comemorado com presentes feitos à mão. As mulheres trouxeram suas cadeiras dos prédios de convivência e agora estão sentadas na clareira no centro do campo, enquanto aguardam ansiosamente a chegada da comida. O cheiro de porco assado é o único assunto da conversa.

Margaret chama alguns membros do seu coro original, que se deslocam com ela para o centro da reunião.

— Eu sei que todas nós pensamos que não haveria motivos para cantar, não há nada de alegre neste dia para nenhuma de nós. Não vou pregar, claro, pois o tempo para isso já passou. No entanto, se ninguém se opuser, o que acham de cantarmos uma ou duas canções de Natal enquanto esperamos pela comida?

Ninguém se opõe; na verdade, pequenos sorrisos aparecem ao redor da mesa, mas são as crianças que parecem estar mais animadas.

— Vamos começar com "Noite feliz" — sugere Margaret às mulheres do coro.

As primeiras notas surgem enquanto ela abaixa lentamente o braço erguido. Uma por uma, as mulheres se juntam ao coral numa doce versão da canção mais querida. As vozes abatidas, famintas, doentes e exaustas ressoam pelo campo: ainda não foram totalmente caladas.

À medida que avançam para "Oh Come, All Ye Faithful", as pacientes do hospital cambaleiam em direção a elas, apoiadas por Nesta e suas enfermeiras. Elas adicionam suas vozes fracas e roucas à música.

Então, cantam um refrão entusiasmado de "Land of Hope and Glory" mais uma vez enquanto a comida é finalmente servida.

Quando começam a cantar, o capitão Seki aparece e fica do lado de fora da reunião, um pequeno gesto de respeito pela canção que o capitão Miachi uma vez havia pedido como bis.

Durante a ceia, Audrey observa Ena colocar pedaços de sua comida no prato de June. Usando sabedoria e engenhosidade que estão além de sua idade, June distrai Ena apontando para algo ou alguém e coloca a comida de volta no prato de Ena.

— O que acharam de Seki aparecer esta noite? — Audrey pergunta a Ena e Norah.

— Não fiquei surpresa — responde Norah. — Assim como Miachi, ele parece adorar essa música, o que é estranho, para não dizer coisa pior.

— Eu estava conversando com madre Laurentia e ela me perguntou se a orquestra de vozes iria se apresentar de novo — responde Ena.

— E o que você disse? — pergunta Norah.

— Eu não soube o que responder. Murmurei que foi difícil ensaiar, já que ninguém tem energia. Espero que consigamos, mas, para ser sincera, acho que não.

— Eu adoraria que nos reuníssemos, mas acho que esse tempo já passou. Mesmo assim, não vamos deixar que esse pensamento estrague esta noite e este dia tão especial — pede Norah às duas.

— Acho que um dia vamos cantar de novo. Tenho que acreditar que ainda vamos ouvir mais Ravel — diz Audrey, sorrindo para suas duas melhores amigas.

O início de 1945 chega sem ser comemorado, com as mulheres enterrando diariamente muitas de suas amigas. Quase todas as enfermeiras contraíram malária, contando agora umas com as outras para se tratar. Ena está com a febre de Bangka; Norah e Audrey a carregam para o hospital, June agarrada com força à mão de sua tia favorita.

— Vamos cuidar dela — garante Nesta, felizmente livre da malária.

— O que podemos fazer? — implora Norah. — Qualquer coisa.

— Se puder nos trazer água fria do riacho, vai ajudar a baixar a febre dela, e, é claro, uma refeição bem servida ajudaria muito a acelerar a recuperação — diz Nesta, tentando um momento de bom humor.

— Ela pode ficar com minha ração — oferece Audrey.

— Com a minha também — June fala.

— Eu sei que você quer dar sua comida a ela, pequena. Mas você é uma criança em fase de crescimento e precisa de toda a comida que conseguirmos para você — explica Norah.

— Já sou uma menina crescida, tenho oito anos.

Norah desvia o olhar de repente, sufocando um soluço.

— Sim, minha querida, você está crescida, mas as meninas grandes também precisam comer. Está bem?

— June, do que vai adiantar para tia Ena se ela tiver que cuidar de você quando ela sarar? — questiona Nesta. — Vamos dar a ela o máximo de comida que pudermos. Você pode ficar e trocar as toalhas molhadas, já vai ajudar muito.

— Preciso dar uma saída. Vocês duas podem cuidar dela? — Norah pergunta a Audrey e June.

— Aonde você precisa ir que é mais importante do que ficar aqui? — pergunta Audrey.

Mas Norah já saiu, e a porta do hospital se fechou atrás dela.

Correndo até a cerca de arame farpado, ela dá uma rápida olhada ao redor e, não vendo nenhum soldado por perto, passa por baixo do arame e corre agachada na direção das cabanas na colina, as casas das mulheres que estão aqui para entreter os oficiais japoneses.

Então, bate na porta da primeira cabana que encontra. Como não há resposta, ela abre a porta.

— Olá, alguém em casa? — Norah pergunta.

Assim que entra, uma mulher aparece, vindo da cozinha.

— Posso ajudar? — pergunta ela.

Norah começa a balbuciar.

— É minha irmã, ela está muito doente. Está precisando de comida, e eles não nos dão o suficiente, mas eu preciso ajudá-la. É minha irmã, a melhor irmã que se poderia esperar... e... — Norah se distrai quando vê a expressão confusa no rosto da mulher.

— Sua irmã está doente, eu entendo, mas como eu posso ajudar? Não sou médica. Sou uma...

— Não, não. Não estou pedindo para você cuidar dela.

— Então o que você quer de mim?

— Comida. Todas vocês recebem comida extra, bastante coisa. Nós vimos sendo entregue a vocês. Eu só queria um pouco. Para minha irmã. Eu imploro.

— Qual o seu nome? O meu é Tante Peuk. — Tante está sorrindo, e Norah imediatamente fica esperançosa.

— Sou Norah, Norah Chambers, e minha irmã é Ena.

— É um prazer conhecê-la, Norah.

— Peço desculpas de novo pela minha ousadia, mas estou desesperada. Se conseguisse um pouco de comida, ela poderia ter uma chance.

— Há quanto tempo vocês são prisioneiras dos japoneses?

— Desde fevereiro de 1942.

— Nossa. Sinto muito, é tempo demais. Sim, tenho comida sobrando. Você tem como pagar por ela?

— Perdão? Pagar? Eu... não tenho dinheiro. Não estaria aqui se tivesse. Tenho a roupa que estou usando, só isso. Então você não vai me ceder um pouco de comida que poderia salvar a vida da minha irmã só porque não posso pagar?

Tante Peuk olha para a mão esquerda de Norah.

— E isso aí?

Norah levanta a mão para ver sua aliança de casamento. Ela suspira. É a única coisa que tem para se lembrar de John. Fica pendurada na metade de seu dedo magro, ameaçando cair.

— Minha aliança?

— Quer comida para sua irmã ou não?

Norah brinca com a aliança antes de tirá-la. Beijando-a, ela a entrega para Tante Peuk.

Durante a semana seguinte, Norah alimenta Ena com pequenas quantidades de vegetais e peixe seco junto com sua ração de arroz. Quando a febre finalmente passa, a força de Ena retorna devagar. Audrey perguntou várias vezes onde ela conseguira a comida, mas Norah não consegue revelar que vendeu sua aliança. Observando a melhora da irmã, Norah não se arrepende de ter feito isso. Ela sabe que John vai compreendê-la e aplaudi-la por fazer a coisa certa – a única coisa. Uma aliança pode ser substituída, uma irmã não.

No primeiro mês de 1945, setenta e sete mulheres morrem. Mais folhagem ao redor do cemitério precisa ser removida para dar lugar ao crescente número de caixões. Uma corrente humana de vinte das mulheres mais fortes transporta os corpos do campo para os seus túmulos.

— Até quando isso vai durar? — questiona Norah. Ela e Audrey ficam empoleiradas em frente à fogueira na maior parte dos dias, gravando nomes e datas de mortes em pequenas cruzes disformes antes de forçá-las a entrar na terra dura.

— Por favor, Deus, que não dure muito — suplica Audrey. — Eu sei que essas cruzes são para honrar as que morreram, mas é um trabalho muito triste e assustador.

— Mas as enfermeiras ficam com o pior trabalho — observa Norah. — Aquelas que não estão doentes estão cuidando de todas as outras.

— E acabaram de perder a irmã Ray. A primeira enfermeira a morrer.

— Horrível, não é? Depois de ficar no sol naquele dia; tenho certeza de que isso não a ajudou a lutar contra seja lá o que a matou.

— O uniforme dela está pronto. — Nesta preparou ela mesma a roupa de Ray, arejando-a bem, molhando as manchas com um pouco de água e esfregando.

Sem tempo para lamentar, as enfermeiras começam a vestir Ray.

— É a primeira vez que usamos os nossos uniformes desde que fomos capturadas — diz Betty. Os uniformes pendem de seus corpos fracos. — Estou feliz por termos conseguido mantê-los.

— Ray vai receber todas as honras — garante Nesta. — O caixão não é grande coisa, mas ela tem o respeito do Exército Real australiano. — A voz de Nesta falha quando seis enfermeiras avançam para levar Ray até seu local de descanso no cemitério. — Só uma última coisa. — Nesta pousa um pequeno buquê de flores silvestres em seu peito.

As enfermeiras fazem fila atrás das carregadoras do caixão e iniciam sua marcha lenta até o local do enterro.

— Veja — diz Vivian, incapaz de conter as lágrimas.

A rua está repleta de prisioneiras, que atuam como guardas de honra enquanto a procissão se dirige aos portões do campo. Até mesmo os soldados tiram seus quepes quando as mulheres se aproximam. Tanto madre Laurentia quanto Margaret esperam com Bíblias nas mãos. Dezenas de mulheres se aglomeram ao lado do túmulo.

Uma enfermeira dá um passo à frente, com uma Bíblia emprestada na mão, e começa a ler.

— Já não terão fome, nem sede, nem o sol ou calor algum os abrasará.*

A bonita e breve cerimônia religiosa termina, e Norah e Audrey começam a encher a sepultura com terra, mas Nesta as impede.

— Obrigada, mas nós faremos isso... É a última coisa que podemos fazer por ela.

— Nesta, Nesta! Não sei se consigo continuar — comenta Betty, irrompendo no jardim onde a amiga está fazendo uma pequena pausa na sombra. Betty cai no chão, chorando.

— O que aconteceu? Fale comigo. Está se sentindo bem?

— É Blanche! — conta Betty em meio às lágrimas. — Não aguento não poder ajudá-la. Ela praticamente salvou a mim e a tantas outras quando ficamos presas no mar. Não é justo.

Nesta lhe dá um abraço rápido e chama uma das outras garotas para vir sentar-se com ela, antes que ela corra para perto de Blanche. Ajoelhando-se ao lado da mulher doente, Nesta gentilmente pega sua mão.

— Sinto muito, sinto muito — choraminga Blanche. — Eu devia estar de pé, ajudando.

— Está tudo bem, estou aqui. Estou aqui.

Blanche abre os olhos.

— Nesta, ah, Nesta. Poderia dizer às outras que eu não gosto de ser um fardo?

— Ah, querida Blanche, você não é um fardo. Só precisa descansar e melhorar.

— Está demorando demais.

— Você vai melhorar quando estiver bem e pronta, e até lá nós cuidamos de você.

— Não vou melhorar, Nesta.

---

* Apocalipse 7:16.

Nesta arqueja ao fitar os olhos pálidos e lacrimejantes da amiga, cuja mão trêmula ela ainda segura. Agora ela entende por que Betty está tão triste. Deitada na cama, Nesta envolve Blanche nos braços, o corpo da amiga convulsionando enquanto ela luta contra os profundos soluços guturais que assolam seu corpo enfraquecido.

— Shhh — Nesta sussurra. — Estou bem aqui e não vou embora.

Já está escuro quando Betty sacode Nesta suavemente para acordá-la.

— Nesta, acorde. Blanche se foi.

Blanche parece estar dormindo e mais tranquila do que jamais pareceu na vida neste lugar.

— O caixão está pronto — diz Betty a Nesta. — Vamos enterrá-la pela manhã.

— Com flores, ela adora flores.

— Vamos colher as flores bem cedo.

Nesta estica os membros doloridos. Todas as enfermeiras estão presentes, abraçadas, chorando baixinho. Mais uma delas passou por este campo desolado sem nunca conhecer a liberdade.

Betty e Nesta marcham à frente do caixão, de cabeça erguida, enquanto se dirigem ao cemitério. O peso das últimas palavras de Blanche recai sobre todos os ombros. Na noite anterior, as enfermeiras abriram o coração, repetindo aquelas dolorosas palavras finais, o pedido de desculpas de Blanche por demorar demais para morrer e por não querer ser um fardo. O ódio delas por seus captores era vociferante, mas, por fim, exaustas e desoladas, elas adormeceram nos braços umas das outras.

Ena, Norah e Audrey ajudam as enfermeiras a cobrir o túmulo de Blanche com terra da selva. Muitas foram colher flores silvestres, e o monte rapidamente fica coberto de cores deslumbrantes.

— Vá para casa. Vou descer até o riacho para pegar um pouco de água fresca. Audrey e eu temos muitas cruzes para fazer hoje — sussurra Norah para Ena enquanto voltam para o campo.

— Quer que eu vá? — sugere Ena. — A não ser que você queira andar um pouco.

— Eu quero fazer uma caminhada antes de ficar sentada em frente ao fogo o dia todo. E, de qualquer forma, você precisa dar uma olhada em June. Ela estava quieta demais esta manhã, estou preocupada que ela possa estar com febre.

Pegando um balde, Norah desce até o riacho. Várias mulheres tomam banho rio abaixo, outras enchem baldes, latas de querosene, tudo o que têm nas mãos para usar como vasilhame.

Pisando com cautela no meio do riacho para encher o balde, de canto de olho Norah espia o movimento na colina além. Uma mulher está subindo a encosta, cambaleante. Ela tropeça e cai no chão. Rastejando em direção à sua cabana, ela se levanta e abre a porta, desabando na soleira. Norah a reconhece como Tante Peuk, a mulher de quem ela trouxe comida para Ena.

Norah atravessa o riacho e sobe a colina. Tante Peuk está deitada na porta. Norah se senta ao lado dela.

— Água, água — murmura Tante.

Norah se lembra do balde cheio de água e leva a palma da mão do líquido frio aos lábios da moça antes de ajudá-la a ir para a cama.

Depois que Tante está acomodada, Norah verifica se ela tem comida: a despensa tem mais do que Norah, June e Ena comem em uma semana. Ela despeja o restante da água em uma jarra, que coloca junto com uma xícara ao lado da cama de Tante.

— Eu volto amanhã para ver se você está melhor — diz Norah antes de sair. Parece que Tante adormeceu. — E vou trazer mais água.

22

Campo IV
Abril de 1945

— Não podemos, não vamos nos mudar de novo, está me ouvindo? — insiste a sra. Hinch com o capitão Seki. Norah fez questão de acompanhá-la para lhe dar apoio moral. Sem dúvida, a sra. Hinch está cansada de enfrentar o capitão sozinha.

— O capitão diz que você fará o que lhe for mandado — diz Ah Fat para ela, sem rodeios, depois de um longo monólogo de Seki.

— Então nós vamos começar com isso de novo? — A sra. Hinch não irá embora antes de dizer tudo o que foi dizer. — Ouvimos dos soldados boatos de que vamos mudar de campo mais uma vez. Por favor, pode me garantir que isso não é verdade? A próxima vez que nos mudarmos será quando os aliados invadirem isto aqui para nos libertar.

Ah Fat olha para a sra. Hinch e depois para Norah, que sorri para ele. Seki grunhe, fazendo Ah Fat dizer alguma coisa, mas até mesmo a sra. Hinch sabe que ele não vai contar ao capitão de sua firme convicção de que as prisioneiras serão libertadas.

— O capitão pede desculpas, mas vocês vão deixar o campo dentro de quatro dias. Você deve dizer às mulheres para se prepararem.

— Se prepararem? Não pode estar falando sério! — explode Norah. — E quanto às doentes? As pessoas estão morrendo de fome. Nós estamos morrendo. Como espera que nos mudemos quando tantas não conseguem nem ficar de pé? E para onde nós vamos?

— O capitão diz que vocês vão levar as doentes, mas terão que ir embora. Ele não pode dizer para onde. Isso é tudo.

Pousando as mãos nos quadris, a sra. Hinch se aproxima um passo da mesa de Seki, encarando-o. Devagar, ele se levanta para sustentar o olhar dela. Ela se vira e sai furiosa do escritório, Norah corre para acompanhá-la.

Ah Fat segura a porta antes que ela bata atrás das duas.

Norah tira um tempo nos dias seguintes para visitar Tante Peuk, levando água para ela, cortando suas frutas, satisfeita por ver que ela está melhorando. Ela não contou nada às outras sobre essas visitas. Fazer isso significaria, em primeiro lugar, explicar como a conheceu. Ela não deseja confessar a Ena que vendeu sua aliança de casamento para comprar comida.

— Esta é a última vez que poderei visitá-la — lamenta Norah à jovem. — Vamos mudar de campo amanhã.

— Sinto muito por saber disso. Para onde vocês vão?

— Não sabemos. Mas não posso voltar aqui. Muitas de nós estamos doentes.

— Sente-se aqui, Norah. — Tante Peuk dá um tapinha na cama.

Norah pega a mão de Tante Peuk.

— Nunca vou esquecer você. Você salvou a vida da minha irmã.

— E você salvou a minha. Acho que estamos quites. Por favor, vá ficar com sua família — diz Tante, abraçando a amiga.

— Nesta, pode vir aqui um momento, por favor? — chama irmã Catherina.

As mulheres estavam prontas às seis da manhã, conforme ordenado. Esperaram no calor e na chuva intermitente a chegada dos caminhões. Cinco horas depois, os veículos chegaram ao campo. Depois que as macas foram colocadas nas carrocerias, elas subiram. Mais uma vez, foram levadas rapidamente para o cais de Muntok, onde o pesadelo começou. Uma pequena lancha estava atracada ali, pronta para transportá-las até o navio que as esperava.

Um barco lotado partiu para o navio, enquanto Nesta espera pelo seu retorno no cais com as outras enfermeiras.

Irmã Catherina está ajoelhada ao lado de uma paciente em uma maca.

— Como posso ajudar?

— Acho que ela está morta. Poderia verificar?

Nesta rapidamente examina a mulher e suspira.

— É, tem razão. Sinto muito. Você a conhecia?

— Sim. Não sei o que fazer. — Irmã Catherina segura a mão da morta.

— Quando a lancha voltar, vamos colocá-la a bordo. Acho que a única coisa que podemos fazer é sepultá-la no mar quando estivermos no navio.

Assim que a lancha retorna, Nesta e irmã Catherina colocam o corpo a bordo, e a freira toma seu lugar ao lado dela.
À medida que o convés do navio se enche de pacientes em macas, a maioria das mulheres fica amontoada abaixo do convés, suportando o calor sufocante.
Quando o navio inicia sua jornada, Nesta reúne as enfermeiras no convés.
— Acho que as mulheres daqui de cima precisam fazer um rodízio com as de baixo para que todas tenham chance de respirar ar fresco.
— Concordo totalmente — responde Jean. — O único problema será persuadir aquelas que se acham no direito de ficar aqui em cima a fazer a coisa certa.
— Tenho certeza de que todas verão que é a única coisa a ser feita, não importa se é a coisa certa — insiste Nesta. — Primeiro vamos avaliar todas acima e abaixo do convés para ver quem precisa de atenção mais urgente. Vamos trazer para cá o máximo de crianças que pudermos.
— Nesta? — chama irmã Catherina, aproximando-se das enfermeiras. — Entendo que o espaço é um problema. Então, por que não fazemos o sepultamento antes de sairmos do estreito? Vai ajudar a abrir um pouco mais de espaço.
Nesta sente seus olhos marejarem. Olhando para a jovem freira, ela fica perturbada porque essa garota gentil e, sim, angelical teria que ajudar a baixar um corpo pela lateral de um navio que singra o oceano.
— Obrigada, irmã. Acho que daremos conta de cuidar do sepultamento.
As enfermeiras se dividem em dois grupos: um para avaliar mulheres e crianças abaixo do convés e outro acima. Nesta se junta às que estão indo para as entranhas do navio e é imediatamente acompanhada por Norah e Audrey.
— O que podemos fazer para ajudar? — pergunta Norah.
— Obrigada, senhoras. Queremos trazer as crianças para cá o mais rápido possível e todas as mulheres que estejam em situação de perigo real. Minhas outras enfermeiras estão convencendo as que estão no convés a ficar um turno lá embaixo.

Ao anoitecer, a rotatividade está bem encaminhada. No entanto, há mais mortes e mais sepultamentos no mar. Quando o navio ancora na foz do rio Moesi, todas estão queimadas demais e sofrendo de exaustão pelo calor para se sentirem aliviadas. Todas sabem que, embora a noite traga uma brisa refrescante, será acompanhada por pelotões de mosquitos.

— Parece que vamos voltar para Palembang — diz Margaret. Ao lado dela, June está dormindo no colo de Ena, que acaricia suavemente a testa da menina. Os pés e as pernas de Ena estão inchados por causa do beribéri.

— Posso ser honesta com você, Margaret? — pergunta Ena, com uma careta, enquanto tenta encontrar uma posição confortável sem perturbar June.

— Claro! Mas acho que posso adivinhar o que você vai dizer. É o que todas nós estamos pensando.

— Estou perdendo a esperança. — Ena não encara os olhos da amiga, chocada por dizer essas palavras em voz alta. — Voltar para a selva parece ser o fim para nós. Como vão nos encontrar?

— Eu gostaria de poder dizer alguma coisa positiva sobre essa mudança, mas não posso, estou me esforçando — diz Margaret. — O que podemos fazer é cuidar umas das outras, cuidar das crianças e...

— Por favor, não fale em orar.

— Você está certa, minha querida. Essa é minha frase padrão. Mas tenho certeza de que você não vai se importar se eu orar por todas nós.

— Estou or... esperando que você ore — afirma Ena, e as duas mulheres conseguem sorrir.

Quando o dia nasce, o navio sobe o rio Moesi antes de ancorar no cais de Palembang. Soldados japoneses aguardam sua chegada. Conforme as mulheres desembarcam, os soldados se mantêm distantes, sem oferecer nenhuma ajuda. É uma visão deprimente. Em pouco tempo, o cais fica repleto de macas com doentes e moribundas, cadáveres aguardando sepultamento e mulheres exaustas e famintas. Finalmente, todas ali são conduzidas por trilhos de trem até uma área gramada mais adiante, onde recebem um pouco de água.

Várias horas se passam, durante as quais as mulheres cochilam e acordam, cochilam e acordam, até que um trem chega à estação. As pacientes em macas e as mortas são colocadas nos vagões de gado, e o restante recebe ordens para entrar nos demais vagões. E ali passam a noite, presas em compartimentos sem ar, com as janelas bem fechadas.

— Finalmente — boceja Nesta. As prisioneiras acordam com o motor do trem ligando. Um longo chiado de vapor irrompe e o trem inicia sua jornada.

Horas depois, após percorrerem o campo e passarem por pequenas comunidades, finalmente chegam à aldeia de Loebok Linggau.

Nesta fica junto com todas as outras e bate na porta para sair.

— Você fica! Você fica! — brada um soldado para ela, apontando seu rifle para a janela.

— Por quanto tempo? — grita Nesta.

Mas os soldados se afastam das mulheres e as deixam no trem para aguentar mais uma noite sufocante.

— Senhoras — Nesta chama suas enfermeiras para avisar que sete pacientes em macas morreram durante a noite. — E outras vão morrer se não nos deixarem sair logo.

E, então, assim que as palavras saem dos lábios de Nesta, a ordem vem.

— Para fora, agora! Fora!

Então as prisioneiras desembarcam e são contadas repetidas vezes.

— O número não está certo — grita um soldado.

— Isso porque algumas de nós morreram durante a noite — explica Nesta, com tanto veneno na voz quanto consegue reunir.

Por fim, ordenam que elas embarquem nos caminhões que as aguardam para serem conduzidas ainda mais para o interior da selva, em estradas largas o bastante para que os veículos circulem.

Quando finalmente param, Nesta está na traseira de um caminhão, ajudando a acalmar as pacientes das macas com nada mais do que palavras. Ela sente um toque em seu braço e se vira para encontrar Norah do lado de fora, com os olhos cheios de preocupação.

— Nesta, você precisa vir rápido. É Margaret.

Jean aparece ao lado de Norah como se tivesse sido convocada por magia.

— Eu cuido disso agora, Nesta. Vá ver Margaret. — Jean sobe na traseira do caminhão para ocupar o lugar dela.

No chão, ao lado de outro caminhão, um grande grupo de mulheres se reuniu em torno da frágil figura de Margaret Dryburgh. Elas se afastam para Norah e Nesta terem mais espaço. Ena está no chão segurando a cabeça de Margaret no colo, enquanto Audrey gentilmente conduz June para longe.

— Há quanto tempo ela está assim? — pergunta Nesta.

— Ela parou de falar na primeira noite que passamos no trem — conta Ena. — Eu disse que queria que você ou uma das enfermeiras desse uma olhada nela, mas ela falou que não, que só estava cansada e precisava descansar. Hoje de manhã, quando acordei, ela mal conseguia abrir os olhos.

Nesta verifica o pulso de Margaret e segura a mão dela.

— Margaret, é Nesta. Você pode abrir os olhos para mim? Por favor. Só um pouquinho. — Nesta sente um leve aperto na mão. Devagar, sentindo dor, Margaret abre os olhos e encara as mulheres ao redor. Um pequeno e radiante sorriso preenche seu rosto antes de ela fechar os olhos pela última vez.

Uivos de "Não!" ecoam pelos trilhos.

A sra. Hinch desce aos tropeços do caminhão e corre em direção a Margaret, abrindo caminho entre as enlutadas e se ajoelhando ao lado de sua querida amiga. Ela olha para Nesta, que lamenta, fazendo que não com a cabeça. Pela primeira vez desde que foi capturada, a sra. Hinch se permite chorar.

O novo campo, Belalau, é uma plantação de seringueiras abandonada. As cabanas estão em ruínas e são úmidas, mas algumas das mulheres ficam aliviadas ao saber que o campo é cortado ao meio por um riacho. As mais fracas ocupam as primeiras cabanas disponíveis. Todas as outras, incluindo as que estão em macas, devem percorrer uma pequena colina até uma ravina e passar por uma estreita ponte de madeira até as cabanas restantes. As enfermeiras ficam na encosta do riacho, e é para lá que carregam o corpo de Margaret, colocando-o respeitosamente dentro de uma das cabanas.

Enquanto Norah e Audrey se ocupam em gravar os nomes e as datas da morte em onze cruzes de madeira para homenagear as mulheres que morreram desde que deixaram o navio, a décima segunda cruz fica no chão, desafiando-as a começar a esculpir o nome de Margaret.

Elas observam um fluxo constante de mulheres que velam o corpo da amiga. Uma fila se forma do lado de fora da cabana enquanto esperam a sua vez de agradecer e se despedir da mulher que trouxe tanta alegria e luz para suas vidas na selva.

— Não consigo! — chora Norah, entregando a décima segunda cruz a Audrey.

— Acho que nós duas deveríamos fazer isso — comenta Audrey suavemente. — Você poderia pelo menos escrever o nome dela, era sua amiga mais querida. Depois eu faço o resto — sugere ela, devolvendo a cruz.

Norah dá um pequeno aceno de cabeça em concordância. Segura sua chave de fenda sobre a chama nua, sem recuar do intenso calor, esperando que a dor física alivie um pouco da dor aguda que sente intensamente no peito.

Audrey puxa a mão de Norah para longe do fogo, enquanto a chave de fenda está ficando incandescente. Norah sai do transe e olha para a cruz em uma das mãos e a chave de fenda na outra.

Com delicadeza, ela coloca a cruz no colo e aos poucos começa a gravar as letras: M... a... r... g... Suas lágrimas caem sobre as iniciais gravadas e sibilam.

Audrey passa o braço em volta dos ombros de Norah, abraçando-a com força, dando e recebendo apoio para o dever que estão cumprindo.

Nesta sai de sua cabana e observa as duas mulheres. Suas mãos estão tremendo, a raiva dentro dela ameaça explodir.

— Irmã James! Irmã James, podemos trocar uma palavrinha? — a voz da sra. Hinch estilhaça o barulho ensurdecedor na cabeça de Nesta.

— O que foi? — resmunga Nesta, virando a cabeça. — Ah, sra. Hinch, desculpe. Não sei o que há de errado comigo, eu... — Seus olhos se voltam para Norah, ainda esculpindo a cruz de Margaret.

— Você está bem? — questiona a sra. Hinch.

— Na verdade, não, mas não é importante agora. Você precisava de alguma coisa?

— Nunca pensei que faria isso de novo, mas fui falar com o capitão sobre onde poderíamos construir um cemitério. Mostraram-me uma pequena clareira do lado de fora da cerca e nos deixaram algumas ferramentas. Mas o que vim aqui dizer é: você poderia me ajudar a escolher o lugar perfeito para... para...

Nesta entende.

— Claro que sim. Vamos agora?

Nesta e a sra. Hinch examinam a clareira. Perto dali, bananeiras lançam uma sombra fresca no meio de um trecho de terra seca.

— Que tal ali? À sombra das árvores — sugere Nesta.

— É perfeito, e ela estará cercada por aquelas que a amam.

— Vou providenciar para que as covas sejam abertas e... — Nesta faz uma pausa para olhar para a sra. Hinch. — Nós vamos enterrar todas ao mesmo tempo? Não sei se deveríamos ter uma cerimônia separada para... para... Quero dizer, muitas de nós vão querer estar presentes, e elas podem não ter forças para esperar enquanto enterramos todas. O que acha?

— Acho melhor enterrá-la primeiro.
— Você também não consegue dizer o nome dela, não é? — suspira Nesta.
— Ainda não — admite a amiga. — Ainda é muito doloroso.

23

Campo V, Belalau
Abril de 1945 a setembro de 1945

— *Inchi, Inchi!* — chama Ah Fat. Nesta diminui o passo, mas a sra. Hinch não. — *Inchi, Inchi!*

Agarrando a mão de Nesta, a sra. Hinch sibila:

— Nesta, eu juro que vou... Hoje não. Hoje eu não consigo.

Mas Ah Fat agora está correndo ao lado das duas mulheres e, por fim, a sra. Hinch para de andar e respira fundo várias vezes antes de se virar para o intérprete.

— Suma daqui! Agora — diz ela, com vigor.

— *Inchi*, ah, *Inchi*, sinto muito. Ouvi falar da srta. Margaret, s-sinto muito — gagueja Ah Fat. Ele enxuga as lágrimas com as costas da mão.

A sra. Hinch olha para ele, sem confiança para falar. Finalmente, ela lhe dá um leve aceno de cabeça e abre um discreto sorriso. Afastando-se, ela vai embora enquanto Nesta corre atrás dela.

— A senhora sabe meu nome de batismo — comenta Nesta para romper o silêncio que recaiu sobre elas tanto quanto qualquer outra coisa.

— Claro que sei.

— Mas eu não sei o seu.

A sra. Hinch consegue dar um sorriso mais caloroso desta vez, antes de deixar Nesta e seguir em direção à cabana de madre Laurentia.

Norah e Audrey lideram as carregadoras do caixão enquanto seguem madre Laurentia para fora do campo. Ena, cujas pernas ainda estão inchadas por causa do beribéri, é ajudada pela dra. McDowell e pela irmã Catherina.

À medida que a procissão avança em direção ao cemitério, todas as mulheres e crianças do campo ainda capazes de caminhar se enfileiram no caminho ou seguem atrás. Os guardas ficam de lado, respeitosos, sem seus quepes. Ah Fat está chorando abertamente.

Baixar o caixão para a cova rasa é difícil, complicado e consome o que resta das forças quase esgotadas das mulheres. No entanto, uma vez baixado, madre Laurentia inicia a cerimônia religiosa lendo um poema escrito por Margaret Dryburgh: "O cemitério".

E, então, Nesta faz o discurso fúnebre.

— Como podemos começar a mostrar nossa gratidão a esta mulher que nos deu um propósito e uma razão para viver, mesmo que apenas para ouvir sua música maravilhosa todos os sábados à noite? Ela nos devolveu a voz para cantarmos, com paixão e orgulho, nossos hinos nacionais. Margaret escreveu peças de teatro, poemas e canções e nunca vacilou em sua crença de que todas poderíamos sobreviver, mesmo enquanto outras pessoas ao nosso redor pereciam. Ela criou a beleza onde apenas a doença e a morte prevaleciam, e, seja a duração de nossas vidas longa ou curta, nunca a esqueceremos... — Nesta pigarreia e descobre que não consegue continuar.

Norah dá um passo à frente e toma a mão de Nesta.

— Continuaremos olhando para cima, mesmo quando tudo ao nosso redor for miséria e doença. Esse é o seu maior presente para todas nós — diz ela, com os olhos brilhando.

— Eu gostaria de encerrar esta cerimônia religiosa — diz madre Laurentia à multidão de enlutados. — Margaret adorava cantar "Land of Hope and Glory", e não há canção melhor para nos unirmos agora e nos lembrarmos dela.

Os pássaros voam para o céu vindos das árvores gigantes, circulando no alto enquanto as vozes das mulheres ressoam. Não são as vozes mais poderosas e certamente nem de longe tão robustas como eram um ano atrás, mesmo assim as mulheres cantam com paixão. Hoje seus corações estão cheios de amor, e isso basta.

Toda mulher ali quer jogar um pouco de terra na cova. Quando finalmente Margaret é sepultada, folhas de bananeira são colocadas sobre o monte. Depois que elas recuam, Norah e Audrey juntas cravam a pequena cruz no solo.

Margaret Dryburgh
21 de abril de 1945

* * *

Norah, exausta, junta-se à irmã, sentada no chão do lado de fora da clareira do cemitério. June se aperta entre elas.

Enfiando a mão no bolso em busca de um lenço que não está lá, os dedos de Norah se fecham em torno de um pequeno objeto de metal. Ela o puxa e olha incrédula para a aliança de ouro na palma da sua mão. Sua aliança de casamento. Ela se lembra do momento em que se sentou na cama de Tante, quando ela a abraçou em despedida.

De repente, Norah cambaleia, prestes a desmaiar, antes de sentir o braço firme de Ena ao redor de seus ombros. Envolta no abraço da irmã, Norah desliza a aliança de volta no dedo.

— *Inchi, Inchi!*

A sra. Hinch é seguida por Ah Fat enquanto ela e Norah voltam do riacho com baldes de água até a metade, nenhuma delas com força para carregar um cheio. Já faz semanas que chegaram ao campo, e, junto com a doença que está se alastrando entre as habitantes, houve monções torrenciais, e é difícil para elas pensar em um momento em que poderão estar secas de novo.

— Hum? — grunhe ela.
— Capitão Seki quer te ver.
— Vamos deixar essa água e depois vamos ao escritório.
— Não, você vem agora. Deixa água. O capitão quer ver você agora.
— Nós nos encontraremos lá depois de termos deixado esta água ali, Ah Fat — diz a sra. Hinch, afastando-se de um jeito agressivo. — Já temos tão pouco poder do jeito que é — explica ela a Norah. — Temos que aproveitar nossas pequenas vitórias.

As mulheres chegam à cabana considerada o escritório do capitão e encontram Ah Fat esperando por elas. O capitão Seki se levanta atrás de sua mesa quando elas entram e fala com Ah Fat.

— O capitão lamenta a morte da srta. Margaret. Ele gostava dela, gostava da música dela.
— Agradeça ao capitão por suas palavras, vou repassá-las às mulheres.

Ah Fat traduz. Seki acena com a cabeça e se senta.

— É isso? — pergunta a sra. Hinch.

— Sim, você pode ir agora.

— Mas preciso conversar com o capitão sobre o que está acontecendo aqui.

— *Inchi*, eu disse...

— Não! — Norah dá um passo à frente. — Precisamos dizer ao capitão que estamos com sérios problemas. — Sua dor e fraqueza crescente são esquecidas por um momento enquanto ela avança. — As chuvas das monções inundaram o campo. O riacho engoliu a ponte, e não conseguimos chegar às cabanas do outro lado. — Ela respira fundo, preparando-se para dizer mais alguma coisa, mas a sra. Hinch já está falando.

— Estamos doentes e tão fracas que não conseguimos combater nenhuma infecção. Sabia que os ratos se alimentam dos dedos dos nossos pés enquanto dormimos? Os ventos sopram nos telhados e a chuva cai nas cabanas... e... e...

— E os soldados estão fazendo suas necessidades rio acima, e a água está invadindo o campo quando as margens transbordam — completa Norah para ela.

As duas mulheres ficam ofegantes diante de Ah Fat e do capitão Seki. Ah Fat não faz nenhuma tentativa de traduzir.

— Agora vá! — é tudo o que ele diz.

— Concerto! Concerto! Lá fora, agora! — gritam os guardas, correndo pelo campo de cima a baixo.

— O que está acontecendo? — Norah segura o braço de Ah Fat enquanto ele se junta aos gritos dos guardas.

— Capitão Seki convida vocês para um concerto! — diz ele. — Assim como a srta. Margaret fez por vocês, nós também o faremos. Lá fora agora.

Os guardas agora estão ordenando que todas subam a colina. Balançando longos bastões, cercam as mulheres, obrigando-as a caminhar mais rápido.

— *Depressa, depressa* — eles exigem.

As que moram no topo do campo descem a ravina e se arrastam morro acima, ajudando umas às outras no caminho. As doentes podem ficar para trás.

As grandes seringueiras fornecem sombra, e as mulheres olham ao redor para se encontrarem sentadas em um cenário idílico, com vista para a exuberante abundância da selva e o riacho abaixo, gorgolejando melodicamente sobre as pedras. Não precisam esperar muito até que o capitão Seki conduza um grupo de trinta músicos até a encosta.

Durante as duas horas seguintes, eles entretêm as mulheres com valsas alemãs e canções marciais. Também são presenteadas com a bela voz masculina que as mulheres têm certeza de que é de um artista com formação ocidental. Por um breve período, as mulheres se perdem nos ritmos, no ambiente e no conforto das amigas ao seu redor.

— Fico imaginando o que Margaret acharia de tudo isso — pondera Ena.

— Com certeza ela teria apreciado o talento deles — responde Norah imediatamente. — Alguns são excelentes músicos.

— E eles têm instrumentos de verdade. Há quanto tempo não ouvíamos instrumentos? — acrescenta Audrey.

— Ah, não sei, o que Norah fez com sua orquestra de vozes ficou excelente — comenta Ena com um sorriso.

— Foi mais do que excelente. Eu ouviria vocês de novo a qualquer momento — elogia Audrey.

— Não éramos ruins, não é? — concorda Norah.

Junho e julho de 1945 passam antes que a sra. Hinch seja convocada novamente para o escritório do capitão.

— Será que alguma coisa está acontecendo? — questiona a sra. Hinch em voz alta enquanto parte para o escritório dele acompanhada de Nesta.

— O que poderia ser? — pergunta Nesta.

— Os soldados estão diferentes. Não os viu reunidos em grupos ao redor do campo, discutindo?

Nesta pondera por um momento.

— Acho que sim, mas, sinceramente, estamos ocupadas demais cuidando de todas aqui.

— Capitão Seki, como posso ajudar? — pergunta a sra. Hinch enquanto Ah Fat conduz as mulheres para o escritório.

— O capitão quer que todas as mulheres, inclusive as doentes, venham para a colina agora. Por favor, vá buscá-las.

A sra. Hinch abre a boca para protestar, mas a fecha novamente.

— Sem dúvida, tem alguma coisa acontecendo — conclui Nesta quando elas saem do escritório.

— Ele não me olhava nos olhos. Você notou? — diz sra. Hinch.

— Estou mais preocupada com como vamos reunir todas as mulheres — pergunta-se Nesta com um suspiro. — Quero dizer, muitas estão doentes ou fracas demais para deixar as cabanas.

— Eu ajudo no que precisar, Nesta — oferece a sra. Hinch. E depois: — Você está preocupada com Norah, não está?

— Estou. A perna dela está com uma infecção séria depois que foi picada pelas formigas.

— Não são apenas as doentes que teremos que ajudar. Todas as outras estão desanimadas com as reclamações e críticas de Seki.

— Bom, teremos que dar o nosso melhor, não é mesmo? — conclui a sra. Hinch.

No fim, Nesta precisa da ajuda da dra. McDowell, de Ena, Audrey e todas as enfermeiras para persuadir as mulheres a se reunirem.

Nesta ajuda Norah a subir a colina, pois ela já não consegue andar sozinha.

Enquanto as mulheres se reúnem, chegam o capitão Seki, Ah Fat e vários soldados. O capitão estufa o peito antes de lançar o que as mulheres acreditam ser apenas mais um discurso inútil, enquanto rezam para não terem que se mudar de novo. Quando ele disse o bastante, acena para Ah Fat.

— O capitão Seki diz que a guerra acabou, ingleses e americanos estarão aqui em breve. Agora somos amigos.

Se Seki espera que as mulheres gritem de alegria, está enganado. Elas não se movem e olham umas para as outras sem compreender. Seki não tem o seu momento. Sai furioso da colina, com os soldados e Ah Fat correndo atrás dele.

Devagar, as mulheres se levantam e voltam para suas cabanas. Seu estado de espírito é sombrio. Quantas vezes elas conseguem ser testadas desse jeito? Se a guerra acabou, onde estão os seus salvadores? Onde fica seu refúgio? Ninguém entre elas consegue imaginar ir embora deste lugar.

— Está acontecendo mesmo? — pergunta Jean a Nesta quando elas voltam para suas cabanas. Sem nenhuma prova tangível de que algo tenha mudado, ela sabe tão bem quanto qualquer outra enfermeira que devem continuar em suas funções. Antes que Nesta possa responder, a porta da cabana se abre.

— Venha rápido! — pede a sra. Hinch. — Para os portões. Vamos agora.

Nesta e Jean seguem a sra. Hinch até a entrada do campo, onde alguns caminhões pararam e os soldados estão descarregando grandes pacotes da Cruz Vermelha.

Nesta recebe uma caixa, que ela abre.

— Não acredito! — exclama ela. — Medicamentos. Curativos.

Jean remexe mais um pouco e tira um pequeno pacote que se desdobra em uma tela mosquiteira. Lágrimas brotam de seus olhos enquanto ela esfrega o tecido simples entre os dedos.

— Quantas vidas esse pedaço de tecido poderia ter salvado, Nesta? — diz ela.

— E pensar que tinham tudo isso o tempo todo — diz Nesta, com um suspiro.

Nos dias seguintes, há mais entregas de encomendas da Cruz Vermelha, chegam mais medicamentos, e as mulheres podem comer a quantidade que quiserem das frutas das árvores. Aviões aliados são vistos regularmente sobrevoando, circulando cada vez mais baixo para identificar as mulheres que acenam para eles na selva.

Devagar, em pequenos grupos de dois e três, Nesta, as enfermeiras e as mulheres que têm forças suficientes para andar testam sua liberdade ao sair do campo, escapando além da cerca de arame, antes de voltarem. Elas já não têm para onde ir.

— Você acredita nisso, Nesta? Acredita que a guerra realmente acabou? — gagueja Norah, fraca demais para parecer entusiasmada. Elas estão sentadas no hospital improvisado, e Nesta desenrola delicadamente o curativo em volta da perna de Norah. Manchada de amarelo, a camada final adere com firmeza à pele da mulher.

— Bem, se for verdade, simplesmente não sei como vão nos tirar daqui. Quase não há estrada, e nenhuma de nós consegue caminhar uma longa distância.

— Vou rastejar para fora daqui se for preciso. Preciso encontrar John e Sally.

— Se precisar, eu rastejo com você.

— E então? O que acha? — pergunta Norah, enquanto Nesta luta para tirar o curativo.

— Não piorou, talvez esteja um pouco melhor. Vamos torcer para os medicamentos que a Cruz Vermelha trouxe começarem a fazer efeito em breve.

— Você está me dizendo o que acha que eu quero ouvir?

— Não, Norah, eu não faria isso com você. Parece que a infecção não se espalhou mais de ontem para hoje. Isso é bom.

— Obrigada, não pensei que você faria isso.

A luz do sol irrompe pela porta quando Betty entra. Ela fica parada à porta, uma silhueta na cabana escura.

— Homens! — arfa ela. — Os homens estão chegando. Norah, são britânicos.

Nesta se levanta.

— Está querendo dizer o Exército? Para nos tirar daqui?

— Não, não. São prisioneiros, como nós. Foram libertados de um campo próximo, e parece que estão vindo para cá. Agora. Acredita nisso? Homens, nossos homens!

A notícia finalmente chega.

— John! — exclama Norah. — Meu Deus. John talvez seja um deles?

— Não sei. Espero que sim, Norah. De verdade, espero que sim — responde Betty.

— Enrole minha perna, Nesta, rápido, me ajude a sair daqui. Ele está vindo, John está vindo. Eu sei disso.

— Fique quieta. Vou ser rápida, depois eu te ajudo a sair.

Com cuidado, Nesta aplica um pouco de óleo de palma vermelho na área infectada da perna de Norah. Dobrando o joelho da amiga com delicadeza, pousando seu pé no chão, ela envolve a bandagem limpa em volta da perna, prendendo a ponta para mantê-la no lugar. Assim que Nesta termina, ela ajuda Norah a se levantar, apoiando-a pela cintura enquanto as duas mancam para fora. Norah ofega com o esforço, já que Nesta é muito mais baixa que ela.

— Ah, Norah — diz Nesta. — Você está muito fraca. Por favor, segure firme em mim e vamos encontrar um lugar para nos sentarmos.

Agarrada à pequena enfermeira, Norah caminha até o sol. Nesta a abaixa contra a parede e depois se senta ao lado dela.

— Vou esperar com você, se estiver tudo bem — diz ela, e Norah toma sua mão.

— Vou precisar de você, minha amiga. De um jeito ou de outro — diz Norah. Se John estiver aqui, ela vai comemorar com Nesta, mas, se não estiver, precisará de seu conforto e consolo. — Ele está vindo, eu sei que está — repete Norah sem parar, enquanto estende a mão para agarrar a de Nesta. — Mas e se ele não vier? Quero dizer, ele estava tão doente e já se passaram três anos e meio... e...

— Norah, escute. — Nesta aperta a mão dela e as duas mulheres viram a cabeça em direção aos portões do campo. Um som nada familiar as silenciou.

— Estão falando inglês. — Elas ouvem o estrondo de vozes masculinas serpenteando em sua direção. — Estão aqui — sussurra Norah, e então mais alto: — John! John!

Nesta e Norah observam homens enlameados e esquálidos tropeçando no campo e sendo cercados pelas mulheres inglesas sobreviventes, pelas freiras e por todas as outras que observam a distância. Há gritos de alívio e exaustão quando maridos e esposas se reencontram. Gritos de desespero quando homem após homem ouve que sua esposa e, em muitos casos, seus filhos não sobreviveram. Crianças assustadas se escondem atrás das mães, cautelosas diante dos homens desfigurados que afirmam ser seus pais.

Ena corre em direção à cabana para encontrar Norah sentada do lado de fora com Nesta. As irmãs esperam em silêncio, com as mãos firmemente entrelaçadas.

O fluxo de homens para o campo diminui. Nesta puxa Norah para perto. Ena está lutando contra as lágrimas. Ela não está pronta para isso, não está pronta para ouvir palavras de conforto caso sejam informadas de que John morreu. Nesta fecha os olhos, emocionada, desejando que as lágrimas que ameaçam não brotem. Ela sente, mais do que ouve, Norah sussurrar.

— É John...

Nesta abre os olhos e acompanha o estranho que cambaleia na direção delas.

— Tem certeza? — pergunta Ena. Ele é muito magro e parece muito mais velho que John.

Norah estende os braços enquanto luta para encontrar sua voz.

— John, John — murmura ela.

Naquele momento, naquele lugar e naquele tempo, a esqualidez dele parece desaparecer. O calor da selva, o zumbido dos mosquitos, o emagrecimento e as doenças, tudo isso, apenas por um instante, se foi, enquanto uma mulher observa o homem que ama fitar seus olhos. O sorriso inclinado pelo qual ela se apaixonou tantos anos antes se espalha devagar pelo rosto dele enquanto suas mãos se estendem para ela.

— Ah, meu Deus, é ele. É John — sussurra Ena.

Nesta se levanta e se afasta alguns passos. É uma reunião de família, mas não a família dela. Ela observa enquanto os olhos de John se iluminam ao ver Norah. Ele endireita o corpo, e o cansaço que marcou tantas linhas em seu rosto desaparece.

John tenta correr, mas seu corpo, assim como o de Norah, não consegue sustentar sua alegria. Ele cambaleia, tropeça e cai a alguns metros das irmãs.

E agora ele está lutando para se levantar, reunindo toda a força que consegue, para pôr um pé na frente do outro.

— Ah, meu Deus, John — choraminga Norah. — O que fizeram com você?

Nesta não se preocupa em dizer a ela que ele se parece com a esposa enfraquecida.

— Não tenha pressa, meu amor — sussurra ela. — Não vou a lugar nenhum.

Com um esforço final, John cai no chão na frente de Norah. Eles se abraçam e se seguram, sem querer se soltar. Separados, estavam cindidos, incompletos, mas juntos estão inteiros de novo, ou quase: ainda falta uma pessoa na família.

John vê Ena sentada ao lado da esposa e agora a abraça também. Estão todos chorando.

Espremendo-se entre as duas mulheres, John abraça a esposa e a cunhada, cada uma das quais apoia o rosto manchado de lágrimas em seu ombro. Nesta também está chorando, e, embora John não tenha ideia de quem seja ela, tem a sensação de que é amiga das duas mulheres.

— Tia Ena! Tia Ena! — chama June.

O choque atinge John como um raio.

— Sally! É Sally? — exclama ele.

— Ah, não, não, meu querido. É June — diz Norah.

— Mas onde está Sally? — John está olhando ao redor, tentando ver através da multidão de homens e mulheres que se abraçam e consolam uns aos outros.

Norah vira devagar a cabeça para olhar para a menina.

— Não é Sally, ela está com Barbara e os meninos, lembra? — sussurra ela. — June é uma garotinha que, bem, suponho que adotou Ena. John, você se lembra de quando estávamos juntos em Muntok, antes de levarem você embora? Havia uma menina agarrada às saias de Ena. Era June. Acreditamos que a mãe dela morreu depois que o navio foi atacado. Ena e eu nos tornamos tias dela.

June se joga no colo de Ena, olhando para o homem estranho sentado entre suas tias. John luta para controlar a respiração enquanto olha para a menina. Ela tem o tamanho aproximado da filha dele quando a viu pela última vez. A menina sorri para ele, e seu coração se derrete. Com cautela, ele estende a mão e toca o cabelo dela.

— Olá, June, você se lembra de mim?

— Não.

— Este é John. Ele é o marido da tia Norah — explica Ena a ela.

— Por que ele me chamou de Sally?

— Tia Norah e tio John têm uma filhinha chamada Sally. Ele pensou que você poderia ser ela.

— Hum-hum, não sou, desculpe. Mas vocês vão encontrar ela, não se preocupem. Assim como eu vou encontrar meu pai.

— Sim, você vai, minha querida — sussurra Ena, abraçando-a com força.

Nesta fica paralisada ao ver essa família se reunindo novamente. Ela é incapaz de se afastar, incapaz de falar, pois tanta dor, tanta alegria se desenrola diante de seus olhos. De repente, ela sente uma tontura intensa e escorrega pela parede.

Uma mão se estende para ela.

— Nesta? Você está bem?

Vivian está sobre ela, com os olhos marejados.

— Por que não vamos tomar um chá? Agora temos chá de verdade.

Nesta segura a mão dela e se levanta.

— É hora de fazer uma pausa, irmã James. Já cumpriu seu dever e seu turno acabou.

Permitindo que Vivian a conduza, Nesta ergue o rosto em direção a sua colega, sua amiga, aquela que, entre todas, testemunhou, experimentou e sofreu muito mais do que qualquer outra ali.

— Foi um turno longo demais, Bully, longo demais.

— Três anos e sete meses, mas quem está contando — diz Vivian, rindo.

Na semana seguinte, a animação no campo aumenta quando dois jovens soldados holandeses e um oficial militar chinês caem de paraquedas no campo.

A sra. Hinch, a dra. McDowell e Nesta se sentam com os visitantes.

— Somos um grupo avançado — o oficial chinês explica a elas. — Os Aliados estarão aqui em breve. Só mais um pouco de paciência e levaremos vocês de volta para casa.

— Quanto tempo vai demorar? — pergunta Nesta.

— Bom, adoraríamos ficar aqui e ouvir suas histórias, mas a melhor maneira de ajudá-las é voltarmos à nossa base e avisarmos ao quartel-general que encontramos vocês.

— Concordo plenamente — diz a sra. Hinch. — A que distância fica a sua base?

— Estamos em Loebok Linggau.

— Ah, conheço esse lugar! Foi lá que o trem parou antes de virmos para cá.
— Sim, a linha do trem termina aqui, mas não podemos remover vocês até descobrirmos como tirar todos da ilha. Sinto muito, mas talvez leve alguns dias. Agora que sabemos onde estão, vocês vão receber suprimentos aéreos.
— Posso pedir que façam uma coisa por nós? — pergunta Nesta.
— Claro, qualquer coisa, se pudermos.
— Podem avisar o Exército australiano que localizou as enfermeiras?
O oficial olha demoradamente para Nesta.
— A senhora é enfermeira?
— Do Exército australiano.
— Vamos entrar em contato com eles imediatamente.

Dois dias depois, três homens usando uniforme militar entram no campo. São altos, estão em boa forma, são jovens e dois deles usam boinas com o distintivo militar australiano.

Vivian irrompe na cabana das enfermeiras.
— Os australianos estão aqui! Ah, meu Deus, os australianos estão aqui!

Antes que alguém possa reagir, dois jovens paraquedistas entram pela porta. O tempo parece parar enquanto os homens observam os corpos magros e frágeis das mulheres.

— Vocês são as enfermeiras? — pergunta alguém, incapaz de esconder o choque na voz.

Nesta dá um passo à frente.
— Sim, senhor. Somos enfermeiras do Exército australiano. Eu sou a irmã James.
— Irmãs. Meu nome é Bates, e este é Gillam. Vocês... vocês estão bem?
— Estamos! Agora que vocês estão aqui. Vocês são australianos mesmo?
— Somos, e nossa prioridade é tirar as senhoras daqui. Tem muita gente querendo saber se ainda estão vivas.
— Estamos, mas por pouco — diz Jean —, e perdemos muitas. São só vocês dois?
— Três, na verdade. Estamos aqui com o major Jacobs, dos paraquedistas sul-africanos... Ele foi procurar o escritório da administração japonesa.

Todos os olhos estão voltados para o oficial que está falando, Bates, e ninguém percebe, a princípio, que Gillam está respirando pesadamente, cerrando os punhos, a mão direita apoiada no revólver na cintura.

— Sargento! Olhe para essas mulheres! — explode ele de repente.

— Está tudo bem, Gillam. Estamos aqui agora, nós as achamos.

Antes que alguém possa responder, Gillam sai correndo da cabana.

— Vou matá-los! — brada ele.

As enfermeiras, lideradas por Bates, o seguem para fora. Gillam está com o revólver em punho e corre em direção a um soldado japonês. Gillam se lança sobre ele, derrubando-o no chão, antes de colocá-lo de pé e levá-lo em direção a outros dois soldados que ele avistou.

Bates pergunta a Nesta onde fica o escritório da administração japonesa e, em seguida, sai correndo da cabana. Irrompe na sala onde o capitão Seki, com a ajuda de Ah Fat, está conversando com o major Jacobs.

— Senhor, as enfermeiras australianas — anuncia Bates. — Nós as encontramos, mas elas estão em um estado terrível. E Gillam perdeu o controle, senhor. Está ameaçando atirar em todos os soldados. É melhor o senhor vir rápido, do contrário ele vai fazer o que prometeu.

Jacobs sai correndo da cabana com Bates. Eles se apressam na direção de uma grande multidão que observa silenciosamente Gillam marchar para cima e para baixo ao lado de uma fila de soldados japoneses que ele acabou de prender. Os japoneses ficam de costas contra a cerca de arame farpado enquanto Gillam grita e xinga em seus rostos petrificados. Ainda está brandindo seu revólver. O major Jacobs se aproxima devagar.

— Gillam, Gillam, me escute, filho — diz ele, com calma. — Não faça isso. Agora não é o momento. Eles serão todos punidos, mas não por você. Guarde sua arma, por favor, meu chapa.

Gillam olha para seu oficial sênior e de novo para os guardas.

— Sargento, estou dizendo para abaixar sua arma.

Devagar, Gillam coloca a arma de volta no coldre.

— Odeio vocês com todas as forças — diz ele aos soldados.

Bates se vira para Nesta.

— Vou levá-lo de volta para sua cabana. As enfermeiras podem cuidar dele? Preciso falar com o major um minuto.

— Claro.

— Diga-me, irmã, quantas de vocês estão aí... quero dizer, aqui, neste momento?

— Vinte e quatro.

— Mas era um grupo de sessenta e cinco. Não era?

— Não mais.

Há um longo silêncio.
— Obrigado, irmã.
A multidão se dispersa enquanto Gillam e as enfermeiras voltam à cabana. Bates retorna ao escritório administrativo com Nesta.
— Major, eu gostaria que enviasse um pedido de emergência ao quartel-general do Exército australiano.
— Certamente, Bates. Escreva sua mensagem, e eu a enviarei da sala de operações deles.
— Você sabe quantas mulheres estão no campo? — pergunta Bates.
— Mais ou menos duzentas e cinquenta — diz Nesta. — Éramos mais...
Bates acena para ela, pega o bloco de notas e o lápis oferecidos a ele por Ah Fat. Então, ele escreve:

ENCONTRAMOS 250 REPITO 250 PRISIONEIRAS BRITÂNICAS NO CAMPO DE LOEBUK LINGGAU PONTO IRMÃ NESTA JAMES E OUTRAS 23 SOBREVIVENTES DO SERVIÇO DE ENFERMAGEM DO EXÉRCITO AUSTRALIANO REMANESCENTES DO CONTINGENTE DE A.A.N.S. EVACUADAS DA MALÁSIA NO VYNER BROOKE PONTO DEVIDO À PRECARIEDADE DE SUA SAÚDE SUGIRO QUE TENTEM ORGANIZAR TRANSPORTE AÉREO DIRETO PARA A AUSTRÁLIA A PARTIR DAQUI O MAIS BREVE POSSÍVEL PONTO ESTOU COLETANDO DETALHES SOBRE O MASSACRE DE A.A.N.S. NA ILHA DE BANGKA PARA TRANSMISSÃO POSTERIOR

Lendo o cabograma, o major Jacobs balança a cabeça, furioso e surpreso.
— É inacreditável — diz ele.
— Mas foi assim que aconteceu — diz Nesta.
— Obrigado, senhor, irmã. Estamos voltando para a cabana das enfermeiras, onde as colegas da irmã James estão cuidando de Gillam. E nós pensamos que viríamos aqui para cuidar delas. — Bates dá um pequeno e tenso sorriso.
— A ironia não passou despercebida para mim, sargento — diz o major. — Vou procurá-lo quando chegar a hora de partir, pois temos muito o que planejar.
— Irmã James — começa Bates enquanto voltam para a cabana. — Muita coisa aconteceu enquanto vocês estavam presas na selva.
— Posso imaginar — diz Nesta. — Mas vencemos, e é isso que importa, certo?

— Sim. Mas o custo foi alto para muita gente. — Bates respira fundo. — Duas bombas atômicas foram lançadas sobre os japoneses pelos americanos, encerrando efetivamente a guerra.

— Bombas atômicas? — pergunta Nesta, atônita. — Mas elas são... elas são...

— Catastróficas para aqueles que tiveram a infelicidade de morar em Hiroshima e Nagasaki.

Nesta sente um arrepio na espinha. Bates pousa a mão em seu ombro.

— Uma guerra terrível, irmã James.

Nesta só consegue concordar com a cabeça.

No dia seguinte à partida de Gillam, Bates e major Jacobs, um avião voando baixo aparece acima das árvores para lançar caixas de suprimentos de paraquedas no campo.

— São remédios! Leve-os logo para o hospital — grita alguém.

— E tem tanta comida. Um banquete! — anuncia outro.

— Esta aqui tem uma mensagem.

Uma grande caixa, reforçada com ripas extras de madeira, cai longe do restante.

Betty corre até a caixa e começa a ler.

— "Feito com amor esta manhã pelas cozinheiras da Marinha Real aus..." — Betty cai de joelhos abraçando a caixa, soluçando. Outra enfermeira assume.

— "Feito com amor esta manhã pelas cozinheiras da Marinha Real australiana."

A caixa é aberta com dificuldade.

— Tem outra mensagem dentro. Eu leio para você — diz Jean. Enquanto seus olhos percorrem as palavras, ela morde o lábio. Vai ser difícil. — "Esta manhã, as cozinheiras do *HMAS* Warrego* e do *HMAS Manoora* lutaram contra as tripulações inteiras, que tentaram entrar na agitação para participar da preparação deste pequeno sinal de nossa gratidão, respeito e amor pelas corajosas mulheres e crianças que sobreviveram nas selvas de Sumatra. Aceitem e saboreiem bolinhos com compota de morango e creme. Nós levaremos vocês para casa, senhoras, cada uma de vocês. Tenente-Comandante Leslie Brooks."

---

* HMAS é a sigla de *Her Majesty's Australian Ship* (Navio Australiano de Sua Majestade). (N. do E.)

A comida – frutas, legumes, carne, ovos – é examinada, manuseada e distribuída pelas mulheres. Ali está tudo do que elas precisam para se alimentar e começar a se curar.

Com precisão militar, mesas são montadas no campo. Os bolinhos, a compota e o creme são distribuídos entre os prisioneiros. Homens e mulheres ficam em silêncio enquanto desfrutam da recompensa. Os bolinhos são declarados os melhores que já provaram.

— O que é isso? Vege... Vegemite?* — grita uma das inglesas, segurando um pequeno pote de xarope espesso marrom-escuro.

As enfermeiras gritam e correm para inspecionar o frasco.

— Tem um cheiro horrível — confirma a inglesa, depois de conseguir desatarraxar a tampa e segurá-la junto ao nariz.

Os dedos são mergulhados no pote e colocados nas bocas, sob os gemidos de prazer das enfermeiras.

— É assim que se come?

Entre gemidos, uma das enfermeiras diz:

— Sim! Quer dizer, não, geralmente você passa na torrada ou no pão.

— Tem pão aqui! — grita alguém. — Vamos todos provar.

Norah encontra Nesta e as outras enfermeiras trabalhando arduamente em sua cabana, arrumando seus uniformes, preparando-se para partir.

— Vocês todas vão ficar muito elegantes — diz Norah a elas.

— Bem, nós lavamos e consertamos alguns furos onde conseguimos — explica Nesta. — Mas não estão servindo mais.

— Isso porque todas nós perdemos muito peso — comenta Jean.

— Não vou consertar o buraco de bala na minha — afirma Vivian. — Não quero esquecer o que aconteceu.

A sala fica em silêncio por um momento até que Nesta se levanta para abraçar a amiga. Uma por uma, as enfermeiras oferecem a Vivian um sorriso, um tapinha reconfortante no braço e algumas palavras de conforto.

— Quer que eu dê uma olhada na sua perna?

— Por favor — responde Norah. — Acho que está melhorando, mas ainda é muito difícil movimentá-la.

— Vamos até o jardim — sugere Nesta.

---

* Vegemite é uma pasta feita do extrato de levedura de cerveja bastante popular na Austrália desde 1923. (N. do T.)

Ela ajuda Norah a dar alguns passos até a porta dos fundos. Puxa uma cadeira e Norah desaba nela.

— Quero colocar um curativo novo. — Nesta tira um pacote de bandagens brancas brilhantes do bolso e gentilmente coloca o pé de Norah em seu colo. Norah estremece de dor.

— E John, como está? — pergunta Nesta, desenrolando a bandagem da perna de Norah. A infecção está cicatrizando, e ela suspira de alívio.

— Está bem melhor. Só ansioso para voltar para nossa garotinha.

— Estou feliz por vocês, mas vou sentir sua falta, e também de Ena e June.

— Ah, Nesta, você não tem ideia do quanto vamos pensar em todas vocês. Em tudo o que vocês fizeram pelas mulheres — diz Norah.

— Gostaria que não tivéssemos que nos despedir — diz Nesta, colocando o curativo no lugar. Ela dá um tapinha suave na perna de Norah. — Está nova em folha.

Norah toma a mão dela.

— Estou falando sério, Nesta. Você tornou este lugar quase suportável. E Margaret...

As mulheres ficam em silêncio, lembrando-se de sua querida companheira.

— Nós vamos levá-la para sempre em nossos corações. Para sempre — diz Nesta, ajudando Norah a se levantar. As mulheres se abraçam por um longo momento, e então Nesta ajuda Norah a voltar para sua cabana.

Ena e John sentam Norah ao lado do monte que sustenta a cruz de madeira de Margaret, com o nome tão carinhosamente gravado por ela e Audrey.

— Margaret não gostaria que chorássemos por ela — diz Ena.

— Não me importa o que ela gostaria. Como posso dizer adeus à melhor mulher que já conheci e não chorar por sua morte? — lamenta Norah, mal conseguindo controlar as lágrimas.

Ena também está chorando. Nenhuma delas tenta enxugar as lágrimas, deixando-as rolar e cair no chão, sobre o túmulo de Margaret. John fica impressionado ao ver as mulheres tão tristes. Ele não pertence àquele lugar, e, ainda assim, ali está ele. Se ele quiser conhecer Margaret, mesmo que um pouco, então precisa entender a profundidade dos sentimentos das mulheres por ela.

— Nesta está aqui — sussurra John.

Norah e Ena erguem o rosto e veem Nesta parada a poucos metros dali, não querendo perturbar sua dor. Norah estende a mão, e Nesta se junta a elas. As três se abraçam.

Depois de muito tempo, Norah se vira para Nesta.

— Você pode se despedir por mim... das outras que se foram? Não consigo caminhar até o cemitério, sinto muito.

— Claro! Com certeza elas vão entender. Vamos fazer um pequeno culto ao pôr do sol para elas, aqui. Não sabemos quando vamos embora, mas pode ser em breve e precisamos nos despedir enquanto podemos.

— Posso vir também? — pergunta Ena.

— Nós adoraríamos. Obrigada, Ena.

À medida que o sol se põe, as enfermeiras sobreviventes, Ena, sra. Hinch, dra. McDowell, madre Laurentia e irmã Catherina se reúnem no cemitério, cada uma segurando um raminho de flores. Caminhando devagar de túmulo em túmulo enquanto Nesta diz cada nome, madre Laurentia dá bênçãos pelas vidas vividas e tiradas cedo demais.

À noite, enquanto as enfermeiras estão deitadas, esperando que o sono as alcance, elas ouvem uma batida suave na porta.

— Irmã James, posso falar com você por um momento?

Nesta abre a porta para a sra. Hinch. Ao sair, a mulher mais velha toma seu braço para levá-la dali.

— Vamos depressa. Há um telefonema para você na cabana da administração.

— Um segundo — diz Nesta, colocando a cabeça de volta na cabana. — Volto em um minuto. Tenho um telefonema!

Ela fecha a porta, mas não antes de ouvir gritos de alegria e expectativa.

A sra. Hinch acompanha Nesta até o escritório e fica ao seu lado enquanto ela atende o telefone.

— Olá, aqui quem fala é a irmã James.

— Olá, irmã James! É maravilhoso ouvir sua voz. Sou o oficial aviador Ken Brown, da Força Aérea australiana. Vou encontrá-las amanhã em Lahat e levá-las para Singapura. Fui orientado a pedir que as enfermeiras estejam prontas às quatro da manhã. O major Jacobs estará aí com um caminhão para levá-las até Loebok Linggau, colocá-las em um trem e deixá-las na pista de pouso. Irmã James, ainda está aí? Conseguiu me ouvir?

— Sim. Ah, sim. Obrigada, muito obrigada! Estaremos prontas.

— Irmã James, não precisa me agradecer, sou eu quem agradeço. — A voz do oficial está carregada de lágrimas contidas. — Agradeço a você e a todas as corajosas enfermeiras que conhecerei amanhã, pelo que a sobrevivência de vocês fez pelo povo australiano. Vocês são nossas heroínas.

Desligando o telefone, Nesta é abraçada pela sra. Hinch.

— Vou acompanhá-la de volta à sua cabana.

— Eu adoraria, isso vai nos dar uma chance de nos despedir. Embora eu não saiba como me despedir, sra. Hinch. A senhora fez tanto por nós, por todas nós, não apenas pelas enfermeiras.

— Nesta, me chame de Gertrude. É esse o meu nome.

As duas mulheres voltam para a cabana das enfermeiras de braço dado. A sra. Hinch entra e vê um mar de rostos ansiosos.

— Senhoras, foi um privilégio e uma honra conhecê-las. Boa sorte e vão com Deus.

Nesta lhe dá um último abraço.

— Deus a abençoe, Gertrude. Você é única. Nunca a esquecerei.

— Nem eu a esquecerei, irmã Nesta James.

Ninguém tenta dormir. Há escassos pertences a serem embalados, uniformes a serem inspecionados e trocados e, claro, a emoção de finalmente "ir para casa".

As luzes do campo iluminam as cabanas no escuro, enquanto as mulheres se preparam para o transporte final. Quando saem, em seus últimos momentos naquela "casa" úmida da selva, um som estrondoso de palmas irrompe na noite. Vivas e assobios rasgam o ar. Mulheres e homens fazem fila até onde dois caminhões aguardam com os motores ligados.

— Como vocês sabiam? — pergunta uma das enfermeiras.

Antes que alguém possa responder, Nesta responde:

— Sra. Hinch!

— Você me chamou, irmã James? — Uma sorridente sra. Hinch dá um passo à frente. — Por mais que provavelmente você preferisse desaparecer na noite, não poderíamos deixar isso acontecer. Posso ter mencionado que você iria embora hoje, mas elas fizeram o resto.

A sra. Hinch abre os braços para abraçar as residentes do campo.

Madre Laurentia, irmã Catherina e a dra. McDowell avançam e abraçam cada uma das enfermeiras.

— Ainda tenho a sua Bíblia — revela Betty à irmã Catherina.

— Pode ficar com ela.

— Nunca esquecerei vocês — diz a médica às enfermeiras. — Sofremos e perdemos, mas teríamos perdido muito mais sem a sua dedicação.

Quando as enfermeiras chegam aos caminhões que as aguardam, depois de tantos abraços e despedidas pelo caminho, o sol já aparece por cima das árvores. Ena e John, apoiando Norah, são os últimos da fila.

Conforme as enfermeiras se aproximam, John estende a mão para Nesta.

— Há muito mais para eu ouvir sobre a senhora e o que fez pela minha esposa e por todas as mulheres aqui. Quero que saiba que estarei em dívida para sempre. Meus agradecimentos nunca serão suficientes, mas são tudo que tenho agora. Por favor, saiba que eles vêm do fundo do meu coração.

Nesta concorda com a cabeça, incapaz de dizer uma palavra. Ela olha para Norah, que também está acenando com a cabeça, igualmente incapaz de falar. Nesta estende a mão e acaricia suavemente seu rosto, enxugando as lágrimas.

— Preciso dizer uma coisa — começa Ena. — Irmã James, Nesta, querida amiga, vou passar o resto da vida contando a todos que conheço sobre as incríveis enfermeiras australianas que tive o privilégio e o prazer de conhecer em uma terra distante, e sua líder baixinha e cheia de energia. Você salvou minha vida, salvou tantas vidas e pagou o preço máximo quando perdeu suas colegas enfermeiras. Vamos nos encontrar de novo.

— Não sou mais filha única. Com vocês, eu tenho duas irmãs — consegue dizer Nesta. — Vocês duas nos deram tanto... Desculpem. Estou achando difícil falar. Amo vocês duas. Até o nosso reencontro.

Lutando contra as lágrimas, Nesta se deixa ajudar a embarcar em um caminhão. Elas são escoltadas para fora do campo sob aplausos retumbantes e gritos de despedida. E, então, avançam por um caminho estreito selva adentro, e vão embora.

Dois dias depois que as enfermeiras deixaram o campo, Ah Fat diz a Norah, Ena, June e John que eles também vão.

— Pela primeira vez você não está vindo fazer o papel de urubu, Ah Fat — diz a sra. Hinch ao tradutor.
— Urubu?
— Urubu, homem. Não sabe o que é? Que belo tradutor, hein? É alguém que sempre aparece com más notícias.
— Mas as notícias agora são boas — insiste Ah Fat. — Você vai para casa.
— Ah, não importa — diz a sra. Hinch, com um sorriso. — Hoje, nem você é capaz de estragar meu humor.
— Obrigado, *Inchi*.

Recolhendo suas coisas, as mulheres, juntamente com dezenas de outros homens e mulheres doentes e feridos, serão colocadas em caminhões para a viagem até Lahat. Os homens e mulheres restantes, incluindo todas as freiras holandesas, vêm se despedir delas.
— Não quero ir embora sem você — diz Norah à irmã Catherina.
— Está tudo bem, nossa vez chegará em breve. No fim, todas nós vamos deixar este lugar — tranquiliza-a irmã Catherina. — O que você fez para salvar as almas de tantas aqui nunca será esquecido, eu garanto. Você e a sra. Dryburgh nos deram esperança quando ela não mais existia, vocês duas recuperaram nossas mentes torturadas e deram aos nossos corpos o alimento espiritual de que precisávamos para acordar no dia seguinte.
— É mesmo? Você recuperou mentes torturadas? — pergunta John a Norah, perplexo com a presença da freira vestida com seu hábito pesado.
— Você deve ser John. Ouvi muito sobre você. Não consigo expressar o quanto estou feliz em conhecê-lo, mesmo que neste lugar.
— Quer dizer neste lugar esquecido por Deus, não é, irmã?
— Não são palavras que eu usaria. Na verdade, eu diria que a presença de Deus estava aqui na forma de sua esposa.
— Por favor, irmã, todas nós fizemos a nossa parte — diz Norah. — Como vou esquecer a noite que passamos segurando o telhado de nossa cabana enquanto uma tempestade ameaçava nos levar embora? Vendo você lá em cima, com seu hábito voando ao vento, pensei que fosse uma bruxa.
— E ainda assim você subiu lá comigo. Só me lembro de você morrendo de rir do absurdo das nossas ações.
— E eu me lembro das palavras que você usou... palavras que nunca esperei ouvir de uma freira.

— Bem, Norah, em uma situação como aquela, uma linguagem mais colorida de alguma forma me pareceu apropriada.

— Pode me contar o que mais minha esposa fez, além de arriscar a vida subindo no telhado durante uma tempestade? — persiste John.

Irmã Catherina ri.

— Seu dom com a música, cedido livremente em nossos momentos mais sombrios, será lembrado por todas nós. Não tenho palavras, coloridas ou não, para descrever a diferença que sua esposa fez aqui.

— Ela está certa, John — confirma Ena. — O que Norah e Margaret fizeram criando coros e orquestras foi além do que qualquer uma de nós poderia ter imaginado. Nunca mais vou ouvir música sem pensar neste lugar e nas pessoas aqui, incluindo você, querida irmã. Você nunca vai ser esquecida.

— Os caminhões chegaram, é hora de ir embora — avisa a freira, gentilmente.

Norah, Ena e Catherina se abraçam. John reúne forças e delicadamente pega a esposa no colo. Não é tão difícil, ela não pesa praticamente nada. Ena levanta June, que passa os braços em volta do seu pescoço, aconchegando-se em seu peito, e juntas elas embarcam.

A sra. Hinch caminha ao longo da fila de mulheres, algumas se abraçando, outras compartilhando breves lembranças do tempo que passaram juntas. Quando alcança Norah e Ena, parece sem palavras, talvez pela primeira vez.

— Por que não vem conosco? — pergunta Ena.

— Vou sair quando a última de nós for embora, não antes — responde a amiga.

— Não sei o que dizer a você — comenta Norah.

— Bem, tenho muito a dizer a vocês duas, mas nada vai refletir realmente a maneira como me sinto. Nós rimos e choramos, amamos e perdemos, mas seguimos levando as lembranças de quem não vai embora conosco. Enquanto viver, nunca vou me esquecer de vocês. E, considerando que consegui sobreviver a isso, estou planejando viver por muito tempo.

— Você é realmente única, sra. Hinch — diz Norah.

— Assim como você e sua irmã. Acho que não mencionei isso antes, mas meu nome é Gertrude. Fiquei muito feliz por ser chamada de sra. Hinch, por mais pretensioso que parecesse, porque nunca gostei do meu nome, e ninguém me chama de Gertie. — A sra. Hinch abraça Norah no colo de John o melhor que pode, e depois Ena, cujos braços estão ocupados com June. — Vão com Deus — diz ela.

E, então, é hora de se despedir de Audrey, que as irmãs vão reencontrar na Inglaterra. Norah e Audrey se abraçam silenciosamente, cada uma relembrando o tempo passado em volta de uma fogueira, gravando os nomes das mortas em cruzes de madeira.

Um veículo aberto está parado nas proximidades, e os homens e mulheres ingleses restantes ajudam uns aos outros a subir na carroceria do caminhão. Ao serem içadas a bordo, todas as mulheres se voltam para olhar para o campo uma última vez, tentando entender como sobreviveram, como se lembrariam dessa época. Ou só querem esquecer? Uma coisa todas sabem: nunca mais serão as mesmas. Mais de três anos e meio se passaram. Elas foram testadas, falharam, venceram.

Devagar, o caminhão se afasta. Elas mal começaram sua jornada quando ouvem uma música.

— Me ajude a sentar, John, me ajude — implora Norah.

— Ah, meu Deus! Norah, olhe! — exclama Ena.

O motorista do caminhão freia enquanto a cantoria fica mais alta. É a música de Norah.

John e Ena posicionam gentilmente Norah para que ela possa olhar pela traseira do caminhão. John a pega no colo para ganhar mais altura enquanto juntos olham para a fileira de freiras do lado de fora.

— O que elas estão fazendo? — pergunta John.

As vozes das freiras holandesas, escoltando o caminhão, acompanhando Norah, homenageando o papel que ela desempenhou na sobrevivência delas, elevam-se ao som familiar do "Bolero", a tão amada – e até muito odiada, devido a sua complexidade – interpretação vocal da obra-prima de Ravel. Norah chora sem perceber.

— Foi isso que você ensinou a elas, Norah? — pergunta John, sua voz vacilando quando a magnitude do que ele está ouvindo o atinge, a percepção de que a mulher que ele segura no colo é a destinatária dessa incrível homenagem. — É Ravel... O "Bolero" de Ravel — gagueja ele.

Novamente o caminhão avança devagar, e as notas finais do "Bolero" os acompanham do cativeiro em direção à liberdade.

— Ah, meu amor, nunca te amei tanto quanto te amo neste momento — sussurra John.

EPÍLOGO

Última apresentação

Durante dois dias, as enfermeiras navegaram pela costa australiana, vendo pela primeira vez em quase quatro anos o país que deixaram para trás. Elas estão no convés quando entram no porto de Fremantle, em Perth. Foi uma longa jornada até aqui. De Lahat, foram levadas de avião para Singapura enquanto o sol se punha em um clarão de luz vermelha. Nesta olhou pela janela enquanto voavam baixo sobre o estreito de Bangka. Viu praias familiares, palmeiras e a folhagem exuberante que antes as acolheram e que depois se tornaram sua prisão. Todas as enfermeiras pararam de conversar ao sobrevoarem o porto, agora repleto de navios de guerra aliados. Assim que chegaram a Singapura, foram levadas ao hospital para exames médicos completos e de lá embarcaram neste navio, indo para casa.

Nesta caminha entre elas agora.

— Está tudo bem? — ela pergunta a cada enfermeira por vez.

— Não — vem a resposta, sem falhar.

— Estou aqui se precisar de mim.

Encontrando um local tranquilo do outro lado do navio, Nesta observa os subúrbios de Perth passarem. Ela olha para as ondas e se lembra da última vez que navegou até esse porto com Olive Paschke, que mais tarde seria a enfermeira-chefe Paschke. Ambas estavam entusiasmadas, ansiosas por fazer a escala em Perth.

— Você tinha que estar aqui comigo, Olive, aqui ao meu lado enquanto navegamos para casa — grita ela contra o vento, para as gaivotas que pairam ao redor do navio. — E você não está, e acho que não posso voltar para casa sem você.

Tantas pessoas ela perdeu. Mas não perdeu todas, assim como não perdeu suas amigas mais queridas que fizeram essa longa viagem com ela. Nesta imagina o rosto do dr. Rick, sorrindo para ela naqueles longos turnos da noite. Ela se pergunta se algum dia o verá novamente.

— Nesta, Nesta, estamos atracando. Chegamos! — avisa Jean.

— Estou indo. — Nesta sai de seu devaneio. Ela leva um momento para secar os olhos, se recompor e colar um sorriso no rosto. Então, ouve os aplausos vindos do cais enquanto o navio atraca.

Juntando-se aos demais, ela observa os milhares de pessoas que agitam bandeiras e flores, esperando impacientemente que a prancha seja baixada. A primeira pessoa a cumprimentá-las é a enfermeira-chefe coronel Sage.

— Bem-vindas ao lar, enfermeiras. Vocês deixaram a Austrália para cumprir seu dever e retornam, tendo ido muito além do que poderia ser razoavelmente esperado de vocês, como heroínas. Quero contar a vocês o que aconteceu aqui hoje. Hoje de manhã, a rádio ABC anunciou que vocês voltariam para casa e perguntou, caso algum morador tivesse flores em seu jardim, se poderia deixá-las no hospital para onde vocês serão levadas. — A coronel Sage faz uma pausa, recompondo-se. — Não sobrou uma única flor em nenhum jardim da cidade de Perth. A fila de homens e mulheres que desejavam deixá-las no hospital se estende por quilômetros, todas as enfermarias estão lotadas. Eu soube que estão pendurando flores até no teto. É um pequeno gesto de tantos que se juntam a nós para agradecer pelos seus serviços. Obrigada por cumprirem o dever para com suas amigas e colegas que não voltaram para casa com vocês. Elas nunca serão esquecidas.

Alguém diz:

— Isso mesmo.

As enfermeiras se viram e veem o primeiro-ministro do estado da Austrália Ocidental com um buquê de flores enorme.

— Sr. primeiro-ministro, posso apresentá-lo à irmã Nesta James?

O primeiro-ministro entrega as flores a Nesta.

— Bem-vinda ao lar. — Ele sorri.

De volta a Singapura, Norah, John, Ena e June não se separam. As irmãs estão cochilando uma tarde em espreguiçadeiras nos jardins do hotel, enquanto John observa um homem que se aproxima de seu pequeno grupo. Ele está ajudando uma senhora idosa com uma bengala.

— Meu Deus. Acordem, Norah, Ena.

— O que foi? — diz Norah, abrindo lentamente os olhos. June, dormindo nos braços de Ena, acorda quando sua tia se senta, empertigada.

— Não! — grita Ena.

Caminhando devagar em direção a elas está Ken, o marido de Ena, com Margaret, a mãe das irmãs.

— Mamãe! — grita Norah, enquanto Ena pula para ajudar Norah a se levantar da cadeira.

Ken segura Margaret com força, e a mulher cambaleia até as filhas. Ele quer correr para Ena, mas não pode soltá-la. Os quatro colidem, e Norah com gentileza senta a mãe na grama para que possam se abraçar. Fitam os olhos cheios de lágrimas uma da outra. Ken e Ena estão se abraçando, chorando e rindo ao mesmo tempo.

John pega no colo uma June assustada e se junta a eles. A menina é apresentada a Ken e envolvida em um abraço familiar. Devagar, eles se ajudam a levantar e fazem o caminho de volta para suas cadeiras sob as árvores. Só depois de se acalmarem é que Ena faz a pergunta.

— E o papai?

— Sinto muito, queridas — diz Margaret, com novas lágrimas caindo. — Ele morreu poucos dias depois de nos mudarmos para Changi. Estava tão doente que não teria chance de ter sobrevivido. Estou feliz que ele tenha partido rápido.

Ena e Norah agora se abraçam e choram, enlutadas por um pai de quem não tiveram chance de se despedir.

— Vocês estavam todos no campo de prisioneiros de guerra em Changi? — pergunta John.

— Sim, fomos transferidos para lá uma ou duas semanas depois que vocês viajaram. Éramos milhares. Ainda não sei como sobrevivemos — responde Ken.

— Eu sei como *eu* sobrevivi — diz Margaret.

— Você é uma mulher forte — John aponta.

— Pode ser, mas a única razão pela qual não estou morta é porque Ken não me deixou morrer. Ele sacrificou suas rações, arriscou a vida para negociar com os habitantes locais, sofreu espancamentos quando foi pego e me falava todos os dias que precisávamos viver o suficiente para eu ver minhas meninas de novo. Ena, seu marido é a razão de eu estar aqui.

— Você também me salvou quando eu estava doente — diz Ken a ela. — Você encontrou o que comer para mim, o que beber; nós salvamos um ao outro.

— Não deem ouvidos a ele, meninas. Cuidar dele durante uma semana não se compara ao que ele fez por mim durante três anos e meio.

Norah e Ena trocam um olhar, um enorme sorriso aparecendo em ambos os rostos.

— Qual é a graça? — pergunta Ken.

— Pelo jeito, nós vamos gostar de dividir histórias. Se bem que algumas não vale a pena contar. Mas acho que há uma coisa que todos vamos sempre valorizar: o amor pela família — diz Ena.

Apenas um ou dois dias depois, um oficial britânico, acompanhado por um homem magro em trajes civis, aproxima-se deles nos jardins.

— Com licença, você é Ena Murray?

— Sim, sou. Como posso ajudá-lo?

— Este é o sr. Bourhill. Ele esteve em Changi, lamento dizer, mas acreditamos que você tenha cuidado da filha dele, June.

Ao ouvir seu nome, June para de comer e olha para os dois homens, sem reconhecer nenhum deles. Tanto Norah quanto Ena se levantam. June dá um pulo e se esconde atrás de Ena.

— Sou o pai de June — diz o estranho. — Embarquei-a com a mãe no *Vyner Brooke,* e o governo australiano entrou em contato comigo para me informar que minha filha sobreviveu e está com a senhora. É ela, escondida aí atrás?

Ena puxa June para a frente com suavidade. Ele se aproxima da menina e se ajoelha na frente dela. O homem está lutando para conter as lágrimas.

— June, June, querida, é o papai.

June se agarra à mão de Ena.

— Você se parece muito com sua mãe. Não se lembra de mim, querida?

— Onde está a mamãe? — pergunta ela.

— A mamãe... A mamãe... — Ele não consegue falar.

— Ela passou por muita coisa, sr. Bourhill — diz Ena a ele. — June está muito traumatizada.

— Eu sei, posso imaginar. June, você se lembra do seu brinquedo favorito? Era um cachorrinho fofinho, o nome dele era senhor Waggy e você o fazia abanar o rabinho.

— Waggy? Onde está o Waggy? — pergunta June, parecendo confusa, triste e assustada ao mesmo tempo.

— Você não conseguia dormir sem ele. Quando você o perdia, nós... tínhamos que procurá-lo na casa inteira até que ele estivesse seguro com você na cama.

— O Waggy estava no barco... Eu perdi ele.

— Tudo bem, meu amor. Podemos comprar outro Waggy para você quando chegarmos em casa.

— Por que não damos um passeio? — sugere Ena. — Só nós três.

— Foi uma boa ideia de Ena levar os dois daqui — comenta Margaret, depois que se foram.

— Ken, você deve ter percebido o quanto Ena se apegou a June. Ela vai ficar arrasada se a menina for embora, mas, se esse homem for mesmo o pai, é isso que vai acontecer — diz Norah.

— Eu sei. Tentei não pensar nisso enquanto olhava para os dois juntos. Também gostei muito de June e comecei a pensar que ela faria parte da nossa família.

Pouco tempo depois, June retorna.

— Encontrei meu pai e ele quer me levar para casa. Será que eu devo ir, tia Norah?

— Sim, minha querida. Vá com seu pai, ele te ama muito — diz Norah, mordendo o lábio. É um momento feliz para a criança; ela não deve deixar as lágrimas fluírem para não confundir a menina.

— Você e tia Ena não vão sentir minha falta?

— Ah, minha pequena, você não tem ideia do quanto vamos sentir sua falta. Todos os dias, o dia todo.

— Você poderia vir morar comigo e com meu pai?

— Não posso, mas vamos nos ver sempre. Vamos te visitar, e você pode vir nos visitar também. O que acha?

— Jura?

— Juro.

Norah e John fizeram uma longa viagem até a Inglaterra e depois até Belfast, até Sally, que agora sabem que está segura com a família de John. Do aeroporto, a irmã de John os leva para sua casa a fim de aguardar que Sally volte da escola. Ela foi informada de que os pais, que lhe disseram estar mortos, sobreviveram e tinham vindo vê-la.

Agora os pais de Sally estão na sala da casa da irmã de John, aguardando ansiosamente a chegada da filha.

Norah mal consegue se conter. Ela caminha pela sala de estar, senta, levanta e volta a caminhar.

— Você acha que ela vai nos reconhecer, John? Acha que ela vai ficar feliz em nos ver? — ela repete a pergunta.

— Minha querida, nós somos os pais dela. Claro que sim — John a tranquiliza. — Ela pode ficar um pouco confusa, um pouco insegura sobre nós, mas você vai ver. Vai dar tudo certo. Sente aqui comigo.

Norah se senta, mas os dois se levantam imediatamente quando ouvem a porta da frente se abrir.

— Oi, mãe, estamos em casa — grita uma voz adolescente. Uma mochila escolar pode ser ouvida caindo no chão.

— Aqui — chama a irmã de John.

Um garoto desengonçado entra na sala enquanto Norah e John esperam em silêncio pela menina cujos passos eles ouvem. O menino encara os visitantes estranhos e magros e acena com um educado "olá".

Quando entra, Sally faz uma pausa por um momento, olhando para Norah e John. Ela desliza até a tia e pega a mão dela. Com doze anos, ela está mais alta e tem o rosto mais cheio, mas o coração de Norah se enche de emoção. Ela ainda é sua garotinha.

— Olá, Sally — dizem John e Norah.

— Oi — responde Sally, sem fazer nenhum movimento.

— Sally, estes são sua mãe e seu pai. Eles se salvaram. Eles estão em casa, meu amor — diz a tia.

— Está tudo bem, Sally. Eu sei que devemos parecer estranhos para você — começa John. — Faz muito tempo, e tenho certeza de que nós estamos diferentes. Você com certeza mudou também. Que jovem linda você se tornou.

— Sally — diz Norah. — Sou eu, a mamãe.

Sally se esconde atrás da tia, espiando aqueles dois estranhos que ameaçam virar sua vida de cabeça para baixo. Ela os viu pela última vez quando era uma garotinha. Em alguns meses, ela será uma adolescente. Norah dá um passo à frente e se agacha na frente de Sally.

— *Brilha, brilha, estrelinha, lá no céu, pequeninha, solitária se conduz, pelo céu com tua luz* — canta Norah.

Devagar, Sally se aproxima dela, soltando a mão da tia. Ela dá mais um passo. Norah vê o reconhecimento brilhar nos olhos da filha. Ela abre os

braços e Sally dá mais um passo. Quando por fim se abraçam, Norah sente o tremor no corpo da menina. Ela segura a filha para olhar para aquele lindo rosto. A boca de Sally se curva em torno de uma palavra.
— Mamãe!

NOTA DA AUTORA

Nesta Gwyneth Lewis James nasceu em 5 de dezembro de 1903 em Carmarthen, País de Gales, filha única de David e Eveline James. Sua família migrou para a Austrália quando ela tinha nove anos, instalando-se na cidade rural de Shepparton, no estado de Victoria. Formou-se no Hospital de Base de Shepparton e depois foi transferida para o Royal Melbourne Hospital, em Melbourne. Em busca de aventuras, trabalhou como enfermeira em uma mina nos arredores de Joanesburgo, na África do Sul. Em sete de janeiro de 1941, ela se alistou no Serviço de Enfermagem do Exército Australiano. Enviada para a Malásia com o 2/10th Australian General Hospital, atuou como primeira assistente da enfermeira-chefe Olive Paschke em fevereiro de 1941. Capturada em doze de fevereiro de 1942, foi libertada em onze de setembro de 1945. Nesta dizia categoricamente nas entrevistas sobre seu período de prisão que não ficara detida por três anos e meio, mas por três anos e sete meses. Depois de retornar para casa, passou um ano no hospital para tratar de problemas relacionados às doenças tropicais que contraiu na Indonésia e que a atormentaram pelo resto da vida. Em 1946, Nesta viajou a Tóquio para depor em julgamentos de crimes de guerra ali realizados. Pediu dispensa do Exército nesse mesmo ano e voltou para sua cidade de origem, Shepparton, para cuidar da mãe. Lá conheceu e se casou com Alexander Thomas Noy. Nesta morreu em 1984, aos oitenta anos, em Melbourne. Deixou primos de segundo e terceiro grau.

Vivian Bullwinkel nasceu em dezoito de dezembro de 1915 em Kapunda, sul da Austrália, filha de George e Eva Bullwinkel. Ela tinha um irmão chamado John. Após se formar enfermeira em Broken Hill, Nova Gales do Sul, começou a trabalhar no Hospital de Base de Hamilton, em Hamilton, Victoria, antes de deixá-lo por um emprego no Jessie McPherson Hospital, em Melbourne. Em 1941, Vivian tentou se alistar na Força Aérea Real Australiana, mas foi rejeitada por ter pés chatos. Inscrevendo-se no Serviço de Enfermagem do Exército Australiano, Vivian foi designada para o 2/13th Australian General Hospital e enviada para a Malásia em setembro de 1941. Ela pediu dispensa do Exército em 1947, depois de prestar depoimento sobre o massacre na praia de Radji em um julgamento por crimes de guerra. Vivian se tornou diretora de enfermagem do Fairfield Infectious Diseases Hospital, em Melbourne. Em 1977, ela se casou com o coronel Francis West Stratham. Vivian se dedicou à enfermagem por toda a sua vida, incluindo a arrecadação de fundos para um memorial em homenagem às enfermeiras construído em Muntok, na ilha de Bangka, inaugurado em 1992. Ela morreu em julho de 2000, aos oitenta e quatro anos.

Betty nasceu Agnes Betty Jeffrey em catorze de maio de 1908. Ela era enfermeira no 2/10th Australian General Hospital e trabalhava com Nesta. Betty uniu forças com Vivian para fundar o Australian Nurses Memorial Centre (Centro Memorial das Enfermeiras Australianas) em Melbourne, em 1949. Tendo mantido secretamente um diário enquanto estava presa, Betty escreveu sua história no livro *White Coolies*. Esse livro inspirou o filme *Um canto de esperança*, de 1997.

Norah nasceu Margaret Constance Norah Hope em 1905, filha de James e Margaret Hope, em Singapura, onde seu pai era engenheiro. Educada em um internato em Aylesbury, Inglaterra, estudou piano, violino e música de câmara na Academia Real de Música em Londres e integrou a orquestra da Academia Real sob a orientação de *sir* Henry Wood. Casou-se com John Lawrence Chambers em 1930, na Malásia. Sua única filha, Sally, nasceu em 1933. Quando os japoneses invadiram a Malásia, a família de Norah rumou para Singapura, onde Sally, de oito anos, embarcou num navio com Barbara, a irmã de Norah, e seus filhos, Jimmy e Tony. Eles viveram em Perth, na Austrália Ocidental, por algum tempo antes que o marido de Barbara, Harry Sawyer, que havia fugido para o Sri Lanka, conseguisse levá-los para a África do Sul. Os avós paternos de Sally na Irlanda souberam que ela havia sido salva e mandaram buscá-la. Em 1944, Sally viajou sob escolta para Fintona, County Tyrone, na Irlanda do Norte, para morar com a família de John. Após a libertação e o reencontro com Sally na Irlanda, Norah e John finalmente se mudaram para a ilha de Jersey, onde Sally se juntou a eles depois de terminar seus estudos na Irlanda, e foi lá que Norah viveu até sua morte, em 1989. É com profunda tristeza que escrevo que Sally, a mulher maravilhosa e querida que tive a honra de conhecer, com quem conversei e ri, faleceu no dia quatro de maio de 2023. Seu filho, Seán, mantém viva a memória da mãe, do pai e dos avós.

Ena, irmã mais nova de Norah, nasceu em 1909 e foi casada com Kenneth Scott Murray. Seu papel como "mãe" da pequena e inseparável June é mencionado muitas vezes em depoimentos e relatos de outras prisioneiras, assim como o hábito de ser frequentemente a primeira a se voluntariar para limpar e esvaziar latrinas transbordantes, uma das pessoas incríveis que realizavam essa tarefa imunda e nauseante. Ela e Ken foram repatriados de Singapura no navio *Cilicia*, chegando a Liverpool em vinte e sete de novembro de 1945. O casal se mudou para Jersey, onde Ena viveu por trinta e sete anos, falecendo em 1995.

Margaret Dryburgh nasceu na Inglaterra, a filha mais velha do reverendo William Dryburgh e de Elizabeth. Tornou-se professora, acrescentando a enfermagem a sua formação antes de ser enviada para a China como missionária em 1919. Vários anos depois, ela se mudou para Singapura, de onde fugiu em doze de fevereiro a bordo do *Mata Hari*. Quando o navio foi capturado pela Marinha japonesa, o capitão entregou seus passageiros, entre os quais havia principalmente mulheres e crianças, no dia seguinte. Margaret manteve viva a esperança nos campos por meio das peças e canções que escrevia, mas, infelizmente, morreu antes da libertação das prisioneiras, aos cinquenta e cinco anos.

Audrey Owen era uma neozelandesa que trabalhava para a YWCA (Associação Cristã de Moças) em Singapura, em 1942. Repatriada em catorze de outubro de 1945 e enviada de avião para a Austrália, ela retornou imediatamente para a Nova Zelândia. Depois que passou a viver na Inglaterra, manteve a amizade com Norah e Ena pelo resto da vida. Quando questionada sobre o tempo que passou no cativeiro, Audrey respondeu: "Encontrei a mim mesma naquele lugar".

Irmã Catherina, uma das onze sobreviventes das vinte e quatro freiras professoras enviadas com a Madre Superiora Laurentia para o cativeiro, lutou com sua vocação após ser libertada, porém, depois de aceitar sua libertação, retornou ao convento e a Java.

A sra. Hinch (Gertrude) nasceu nos Estados Unidos (possivelmente Milwaukee) em 1890 ou 1891 e foi a primeira diretora expatriada não missionária da Escola Anglo-Chinesa em Singapura (1929-1946). Capturada com o marido enquanto tentavam fugir de Singapura no *Giang Bee*, permaneceu presa de fevereiro de 1942 até setembro de 1945. Seu marido foi mantido durante esse período no campo de prisioneiros de guerra de Changi, em Singapura. A filha deles, Kathleen, que havia sido repatriada para a família em Milwaukee, foi posteriormente enviada para um internato em Toronto, no Canadá. A sra. Hinch e seu marido retornaram a Singapura e reabriram a Escola Anglo-Chinesa no país. Eles morreram em 1970, com poucos meses de diferença.

Carrie "Jean" Ashton nasceu em 1904 em Nairne, no sul da Austrália. Depois de obter sua formação como enfermeira em Hobart, na Tasmânia, ela se alistou no Serviço de Enfermagem do Exército Australiano e, em 1941, seguiu para a Malásia com o 13th Australian General Hospital. Retornou à Austrália depois que os prisioneiros dos campos foram libertados e morreu em 2002, aos noventa e sete anos.

June era filha única de AG e Dorothy Bourhill. Sua mãe foi listada como "perdida no mar" após o naufrágio do *Vyner Brooke*. O pai foi capturado e mantido prisioneiro pelos japoneses em Singapura. Depois de reunidos, viajaram de volta para a Austrália a bordo do transatlântico da Shaw, Savill and Albion, o *Tamoroa*, chegando a Perth em onze de outubro de 1945. O pai de June levou-a à Inglaterra para visitar Ena e Ken várias vezes quando era jovem. E June retornou depois de adulta, passando a morar na Irlanda. Ela fez parte da "família" de Ena e Ken pelo resto de suas vidas e participou do funeral de Ena, lembra o filho de Sally.

A dra. Jean McDowell era médica em Selangor, na Malásia. Foi repatriada de Singapura no navio *Cilicia* junto com Norah, Ena e suas famílias.

O capitão Seki, comandante do campo, foi condenado a quinze anos de prisão pelo tratamento brutal dispensado às prisioneiras. As provas apresentadas em seu julgamento por Nesta e Vivian contribuíram para sua condenação.

O capitão Orita Masaru, do 229º Regimento da 38ª Divisão do Exército Imperial Japonês, que ordenou o massacre na ilha de Bangka, tornou-se prisioneiro de guerra da União Soviética após a rendição do Japão. Depois de três anos de detenção, foi devolvido ao Japão, onde foi acusado de crimes de guerra. Na véspera de seu julgamento, cometeu suicídio.

Em idade avançada e com a saúde debilitada, uma das enfermeiras que estavam presentes quando as quatro destemidas se ofereceram para ir ao clube dos oficiais revelou a verdade por trás desse incrível ato de bravura. Confirmando que todas as presentes juraram com a mão sobre a Bíblia nunca revelar os nomes das quatro, ela não quebrou essa promessa. Ao fazer declarações e depoimentos, no caso de Nesta e Vivian prestando juramento no Japão durante o julgamento de oficiais japoneses de alta patente, as enfermeiras sempre sustentaram a mesma posição: nenhuma delas foi abusada sexualmente. Todas honraram o voto que fizeram, levando esses nomes para o túmulo. Que elas descansem em paz.

A palavra japonesa para enfermeira é *kangofu*.

Setenta e seis mulheres holandesas, britânicas e australianas morreram em Muntok e foram enterradas por suas amigas em covas rasas cavadas pelas prisioneiras sob as árvores nos limites do campo.

Nenhum cartão-postal das enfermeiras foi recebido na Austrália.

Nesta fez o governo australiano reembolsar o empréstimo de madre Laurentia à Cruz Vermelha holandesa.

A tenente Jean Ashton, a capitã Nesta James e a capitã Vivian Bullwinkel receberam "menções em despachos". Essa homenagem descreve um membro das Forças Armadas cujo nome aparece em um relatório oficial, redigido por um oficial superior e enviado ao alto comando, no qual sua atitude corajosa ou meritória diante do inimigo é descrita.

O major Jacobs fez o comentário: "O estado de espírito das mulheres no momento da libertação era muito mais positivo que o dos homens nos seus campos. Talvez as mulheres fossem mais adaptáveis ou tivessem maiores recursos internos que os homens, porque pareciam resistir mais estoicamente aos rigores da prisão".

A recepção das enfermeiras em Perth foi impressionante. Em poucos dias, elas foram enviadas aos seus estados de origem e informadas de que a partir daquele momento estavam livres para seguir sua vida. Familiares e amigos foram aconselhados por psicólogos do Exército a não perguntar às prisioneiras libertadas sobre suas experiências, a fingir que o período de cativeiro nunca acontecera. Para muitas enfermeiras, voltar para casa trouxe tristeza e uma sensação de solidão. Dormir sozinha em um quarto não trazia a sensação de conforto sonhada enquanto elas se deitavam lado a lado no chão frio de concreto. Pesadelos e flashbacks assombraram muitas delas, assim como os problemas de saúde resultantes de anos de negligência e doenças.

As sobreviventes inglesas viajaram de volta para a Grã-Bretanha no mesmo navio de transporte de tropas que levou os militares. Ao contrário da recepção oferecida aos homens que regressavam, não houve grandes celebrações de boas-vindas; parentes e amigos foram orientados a não receber o navio quando este atracasse. Não houve cobertura da imprensa reconhecendo a bravura e a resiliência de um grupo de irmãs verdadeiramente incríveis.

Você verá nas páginas seguintes que listei os nomes de todas as enfermeiras australianas, não porque suas histórias ou seu sofrimento tenham sido maiores que os de outras mulheres de muitos países, mas porque seus nomes merecem ser conhecidos. Aqui está uma lista muito breve de outras mulheres que construíram grande parte dessa história, mas cujas experiências creditei a outras pessoas com o propósito de criar uma narrativa mais fluida.

> Sra. Brown e sua filha Shelagh
> Mamie Colley
> Molly e Peggy Ismail
> Mary Jenkin
> Dorothy Moreton
> Elizabeth Simons
> Alette, Antoinette e Helen Colijn
> Cara Hall
> Doris e Phyllis Liddelow
> Dorothy MacCleod
> Ruth Russell-Roberts
> Margot Turner

Não contei essa história para que as mulheres presas nos campos japoneses de prisioneiras de guerra na Indonésia sejam lembradas. Contei essa história para que elas sejam conhecidas. Como é possível ser lembrada se ninguém nunca ouviu falar de você? Suas histórias devem se igualar às de todos os homens prisioneiros de guerra, pois o sofrimento delas não é menor; a coragem de cuidar de suas companheiras que pereceram e sua própria sobrevivência devem ser reconhecidas e honradas.
Conheça-as agora. Lembre-se delas.

Quando se escreve qualquer história baseada em fatos históricos conhecidos, o maior desafio sempre é: o que incluir, o que deixar de fora. Esse desafio foi gigantesco para mim. Cada uma das mais de quinhentas mulheres e crianças com quem Nesta e Norah conviveram, choraram, riram, cantaram, de quem se despediram, tem um lugar nessa história. No fim, tudo se resumiu a duas famílias – os primos de Nesta em Cardiff, no País de Gales, e a filha de Norah, Sally, além do neto Seán – que generosamente partilharam seu tempo, suas memórias, suas lembranças, nas quais me concentrei. Aos que não foram mencionados e suas famílias, por favor, aceitem essa narrativa da história de Nesta e Norah como se fosse a história de todas as outras.

Devo muito aos esforços, passados e contínuos, do Australian War Memorial (Memorial de Guerra Australiano) no arquivamento de manuscritos e testemunhos das enfermeiras australianas. Eles me forneceram uma riqueza de informações sobre os prisioneiros, tanto mulheres como homens, das Forças Imperiais Japonesas no sudeste asiático.

BIBLIOGRAFIA

Jeffrey, Betty. *White Coolies*. Angus & Robertson, 1954.
Manners, Norman. *Bullwinkel*. Hesperian Press, Victoria Park, 1999.
Shaw, Ian. *On Radji Beach*. Pan Macmillan Australia, 2010.
Warner, Lavinia e Sandilands John. *Women Beyond the Wire*. Arrow Books, 1982.

Membros do Serviço de Enfermagem do Exército Australiano que navegaram no *Vyner Brooke*, 12 de fevereiro de 1942

Nunca chegaram a terra firme, tendo se perdido no mar
    Irmã Louvima Bates
    Irmã Ellenor Calnan
    Irmã Maria Clarke
    Irmã Millicent Dorsch
    Irmã Caroline Ennis
    Irmã Kit Kineslla
    Irmã Gladys McDonald
    Enfermeira-chefe Olive Paschke
    Irmã Jean Russell
    Irmã Marjorie Schuman
    Irmã Annie Trenerry
    Irmã Mona Wilton

Assassinadas na ilha de Bangka
    Irmã Lainie Balfour-Ogilvy
    Irmã Alma Beard
    Irmã Ada Bridge
    Irmã Flo Casson
    Irmã Mary Cuthbertson

Enfermeira-chefe Irene Drummond
Irmã Dorothy Elmes
Irmã Lorna Fairweather
Irmã Peggy Farmaner
Irmã Clare Halligan
Irmã Nancy Harris
Irmã Minnie Hodgson
Irmã Nell Keats
Irmã Jenny Kerr
Irmã Ellie McGlade
Irmã Kath Neuss
Irmã Florence Salmon
Irmã Jean Stewart
Irmã Mona Tait
Irmã Rosetta Wight
Irmã Bessie Wilmott

Morreram em cativeiro
Irmã Winnie Davis
Irmã Dot Freeman
Irmã Shirley Gardam
Irmã Blanche Hempsted
Irmã Gladys Hughes
Irmã Pearl Mittelheuser
Irmã Mina Raymond
Irmã Rene Singleton

Voltaram para casa
Irmã Jean Ashton
Irmã Jessie Blanch
Irmã Vivian Bullwinkel
Irmã Veronica Clancy
Irmã Cecilia Delforce
Irmã Jess Doyle
Irmã Jean Greer
Irmã Pat Gunther
Irmã Mavis Hannah

Irmã Iole Harper
Irmã Nesta James
Irmã Betty Jeffrey
Irmã Pat Blake
Irmã Violet McElnea
Irmã Sylvia Muir
Irmã Wilma Oram
Irmã Chris Oxley
Irmã Eileen Short
Irmã Jessie Simons
Irmã Val Smith
Irmã Ada Syer
Irmã Florence Trotter
Irmã Joyce Tweddell
Irmã Beryl Woodbridge

Obrigada por seu sacrifício, senhoras. O mundo é um lugar melhor por causa de vocês.

POSFÁCIO DE KATHLEEN DAVIES E BRENDA PEGRUM, PARENTES DE NESTA

Nesta Gwyneth James era prima de nosso pai por parte de mãe. O pai de Nesta, David James, mudou-se de Aberdare, no sul do País de Gales, e a família tinha antecedentes na mineração, mas ele trabalhava como contador. Ele se casou com Eveline de Vere Lewis, de Llansteffan, uma vila no estuário do rio Tywi, em Carmarthenshire, onde Nesta, filha única, nasceu em 1903. A família emigrou para a Austrália quando Nesta era ainda pequena, e nosso pai os viu partir na estação de trem, continuando a se corresponder com Nesta pelos cinquenta anos seguintes.

A origem galesa de Nesta era importante para ela. Em 1963, ela e o marido visitaram o País de Gales. Eles ficaram em Aberdare com a família do pai dela e passaram dois dias com o nosso pai em Cardiff. Kathleen a conheceu naquela ocasião, e o que ela se lembra é que Nesta era muito, muito pequena, enquanto seu marido tinha mais de um metro e oitenta! Nosso pai e Nesta conversavam em galês.

Nesta trabalhou como enfermeira no Royal Melbourne Hospital por onze anos. Alistou-se no Serviço de Enfermagem do Exército Australiano em 1941. Nosso pai e dois de seus irmãos foram voluntários na Primeira Guerra Mundial, então ele apoiou o alistamento de Nesta e soube, angustiado, de sua captura pelos japoneses. O pai de Nesta morreu em 1942, mas a carta de sua mãe contando a ela sobre a morte dele foi retida pelos japoneses, então Nesta só ficou sabendo da morte do pai em 1945. Em 1955, Nesta, então com cinquenta e um anos, casou-se com Alexander Noy. Eles moravam em uma fazenda de frutas em Shepparton, como a família de Nesta quando migraram para a Austrália.

Nesta e Alex estavam casados havia apenas onze anos quando ele morreu, e nessa época Nesta se mudou para Melbourne, onde morava nossa sobrinha Debra, que havia migrado com os pais ainda jovem. Debra se lembra de Nesta e de sua amada Yorkshire terrier, Nikki, participando de todos os almoços de Natal. As conversas nunca se concentraram nas experiências de Nesta como prisioneira de guerra. Deb diz que talvez Nesta nunca tenha falado sobre isso com eles, mas, quando era adolescente, não sabia quais perguntas fazer. Debra sempre cantava com Nesta enquanto sua mãe preparava o almoço e seu pai e irmão estavam em algum outro lugar.

Nesta morreu em 1984, aos oitenta anos. Debra se lembra de sua mãe dizendo que ela tinha morrido de complicações decorrentes do tempo como prisioneira de guerra. Brenda não a conheceu, mas recentemente ela e sua filha Amanda ouviram a entrevista que o Memorial de Guerra Australiano havia gravado com Nesta. Ficaram impressionadas com a capacidade de Nesta de contar com tanta clareza suas experiências durante a guerra.

Kathleen Davies e Brenda Pegrum
Cardiff, País de Gales
Setembro de 2023

POSFÁCIO DE SEÁN CONWAY, NETO DE NORAH

Minha avó Norah nasceu Margaret Constance Norah Hope em 1905 em Singapura, onde o pai dela trabalhava como engenheiro. Seus pais se chamavam James e Margaret Hope. Ela se casou com John Lawrence Chambers, um engenheiro civil, em 1930, na Malásia. A única filha deles, minha mãe, Sally, nasceu em 1933. A família viveu na Malásia até o Exército japonês invadir o Pacífico, em 1941. Eles fugiram para Singapura, e, com o marido John muito doente no hospital e querendo ficar com ele, em total desespero, Norah e John colocaram Sally, de oito anos, juntamente com a irmã de Norah, Barbara, e os filhos, Jimmy e Tony (primos de Sally), em um navio com destino à Austrália. John e Norah foram forçados a partir logo depois, quando Singapura caiu nas mãos dos japoneses. Eles embarcaram, junto com muitos homens e mulheres desesperados, no navio mercante *Vyner Brooke*, que foi bombardeado e afundou na costa da Indonésia. Norah e John sobreviveram e conseguiram chegar a uma ilha indonésia, mas foram capturados por soldados japoneses. Eles foram separados e passaram o restante da guerra em campos de prisioneiros na Indonésia – a história de Norah é reimaginada em *As irmãs sob o sol nascente*.

Minha mãe, Sally, passou a guerra com a família do pai dela na Irlanda, depois de viajar sozinha de navio, quando sua tia Barbara e os primos Jimmy e Tony se reuniram com o marido de Barbara, Harry, pai dos meninos. Sally acreditava ser órfã até algum tempo após o Dia da Vitória sobre o Japão, porque, como prisioneiros de guerra, seus pais estavam incomunicáveis nos campos de concentração. Depois de se reencontrar com Norah e John no fim da guerra, a família se mudou primeiro para Glasgow, depois, em 1948, para

Londres, antes de finalmente se estabelecer em Jersey, onde moravam a irmã de Norah, Ena, e o cunhado, Ken. Trabalhando como comissária de bordo da companhia aérea British Overseas Airways Corporation (BOAC), Sally conheceu meu pai, Patrick, engenheiro de voo, no aeroporto de Heathrow quando ele estava em escala, e, depois de um curto período em Sunningdale, em Berkshire, eles voltaram para Sydney, onde meu pai estava lotado, trabalhando na empresa Qantas. Então ele conseguiu um emprego na Middle East Airlines, do Líbano, onde eu nasci. Depois de um período na Irlanda, acabamos nos mudando para Jersey, perto de onde moravam meus avós.

Norah era uma musicista extremamente talentosa, que se formou na Academia Real de Música. Como Heather descreve em seu romance, ela e Margaret Dryburgh criaram uma "orquestra de vozes" para as mulheres que estavam nos campos de prisioneiros de guerra japoneses como forma de manter o ânimo. Ela escreveu partituras musicais para as mulheres cantarem em pedaços de papel tirados do lixo, fazendo, de memória, arranjos nas composições para voz. Norah guardou as partituras musicais da "orquestra de vozes" que criara nos campos ao longo de sua vida, e essas partituras foram deixadas para minha mãe, Sally, após a morte de Norah, em 1989. Lembro-me de Norah como uma avó maravilhosa que tentou me ensinar piano (antes de eu começar a tocar violão). Passei muito tempo com ela e meu avô, John, que era menos extrovertido que minha avó, mas tinha um senso de humor maravilhoso.

Infelizmente, minha mãe, Sally, faleceu em maio deste ano. Até o fim da vida, permaneceu encantadora, engraçada, amorosa e calorosa, e eu não poderia ter desejado uma mãe ou um pai melhores.

Seán Conway
Jersey
Setembro de 2023

Acima: As irmãs Hope juntas, da esquerda para a direita: Ena, Barbara e Norah, Malásia, c. 1935.
Abaixo: Norah Chambers (nome de solteira Hope), Malásia, c. 1940.

Acima: Da esquerda para a direita: John Chambers (marido de Norah), James Hope (pai das irmãs Hope) e Kenneth Murray (marido de Ena), Malásia, c. 1936.

Direita: Norah e Sally na Malásia antes de a guerra mudar tudo, c. 1939, quando Sally tinha seis ou sete anos.

Esquerda: Sally ainda bebê na Malásia, c. 1934, brincando com sua *amah* (babá), enquanto o pai, John, observa.

Acima: Sally com o pai, John, seguros e felizes em Jersey, tendo deixado a guerra para trás, início dos anos 1950.

Direita: As vinte e quatro enfermeiras sobreviventes quando chegaram a Singapura após serem libertadas. Nesta aparece à esquerda na primeira fila.

Reimpressa com a gentil permissão do Memorial de Guerra Australiano, ref. nº.: 044480.

Esquerda: As vinte e quatro enfermeiras sobreviventes em sua volta para casa na Austrália. Nesta está soterrada embaixo de um enorme buquê, a quinta a partir da direita, na segunda fila. Vivian é a segunda a partir da direita, na segunda fila.

Reimpressa com a gentil permissão do Memorial de Guerra Australiano, ref. nº.: P01701.003.

Abaixo: Consegui encontrar poucas fotos de Nesta. Esta foi tirada quando ela estava de novo com seu uniforme, c. 1945.

Reimpressa com a gentil permissão da Coleção de Manuscritos Australianos, Biblioteca Estadual de Victoria, catalogação nº.: YMS 16139.

Acima: Nesta e o marido, Alexander Noy, c. 1963.

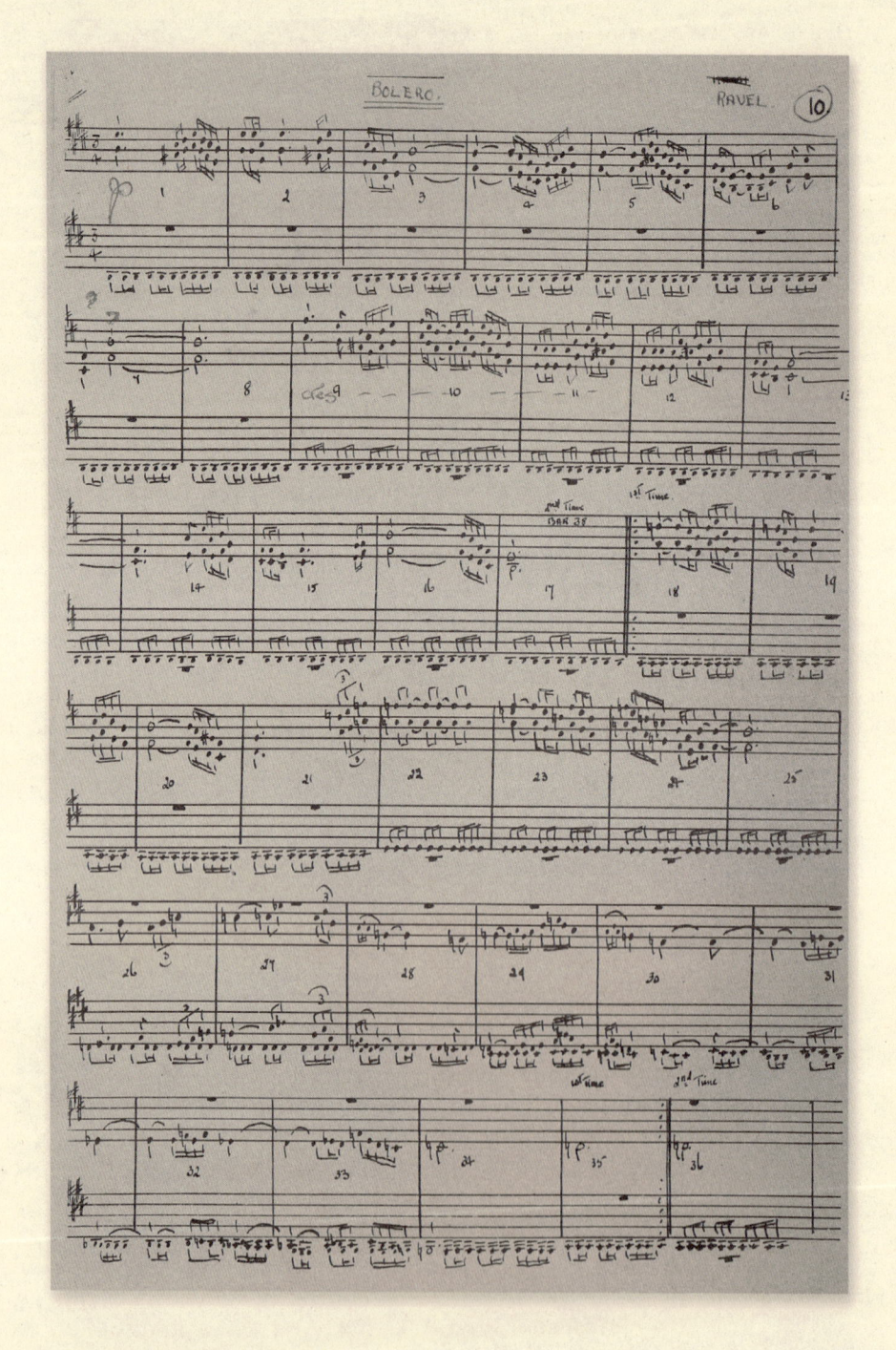

Uma partitura manuscrita do "Boléro" de Ravel, arranjada e transcrita de memória por Norah Chambers para ser cantada pela orquestra de vozes femininas.

Uma partitura manuscrita do *largo* da "Sinfonia do novo mundo", arranjada e transcrita de memória por Norah Chambers para ser cantada pela orquestra de vozes femininas.

Sumatra e os campos femininos

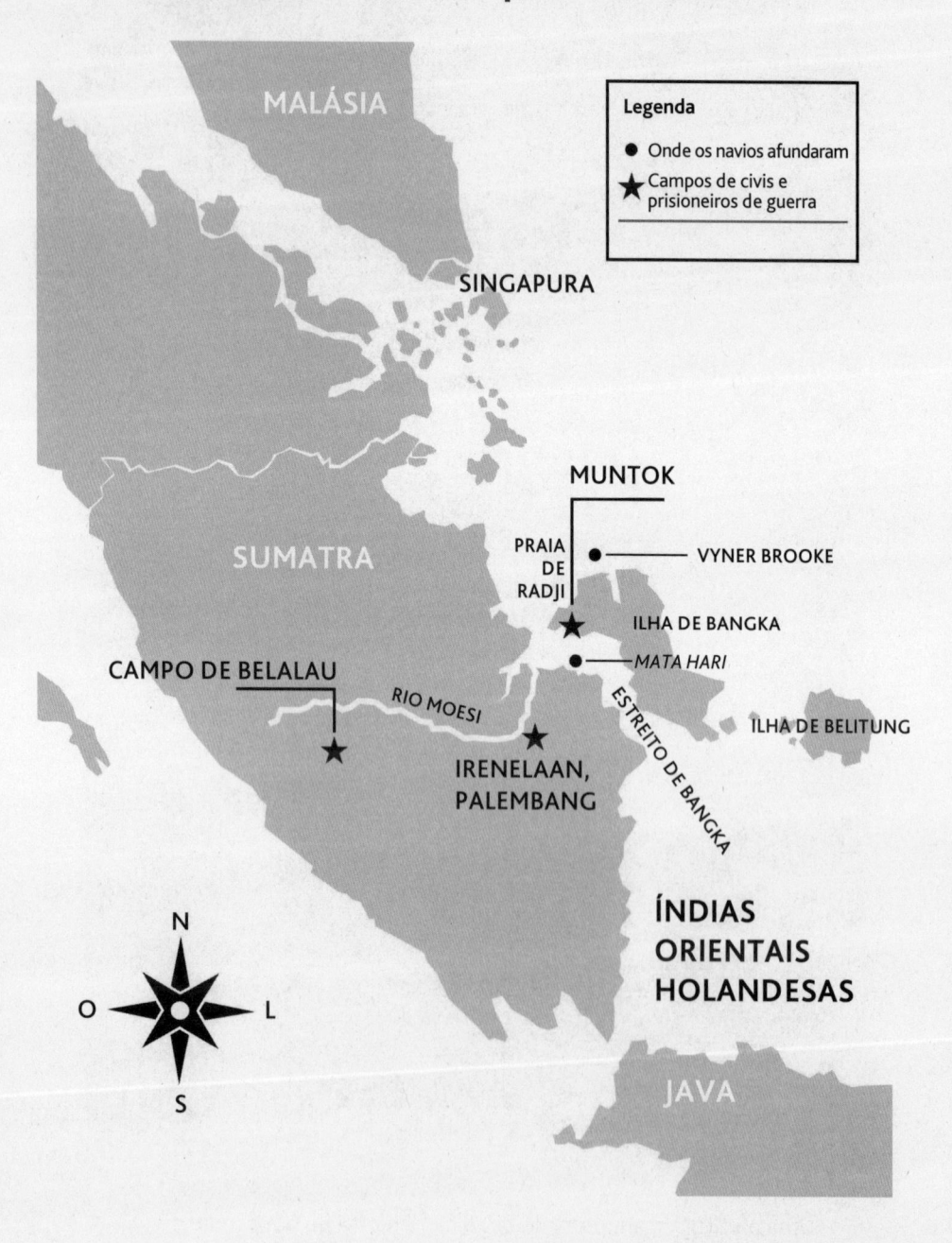

Legenda
- Onde os navios afundaram
- ★ Campos de civis e prisioneiros de guerra

MALÁSIA

SINGAPURA

SUMATRA

MUNTOK

PRAIA DE RADJI — VYNER BROOKE

ILHA DE BANGKA

CAMPO DE BELALAU

RIO MOESI

MATA HARI

ILHA DE BELITUNG

IRENELAAN, PALEMBANG

ESTREITO DE BANGKA

ÍNDIAS ORIENTAIS HOLANDESAS

JAVA

AGRADECIMENTOS

"Você já ouviu a história das enfermeiras australianas que foram mantidas prisioneiras de guerra pelos japoneses durante a Segunda Guerra Mundial?", minha querida amiga e editora Kate Parkin me perguntou vários anos atrás. Quando reconheci que a formação que recebi na Nova Zelândia não havia esclarecido o suficiente, ela sugeriu que eu desse uma procurada. Nas palavras dela: "Há uma história que precisa ser contada para um novo público". Como sempre, Kate sabia do que estava falando. Com o apoio e incentivo dela, fui "dar uma procurada". Kate, não há palavras para expressar a gratidão e o amor que sinto por você, não apenas por ter apontado a direção dessa história, mas por sua amizade, junto com a de seu maravilhoso marido, Bill Hamilton, que significa muito para mim. Você me apoia como escritora e cuidou de mim enquanto eu me recuperava da covid, longe de minha família.

Nos primeiros dias de minha pesquisa, mencionei a uma antiga colega a história que estava pensando em contar. Ela comentou que sua prima era uma dessas enfermeiras; o nome dela era Nesta James. Agradeço inicialmente à nossa amiga em comum, Jan McGregor, que nos convidou para almoçar, pela oportunidade de me encontrar com você, Deb Davies, e de receber documentos familiares, entre outros achados, para dar início à história de Nesta. Depois, passar algum tempo com você e suas primas, Kathleen Davies e Brenda Pegrum, em Cardiff, no País de Gales, foi emocionante. Ouvir a história de sua família e da vida de Nesta em particular foi uma fonte de informações incrível para mim. Agradeço sinceramente a vocês três.

Pensando a princípio em contar a história das enfermeiras australianas, fiquei intrigada também com outra inglesa presente no *Vyner Brooke*, Norah Chambers. Tudo o que li sobre Nesta incluía a incrível, talentosa e esforçada Norah.

Contar a história das enfermeiras e não contar a de Norah, de sua irmã Ena e de suas melhores amigas, Margaret Dryburgh e Audrey Owens, seria relatar apenas metade dos fatos. Graças ao talento de minha pesquisadora, Katherine Back, encontramos a filha de Norah, Sally Conway, e o neto, Seán Conway, morando na ilha de Jersey. Estar com Sally, ouvir suas histórias sobre os pais e suas memórias de ser uma menina fugindo dos japoneses, sendo separada da mãe e do pai, é uma lembrança preciosa. Obrigada, Sally, do fundo do meu coração, por ser tão calorosa e acolhedora. Sentado ao lado dela, seu filho incrível, Seán, apoiou e incentivou Sally quando suas lembranças não eram claras, e depois nos forneceu os valiosos documentos e fotos que incluímos aqui. Para sempre em dívida com você, Seán, obrigada.

Ela é minha editora, publicadora, querida *hoa* (amiga), companheira de viagem, cuidadora, gerente, minha copiloto, rebelde: Margaret Stead. Peço desculpas por ter forçado você a beber shots de slivovitz quando visitamos a Eslováquia, mas o que você pode fazer com essa bebida em seus brownies de chocolate faz valer a pena, não é? Obrigada por vir a Jersey comigo a cada vez que visitamos Sally e Seán, e a Cardiff, para conhecer a família de Deb e Nesta; obrigada por aceitar minhas palavras e por fazer esta escritora parecer boa, mas, principalmente, obrigada pela sua amizade. Há mais aventuras pela frente para nós.

Ruth Logan é uma pessoa que todos precisam ter na vida, mas poucos terão. Uma mulher extraordinária que foi a Paris para "cuidar" de mim em um hotel enquanto eu estava com covid, me levou comida diariamente, passou todas as noites comigo, arriscando a própria saúde, para garantir que eu estivesse bem, e depois me levou de volta a Londres quando os testes passaram a dar negativo. Esse é só um exemplo de Ruth indo além de seu papel como diretora de direitos autorais na Bonnier Books. Existe também o fato de ser a pessoa responsável por levar meus livros para muitos países fora do Reino Unido, para que os leitores em mais de quarenta e cinco idiomas possam conhecer Lale, Gita, Cilka, Cibi, Magda, Livi, e agora Nesta e Norah. Não é à toa que seu apelido é "Halo". Obrigada, querida amiga.

Ela lidera a editora mais sofisticada do Reino Unido, está disponível para mim a qualquer hora, apoia tudo o que escrevo e quero escrever: seu nome é Perminder Mann, CEO da Bonnier Books UK, e sou muito grata por você continuar encontrando tempo para mim em sua vida incrivelmente agitada e ocupada, encorajando e apoiando uma grande variedade de autores.

Na retaguarda de Ruth, a quem eu sei que ela elogia, está sua equipe de direitos autorais: Ilaria Tarasconi, Stella Giatrakou, Nick Ash, Holly Powell e Amy Smith, vocês são incríveis. Agradeço mais do que as palavras podem expressar seus esforços para espalhar minhas palavras pelo mundo.

Francesca Russell, diretora de publicidade, Clare Kelly, gerente de publicidade, Elinor Fewster, gerente de publicidade da Zaffre – a vocês que me levam para o mundo, à presença de leitores e editores, agradeço de coração. Que bom que vocês sabem o quanto eu adoro as experiências incríveis que me proporcionam.

Blake Brooks, chefe de marca da Zaffre, você trabalha incansavelmente para manter "minha marca", cuidando para que meu site esteja sempre atualizado e bonito. Eu não existiria nas redes sociais sem você. Muito obrigada a você e à maravilhosa Holly Milnes, por ajudar em todos os momentos do dia e da noite esta moça ignorante em tecnologia.

Há uma equipe na Zaffre responsável por trazer *As irmãs sob o sol nascente* para vocês, leitores, e seu talento precisa ser reconhecido: os brilhantes membros da equipe editorial, Justine Taylor, Arzu Tahsin e Mia Farkasovska, o diretor de arte, Nick Stearn, os membros da equipe de vendas, Stuart Finglass, Mark Williams, Stacey Hamilton e Vincent Kelleher, e o gerente de produção, Alex May, apenas para citar alguns.

Sally Richardson e Jennifer Enderlin, da St. Martin's Press nos Estados Unidos, vocês aceitaram essa história depois de analisar uma página e meia de anotações rabiscadas. Agradeço demais por sua confiança e apoio em minha capacidade de produzir a história que vocês esperavam. Seu incentivo contínuo para que eu escreva as histórias que quero contar é tudo para mim.

Ao restante da equipe da St. Martin's Press, aceitem meus sinceros agradecimentos; vou agradecê-los individualmente na edição norte-americana.

Por último, mas não menos importante, há uma pequena equipe de amigas incríveis em Sydney que estão sempre ao alcance de um telefonema, rindo e chorando comigo, lideradas pela maravilhosa Juliet Rogers, diretora executiva da Echo Publishing, seu braço direito e relações-públicas, Emily Banyard, e a excelente Cherie Baird. Seu talento e seu conhecimento dão aos leitores da Austrália e da Nova Zelândia acesso a mim e divulgam nossos livros para eles. Meu mais profundo amor e agradecimento.

Para a equipe da Allen and Unwin Australia, obrigada pelo incrível papel que desempenham na distribuição dos meus livros por toda a Austrália e Nova Zelândia.

Ela me apoiou e trabalhou comigo nos meus primeiros quatro livros; continua sendo minha querida amiga, coach de vida, aquela que me faz rir: ela é

Benny Agius. Você é única mesmo: obrigada por estar em minha vida e por torná-la muito melhor com seu senso de humor, palavras de sabedoria e conselhos inteligentes.

Vocês sabem o que significam para mim. Vocês sabem que nada do que escrevo tem significado sem vocês, sem o seu apoio e amor incondicionais, minha família. Ahren e Bronwyn, Jared e Bec, Dea e Evan e os cinco melhores motivos para sair da cama todos os dias, Henry, Nathan, Jack, Rachel e Ashton, o adorável.

Querida pessoa que me lê,

Muito obrigada por escolher *As irmãs sob o sol nascente*. Em minha carreira como escritora, tive a sorte de encontrar e conversar com algumas pessoas incríveis. Foi por causa de sua lealdade, ajuda e apoio como leitoras e leitores que consegui compartilhar as histórias de Lale e Gita, de Cilka, de Cibi, Magda e Livia. Agora, fico muito honrada por ter podido relatar esses eventos que foram ignorados pela história – a vida de Norah e Nesta e das mulheres e crianças incríveis que sobreviveram aos brutais campos japoneses de prisioneiros de guerra durante a Segunda Guerra Mundial. Fazia muito tempo que eu queria contar essa história, que cresci ouvindo – especialmente a história das enfermeiras australianas que se voluntariaram para servir no cenário de guerra do Pacífico, cuidando de soldados aliados que combatiam os japoneses. Desde os dias em que trabalhei no departamento de assistência social de um agitado hospital, tenho ciência do trabalho que as enfermeiras e os enfermeiros fazem – geralmente tão negligenciados –, e queria encontrar uma maneira, sobretudo na esteira da pandemia, de homenagear os serviços dessas mulheres.

Nos dias iniciais da minha pesquisa, mencionei a uma colega, Deb Davies, a história que estava pensando em contar. Deb me colocou em contato com suas parentes, Kathleen Davies e Brenda Pegrum, que moravam em Cardiff, no País de Gales, e eu me vi extremamente sensibilizada pelo que me contaram de sua família e da vida de Nesta. Que mulher incrível ela foi. Kathleen e Brenda trouxeram Nesta à vida: essa "espoleta de bolso" galês-australiana, do alto de seu quase um metro e cinquenta, lutou todos os dias dos três anos e sete meses que passou em cativeiro para sobreviver e manter vivas as mulheres e crianças que estavam ao lado dela – vivas e sorrindo. Era corajosa, forte, enérgica, gentil, amorosa e muito risonha. É um privilégio imenso saber quem ela foi e contar sua história.

É um enorme prazer para mim compartilhar essa história dolorosa, inspiradora e edificante com vocês, pessoas leitoras. Se quiser mais informações sobre o que estou escrevendo no momento ou sobre meus livros anteriores, *O tatuador de Auschwitz*, *A viagem de Cilka*, *Três irmãs* e *Stories of Hope*, acesse www.heathermorrisauthor.com/heathers-readers-club (em inglês), onde você pode se inscrever no meu clube de leitura. Não demora nada para se inscrever, não há pegadinhas nem custos, e os novos membros recebem automaticamente uma mensagem exclusiva minha. Minha editora, a Bonnier Books UK, vai manter seus dados em sigilo e eles nunca serão repassados para terceiros. Não vamos encher sua caixa de spam com e-mails, só entraremos em contato de vez em quando com notícias empolgantes sobre meus livros, e você pode pedir para não participar mais a qualquer momento. E, se quiser entrar em uma conversa mais ampla sobre meus livros, por favor, escreva uma opinião sobre *As irmãs sob o sol nascente* na Amazon, no GoodReads ou em qualquer loja on-line, em seu blog ou nas redes sociais, ou fale dele com amigos, familiares e grupos de leitura. Compartilhar suas reflexões ajuda outros leitores, e eu sempre gosto de ouvir sobre as experiências das pessoas com minha narrativa.

Muito obrigada por ler *As irmãs sob o sol nascente*. Espero que, se você já não leu, também goste de *O tatuador de Auschwitz*, *A viagem de Cilka* e *Três irmãs* e descubra a inspiração por trás dos livros por meio de uma série de contos das pessoas notáveis que encontrei, das histórias incríveis que compartilharam comigo e das lições que elas trazem para nós em *Stories of Hope*.

Com amor,
Heather

LEIA TAMBÉM,
DE HEATHER MORRIS

HEATHER MORRIS

BEST-SELLER NO BRASIL
Mais de **100 mil** exemplares vendidos

Baseado em uma história de amor real

O TATUADOR DE AUSCHWITZ

8 MILHÕES DE CÓPIAS VENDIDAS NO MUNDO
#1 DO *THE NEW YORK TIMES*
SUCESSO DE VENDAS EM 44 PAÍSES

Planeta

UM TESTEMUNHO DA CORAGEM DAQUELES QUE OUSARAM ENFRENTAR O SISTEMA DA ALEMANHA NAZISTA: O EMOCIONANTE BEST-SELLER MUNDIAL QUE DEU ORIGEM À SÉRIE!

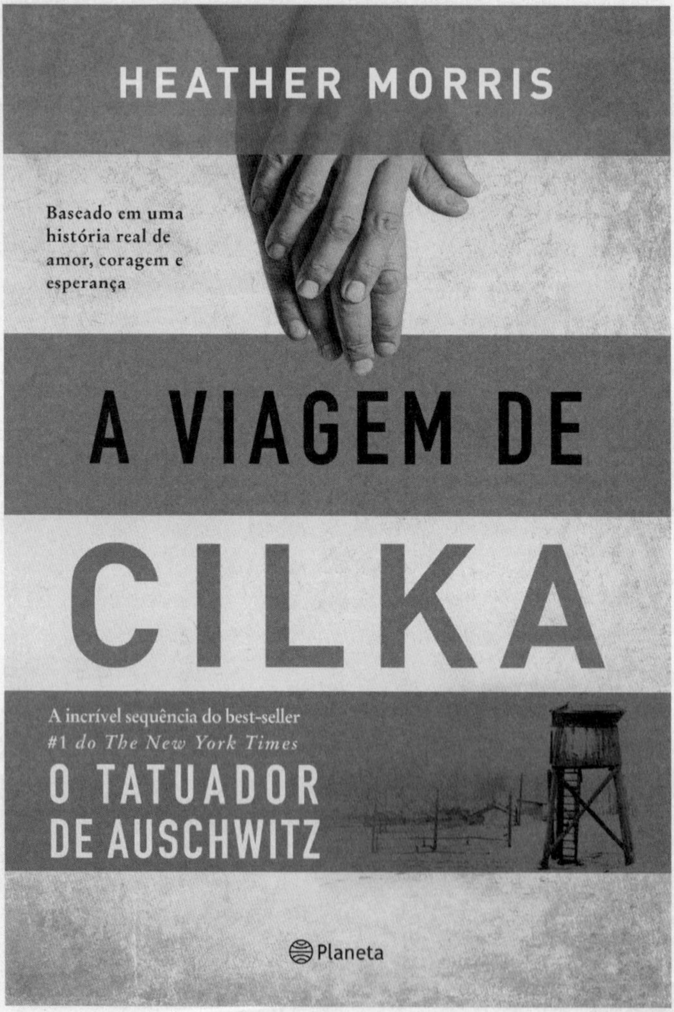

HEATHER MORRIS

Baseado em uma história real de amor, coragem e esperança

A VIAGEM DE

CILKA

A incrível sequência do best-seller
#1 do The New York Times
O TATUADOR DE AUSCHWITZ

Planeta

TRÊS IRMÃS

HEATHER MORRIS

Da autora best-seller de
O TATUADOR DE AUSCHWITZ

Baseado em uma história real de dor, luta e esperança

AUTORA BEST-SELLER
Mais de 8 milhões de exemplares vendidos

Planeta

**Acreditamos
nos livros**

Este livro foi composto em Adobe Garamond Pro e impresso pela Geográfica para a Editora Planeta do Brasil em abril de 2024.